AF303415

Bibliografische Information der Deutschen Nationalbibliothek
Die Deutsche Nationalbibliothek verzeichnet diese Publikation
in der Deutschen Nationalbibliografie, detailierte
bibliografische Daten sind im Internet über http.//dnb.dnb.de
abrufbar

Text und Bilder © 2022 by Rolf Gänsrich
Herstellung und Verlag: BoD – Books on Demand,
Norderstedt

ISBN 9783756204816

Georges Hungerlundts Zeitreisen

eine Hexalogie

Band 1

Teil 1
verpasste Gelegenheiten

Teil 2
George Hungerlundts erste Zeitreisen
(Atlantis)

Arbeitsstadien & Copyright:
Rolf Gänsrich ab 21.4.2021 – Schreibpause vom 1.11. -
22.12.2021 – inhaltliches Ende Band 1: 2.4.2022
Grobschliff bis 24.4.2022
Rechtschreibprüfung 25.4.2022 – 2.5.2022
Einfügen der eigenen Werbung: 2.5.2022
optischer Nachschliff: 2. - 5.5.2022

Vorwort

Dass daraus mal ein längerer und mehrteiliger Roman, eine Hexalogie sogar, wird, hatte ich nie geplant. Mein Kumpel Micha und ich hatten uns mal in der Kneipe bei mir an der Ecke auf ein, zwei oder vielleicht drei Glas alkoholfreien Bieres, weil mir die Fuselalkohole im Industriebier immer im Kopf am Tag danach nicht gut tun, getroffen und wir hatten uns gegenseitig vorgejammert, wie es wohl wäre, wenn sich sein Vater nicht umgebracht, ich das Werben von Christine mitbekommen oder Kristin aus der Apotheke nie ihren Kerl geheiratet hätte.

Das ging mir auch am nächsten Tag nicht aus dem Kopf und ich wollte daraus eine kleine, maximal zwei Seiten lange Kurzgeschichte machen. Dabei durchstöberte ich auch mein altes Fotoalbum, um mir das Gesicht von Christine wieder zu vergegenwärtigen und ich überlegte, wie es wohl wäre, wenn man einfach in ein altes Foto, zum Beispiel mit einer Zeitmaschine, hinein springen würde. Was würde man da riechen, schmecken, sehen? Und um das einfach mal zu erleben, machte ich mich mit Hilfe meiner tippenden Finger auf der Computertastatur schließlich selbst auf den Weg.

Nun ist ein rein fiktionaler Roman, sei es einer die Zukunft oder die Historie betreffend, schwieriger zu schreiben, als einer, der sich hier, jetzt, heute und in meiner Straße abspielt. Bei letzterem brauche ich nur vor die Tür zu gehen und es mir anschauen! Beim fiktionalen Roman muss ich mir aber mein Universum dazu erst selbst erschaffen. Wie sieht eine Strahlenwaffe aus? Welche Geräusche macht ein Vogel, den es überhaupt nicht gibt? Wie fliegt, läuft oder gräbt er? Deshalb sind fiktionale Romane schwerer, langwieriger zu schreiben. Sie sind anstrengender, weil man in jeder neuen Zeile, die man tippt, dieses neue, selbst erschaffene Universum mit sich mit herum trägt. Und so wurde es immer mehr, auch von den Figuren her, und aus einer kleinen geplanten Kurzgeschichte, die mir dazu dienen sollte, mir selbst einmal als Kind zu begegnen oder noch einmal in der Schuldisco mit Christine zu tanzen, wurde ein ganzer Roman. Weil es so viel wurde, beschloss ich, etwa genau ab da, wo von "dem Portal" die Rede ist, eine Fortsetzung zu planen.

"Das Portal" ist bisher nur angedacht und soll vor allem die eigentlich schon hierfür geplanten Ausflüge meines Protagonisten in die ferne Vergangenheit beinhalten.
"Aldebaraan" ist ein bereits vor Jahrzehnten von mir aufgeschriebener Plot, der im Star-Trek-Universum spielen sollte. Aber ich möchte mich schlicht aus Kostengründen nicht an die Markenrechteinhaber von Star Trek wenden und so werde ich das, was ich davon bereits habe, hier ohne Star-Trek-Bezug mit einbinden.

"Der Mann im Mond" liegt auch schon länger und ist zum Zeitpunkt des Schreibens dieses Vorworts bereits zweiundzwanzig A-4-Seiten lang und muss nur noch fertig geschrieben und an die Zeitreisen inhaltlich etwas angepasst werden. Für einen eigenständigen Roman ist es vermutlich zu wenig, als Teil einer Hexalogie müsste es aber funktionieren.
Ursprünglich sollte in diesem zweiten Teil hier Bernau die Hauptstadt Deutschlands werden, aber die Panke ist nicht Schiffbar. Daher machte Spandau dann mit seinem Zusammenfluss von Havel und Spree mehr Sinn. Hab es erst später geändert.

Na, dann laden Sie jetzt mal die Zeitreise-App aus dem Blubbel-Store, öffnen sie die Dose mit der Chedrun[1]-Paste und folgen Sie mir!

---

1 Chedrun-Paste gibt es in unserem Universum nicht, genau so wenig, wie den Blubbel-Store

Verpasste Gelegenheiten

Das Leben besteht aus Zufällen und aus vorbestimmtem Schicksal. Spätestens seit der Filmtrilogie "Zurück in die Zukunft" wissen wir, dass es durchaus alternative Zeitlinien geben kann. Oft ist es eine eigene oder fremde Entscheidung, die über den Rest des Lebens entscheidet. Seit "Star Trek" wissen wir auch von Paralleluniversen, die Zeitgleich mit unserem bestehen. Einige Wissenschaftler sprechen von elf parallel existierenden Universen, andere von unendlich vielen.

Ist die sogenannte "Dunkle Materie" ein Hinweis auf sie? Entschwinden wir in unseren Träumen in andere Universen? Warum kommen uns manche Dinge, die wir in unserer derzeitigen Existenz zum ersten mal erleben, so bekannt vor? Woher kommen Vorahnungen? Warum sind uns manche Dinge, manche Menschen, so vertraut und warum mögen wir manche Menschen von Anfang an nicht?

Im Schriftlichen möchte ich dies einmal für mich, an meinem Leben, einfach nur durchspielen. Das ganze ohne Groll über die "verpassten Gelegenheiten", aber mit dem Gedankenspiel: "was wäre wenn"! Eine ziemlich zynische Kurzgeschichte zu diesem Thema ist die von mir verfasste, mit dem Titel: "Ideale", veröffentlicht in meinem Band "Die weiße Hand im schwarzen Käse".

Also spielen wir, in Gedanken, mal einiges durch.

Der Urknall findet nicht statt. Unser Universum existiert nicht. Damit existieren auch wir in diesem Universum nicht.

Der Urknall findet statt, aber Materie und Antimaterie sind zu gleichen Teilen vorhanden und so löscht sich das Universum sofort wieder selbst aus.

Der Urknall findet statt, es gibt auch genug Materie, aber es expandiert in eine andere Richtung. Dadurch kann sich unsere Galaxis nicht bilden und wir somit auch nicht.

Der Urknall findet statt, es gibt genug Materie, das All expandiert in die richtige Richtung, aber ein Wasserstoffatom befindet sich an der falschen Stelle im Raum. Dadurch entsteht der später explodierende Stern, aus dessen Gaswolke sich nach dessen Tod auch unsere Sonne entwickelt, nicht.

Nun stimmen alle Voraussetzungen und unser Sonnensystem entsteht. Aber was ist das? Der Kern unserer Urerde, bisher nur faustgroß, wird durch die Schwerkraft des entstehenden Jupiter, dessen Bahn nur fünf Meter von seiner ursprünglichen abweicht, aus unserem Sonnensystem heraus katapultiert und schlägt als Meteorit nach zwölf Milliarden Jahren auf einem Planeten im Aldebaran-System ein.

Endlich bildet sich nun doch die Urerde als Planet in unserem Sonnensystem heraus. Teja aber kollidiert nicht mit der Urerde. Der Grund? Zwanzig Jahre zuvor hat ein aus einem anderen Sonnensystem stammender Asteroid die Bahn von Teja um 0,00000001% geändert und deshalb rast Teja jetzt an der Urerde vorbei. Dadurch entsteht kein Mond und die Urerde torkelt bis heute auf ihrer Achse so stark herum, dass an die Bildung höheren Lebens nicht zu denken ist. Damit einher geht eine sehr schnelle Eigenrotation, die den Tag auf vier Stunden verkürzt und das Innere der Erde erkaltet zunehmend, wie beim Mars. Teja wird durch den Nichtzusammenprall in den Kuipergürtel katapultiert. Durch die geringere Masse dank der ausbleibenden Kollision mit Teja, wandert die Urerde gleichfalls an den Rand des Sonnensystems und nimmt schließlich eine stabile Bahn zwischen Neptun und Uranus ein.

Nun lassen wir Teja die Urerde auch nicht treffen. Sie schrammen nicht einmal aneinander vorbei. Nein, sie fangen sich gegenseitig ein und tanzen im Schwerefeld des jeweils anderen. Statt des Mondes die Erde umkreisen sich jetzt Teja und Urerde. Das geht viereinhalb Milliarden Jahre gut. Sie umkreisen sich wie zwei Liebende immer enger. Der Vulkanismus nimmt auf beiden Planeten von Jahr zu Jahr zu. Die Gezeiten sind gewaltig. Der Meeresspiegel schwankt dabei um rund sechstausend Meter. Kein guter Ort für Leben! Die am höchsten entwickelten sind einzellige Amöben. Bis gestern. Gestern nun kollidierten Teja und Urerde. Der Aufprall geschah so sanft, dass jetzt beide Planeten miteinander verschmelzen. Ein Mond entsteht nicht. Diese neue Erde ist nun aber so schwer, dass sie in vierhunderttausend Jahren in die Sonne stürzen wird. Schade!

Jetzt aber! Teja kollidiert mit der Erde. Der Mond entsteht. Die Ozeane entstehen. Das Leben entsteht. Bakterien und Amöben entstehen. Einzellige Pflanzen entstehen. Und die Erde friert zu. Die sogenannte Schneeballerde waren mehrere Kaltzeiten, in denen die Erde jedes mal fast bis zum Äquator zu fror. Vulkanismus und eine leichte Änderung der Erdbahn um die Sonne, womöglich ausgelöst durch Gravitationswellen oder den Einfluss des uns nächsten Sternes Alpha-Centauri, ließen die Erde aber immer wieder auftauen. In diesem Szenarium jetzt schlägt aber ein Kleinfamilienhaus großer Asteroid nicht auf der Erde ein. Diesen Einschlag hätte es indes gebraucht, um einen Vulkan auf der dem Einschlag gegenüberliegenden Erdseite ausbrechen zu lassen. Durch diesen einen nicht ausbrechenden Vulkan bleibt die Erde eine Schneeballerde, dessen am höchsten entwickelten Lebewesen weiterhin Einzeller sind, die sich in schlammigen Tümpeln in der Äquatorregion befinden. ... bis heute ...

Na dann, auf zum nächsten Versuch. Alles klappt! Die Erde beendet ihr Schneeballdasein. Es kommt zur kambrischen Explosion des Lebens. In einem Schlammloch entwickeln sich die Vorfahren aller Wirbeltiere. So etwas wie die Neunaugen. Aber was ist das? Seeskorpione entdecken den Tümpel, in dem sie sich entwickelt haben und fressen die gesamte Population auf. Das Leben entwickelt sich dennoch weiter. Heute dominiert eine Spinnenart alles. Sie hat sogar die Raumfahrt entdeckt, hat Computer und Handys. Aber Wirbeltiere sucht man vergebens auf der Erde.

Nun muss es ja aber mal langsam klappen. Das tut es auch. Im Kambrium explodiert das Leben, aber im Wasser vermehrt sich nach einem Seebeben statt Sauerstoff erzeugender Pflanzen Mikroben, die statt Sauerstoff Schwefel ausscheiden. Statt Regen aus Wasser fällt dafür Schwefelsäure vom Himmel. So ein Pech aber auch. Dadurch entwickelt sich das Leben nicht weiter, höheres Leben erlischt und heute leben nur noch Einzeller auf unserem Planeten.

Wir aber geben nicht auf. Im Kambrium läuft das Leben auf vollen Touren. Die Wirbeltiere sterben nicht aus. Das Land wird erst durch Pflanzen, dann durch Tiere besiedelt. Aus Fischen entwickeln sich Lurche, aus Lurchen Reptilien. Die Reptilien spalten sich auf in Säuger und Dinosaurier. Aus den Dinosauriern entwickeln sich die ersten Vögel. Vor sechsundsechzig Millionen Jahren rast ein Asteroid auf die Erde zu. Er dringt in die oberen Atmosphärenschichten ein und ... fliegt in einem Abstand von etwa fünfzig Kilometern an der Erde vorbei.
Das Aussterben der Dinosaurier findet also nicht statt. Heute haben Dinosaurier die Raumfahrt entwickelt und bereits unser Sonnensystem besiedelt, während wir Primaten als gerade einmal faustgroße Winzlinge in den

Kiefernzapfenplantagen der Saurier unser Dasein als Schädling fristen, denn wir leben von der Rinde und den jungen Trieben der Kiefern hoch in deren Wipfeln.

In diesem Szenarium jetzt trifft vor 66 Millionen Jahren der Asteroid, so wie er es sollte, die Erde und die Dinosaurier sterben aus. Aber was ist das? Wir Primaten sind auch jetzt nur Faustgroß. Außerdem hält man uns in Käfigen. Unsere Kommunikation mit unseren Artgenossen, unsere Sprache, wird von anderen Wesen, denen, die die Welt beherrschen, als lustiges Gezwitscher wahr genommen, weswegen man uns in Gefangenschaft hält. Die Art, die die Welt dominiert und die uns als Haustier hält, sind heute die Nachfahren der Dinosaurier, die Vögel.

Noch 'n Versuch. Alles läuft wie gewünscht, ... fast. Vor rund sieben Millionen Jahren aber entwickeln sich nicht nur vier Arten von Elefanten, der Afrikanische, der Indische, das Mammut und der Eurasische, sondern noch eine weitere Art. Sie ist wesentlich kleiner, als alle anderen Arten und um einiges intelligenter. Ihr Rüssel spaltet sich recht bald kurz hinter dem Nasenbein, so dass sich jedes Nasenloch unabhängig vom anderen bewegen kann und der Rüssel damit sehr viel beweglicher ist. Sie entwickeln recht bald Werkzeuge, benutzen vor fünf Millionen Jahren bereits das Feuer und sie machen Jagd, vor allem in Afrika, auf Primaten. Dadurch ist der Evolutionsdruck auf unsere Art so hoch, dass sich kein Hominide entwickeln kann. Schon seit einer Millionen Jahre besiedeln diese Elefanten das All, während die meisten Primatenarten als Nutztiere gehalten werden.

Kommen wir nicht bald zum modernen Menschen? Ja, bald, aber noch nicht jetzt. Die Kontinentaldrift verläuft etwas anders. Der indische Subkontinent schiebt sich nicht unter

Asien, sondern in Richtung Beringstraße. Dadurch wird eine festere Landverbindung zwischen Eurasien und Nordamerika geschaffen. Nun fehlt die Barriere, die für das Abregnen des Monsun verantwortlich ist. In Ostafrika wird es deshalb nicht trocken und der durchgehende Dschungel zieht sich vom Atlantik bis nach Ostafrika. Es entstehen keine Savannen und damit auch nicht der Evolutionsdruck auf unsere gemeinsamen Vorfahren. Deshalb spaltet sich unsere Art nicht auf. Es bleibt eine Linie, die der Schimpansen.

Das gleiche Ergebnis bildet ein anderes Szenarium. Der Himalaya entsteht, aber die Plattentektonik zerreißt Afrika nicht. Der Afrikanische Grabenbruch entsteht nicht, der gesamte Gürtel entlang des Äquators bleibt Dschungel, wodurch keine Savannen entstehen und der Druck zur Entwicklung eines aufrecht gehenden Affen entfällt. Das höchst entwickelte Lebewesen bleibt der Schimpanse.

Wir kommen der heutigen Situation immer näher. Himalaya und Afrikanischer Grabenbruch entstehen, unsere Vorfahren spalten sich auf. Unsere Art besiedelt aber nicht nur die Savanne, sondern auch Flussmündungen, Deltas, die Mangrovensümpfe an den Küsten der Meere. Wir entwickeln den Tauchreflex, den wir bis heute haben, das Unterhautfettgewebe, das uns bis heute unter den Primaten einmalig macht, es entstehen Schwimmhäute zwischen Fingern und Zehen, wir verlieren unsere Haare und das was wir an Fell behalten macht uns bis heute im Wasser Stromlinienförmig. Jetzt reiten wir aber auf der Welle der sogenannten Wasseraffentheorie des Evolutionsbiologen Alister Hardy von 1930 weiter. Am Wasser kommt man leichter an tierische Proteine, die für die Entwicklung des menschlichen Gehirns notwendig sind. Wir finden genug Muscheln und Krebse, die sich roh verzehren lassen. Mit unseren leichten Speeren und ihren Klingen aus Feuerstein, vor allem aber aus Perlmutt jagt es sich leichter, als an Land. Seetang gibt's als pflanzliche Ergänzung. Unsere Art spaltet sich auf in eine Art, die halbaquatisch im Süßwasser, Seen und Flüssen Afrikas lebt und eine Art, die das Landleben schließlich fast komplett aufgibt und in den Meeren und an deren Küsten, sowie im Brackwasser der Küsten lebt. Diese beiden Arten besiedeln heute die ganze Welt. Da wir aber nie gelernt haben, das Feuer zu zähmen, weil das nicht notwendig war, sind wir weiter Jäger, Fischer und Sammler.

Nein, es kommt doch anders. Unsere Vorfahren entdecken die Nutzung des Feuers. Unsere Art ist dabei, die Welt zu erobern. Vor etwa sechzigtausend Jahren gibt es nur noch zwei Menschenarten, den Neandertaler in Europa und unsere Art. Bis heute beschäftigt die Frage, warum der Neandertaler ausgestorben ist, ob er überhaupt ausgestorben ist, denn im Erbmaterial der Mitteleuropäer finden sich Reste seines Genoms? Vor rund sechzigtausend Jahren gibt es von unserer Art nur noch eine kleine Restpopulation an der Nordküste Afrikas, die von Wüsten und dem Meer von allen anderen Menschenarten abgeschnitten ist. Wir sind eine aussterbende Art.

Und jetzt zwei unterschiedliche Szenarien, die beide mit dem Aussterben unserer Art enden.

Die eine: Unsere Art erholt sich, überwindet diese Trockenheit und dringt in die Jagdgebiete der Neandertaler ein. Der Neandertaler ist körperlich robuster als wir und hat ein größeres Hirn. Seine Vermehrungsrate erhöht sich nun aber auf Grund des Evolutionsdrucks, den wir als Art auf ihn ausüben. Vor rund dreißigtausend Jahren stirbt deshalb nicht der Neandertaler aus, sondern unsere Art.

Die andere Variante: Wir überleben die Dürre in Nordafrika als Art nicht. Statt dessen bleibt bis heute der Neandertaler die einzige überlebende Menschenart. Er haust nach wie vor in Höhlen, sammelt und jagt, hat aber nach der letzten Eiszeit die ganze Erde, bis auf die Polynesischen Inseln, erobert.

Nun ist es an der Zeit, den Neandertaler auszurotten. Das tun wir auch und beginnen uns weiter zu entwickeln. Die letzte Eiszeit endet aber nicht vor zehntausend Jahren. Durch eine minimale Verschiebung der Erdbahn um die Sonne, ausgelöst durch einen Meteoriteneinschlag in Nordamerika, den es nur in diesem Szenarium hier gibt, fällt deshalb die nächste und bis heute anhaltende Warmzeit aus. Darum wird der Mensch nicht sesshaft, sondern er bleibt bei seinem nomadischen Leben. Zwar zähmen wir den Wolf und machen aus ihm unseren Jagdgefährten, aber das relativ kalte und trockene Klima auf unserem Planeten zwingt uns hier dazu, weiterhin Jäger und Sammler zu bleiben. Die ersten Hochkulturen mit ihrem Ackerbau und ihrer Viehzucht entstehen nicht. Heute leben wir in einfachen Jurten und ziehen den großen Herden der Wisente und Mammuts hinterher.

Jetzt aber gelingt es uns. Der Mensch wird sesshaft, die Hochkulturen entstehen. Das römische Reich entsteht.
Wir haben jetzt zwei Szenarien mit demselben Ergebnis. In dem einen stirbt Arminuis bei einem Duell in Rom. Die Varusschlacht im Jahre 9 n. Chr. findet nicht statt. In dem anderen gewinnt Varus die Schlacht im Teutoburger Wald. Das römische Reich weitet in beiden Szenerien sein Herrschaftsgebiet bis an den Ural aus. Heute sprechen wir in ganz Europa, in weiten Teilen Asiens und auf dem gesamten afrikanischen und amerikanischen Kontinent Latein. Die anderen beiden Reiche sind die der Mongolen und das der

Chinesen, das sich bis Australien ausgeweitet hat. Der Sitz der UNO ist nicht New York, sondern Rom. In Indien gibt es noch einige wilde Stämme, die sich einer möglichen Besatzung durch Römer oder Chinesen erwehren. Noch immer gibt es Sklaven, die aus den Reihen angeblicher Verbrecher rekrutiert werden. Der technische Entwicklungsstand gleicht dem heutigen.

Hier wird es jetzt erstmals persönlich. Mein Vorfahre der Wandalenfürst Geiserich taucht auf. Er zieht durch Andalusien bis nach Nordafrika, macht Karthago zu seiner Hauptstadt und plündert 455 Rom. Dabei geht jedoch etwas schief und bereits jetzt werden die Wandalen durch die Weströmer vernichtend geschlagen. Das führt zu einem unerwarteten Aufschwung des Weströmischen Reiches, das erneut damit beginnt, Mitteleuropa, nun aber erfolgreich, zu erobern. Heute leben wir hier im römischen Reich. Mich aber gibt es nicht, weil Geiserich sich nicht oft genug fortgepflanzt hat.

Nun ist das Szenarium wieder ähnlich. Das Reich der Wandalen entsteht, Geiserich plündert 455 erfolgreich Rom und nimmt den Papst als Geisel gefangen. Unser Zeitstrahl weicht aber weiterhin ab, denn es gibt 534 keinen Aufstand auf Sardinien, den das Wandalische Heer niederschlagen muss, deshalb steht es in Karthago bereit, als die Oströmer unter Kaiser Justinian I die Wandalen angreifen. Sie werden vernichtend geschlagen und das oströmische Reich fällt nach und nach den Wandalen zu. Ich bin heute Kaiser eines Wandalischen Reiches, das sich von Marokko über Nordafrika, die gesamte Sahelzone, den Nahen Osten bis nach Indien, China und Russland erstreckt. Der muslimische Glauben ist heute eine Randnotiz in der Geschichte, weil er sich durch das Wandalische Reich nie entwickeln konnte.

Ein neuer Versuch. Das Oströmische Reich vernichtet die Wandalen. Fünf Jahre danach gerät die Erde direkt in den Fokus eines Gammastrahlenausbruchs, weil in unser Nachbargalaxie, im Andromedanebel, zweieinhalb Millionen Lichtjahre von uns entfernt, zwei Sterne in der Größe unserer Sonne in ein Schwarzes Loch stürzen. Der Gammastrahlenausbruch vernichtet auf der Erde umgehend alles Leben, bis auf wenige Mikroben und Einzeller. Die Entwicklung höheren Lebens beginnt damit in unseren Ozeanen erneut.

Im jetzigen Szenarium reisen wir bis ins 20. Jahrhundert. Die Geschichte nahm ihren weiteren Verlauf, so wie wir sie kennen. Doch jetzt geschieht folgendes: Im Sternsystem Sirius, etwa 8,6 Lichtjahre von uns entfernt, wird durch den Einschlag eines Kometen auf einem seiner Planeten vor viereinhalb Millionen Jahren, dieser um wenige Zentimeter aus seiner ursprünglichen Bahn gedrückt. Die nicht mehr nachweisbare Gravitationswelle verschiebt die Bahn eines Kometen in unserem Sonnensystem um den tausendsten Teil eines Millimeters. Dadurch schlägt am 30. Juni 1908 der Tunguska-Komet nicht in Sibirien, in der Nähe des Flüsschens Tunguska ein, sondern er explodiert in vier Kilometer Höhe direkt über Berlin. Meine Urgroßmutter stirbt bei diesem Vorfall sofort, und damit existiere ich nicht. Aber auch der Deutsche Kaiser mit seiner Familie stirbt. Durch die darauf folgende Hungersnot gibt es eine Hungerrevolution im Deutschen Kaiserreich. Der Erste Weltkrieg findet nicht statt, der Zweite Weltkrieg entfällt gleichfalls aus diesem Grund. Heute ist Deutschland ein Agrarland in den Grenzen von 1871, eine Räterepublik, die aber an ihren Kolonien festhält. Auch sonst hat sich die Welt seit dem nun "Berliner Einschlag" genannten Ereignis, wenig verändert, denn die Volksaufstände in den Überseegebieten Frankreichs und Großbritanniens blieben aus, weil der dafür nötige Zündfunke im Ergebnis des Zweiten Weltkriegs fehlte. Das Vereinige Königreich hat somit auch noch all seine Kolonien und lebt das Empire, das die USA im nun ausgebliebenen Krieg nie zu unterstützen brauchte. Durch diese fehlende Unterstützung des europäischen Kriegsschauplatzes wurde die Wirtschaft der Vereinigten Staaten nie auf volle Leistung gefahren. Ein Kriegseintritt des Landes einzig und allein auf Grund der Bombardierung Pearl Harbors durch Japan, war deshalb der amerikanischen Bevölkerung nie vermittelbar. Die USA blieben deswegen in ihrer isolationistischen Politik und wurden keine Weltmacht. Die Weltmächte heißen heute Japan, das sein Herrschaftsgebiet bis Australien ausgeweitet hat, Frankreich und Großbritannien.

Wir nähern uns dem Jetzt und Heute bis zum Jahr 1938. Ein Neffe Neville Chamberlains bringt am Vorabend der Unterzeichnung des Münchner Abkommens eine schlechte Schulnote in Mathematik nach hause. Der Onkel regt sich deshalb über die Unfähigkeit des Lehrers auf, trinkt ein Glas Scotch zu viel und fliegt am anderen Tag wütend, verkatert und geladen nach München. Er bleibt hart und unterzeichnet das Abkommen mit Frankreich, Deutschland und Italien nicht. Als die Wehrmacht am 1. Oktober 1938 dennoch ins Sudetenland einmarschiert, kommen Frankreich und England ihren Bündnisverpflichtungen gegenüber der Tschechoslowakei nach. Der Zweite Weltkrieg beginnt ein Jahr eher. Darauf ist die deutsche Rüstungsindustrie noch nicht eingerichtet. Obendrein fehlt ein Abkommen mit der Sowjetunion. Somit ist der Zweite Weltkrieg von vornherein ein Zweifrontenkrieg und weitet sich gar nicht erst zum Weltkrieg aus. Innerhalb von zwei Jahren ist Deutschland von französischen, britischen, polnischen und sowjetischen Truppen besetzt. Bei einem Putsch kurz vor Kriegsende werden Hitler und seine Anhänger entmachtet und vom wütenden Mob auf der Straße gelyncht. Es tritt wieder die Verfassung der Weimarer Republik in Kraft. Der Weltenbrand bleibt aus. Mich gibt es nur zur Hälfte, denn nur mein Vater wird 1941, im Frieden, geboren. Meine Großmutter mütterlicherseits lernt zwar 1939 noch ihren Rolf kennen, sie heiraten aber nicht. Mein Großvater Rolf wird als glühender Anhänger Hitlers vom Mob, so wie alle SS- und SA-Leute, mitgelyncht und stirbt, bevor er mit meiner Oma Kinder zeugen kann. Meine Großmutter lernt darauf hin einen netten Abteilungsleiter in der Firma, in der sie arbeitet, bei Maggi, kennen und zieht mit ihm 1942 in ein Landhaus bei Neuruppin. Meine Mutter wird zwar geboren, da sie aber in Neuruppin aufwächst, lernt sie meinen Vater nie kennen. Ich werde 1961 zeitgleich als Sohn meines Vaters in Berlin und als Sohn meiner Mutter in Neuruppin geboren, lerne mein anderes Ich aber nie kennen.

Ein anderes Szenarium. Aber eines, das uns Gott sei Dank erspart geblieben ist. Der zweite Weltkrieg beginnt, wie wir es kennen, am 1. September 1939. Mein Vater wird 1941 in Berlin geboren, meine Mutter 1943 in Neustadt bei Gossenthin in der Nähe von Danzig 1943, denn meine Oma hat ihren Rolf geheiratet und ist mit ihm 1941 dort hin gezogen, so wie ich es aus der eigenen Familiengeschichte her kenne. Doch wiederum ist etwas anders. Als 1942 die Sowjetarmee vor Stalingrad versucht, die 6. Deutsche Armee einzukesseln, geht etwas schief. Die mit Deutschland verbündeten Rumänen, Ungarn und Italiener an den Flanken schaffen es hier, warum auch immer, die Einkesselung der Wehrmacht zu verhindern. Dadurch kann weiter Nachschub nach Stalingrad gelangen und die 6. Armee kapituliert im Februar 1943 nicht, sondern sie nimmt die Stadt ein. Der Weltkrieg in Europa endet, wie wir es aus den Geschichtsbüchern her kennen, am 8. Mai 1945. Jedoch nicht mit der Kapitulation Deutschlands, sondern mit der

Kapitulation der Sowjetunion und Englands, nachdem am 6. Juni 1944 in einer gigantischen Landungsoperation die Wehrmacht nach Großbritannien übergesetzt und das Vereinigte Königreich erobert hatte. Nach den französischen gelangen jetzt auch die britischen "Überseegebiete" in deutsche Hand.

Bis Ende der 40er Jahre besetzt nach dem eigentlichen Krieg, laut Goebbelsscher Schreibweise "friedlich", Deutschland auch die Gebiete seiner im Krieg Verbündeten und verleibt sich ganz Afrika ein. Während dessen erobert Japan Südamerika und einen Teil Nordamerikas. Die USA schrumpfen auf einen kleinen Reststaat im Osten des Kontinents zusammen. Heute gibt es, bis auf ein paar Stadtstaaten und einige Inseln im Südatlantik, sowie den Rest-USA, bestehend aus den ehemals ersten dreizehn Kolonien, nur noch zwei Länder, die sich die Welt untereinander aufgeteilt haben: Deutschland und Japan.

Weil meine Großmutter nie aus Neustadt bei Gossenthin flüchten musste und dadurch meine Mutter nie meinen Vater kennen gelernt hat, gibt's mich auch hier zweimal. Ich lerne mein anderes Ich sogar selbst kennen, ohne es zu wissen. Das in Neustadt geborene Ich ist Leiter eines Konzentrationslagers für politische Gefangene, in dem mein anderes Ich inhaftiert ist, denn dieses andere Ich ist bei einer illegalen Flugblattaktion der verbotenen SPD, deren Mitglied ich bin, festgenommen worden und wird nun durch mich gefoltert, damit ich meine Hintermänner verrate.

Die Welt ist durch Zufälle bestimmt. Wir nähern uns immer mehr dem Heute an. In der Tanzschule, auf die sie beide gehen, lernen meine Eltern zwar einander kennen, aber mein Vater ist zu schüchtern, meine Mutter zum ersten Date einzuladen oder ein anderer Herr ist eine Minute schneller, als mein Vater. Nun geht sie mit dem anderen aus und verliebt sich in den. Heute gibts mich zweimal. Meine

Mutter gebar mich als Mädchen und ich arbeite heute, so wie bereits meine Großmutter, in einem Gebäude der Senatsverwaltung für Finanzen in der Klosterstraße und bin Beamtin. Aber nicht nur das! Ich bin zweifache Großmutter und werde bald eine ordentliche Pension bekommen. Das erste Kind meines Vaters bin auch ich, aber als Junge. Ich lernte, so wie er, auf dem Bau. Weil ich anfing, nach der Wende in Deutschland zu trinken, ist dieses Ich heute Obdachlos und hält sich regelmäßig rund um den U-Bf. Klosterstraße auf. Mein weibliches Ich gibt dort meinem männlichen Ich immer mal 'n Euro in meinen, zum betteln aufgestellten Hut.

Nun aber wird es. Mein Vater hat mit meiner Mutter sein Date, sie verlieben sich und im Herbst 1960 werde ich in Brieselang "gemacht". Aber irgendwie werden ein X- und ein Y-Chromosom beim Zeugungsakt vertauscht und ich werde als Mädchen geboren. Heute bin ich zweifache Großmutter und Beamtin in der Senatsverwaltung für Finanzen und arbeite wie einst meine eigene Großmutter in der Klosterstraße.

Manchmal kann eine kleine Entscheidung ein ganzes Leben drehen. Ich werde, wie vorgesehen, als Junge geboren. Wenige Tage nach meiner Geburt, konkret am 10. August 1961, ist meine Mutter bei ihrer Oma in Westberlin in der Uhlandstraße. Ich habe diese Geschichte so oft gehört. An diesem Tag wurde eine wichtige Weiche für mein späteres Leben gestellt. Nur weil meine Mutter meinen Vater vor ihrem Besuch in der Uhlandstraße auf Arbeit nicht mehr erreichte, fuhr sie abends wieder zurück nach Ostberlin. Die Koffer für die Flucht waren angeblich schon gepackt. Sie wollten es nun eine Woche später wagen. In diesem Szenarium jetzt erreichte sie meinen Vater, fuhr mit mir zur Uhlandstraße und Vaddern kam mit den Koffern nach. Am nächsten Tag meldeten sie sich im Notaufnahmelager Marienfelde. Und hier trennt sich der Zeitstrahl erneut. In dem einen Zeitstrahl komme ich durch falsche Freunde in der Schule auf die schiefe Bahn, werde zum Junkie und verrecke kurz nach dem Mauerfall an einer Überdosis Heroin. In dem anderen Zeitstrahl lässt der Onkel aus Steglitz seine Beziehungen spielen. In dieser Umgebung werde ich zum Finanzbeamten im Wohnbezirk meiner Eltern, in Wilmersdorf und weil ich mich in meiner Jugend etwas für Umweltschutz engagiert hab, sitze ich heute für die Grünen in der Wilmersdorf-Charlottenburger BVV.

Das Leben ist hart und ungerecht, könnte man zum nächsten Lebensweg sagen. Meine Mutter versuchte ursprünglich mich schon mit fünf Jahren in der Vorschule anzumelden. Sie nahm mich aber schon nach vier Wochen wieder heraus, weil ich danach immer nur geweint habe und schulte mich deshalb ein Jahr später ein. Gesetzt den Fall, sie hätte das nicht gemacht, wäre ich schon 1967 in die 1. Klasse gekommen. Weil ich jünger, als die meisten anderen war, wäre ich im Unterricht weiter zurück geblieben, hätte schlechtere Noten gehabt, wäre von den anderen Kindern deshalb gehänselt worden und wäre innerlich so sehr zerbrochen, dass ich den "Bruder Alkohol" nicht mehr hätte bändigen können. Ich wäre kurz vor dem Mauerfall mit billigem Fusel im Magen auf einer Parkbank verreckt, so wie es der eine Sohn eines der Cousins meines Vaters aus Havelberg gemacht hat.

So langsam kommen wir in die Gegenden der eigenen wichtigen Entscheidungen, die ich hätte machen müssen. Aber davor noch ein paar andere "Gelegenheiten", auf die ich zum Glück verzichten konnte.
Da wäre die Möglichkeit, dass sich meine Eltern, beides Fischer, am Mekong kennen gelernt haben und ich in einem

Dorf in Nordvietnam aufgewachsen bin. Unsere Gegend wird im Vietnamkrieg mehrfach bombardiert, so dass meine Eltern dabei umkommen. Ich selbst verkohle mir den Großteil meiner Haut bei einem Angriff der Amis mit Napalm und komme damit in ein Krankenhaus nach Hanoi. Nach dem Krieg versuche ich mich erneut als Fischer, aber die Flüsse sind durch den Krieg hoch verseucht und so lande ich letztendlich auf dem Bau. Heute arbeite ich als Lohnsklave, von Vietnam ausgeliehen, in Kathar.

Auch das folgende Szenarium wäre denkbar und Millionen von Menschen leben so. Meine Eltern lernen sich in einem Dorf auf den Philippinen kennen. Da werde ich hinein geboren. Nach zwei Taifunen ist unser Land nicht mehr zu bewirtschaften und meine Eltern gehen mit mir als Kleinkind, um Geld zu verdienen, in die große Stadt nach Manila. Mein Vater legt sich, rein versehentlich, mit jemandem des Regierungsklans Marcos an und verschwindet als politischer Gefangener der Diktatur für mehrere Jahre in einem Gefängnis. Muttern versucht in der Zeit mich und meine anderen acht Geschwister irgendwie durchzufüttern. Als Vaddern aus der Haft entlassen wird, ist er ein gebrochener Mann und versäuft das bisschen Geld, das Muttern durch Näharbeiten zusammenkratzt. Heute bin ich ein alter Mann ohne Zähne und mit Glatze, unterernährt, ohne Schulbildung und ich hause in einem Slum am Rande Manilas, ohne fließend Trinkwasser, ohne Strom, ohne Toilette. Ich versuche, etwas Geld mit einer eigenen Rikscha zu verdienen und Touristen "meine" Stadt zu zeigen.

Oder so: Ich werde im Jahr 1740 als Onondaga im Ohiotal in Nordamerika geboren. Eigentlich bin ich glücklich, bis zu dem Zeitpunkt, als Briten und Franzosen expandieren und sich in einem Krieg um Nordamerika in einander verheddern. Die Briten gewinnen und treiben uns immer weiter nach Westen. Dabei sind wir gezwungen, schlicht um zu überleben, uns mit anderen Stämme herum zu schlagen. Als Indianer bleibe ich mein Leben lang Jäger, Fallensteller, Bauer und leider auch Krieger. Heute kennt niemand mehr meinen Namen.

Eine weitere Möglichkeit wäre: Meine Eltern regieren einen Stamm im Nahen Osten, der im Gebiet des heutigen Saudi-Arabien liegt. Bereits in Ihrer Jugend, kurz nach dem Zweiten Weltkrieg, fand man im Territorium unseres Stammes ein bedeutendes Ölfeld. Meine Hochzeit wurde arrangiert, um unser Ansehen zu vergrößern. Deshalb wurde ich im 16. Lebensjahr mit der jungen Fatima, die gerade das 8. Lebensjahr vollendet hatte, zwangsverheiratet. Wir mochten uns beide nie, zeugten aber dennoch den gewünschten Erben. Heute bin ich unglücklich verheiratet, meine Frau hasst mich, aber wir sind steinreich.

Und noch der hier: Ich werde als Farmerssohn in der Nähe von Dallas, Texas, geboren. Zwei Jahre nach meiner Geburt finden Geologen im Boden unter unserer Farm mehrere ergiebige Ölfelder. Meine Eltern gründen daraufhin eine eigene Ölfirma und beuten das Land selber aus. Dabei werden sie stinkreich. Ich gehe auf die Havard Universität und lerne dort Lotte Liese kennen, reiche Erbin einer Hotelkette. Nach unserem Studium und unserer Hochzeit übernehme ich die elterliche Ölfirma und baue sie noch aus. Zwar gehe ich dabei nicht immer sauber vor und spinne so manche Intrige, aber was solls, Hauptsache der Dollar rollt. Ich versuche, selbst den Mindestlohn meiner Arbeiter noch zu drücken und habe für deren Bedürfnisse überhaupt kein Verständnis. Ich gehe andauernd fremd, meine Frau geht andauernd fremd, uns aber von einander scheiden zu lassen, kommt überhaupt nicht in die Tüte. Nachher muss einer dem anderen noch einen Teil seiner "sauer ersparten"

Dollars überlassen. Heute bereite ich mich darauf vor, für die Republikaner in den nächsten Präsidentschaftswahlkampf zu ziehen. Ich bin zwar reich, aber meine Frau betrügt mich ständig, so wie ich sie und ich habe keine ehrlichen Freunde. Glücklich bin ich überhaupt nicht.

Aber zurück zum eigentlichen Strang. Ich war jahrelang in unsere Klassenbeste, Christina, verknallt, schon ab der 1. Klasse. Ein süßer, kleiner Blondschopf wie Shirley Temple, in die ich in der 1. Klasse auch verknallt war, mit immer etwas weinerlich klingenden Stimme. Ihre Mutter war für die damalige Zeit relativ alt. In jenen Tagen war es üblich, dass die Frauen kaum älter als 25 Jahre waren, wenn sie Mutter wurden, denn nur mit Kind hatte man Anspruch auf eine eigene Wohnung. Also wurde sehr jung geheiratet und die Familie gegründet. Christinas Mutter war indes bereits so um die vierzig, als Christina eingeschult wurde und damit etwa fünfzehn Jahre älter, als meine Mutter. In der 8. Klasse prügelte ich mich mit Volker, unserem Leistungssportler in der Klasse, um Christina und ich wurde von ihm jämmerlich verhauen. Aber ihr Herz erweichte es nicht. Ab der 9. Klasse ging sie zur Erweiterten Oberschule und machte ihr Abi. Nur zwei aus unserer Klasse durften dies, so sehr wurde ausgesiebt. Was, wenn ich damals doch mit ihr zusammen gekommen wäre? Wäre ich ein besserer Schüler geworden? Hätte ich mehr Ehrgeiz gehabt? .

Was wäre gewesen, hätte man die Schule in der Degnerstraße erst zwei Jahre später fertig gestellt? Diese Frage hab ich mir oft gestellt. Aus drei 6. Klassen machte man zum neuen Schuljahr zwei 7. Klassen. Alle, die jenseits einer gewissen Straßengrenze wohnten, gingen automatisch auf diese neue Schule. Dummerweise waren darunter all meine besten Kumpels. Damit stürzte ich mit Beginn der 7. Klasse ins Bodenlose. Sich als schüchternes Kind in eine neue Schulklasse einzusortieren, in der beginnenden Pubertät und quasi nur mit Rabauken zusammen zu sein, war ganz schön schwer. Letztlich ging es um Revierkämpfe, um Imponiergehabe gegenüber den Mädchen und nur noch in zweiter Linie um lernen. Ich brauchte das gesamte Schuljahr, um dort anzukommen. Sackte vom Zensurendurchschnitt um anderthalb Noten ab, von 1,8 in 6. auf 3,3 in der 7. Klasse, erst dann fing ich mich. Tja, was wäre, wenn die andere Schule erst zwei Jahre später fertig geworden wäre und ich das Umfeld aus meinen Kumpels behalten hätte. Wäre ich dann ehrgeiziger geworden? Hätte ich mehr erreicht?

Meine Mutter hatte ein, wie soll ich es sagen, recht eigenwilliges Verhältnis zu gewissen Dingen, die in der DDR geschahen. Sie hatte manche Sachen oder aus dem System heraus entstandene Anpassungsweisen offenbar manchmal nicht verstanden.
Ja, ich durfte Jung- und dann Thälmannpionier werden, aber der Übergang zur FDJ holperte bei mir. Zweimal war mein Antrag auf Aufnahme in die FDJ ... verschwunden. Das gehörte zum Angepasst sein dazu. Ich war damals viel zu schüchtern und viel zu feige, mich nicht anzupassen. Als alle in unserer Klasse in einem feierlichen Fahnenappell, Abends bei Fackelschein in einer Zeremonie einzeln aufgerufen und dann aufgenommen wurde, fehlte mein Name als einziger in der Klasse. Nachfrage am nächsten Tag von mir beim FDJ-Sekretär der Schule und die Antwort: "Ja, wo der Antrag geblieben ist, wissen wir nicht." Also den Antrag zur Aufnahme dort gleich noch einmal ausgefüllt und abgegeben. Nach vier Wochen meine Nachfrage, wie es mit meiner Aufnahme in die FDJ aussieht und wieder war der Antrag weg und niemand wusste, wohin. War da jemand von den Eltern der Mitschüler, die bei den "bewaffneten Organen", bei der Staatssicherheit, gearbeitet hatten,

darunter, der mir Steine in den Weg legen wollte, weil wir regelmäßig Kontakte nach Westberlin hatten? Oder war der Antrag wirklich einfach nur weg? Nach dem Ding mit den Kurzgeschichten, weiter hinten zu lesen, vermute ich ja, dass Muttern da ihre Finger im Spiel hatte.
Meinen dritten Antrag auf Mitgliedschaft wurde dann von Vaddern mitgenommen. Er gab den in seinem Betrieb bei seinem Betriebs-FDJ-Sekretär ab. Und so war ich bis zu meiner Lehre, drei Jahre lang, offiziell Mitglied der FDJ beim VEB BMK Ingenieurhochbau Berlin, war aber in der FDJ-Leitung unserer Schulklasse für Sport und Kultur zuständig. Was, wenn ich nie in die FDJ eingetreten wäre? Ich wäre der Außenseiter in der Klasse und auch später geblieben. Hätte mich entweder dem Alkohol ergeben oder wäre in Opposition zur DDR gegangen, hätte im Knast in Hohenschönhausen eingesessen, wäre als Politischer Mitte der 80er Jahre vom Westen freigekauft und wäre mit dem System in der Bundesrepublik nicht klar gekommen. Womit ich mich auch hier mit allem und jedem anlegen würde. In diesem Zeitstrahl bin ich heute ein verbitterter, alter Mann, ohne Freunde, der mit sich und der Welt unzufrieden ist.

Anderes Grundszenarium mit mehreren Strängen: Ausgangspunkt: Als ich gestern über die Straße gehe, erwischt mich ein LKW. Ich bin auf der Stelle tot. Ich sehe mich auf einmal von außen. Sehe, wie ich da im eigenen Blut liege, wie Rettungskräfte versuchen, mich zu reanimieren. Ich löse mich von mir und gehe auf ein Licht zu. In dem Moment, in dem ich das Licht erreiche, wird es dunkel um mich herum. Dann wache ich plötzlich auf.
Möglichkeit 1: Huch! Ich habe keine Hände? Wo sind meine Beine? Hat man die mir amputiert? Und was ist das auf meinem Rücken? Es ist hart. Ich öffne die Augen und sehe einen Schatten auf mich zu kommen. Instinktiv krümme ich mich und merke, wie ich mich in das da auf meinem Rücken

hinein ziehe. Nach ein paar Augenblicken ist der Schatten weg. Ich strecke mich. Eigenartig, meine Augen sitzen wohl auf Stielen. Ich bewege eines meiner Augen, um mich zu betrachten. Oh je, auf meinem Rücken thront ein Schneckenhaus. Vor mir sehe ich etwas Grünes und bekomme mächtigen Hunger. Salat, sagt mir mein Inneres. Ich krieche darauf zu …

Möglichkeit 2: Als ich erwache, befinde ich mich in einer kleinen Zelle. Ich bestehe wohl nur aus Augen und Maul und hab keine Arme und Beine. Von oben wird der Deckel meiner Zelle angehoben. Ich sehe in ein paar glutrote Facettenaugen. Der Teufel? Nein, das Gesicht speit etwas aus und schiebt es mir in meinen Mund. So geht das ein paar Tage. Trotz meiner Klaustrophobie gewöhne ich mich an die enge Zelle. Dann schlafe ich plötzlich ein. Während des Schlafes passiert irgendetwas mit mir. Als ich erwache, hab ich Hunger. Mein Gesicht hat sich verändert. Plötzlich sind kleine Greifer vor meinen Lippen. Mit denen öffne ich die Zelle und und krabble mit meinen sechs Beinen, die ich auf einmal habe, hinaus. Ich hab eine etwas rot-braune Farbe und laufe mit vielen anderen um mich herum, dem Geruch folgend, zu meiner ersten Mahlzeit nach der Verpuppung. "Ich bin 45782.", sagt jemand neben mir und vor mir begrüßt mich jemand mit den Worten: "Ich bin 45786." "Sehr erfreut!", sage ich und ergänze "Ich bin 45761." Von hinter mir kneift mich jemand ins Bein und ruft unfreundlich: "Beeil dich mal ein bisschen! Ich will endlich arbeiten!" Jetzt spüre ich ihn auch, diesen Wunsch, arbeiten zu müssen. Dieser Wunsch nach Arbeit ist fast schon größer, als der Hunger. Ich gelange mit vielen anderen zum Pilzgarten und labe mich dort. Die Königin ruft, rieche ich und krabbele mit einigen anderen Waldameisen in ihre Richtung.
Heben wir uns weitere Gedankenspiele für später auf.

In der 8. Klasse kam Andrea zu uns. Sie war schon "erfahren" hieß es und hätte sich bereits ein Kind weg machen lassen. Ich war verschossen in sie, aber viel zu schüchtern, sie anzusprechen. Nach einem halben Jahr zog sie mit ihren Eltern in die Neubausiedlung an der Gehrenseestraße um, die vom Ministerium für Staatssicherheit errichtet war. Da ahnte ich, dass ihr Vater oder ihre Mutter wohl dem Verein angehören würden.
Angeblich soll sie sich ein Jahr nach Ende der regulären Schulzeit umgebracht haben, aber ein Facebookaccount mit einem Bild von ihr existiert. ... mh ... Wenn ich mehr Mut gehabt hätte, ob wir dann zusammengekommen wären? Vermutlich, denn sie schien damals nicht abgeneigt. Ich weiß noch, wie sie im Matheunterricht ihre Federtasche direkt vor meine Füße fallen ließ und mich provokant anschaute. Ich wurde puterrot, bewegte mich aber nicht. Als sie Tränen in den Augen hatte, schritt unser Mathelehrer ein und forderte sie auf: "Fräulein Werner, wollen sie nicht mal ihr Schreibzeugs aufheben?" Ihr flossen die Tränen, mir war es peinlich. Was wäre wenn ... wäre ich dann mal ihren Eltern vorgestellt worden? Ich hätte sicherlich dem "Verein" beitreten müssen. Vielleicht wäre ja aus mir ein brauchbarer Ehemann geworden, mit Studium und so und einem tollen Job bei der Stasi, mit guter Abfindung danach und hoher Rente heute?
Andrea und ich würden uns heute im Schaukelstuhl auf unserer Veranda der Datsche einander anschauen und über die alten Zeiten sinnieren.

Kerstin hieß sie wohl und war in der Parallelklasse, Silberweiß oxydierte Haare hatte sie und war angeblich auch schon "erfahren". Als der Film "Blutige Erdbeeren" in den DDR-Randkinos, wie unserem "Venus" in der Degnerstraße lief und darin der Song "give peace a chance" von John Lennon, war es üblich, wenn in der Schuldisko das

Stück aufgelegt wurde, dass sich alle Tanzenden im Kreis auf den Boden setzten und wir im Film .... rumm-rumm-klatsch – rumm-rumm-klatsch ... mitmachten. Dasselbe machte man übrigens ein paar Jahre später bei "we will rock you" von Queen. Der Film "Blutige Erdbeeren" ist von 1970 und lief 1973 – 1974 in den Kinos der DDR, "we will rock you" ist von 1977. Eine Anspielung auf "Blutige Erdbeeren" gibt's nebenbei bemerkt im Film-Musical "Across the Universe" von 2007. Jedenfalls besagte Kerstin liebte es, sich mit ihren Freundinnen in der großen Mittagsschulpause an das Geländer zu stellen, auf dem wir "coolen Jungs unserer 8. Klasse" saßen und mit rumm-rumm-klatsch meine Oberschenkel zu malträtieren. Heute würde ich sagen, das war doch eine mehr als eindeutige Anmache, oder? ... aber damals war ich viel zu schüchtern ... Den Film hab ich heute auf meiner Wunschliste bei Amazon. ... Wenn ich damals nicht schüchtern gewesen wäre, ... da wäre doch was gegangen!

Ich hab mich in der 8. Klasse aus zwei Gründen als einer der DJ's an der Schuldisko beteiligt. Zum einen hatte ich genügend gute Musik, der Hauptgrund aber war, dass ich mich nicht getraut hab, Mädchen anzusprechen, zum tanzen aufzufordern und auch zu tanzen. Heute ist mir ja sowas scheißegal, aber damals ... da mochte ich Kuschelrunden immer nicht, die aber unweigerlich kamen. Und da dann, vor der gesamten Schule ... Aber ich kann mich entsinnen, dass ich auf der Abschlussfahrt unserer 10.Klasse nach Stralsund meine angeblich alle erfahrenen Schulkumpels damit an die Wand gespielt hab, indem ich mit einer jungen Dame aus Stendal, die wie wir mit ihrer Klasse in der Jugendherberge weilte, vor aller Augen abgezogen bin. Das hat Spaß gemacht! Ich weiß nicht einmal mehr, wie sie hieß. Sie war klein und blond, mit schnuckliger Rubensfigur. Vielleicht wäre ich ja mal in Stendal gelandet.

In der 10. Klasse hatten wir Astronomie, die Sternenkunde. Zweite Unterrichtseinheit und die Frage des Paukers: "Wer hat denn die Funktion des Sternenatlas halbwegs verstanden?" Ich und zwei andere Jungs meldeten uns, ich eher zögerlich. "Rolf, du gehst zu Christine, Peter zu Martina und Paul zu Anita und erklärt es da. Ich erkläre und dann sehen wir weiter." Zu Christine ... mh ... Christine war 'ne Süße, aber mindestens genau so schüchtern, wie ich. Ick würd' ja heute die Nachtijall trapsen hörn, wenn ma 'n Pauker zum Sterne ankieken zu Fräulein Christine schickt, aber damals ... Sie ahnen es ... war ich viel zu schüchtern ... Ich hatte Christine auch immer als Freundin von Frank verortet. Aber Frank war aus der 8. Klasse abgegangen, um in die Lehre zu gehen. Die beiden wohnten in Nachbarhäusern am Weißenseer Weg. Dass die beiden nur ihren Schulweg gemeinsam gingen, hab ich erst Jahre später begriffen. Für mich jedenfalls war Christine Franks Freundin und die Freundin eines anderen baggert man nicht an. Flirten geht, aber baggern nicht, außerdem war ich ... viel zu schüchtern.

Ich kann es noch toppen! Bei der Abschlussfeier unserer Schulzeit, in der Clubgaststätte "Schillerglocke" an der Landsberger Allee, tanzte ich dann auch mal, alle Eltern und Lehrer waren bei dem Ball dabei, auch mit Christine. Nach dem Tanz kamen dann die üblichen Kommentare meiner Mutter: "Wer war das denn? Die sieht aber nett aus! Kennste die schon länger? Soll ich dir mal 'n paar Kondome besorgen? Tanz doch nochmal mit ihr!" Ich hab darauf hin nie wieder mit Christine getanzt. Ich Esel! Christine ist wirklich die verpasste Gelegenheit meines Lebens, die ich bis heute bedauer. Ach könnte ich das Zeitrad doch noch einmal zurück drehen ins Jahr 1978. Wir hätten vermutlich nach unserer beider Lehre geheiratet und ich hätte ein ganz normales Leben geführt.

Die Lehrausbildung als Wirtschaftskaufmann war, von der Theorie her, etwas anstrengend. Nicht wegen des Stoffes, sondern wegen der Umstände. Wir waren neunundzwanzig Personen in der Berufsschulklasse, davon achtundzwanzig weiblich.
Nach dem ersten Tag dort dichteten mir meine Kumpels an: "Na dann biste ja Hahn im Korbe." Schön wäre es gewesen, denn die weiblichen Wesen sahen in mir nur ein Muttersöhnchen und benahmen sich mir gegenüber gar nicht damenhaft, scheu, zurückhaltend, sondern sehr, sehr selbstbewusst, frech, dominant. Dafür war ich dann eher scheu und zurückhaltend. Was, wenn ich das nicht gewesen wäre, sondern frech zurück gekontert hätte. Wäre ich dann "der Hahn" gewesen? Hätte sich dann mein Leben verändert? Heute weiß ich, dass ich an mich nur wenige Leute wirklich ran lasse.

Eine meiner besten Entscheidungen war, ein Jahr nach der Lehre den Betrieb zu wechseln und vom Großhandel zum Einzelhandel zu gehen. Aus der Ausbildung her blieb, dass ich fast blind auf einer Computertastatur schreiben kann. Deshalb mag ich whatsapp und SMS nicht. Das Tippen da dauert mir zur lange. Auf der ausgelutschten Tastatur meines Desktop-PC bin ich schneller. Was, wenn ich damals nicht den Betrieb gewechselt hätte. Ich hab es ja damals nur des Geldes wegen getan. Ob man am Monatsende 420 Mark oder 650 Mark auf die Hand hat, während die Kumpels in ihren Ausbildungsberufen das doppelte verdienen, ist als junger Mensch eine sehr wichtige Frage! Also wäre ich im Büro geblieben, wäre ich dann aufgestiegen? Die Bude, in der du lernst, in der wirste immer nur Lehrpieps bleiben, wusste die gesamte ältere Verwandtschaft. Das befürchtete ich auch. Ich wäre also wohl nur sehr schleppend aufgestiegen. Die Firma wurde mit der Wende zerschlagen. Das heißt, ich wäre noch schneller in die Arbeitslosigkeit gerutscht. Und auf Frauen macht ein ungelenkiger, alter Bürohengst ja doch keinen Eindruck.

Es war gut, dass ich wechselte. Wahrscheinlich weiß ich bis heute mehr über Lebensmittel, als der gesamte Personalstamm einer ganzen Supermarktkette.

Ich hatte damals auch das Angebot, zu einem kleinen Gemüsekrauter nach Marzahn zu gehen. Weil es so schön passte, hab ich mir den Namen gemerkt. Der Mann und seine Frau, beide betrieben diesen Laden gemeinsam, waren sehr agil, aber ragten kaum über 'ne Tischkante, waren die HO-Kommissionshändler Hase im Hänflingsteig. Ja, das wäre vermutlich mit Familienanschluss gewesen, aber aufgestiegen wäre ich dort nicht. Gut, dass ich nicht dort gelandet bin.

Und nun nochmals meine Mutter. Als ich sie mit zwanzig Jahren bat, mir meine Kurzgeschichten abzuschreiben, in die ich absichtlich politische Dinge, wie sie in der DDR von oben gern gehört wurden, hatte einfließen lassen, kürzte Muttern, ohne Absprache mit mir, die Texte um genau diese Passagen. Erst ein halbes Jahr vor ihrem Tod rutschte ihr das mal beiläufig, beim Geburtstag meines Bruders, raus.

Ach hätte ich diese Texte doch selber abgetippt und abgeschickt und das nicht unbesehen Muttern überlassen. Die Mutter aus den TV-Dreiteilern "Ku'damm 56 / 59 / 63" zeigt den Charakter meiner Mutter. Sie musste sich in alles einmischen, denn "sie meinte es ja nur gut" und stiftete damit Unfrieden oder schadete uns sogar.

Also was wäre geschehen, hätte ich selbst meine Geschichten abgetippt und weg geschickt? Ich wäre mit Sicherheit besser gefördert worden von staatlichen Stellen. Und sonst? Wäre ich Nationalpreisträger geworden, oder Bestsellerautor?

Wieder eine verpasste Gelegenheit.

Dass ich mit dem Rauchen angefangen hab, daran bin ich selbst schuld. Dass das aber von der Familie unterstützt wurde, indem man mir in jungen Jahren ständig Fluppen zusteckte, nehme ich ihnen übel. Ohne dem hätte ich heute kein Asthma.

Ich hatte nach der Lehre mal für ein paar Jahre die Idee, nach Stralsund umzusiehen, um mich von zu Hause richtig abnabeln zu können. Aber wie immer im Leben, kommt man dann doch nicht dazu. Was hätte es mit mir gemacht? Ich würde sauberere Seeluft atmen. Ich hätte mir jahrelang Vorwürfe gemacht, dass ich zum Mauerfall nicht in Berlin war. Vielleicht wäre ich mit einer netten Stralsunderin verheiratet. Aber alles andere ist nebulös.

Ich hatte auch mal kurzzeitig die Idee, eine Bäckerlehre in Krakow zu machen. Die gesamte Verwandtschaft riet mir davon ab. Man geht doch nicht in der Familie in die Lehre! Hätte ich es gemacht, hätte ich aber die Bäckerei 1988 retten können und sie würde noch immer existieren. Ich hätte sie vermutlich nach dem Ausscheiden der ganzen "Alten" von ihnen pachten können und sie ein bisschen modernisiert. Heute wäre ich sicher körperlich fertig, hätte aber meine eigene Bäckerei und wäre damit in so einem Nest wie Krakow ein angesehener Mann. Vielleicht hätte ich sogar die schöne Tochter des Bürgermeisters geehelicht und hätte mit der sieben Kinder, oder so, die alle mit in meiner Bäckerei schuften müssten. Mein Leben wäre sicher erfüllt und angefüllt mit Arbeit, aber mit dem Horizont vom Krakower See bis zu den Mäkelbergen hinter dem Ort auch sehr begrenzt. Trotzdem irgendwie schade!

Wann war der nächste Richtungsknick?
Ah, ich hätte mich nicht damit abspeisen lassen dürfen: "Im nächsten Jahr bekommst du die Fortbildung zum

Filialleiter." Mich wollte doch auch mein erster Kaufhallen-
chef mitnehmen, als der sich selbständig machte. Sein
"Hobby" war das Aufschlagen und der Verkauf von
gefrosteten Kaninchen. Zwei Jahre, nachdem ich bei der HO
angefangen hatte, ging er und machte einen Laden an der
großen Brücke in Lichtenberg auf, in dem er nur
aufgeschlagene Karnickel und etwas Wild anbot. Mir war
Fleisch zu ekelig. Deshalb lehnte ich das Angebot, dort zu
arbeiten, ab.

Im Jahr 1983 Einzug in meine Wohnung. Vorübergehend,
dachte ich. Noch heute wohn ich darin. Erst 2007
akzeptierte ich, dass ich hier nicht mehr nur vorübergehend
lebe. 1995 hatte ich mal die Idee, nach Friedenau zu ziehen.
Aber die Wohnung war eine Kellerwohnung, wörtlich
aufgehübscht als "Souterrain", mit wenig Licht. Die Miete,
für Friedenau, erschwinglich, aber Keller wollte ich nun
nicht.

Anja, ach meine geliebte Anja! 1983 kennen gelernt, 1984
verlobt. Sehr klettig, von meiner Seite aus. Was wenn ich sie
geheiratet hätte. Sie war so eine hundertprozentig
überzeugte Genossin und wohl Großnichte von Artur
Becker, dem 1938 verstorbenen KPD-Funktionär. Bei mir
sah sie zum ersten mal in ihrem Leben Westfernsehen und
die TV-Serie Dallas und bekam große Augen dabei.
Hätte ich sie geheiratet, hätte ich sicher die
Funktionärslaufbahn eingeschlagen. Vermutlich bekäme ich
dann heute eine gute Rente, wäre aber recht schnell in der
Wendezeit meinen Job los geworden und hätte mich seitdem
mit allen möglichen Dingen herum geschlagen. Nun gut,
meine innere Kündigung folgte gut sechs Jahre nach der
deutschen Einheit und dieser folgte wiederum ein paar Jahr
später meine reelle.

NVA-Zeit, da hatte ich schlicht Glück. Da hatte ich aber auch keine eigenen Entscheidungen zu treffen, sondern einfach nur durch zu kommen. Danach hatte ich das Angebot, zur HO nach Treptow zu gehen. Das war mir aber zu weit. 1987 hatte ich das Angebot, in die FDJ-Kreisleitung nach Lichtenberg zu gehen. Das wies ich aber ab mit den Worten: "Ich möchte lieber weiter arbeiten gehen." Siehe oben, hätte ich das gemacht, hätte ich heute vermutlich eine fette Rente. Mit Sicherheit wäre dann sogar die Stasi auf mich zugekommen und hätte mich als I.M. geführt. .... Verdammt, ich will schon so lange mal meine Akte einsehen ...

Kurz vor dem Zusammenbruch der DDR lernte ich im März 89 Katrin aus dem wunderschönen Beetzendorf in der Altmark, idyllisch zwischen Stendal und Salzwedel gelegen, per Kontaktanzeige kennen. Der Plan war, dass ich im Dezember dort hin ziehe und ab Januar in der Gegend arbeite. Der Fall der Berliner Mauer und 'ne eine Nacht im Knast von Rummelsburg kamen dazwischen. Was, wenn beides nicht gewesen wäre?

Das ist jetzt wie eine dieser dicken Tonbandklebestellen, die entstehen, wenn man das Band erst mit Nagellack und ein Weilchen später an derselben Stelle mit Nagellackentferner klebt.

Eine mögliche Vergangenheitsversion wäre gewesen, ich zog über den Jahreswechsel 89/90 komplett nach Beetzendorf um. Kein Mauerfall, keine Demos in Leipzig, Dresden und Berlin, sondern Friedhofsruhe in der DDR wie ein Jahr zuvor. Ich bewarb mich als Mitarbeiter einer HO-Kaufhalle in Klötze, bekam aber eine Stelle bei der HO in Salzwedel. Jeden Morgen um 4.30 Uhr mit dem Zug los, zu Hause erst gegen 20 Uhr. Na da hätte ich auch in Berlin bleiben können. Katrin ist weiter jeden Abend irgendwo im Dorf eingebunden. Nach zwei Jahren, noch immer kein Mauerfall, beginnen wir, aneinander vorbei zu leben, denn ich bin noch immer kein Kaufhallenleiter mit dem Katchen vor ihren Freunden und Kollegen protzen kann. Nach drei Jahren hassen wir uns, nach vier Jahren trennen wir uns. Da ich meine Wohnung in Berlin aufgegeben habe, hänge ich nun in irgend einem Dorf in der Altmark fest, ohne Kumpels, nur mit mäßiger beruflicher Perspektive, mit der Folge, wie schrieb Wilhelm Busch so schön: "Es ist ein Brauch von Alters her, wer Sorgen hat, hat auch Likör." Heute würde ich, immer voraus gesetzt, die DDR gäbe es noch, in Gardelegen oder Salzwedel leben, am zehntausendsten Morgen nacheinander, Urlaube nicht mitgerechnet, den Gemüsestand in der Kaufhalle in der ich arbeite mit Kohlrüben, Kohlrabi, Weiß- und Rotkohl und Äpfeln bestücken und die Pausenablösung an den Registrierkassen machen. Oh mein Gott, ich wäre innerlich tot.

Jetzt gießen wir da mal den Fall der Berliner Mauer und die Wende in der DDR mit in diesen Cocktail rein. Wäre ich dann trotzdem nach Beetzendorf gezogen? Das hab ich mich oft gefragt. Aber ich war in Katchen so verknallt, dass ich das wohl auch dann gemacht hätte. Vermutlich hätte ich dann aber vorübergehend noch meine Wohnung in Berlin, quasi als Urlaubsquartier für uns vier, sie hatte zwei Kinder, behalten. Ich hätte wohl, eher zögerlich, eine Arbeit bei der HO in Salzwedel angenommen, wäre aber mit einem Bein weiter in Berlin gewesen. Und ich bin mir sicher, dass wir uns spätestens 1991 getrennt hätten, denn ihr war ihr Ansehen viel zu wichtig und da hätte ein kleiner Angestellter in ihrem Leben eher nicht gepasst. Ja, ich glaube, in diesem Fall stünde ich heute auch so da, wie jetzt.

Nun kein Mauerfall und keine Wende in der DDR in Sicht, aber die Nacht im Knast. Lesen Sie dazu meine "Kaufhallengeschichten"! Für manche Episoden gibt's im Leben nur winzige Zeitfenster. Meines war die Deutsche

Wiedervereinigung am 3. Oktober 1990. Nur eine Woche später und es wäre bei mir ins Auge gegangen. Der Herbst der DDR ein Jahr später und es wäre wirklich schlimm für mich geworden. Die Nacht in Knast in Rummelsburg im September 89 endete mit einem "verknacken" zu zehn Sozialstunden für mich und alle anderen rund zwanzig Beteiligten, denn wir hatten uns, bei dem was wir da bei der HO gemacht hatten, nie persönlich bereichert. Der uns im September 91 verknackende Richter im Amtsgericht Tiergarten meinte aber, nach DDR-Recht hätte man uns das ganze als "bandenmäßiges Vergehen an Volkseigentum" auslegen können, was mit zehn bis fünfzehn Jahren Gefängnis bestraft worden wäre. Glück gehabt!

Nun also das Szenarium komplett ohne politische Wende in der DDR. Am 10. Oktober 90 (dieser Termin stand schon im Mai 90 fest) werden wir zu je fünfzehn Jahren Freiheitsentzug verknackt. Natürlich trennte sich Katchen aus Beetzendorf von mir, denn mit dieser Schmach kann sie nicht leben. Harte Arbeit auf einer Baustelle ruinieren meine Gesundheit, die Mitgefangenen meine Seele. Nach dieser Zeit werde ich in die unverändert gleichbleibende DDR entlassen, muss mir eine neue Wohnung suchen und habe zwielichtige Freunde. Da mein Leben nun sowieso versaut, werde ich jetzt richtig kriminell und sterbe mit einundsechzig in der Haftanstalt Rummelsburg.
... oder ...
Nach zehn Jahren kauft mich die Bundesrepublik frei. Im Westen komme ich nicht mit der Gesellschaft klar, rutsche ab und sterbe mit einundfünfzig an einer Überdosis Heroin. ... oder ... Die politische Wende kommt doch, aber erst 1995. Dennoch dauert es bis zum Jahr 2001 bis ich aus dem Knast komme. Hatte der DDR-Bürger im allgemeinen ja wenigstens noch einen kleinen Zeitpuffer, um mit der neuen Situation klar zu kommen, hab ich den nicht. Ich

werde in eine Welt entlassen, die ich nicht verstehe, mit Computern für Jedermann, mit Internet, mit Produkten die ich nicht kenne und einer Gesellschaft, die härter ist, als die im Gefängnis. Und so nehme ich mir 2003 das Leben.

In allen Zeitlinien trennt sich Katchen von mir. In der Linie, in der wir jetzt leben, wollten wir ursprünglich die Deutsche Einheit am 3. Oktober in Beetzendorf feiern, aber zwei Tage vorher. Der Tag war ein Mittwoch und hätte mir zwei Brückentage davor oder danach beschert. Aber das wollte sie nicht. Sie meinte, das Wochenende nach der vollzogenen Einheit reiche ihr mit mir. Und das sagte sie mir einen Tag vorher per Telefon. Das Telefon stand bei ihren Eltern in Beetzendorf, sie selbst hatte noch keines. In den Wochen danach, an Tagen, an denen ich wusste, dass sie bei ihren Eltern sein musste, ließ sie sich verleugnen. Auf Briefe antwortete sie nicht mehr. Genau am Geburtstag meines Bruders rief mich ihr Vater an und bat, ich möge Katchen in Zukunft in Ruhe zu lassen. Ziemlich feige von ihr. Ich einigte mich aber mit ihrem Vater darauf, dass ich ihre Kinder, die ich mittlerweile innerlich adoptiert hatte, einmal pro Monat bis zum nächsten Sommer für einen Sonntagnachmittag im Bahnhofsrestaurant sehen darf. Ein Zug aus Salzwedel hatte da immer zwei Stunden Aufenthalt. Und das nutzte ich noch drei oder vier mal. Die Geburtstagsfeier meines Bruders am selben Abend allerdings crashte ich, indem ich mich betrank und all seine Gäste vollpöbelte. Das tat mir hinterher leid.

Gehen wir ins Jahr 1991. Kurz vor dem Verknacken wechselte ich freiwillig, nun bei "Kaiser's", die Filiale, weil man in der, in der ich bis dahin war, Personal auf Teufel komm raus abbaute. Was wäre passiert, wäre ich nicht geflüchtet. Das Ding ist heute ein Supermarkt mit russischen Produkten. Also sie hätten dort mit Abfindungen und mit

Drohungen immer weiter Personal abgebaut und die letzten sicher auf umliegende Filialen, die dann erst PLUS dann gelber Netto wurden, umverteilt. Ich hätte mich auf weniger Stunden Arbeitszeit einlassen müssen oder wäre wohl doch betriebsbedingt gekündigt worden, weil ich zu teuer war. Damals gab es noch Umschulungen en gros. Wäre ich Vermesser geworden, oder Buchhalter?

Die Sache mit der Zeitung hatte ein Zeitfenster von zwei Jahren. Zufällig begannen die Herausgeber der Prenzelberger Ansichten genau zu der Zeit beim damaligen OKB Radio zu machen, als ich dort 1995 auch begann. Die Zeitung gab es zu diesem Zeitpunkt schon seit drei Jahren, ich machte da seit etwa zwanzig Jahren meine Tonbandsendungen. Ich ging mit den Machern der Zeitung mit, aus mehreren Gründen: zum einen, um da mal was schreiben zu können, dann harmonierte es im politischen Sinne, denn die redeten nicht, sondern sie machten, und dann waren da noch Ulrikens himmelblaue Augen, in die ich mich verknallte.
Die Zeitung ist einmalig in Berlin, vermutlich sogar im ganzen Bundesgebiet, denn sie wird mit ihrer Auflage von knapp unter zwanzigtausend von einem kleinen Team hergestellt und heraus gebracht. Sie hat viele ähnliche Projekte, wie z.B. den "Scheinschlag" (2007 eingestellt) überlebt. Die Zeitung brachte mir eine Zeit lang ein gutes zusätzliches Taschengeld, wehrte das Jobcenter ab, brachte mich auf die Idee mit den Stadtführungen, gab mir die Möglichkeit zwischen dem "Auto nicht mehr halten können 2006" und "Kleinkraftrad kaufen 2015" meine Fahrpraxis zu behalten, und gab mir insgesamt viel halt. Außerdem war ein durch die Zeitung eingefädelter Besuch von mir bei einer Kleinkunstveranstaltung der Auslöser, mich mit eigenen Texten vor Leute zu stellen und dies wiederum war die Voraussetzung für die Stadtführungen.

Ohne das Radio wäre ich heute wohl einer der Mecker-Opas, der von nichts Ahnung hat, aber bei allem mitreden muss. Ohne die Zeitung wäre ich finanziell längst am Ende. Ohne all die durch die Zeitung gemachten Erfahrungen, hätte mich das Jobcenter vermutlich in irgendeinem Callcenter verbrannt und ich wäre nicht nur äußerlich ergraut.

Gut das Kaiser's mich 1998 betriebsbedingt entlassen hat, gut alle Erfahrungen danach. Mag mir nicht vorstellen, wie es mir psychisch ergangen wäre, wäre ich nicht auf den Vorschlag der betriebsbedingten Kündigung eingegangen. Ich wäre um einige wichtige, wenn auch teils unnötige Erfahrungen herum gekommen, wie zum Beispiel die Firma, die ihre Insolvenz verschleppte und mich ein halbes Jahr lang nicht bezahlen wollte. Ich wäre auch nie Pizzafahrer, Versicherungsvertreter, Hilfskoch, Reinigungskraft, Bürohilfe geworden. Gut dass ich 1997 noch meinen Führerschein machte, der mir mit meinem eigenen Auto, erst Opel Kadett, dann VW Polo, die Welt eröffnete. Ohne den Führerschein hätte ich fünfzehn Jahre lang kein Geld mit dem monatlichen Zeitung ausfahren verdient und ohne diese Fahrpraxis wiederum, hätte ich mich niemals auf ein Kleinkraftrad getraut.
Und so ist es auch mit meinen Stadtführungen. Ich musste erst Umwege gehen. Dank Zeitung kam ich an die Lesebühne, durch das Schleifen auf der Lesebühne wurde ich fit gemacht für die Straße, und da kommt nun wieder beides zusammen, durch meine Zeitungsartikel hab ich mir das Wissen, durch das Radio und die Bühne das Know-How für die Führungen angeeignet.
Eine Nazi-Demo in meiner Straße trieb mich in die Arme der Sozialdemokratie. Ich wäre dort ohnehin mal dank einer Kumpeline gelandet, aber es brauchte erst diesen Katalysator.

Ohne die Führungen wäre ich auch nicht bei Bea gelandet. Nein, man baggert nicht Kundschaft an, so wie man auch nie was mit jemandem aus dem eigenen Verein oder der Bude in der man arbeitet anfangen ... sollte, aber gibt ja immer diese Ausnahme. Bea lernte ich bei einer Führung kennen. Sie hat mich in den anderthalb Jahren, in denen wir zusammen waren, zwar psychisch komplett fertig gemacht. Aber ohne sie hätte ich nie erkannt, dass ich im Grunde genommen auf dem richtigen Weg bin.

Und ein Letztes, wir hatten immer gedacht, dass Vaddern eher stirbt, als Muttern, aber es kam ja komplett anders herum. Muttern wäre psychisch nie so abgestürzt, wie Vaddern, das Lob von ihm, das ich aber wenige Wochen vor seinem Tod bekam, hätte ich dann auch nie bekommen. Das hätte aber auch nichts geändert, denn Muttern mit ihrer vielen Raucherei, hätte ihn gerade deshalb nicht lange überlebt. Und was hab ich mir 2010 für Vorhaltungen gemacht, dass ich mir fünf Tage, nachdem Vaddern ins Krankenhaus kam, noch selbst ein Bein brach. Aber zwischen diesem und Vadderns Tod war mir klar, dass dieser Beinbruch genau zum richtigen Zeitpunkt kam.

Tja, man muss immer erst durch die Hölle, um den Himmel schätzen zu können.

Aber gehen wir noch einmal in der Weltgeschichte zurück. Gäbe es heute ohne den Staat Israel auch die Palästinensergebiete? Was wäre geschehen, wenn die Wikinger ein wenig erfolgreicher in Nordamerika gesiedelt hätten? Würde dieser Kontinent dann heute zum Beispiel "Sven Gunaars Land" oder "Eric Sörensons Plaate" heißen? Mit was würden wir heute bei Feierlichkeiten anstoßen, wenn uns die alkoholische Gärung unbekannt geblieben wäre? Was, wenn sich die Sowjetunion nicht aufgelöst hätte? Würde dann in der Ukraine heute "nur" ein

Bürgerkrieg toben? Wenn die Preußen unter Blücher nicht mehr rechtzeitig in die Schlacht bei Waterloo eingegriffen hätten, würde ich denn dieses Buch hier in französischer Sprache verfassen müssen? Wenn ich als Elon Musk geboren wäre, hätte dann die Menschheit bereits ihre erste feste Siedlung auf dem Mars? Würde auf der Welt mehr Getreide angebaut, wenn niemand erkannt hätte, dass man aus Kakaobohnen leckere Schokolade herstellen kann? Wenn niemand den Verbrennungsmotor in Fahrzeuge eingebaut hätte, würden wir dann bereits vollkommen elektrisch fahren? Wenn die Beatles nicht zum richtigen Zeitpunkt an den richtigen Musikproduzenten geraten wären, hätten dann die Rolling Stones überhaupt Erfolg gehabt? Wenn Richard Nixon niemals ein Treffen mit Mao gehabt hätte, wäre dann ... ... ? Wenn es niemals Pferde auf der Erde gegeben hätte, würde dann ... ... ? Wenn unsere Sonne weiter im Zentrum der Milchstraße entstanden wäre, ... ?

Was ist Ihnen denn so passiert? Wo waren Ihre Weichen im Leben? ... Ihre Zeitfenster? ... Wo wurden Sie wach?

*

Zwischenspiel

Zeitreisen tauchen in jeder guten Science-Fiction-Serie auf, beim Star Trek Universum in jedem Ableger. Spätestens bei der "Zurück in die Zukunft"-Trilogie überlegt man, was passieren würde, hätte man im eigenen Leben einen anderen Weg gewählt, oder wie wäre es, den eigenen Eltern in deren Jugend zu begegnen. Und dann diese Zeitparadoxien, wie zum Beispiel, was würde mit einem selbst geschehen, wenn die eigene Mutter einen anderen Mann kennen gelernt hätte? Was wäre, wenn man in ein altes Bild einfach hinein springen könnte?
Lassen Sie uns doch mal auf Zeitreise gehen.

George Hungerlundts erste Zeitreisen

Er konnte kaum das eigene Namensschild an seiner Wohnungstür lesen, als er versuchte, seinen Schlüssel, mit viel Anlauf, ins Schloss zu schieben. "George Hungerlundt, du hast heute definitiv einen zu viel über den Durst getrunken.", lallte er vor sich hin. In der Wohnung zog er sich mühsam aus, torkelte dabei an seinen Arbeitsplatz, um seinen Computer einzuschalten und fiel beim Kacken im Bad fast von der Kloschüssel. Boah, ihm war nun auch noch übel und er musste sich übergeben. "Lass dich nie mehr von einem Fremden, zu einem, was auch immer das war, ein-laden!", murmelte er, bevor er sich an seinen Rechner setzte. Er starrte erst auf dessen Bildschirm, dann auf sein Mobilfunktelefon. Sein Hirn arbeitete angestrengt. Was hatte der Fremde vorhin gesagt? Er solle es doch mal probieren, es sei zwar bisher nur eine einmalige Testversion aber ... aber von was? In den Nebelschwaden seines Hirns dämmerte es ein wenig.

Der Fremde hatte ihm eine Software auf sein Handy geladen, die den Namen "Timetunnel" trug. Er erinnerte sich an die gleichnamige Kult-Serie aus den 60ern. Was war damit gleich? Er schaltete sein Handy ein, suchte die App und öffnete sie. "Geben sie zunächst Datum und Uhrzeit ihres Reiseziels nach gregorianischem Kalender und MEZ ein." Er grübelte. Nochmal ein Tag DDR wäre ja nicht schlecht, dachte er amüsiert und gab ein: 2. Juni 1988, 6.00 Uhr. Ein neues Fenster der App ploppte auf: "Sind sie sicher, dass sie zum Donnerstag den 2. Juni 1988 reisen wollen?" Er machte einen Haken bei "Ja". Das nächste Fenster ging auf: "In welche Gegend möchten sie? Bitte bedenken sie, dass sie ihre Wohnung wiederfinden müssen, wenn sie zurück wollen." Er stutzte. Das hieße also, dass wenn er sich zum Pyramidenbau ins alte Ägypten schicken ließe, müsste er, wenn er zurück wollte, ins damals steinzeitliche Europa und ob er dann ausgerechnet von dort seine Wohnung finden würde, da war er sich nicht sicher. Er wollte zunächst einfach beginnen. Und so gab er als Startort seine aktuelle Adresse an, denn hier wohnte er bereits vor seiner Zielzeit. Ein neues Fenster ploppte auf: "Laden sie jetzt zur Sicherheit noch ein Bild aus der Ära ihrer Zielzeit hoch. Es kann auch ein abfotografiertes Bild von ihrem Desktop-PC sein."

Er lud eines hoch. Ein neues Fenster öffnete sich, mit dem Hinweis: "Der Raum, in dem sich ihre Wohnung befindet, existiert mit Beginn ihrer Zeitreise zweimal. Sollten sie sich eine Zielzeit ausgesucht haben, in der sie bereits lebten, besteht die Möglichkeit, dass sie sich selbst begegnen. Sollte ihre Wohnung zu ihrer Zielzeit schon gebaut sein, existiert sie räumlich zweimal. Dadurch kann es in ihrer Wohnung zu Bildechos kommen. Sollte das Haus, indem ihre Wohnung ist, noch gar nicht existieren, denken sie daran, falls sie in einer höheren Etage wohnen, eine Strickleiter oder Ähnliches bei sich zu tragen. Ihre Normalzeit erreichen sie in jedem Falle nur, wenn sie ihr Handy am Körper tragen. Verlieren sie also ihr Handy niemals und legen sie es nie ab. Der gesamte Bereich ihres WLAN ist die Zeitkapsel, in die sie mit ihrem Handy zurück kehren müssen, um in ihre Normalzeit zu gelangen. Viel vergnügen mit ihrer Zeitreise!"

Müde war er mittlerweile und so drückte er nur noch im Halbschlaf in einem neuen Fenster, die die App aufploppte "Wollen sie jetzt starten?" ein "OK" an, dann torkelte er zu seinem Bett und schlief sofort ein.

Er erwachte, weil er aus der Ferne ein altes Telefon mit schriller Glocke klingeln hörte. Er sah einen fernen Schatten durch seine Wohnung gleiten, der auf einen anderen Schatten in einer Ecke seines Zimmers zu eilte. "Bernd, du

hast gesagt, ich soll heute erst um sieben Uhr anfangen!",
hörte er hallig eine wohlvertraute Stimme von fern ins
nebulöse Telefon sprechen. "Was zum Henker ...", wollte er
sagen, aber sein Kater vom Kneipenbesuch gestern Abend
zwang ihn wieder unter die Decke. In seinem Kopf ging es
zu, wie bei einer Techno-Party. Sein Puls hämmerte in den
Schläfen. Erst gegen Mittag erwachte. "Aspirin wäre jetzt
gut.", sagte er zu sich selbst, nahm in der Küche eine
Tablette, schlich ins Bad und machte sich tagfertig. Draußen
spazieren gehen, dann einkaufen und wieder hinlegen,
dachte er.

Dies war wohl einer der Tage, von denen die Philosophen
des Altertums meinten, man solle sie besser im Bett
verbringen. Er machte sich ein schnelles Müsli, warf den
Fernseher an und schaute über den Podcast eines Senders
Kurznachrichten.Wie jeden Morgen begann er danach, auf
seinem Balkon die Blumen zu gießen. Aber was er bereits
vorhin beim öffnen der Balkontüren festgestellt hatte, das
verstärkte sich, als er ihn betrat: er sah Schatten, die um so
größer wurden, je weiter der Gegenstand von seinem Balkon
entfernt war und ganz in der Ferne war das Bild wieder klar.
Der Baum vor seinem Haus war noch der Alte von gestern,
der Baum auf der anderen Straßenseite schien zweimal zu
existieren, einmal in der Größe von gestern und einmal
wesentlich jünger und kleiner, beides sehr verschwommen
und die Bäume weiter weg schienen alle kleiner. Dunkel
entsann er sich der abendlichen Bilder. Lag das noch immer
am Alkohol oder hatte der Fremde ihm da gestern Abend
noch heimlich andere Drogen in den Whisky getan? Er ging
zurück ins Zimmer und griff sich sein Handy. Die App war
noch offen.

In seinem Hirn wirbelte es.

Er setzte sich an seinen PC und öffnete das Internet. Das
funktionierte. Dann rief er seine Kumpeline Tina an. Sie
ging sofort ans Telefon und er schwatzte kurz mit ihr. Alles

normal. Bei einem Internet-Supermarkt bestellte er telefonisch zwei Dinge. Nach fünfundzwanzig Minuten klingelte es an seiner Tür und der Bote stand mit der Ware vor ihm.

Nun wurde er neugierig. Er zog sich um, nahm wie immer das Handy mit und verließ seine Wohnung. Im Treppenhaus alles noch unverändert. Als er über den Hausflur die Tordurchfahrt zum Innenhof der typischen Berliner Mietskaserne, Gründerzeitstil, betrat, schien sich allmählich alles um ihn aufzulösen und zu verschwimmen. Als er die Tür zum Innenhof öffnete geschah etwas Eigenartiges. Die Mülltonnen direkt an seiner Hauswand waren die der Jetztzeit, sein Kleinkraftrad stand wie immer auf der anderen Seite des Hofes und war nur arg verschwommen zu sehen. Je näher er ihm kam, um so mehr verschwamm es vor seinen Augen und als er glaubte, dessen Standort erreicht zu haben, war es im Nichts verschwunden. Dafür sah er um sich herum bröckelnde Fassaden an den Wänden des Hofes, die um so mehr vor seinen Augen verschwammen, je weiter sie auf der anderen Hofseite, seiner Hofseite, waren. "Das ist dann wohl eine Zeitblase, in der meine Wohnung oder alles rund um mein WLAN herum ist.", sagte er zu sich selbst. Er vermutete, dass wenn er dies oben ausschaltete, dann vollkommen in dieser Zeit, ... jetzt 1988 ... ??? ... zu landen, ohne dann aber der Möglichkeit zur Rückkehr in seine Zeit, weil 1988 das WLAN ja noch gar nicht erfunden war. Aber er nahm sich auch vor, sein Kleinkraftrad vor seiner nächsten Zeitreise direkt unter sein Fenster auf seiner Hofseite zu stellen.

Als nächstes durchquerte er seinen Hof und damit seine Zeitblase und verließ sein Haus zur Straße hin. Er griff sich an die Brusttasche, bevor er weiter in die Straße hinein ging und fühlte, ob sein Handy noch dort steckte, wohin er es getan hatte. Er schlich förmlich. Auf den ersten paar Metern kamen ihm noch Menschen in seiner Zeit, man sah das an den Klamotten oder daran, dass sie fasziniert auf ihre Handys starrten, entgegen, aber immer mehr Menschen tauchten als Schatten auf, die typische 80er Jahre Kleidung trugen, je weiter er sich von seinem Haus entfernte und schließlich, ohne ein Plopp oder so, schien er 1988 angekommen. Er eilte jetzt immer schneller. Erst an der nächsten Ecke blieb er, fast atemlos stehen. Er schüttelte seinen Kopf und seinen Körper und sah sich, endlich entspannt, um. Die Gerüche und alles was er sah, kamen ihm wunderbar vertraut, wie aus einem fernen Traum an die Wirklichkeit getragen, vor. Der Prenzlauer Berg bröckelte und die Luft stank nach Abgasen.

Er griff instinktiv nach seinem Handy. Erst als er es in der Hand hatte, merkte er, wie absurd das war, was er da gerade tat. Er wollte es schon wieder weg stecken, aber konnte dann doch nicht widerstehen. Netz hatte er! Das verwunderte ihn. Nur um es auszuprobieren, wählte er Tinas Nummer. Sie ging in seiner Zeit ans Telefon. Er sagte, dass er ihre Nummer versehentlich gewählt habe und entschuldigte sich, denn genau in dem Moment, in dem er mit ihr sprach, hatte er das Gefühl, plötzlich von allen Seiten beobachtet zu werden.

Er schlenderte in Richtung S-Bahnhof und als er dessen Stufen zum Bahnsteig erklomm, wurde ihm noch etwas anderes gewahr. Er brauchte dringend Geld! Besser vorbereiten müsse er sich in Zukunft in jedem Fall, schwor er sich. Da er nun aber bereits einmal hier war, beschloss er, das Risiko auf sich zu nehmen und bis zu seiner ehemaligen Arbeitsstelle schwarz zu fahren.

Zwei Stationen hatte er vor sich, da war das Risiko, beim schwarzfahren erwischt zu werden, relativ überschaubar. Von fern sah er den alten "Stadtbahner" auf der Ringbahn auf seinen Bahnsteig zu rumpeln. Die Fahrt in ihm genoss er sehr. Ihm war aber nicht bewusst, dass tagsüber fast nur Rentner oder sehr, sehr junge Muttis mit Kinderwagen im Nahverkehr der DDR-Hauptstadt unterwegs waren. Er erreichte seine alte Arbeitsstelle, ging als Kunde hinein und ließ sich unter einem Vorwand sein hier lebendes Pedant rufen. George Hungerlundt sah ihn misstrauisch an, als George Hungerlundt ihm die Frage stellte: "Haben sie auch Berliner Pilsener in blauen Flaschen? Ich seh hier nur braune und grüne ..." "Chef, wo haben 'se denn die jesehn? Is wohl der letzte Schrei, wa? Nee, tut ma leid.", antwortete sein 1988er ich und sah ihn dabei komisch an. "Kennen wir uns zufällig? ... Von der FDJ oder so?", fragte sein Pedant. Er schüttelte nur den Kopf und verschwand wieder auf die Straße.

Er fuhr, erneut schwarz, mit der S-Bahn zurück. Als er wenige Meter von seinem Haus entfernt war, gelangte er wieder in seine Normalzeitblase.

Er musste doch noch irgendwo seinen alten Ausweis und ein Scheckformular in einem Schrank haben, überlegte er.

Hastig suchte er und fand beides in seiner Wohnung. Nur um sicher zu sein, auch wieder insgesamt in seine Normalzeit zurück zu gelangen, öffnete er die Timetunnel-App seines Handys. "Möchten sie von ihrer jetzigen Startzeit gleich in eine weitere Zeitphase reisen?" Er machte den Haken bei "nein" und sofort fragte die App: "Bitte geben sie an, wann sie in ihre Normalzeit zurück kehren möchten? Sofort, in sechs oder in zwölf Stunden?" George machte einen Haken bei "sofort".

Unmittelbar darauf verschwamm alles um ihn herum. Ihm wurde so schwindlig, dass er kurz die Augen schließen musste Als er sie wieder öffnete, waren die Schatten in seiner Wohnung verschwunden. Er verließ sein Haus und war wieder im hier und jetzt, als er nach oben in seine

Wohnung ging. Im Internet bestellte er bei einem bekannten Versandhändler ein paar Goldnuggets, er druckte sich ein paar Scheine Rentenmark und Reichsmark aus der Kaiserzeit aus. Noch einmal verließ er die Wohnung und stellte sein Kleinkraftrad im Hof genau unter sein Fenster. Für den Rest des Abends legte er sich auf seine Couch und schlief den Rest seines gestrigen Rausches aus.

Als er am nächsten Morgen erwachte, fühlte er sich endlich richtig fit. Nach dem Frühstück nutzte er wieder die App und ließ sich nun auf einen Tag später, auf den 3. Juni 1988 in der Zeit zurück versetzen. Es verschwamm erneut alles um ihn herum, wie bei einem Fall in den Zeittunnel hinein, aber dieses mal ließ er die Augen geöffnet. Plötzlich war das Fallen vorbei. Dafür sah er in seiner Wohnung auch heute die schon bekannten Schatten. Er griff sich seinen alten Personalausweis und das Scheckheftformular, begab sich aus dem Haus, rollte sein Kleinkraftrad vom Hof auf die Straße und begann seine Fahrt. Auf dem Moped erreichte er 1988. Ihm war schon bewusst, dass er auf diesem Gefährt in der DDR jetzt auffiel. Mein Gott, fuhr es ihm durch den Kopf, der große Sperrmüllcontainer in seiner Straße, bei dem man nie wusste, ob er bereits halb leer oder schon halb voll war, weil ständig Leute vorbei kamen, etwas dort abluden und andere etwas für sie Brauchbarer wieder heraus holten, war ihm gestern nur nebenbei aufgefallen.

Er fuhr zu einer Sparkasse am anderen Ende des Prenzlauer Berg. Auf dem Scheck trug er "50 Mark" ein. Sein 1988er Pedant würde sich sicher wundern. Sicherheitshalber parkte er sein Kleinkraftrad eine Ecke weiter. Er stieg ab und als er sich von ihm entfernte, verschwamm es erst nach und nach und verschwand schließlich gänzlich aus seinem Blick.
Am Bankschalter selbst kam es zu einer kleinen Diskussion mit dem Angestellten, der seinen Ausweis misstrauisch

betrachtete, den dann anderen Angestellten zeigte und schließlich seine Chefin an die Front zu ihm schickte. "Ihr Ausweis und der Scheck scheinen in Ordnung. Aber ihr Bild ist wohl etwas älter. Lassen sie sich schnellstens ein Neues machen." George nickte verlegen, schluckte und sagte: "Ich hatte vor geraumer Zeit ein schreckliches Familienerlebnis, das mich so altern ließ." Die Dame nickte: "Ein Unfall mit Todesfolge auf der Autobahn?" "Ja, ein Motorradfahrer, der vor meinen Augen mit voller Gewalt gegen einen Baum krachte. Mag gar nicht erzählen, was ich da alles gesehen habe.", log George.[2] "Zahlen sie Herrn Hungerlundt den Scheck aus.", wendete sich die Chefin an ihren Sparkassenangestellten.

Nicht sicher, ob sein Kleinkraftrad noch dort stand, wo er es verlassen hatte, begab er sich auf den Rückweg zu diesem und wiederum tauchte es als er sich ihm auf etwa zwanzig Meter genähert hatte, aus dem Nebel auf und er konnte es benutzen. Nun hatte er also gültige Zahlungsmittel. In der nächsten Kaufhalle holte er sich eines seiner einst geliebten Schrotbrote und einen Becher Marella-Margarine, deren Margarinegeschmack er wirklich vermisst hatte. Bei Konnopke an der Schönhauser standen wie immer "tausend Mann an"[3] und die Currywurst wurde ihm auf einem Teller mit Metall-Besteck serviert. Bei seinen Besorgungen achtete er darauf bzw. bat er ausdrücklich darum, wenn vorhanden, möglichst alte Münzen oder Scheine als Wechselgeld heraus zu bekommen, damit er bei einer späteren Zeitreise in eine frühere Zeit der DDR nochmals passendes Geld hätte.

Er brauste diesen Abend noch ein wenig durch die Stadt und merkte, wie herunter gekommen die gründerzeitlichen Häuser waren und wie stark die Luft nach Benzin stank. Wie

---

2   ... das Erlebnis hatte ich 1982 tatsächlich
3   ... siehe Band Silly das Stück "heiße Würstchen"

sehr er nach über dreißig Jahren deutscher Wiedervereinigung die Einheit der Stadt verinnerlicht hatte, merkte er,
als er auf dem kürzesten Weg vom "Stadion der Weltjugend"
in der Chausseestraße zu sich in den Prenzlauer Berg fahren
wollte. Ständig kam er in Bereiche, die schon zum
Grenzgebiet gehörten und damit für ihn Tabu waren.

Er konnte nicht anders und machte mit seinem Handy auch
einige Bilder. Am Nachmittag holte er sich an einem
Schalter ein paar Fahrscheine und genoss es, in vollen
Berufsverkehrszügen der S- und Straßenbahn durch die
Stadt zu fahren. Bevor die Post schloss, schrieb er noch
einen kurzen Brief an sich selbst, in dem er sich für die
Benutzung eines Schecks bei sich selbst entschuldigte. Erst
in der Nacht, als er wieder in seine Zeit zurück gekehrt war,
fand er seinen, vor über dreißig Jahren einst an sich selbst
abgeschickten Brief in seinen Unterlagen mit seinem
eigenen handschriftlichen Vermerk: "Zeitreisen? Gibt's doch
nur in Weltraummärchen."
Womit eines der immer wieder beschriebenen
Zeitparadoxon aufgetreten war: er hatte, wenn auch
minimal, seine eigene Vergangenheit verändert.

Für die nächsten Tage blieb er in seiner Gegenwart. Er
kaufte im Internet noch ein paar weitere Dinge ein, die er
vielleicht künftig bei seinen Reisen in die Vergangenheit
würde brauchen können, wie Uniformen oder Klamotten in
verschiedenen Zeitstilen, eine Kameradrohne, originale oder
nachgemachte historische Ausweisdokumente und einen
Brustbeutel für sein Handy, der wie ein Amulett aussah.
Der Zeitung, für die er regelmäßig schrieb, schickte er
mehrere seiner Bilder aus dem Jahr 1988. "Wow! In der
Qualität! Wo haste denn die her?", fragte sein Chef. George
aber schwieg.

Bei seinem nächsten Ausflug traute er sich noch weiter in die Vergangenheit hinein. "Sommer ist immer am schönsten." dachte er sich und reiste in den Juni des Jahres 1964.

Im Schatten und Parallelnebel seiner Wohnung sah er zunächst eine ihm fremde, junge Frau nackt nach der Musik der Beatles durch seine Wohnung tanzen. Auf dem Tisch in der Mitte des Zimmers sah er herunter gebrannte Tropfkerzen. Ein fremder Mann kam nackt aus dem Bad. Das war genau der Punkt, an dem George sich so schnell es ging aus seinen vier Wänden verzog. Er überlegte, ob er sein Kleinkraftrad benutzen solle, weil er damit möglicher Weise in dieser Zeit wirklich auffiel, verzichtete dann aber nicht auf dessen Benutzung und machte einen Ritt durch die Stadt. Der Prenzlauer Berg war schmutzig, rußig. Über allem lag der süßliche Geruch nach Stadtgas und Braunkohle, die in der städtischen Gasanstalt zu eben jenem verkokt wurde. Der große Sperrmüllcontainer stand auch in dieser Zeit halb leer, halb voll an seinem Platz. Der Anblick des Gaswerks schien ihm sehr vertraut. Nun ja, er war ja auch in den ersten fünfundzwanzig Jahren seines Lebens regelmäßig daran vorbei gefahren. Je weiter er indes seine Wohnstätte hinter sich ließ, um so andersartiger wurde es. Die John-Scheer-Straße hieß Kurische Straße. Von hier an waren parallel zur Straßenbahn in der Greifswalder Straße Oberleitungen für die O-Bus-Linie O 30 gespannt. O-Bus, eine vage Kindheitserinnerung kam in ihm hoch. Er nahm sich deshalb vor, noch bei diesem Ausflug eine Runde O-Bus zu fahren. Ihn interessierte vor allem, wo der O 37 endete. Von Bürknersfelde hatte er mal was in alten Fahrplänen im Netz gelesen, George konnte aber Bürknersfelde nirgends hin verorten.

Als er nach Mitte kam, begann es für ihn, sich komisch anzufühlen. Auch begann er hier sich nicht mehr wirklich zurecht zu finden. Die Landsberger Allee führte in dieser

Zeit auf geradem Weg direkt auf den Alexanderplatz drauf zu, der ein Kreisverkehr ähnlich dem Große Stern war. Straßenbahnzüge, gezogen überwiegend von Vorkriegstriebwagen, rumpelten in ihren Schienen laut quietschend quer über das Rondell des Platzes. Das alte Warenhaus Tietz stand noch, war aber zum Teil eine Ruine, in der nur die unteren beiden Etagen genutzt wurden. Das alte Viertel um die Marienkirche war gleichfalls nur eine Ruine. Ab hinter dem Roten Rathaus war alles platt. Es standen zwar keine Ruinen mehr, aber die Kriegslücken nahmen den größten Teil der Flächen bis zur Friedrichstraße ein. Nur hier und da standen einzelne Häuser. Als George am Gendarmenmarkt anlangte, bekam er einen gehörigen Schrecken. Hier sah es tatsächlich so aus, als habe der Krieg hier noch vor wenigen Stunden getobt. Die Kuppel des französischen Doms war ausgebrannt. Auf dem Platz lagen Trümmer, Haufen von Schutt, Gerümpel, hoch aufgetürmter Schrott und zerschossene Personenkraftwagen.

Weiter führte ihn sein Weg, bis er zum Potsdamer Platz gelangte. Er war erstaunt, wie weit die Straßenbahn der Linie 74 fuhr und wie weit man in dieser Zeitperiode von Osten her an die hintere Berliner Mauer heran kam. Er machte kehrt, um sich zu vergewissern, ob das, was er einmal auf einem vergilbten Foto gesehen hatte, auch stimmte. Als er sein Ziel erreicht hatte, stellte er fest, dass das stimmte. 1964 waren die Eingänge zu den U-Bahnhöfen der unter Ostberlin im Transit hindurch fahrenden Westberliner U-Bahn noch als U-Bahnhöfe mit der oben gut sichtbaren Stationsangabe vorhanden. Aus seiner eigenen Erinnerung wusste er, dass das spätestens ab Mitte der 70er Jahre nicht mehr so war. Weinmeister Straße, Rosenthaler Platz, Walter-Ulbricht-Stadion fuhr er an und überall waren diese Angaben oben auf der Straße und im Eingang vorhanden.

George hoffte, dass der Sprit in seinem Tank noch reichen würde, als er sich zu dem Ort auf den Weg machte, an dem er in dieser Zeit, als dreijähriger, mit seiner Mutter wohnte, denn das ständige sich verfahren in der ihm in einigen Teilen nun unbekannten Stadt, hatte doch reichlich Kilometer gekostet. Über den Prenzlauer Berg, fragte er sich, entschied sich dann aber doch über den Alexanderplatz zu fahren. Es begann bereits zu dämmern, als er in die Oderbruchstraße einbog. Nun ja, es gab noch kein Mitteleuropäische Sommerzeit.

Die Hohenschönhauser Straße war eine zweispurige Chaussee, auf deren linker Seite in einem Sand- und Modderbett, die Straßenbahngleise lagen. Der Mont Klamott im Volkspark war erst halb hoch, weil noch mitten in der Aufschüttung. Aus den Lauben rechter Hand drang aus winzigen Hütten gedämpftes Licht und der Geruch nach aufgewärmter Kohlsuppe, Holzfeuer und Mückentötolin waberte herüber. Wilhelmsberg mit seinen kleinen Buden, den verbliebenen Erdgeschossen von im Krieg von Bomben getroffenen Häusern, kam in Sicht. Links das alte Ausflugslokal Schillerglocke. Das Ding kannte er aus seiner Jugend als Teenager nur geschlossen. Jetzt brummte hier das Leben. Leute saßen lachend in der untergehenden Sonne vor dem Lokal, von drinnen plärrte aus einer Musikbox ein Twist der Sputniks und einige Paare tanzten. Schräg gegenüber eine Kneipe mit Spielautomaten, die er von seiner Jugend her kannte.

Dahinter, dort wo in seiner Zeitreisenstartzeit die Straßenbahn nach Marzahn abbog, eine Tankstelle. Auch an die erinnerte er sich noch. Sie stand bis in die Mitte der 70er Jahre. Ecke Berkenbrücker Steig standen neue Nachkriegsbauten. An die Geschäfte darin konnte er sich nicht erinnern. Der Konsum in dem Altbauckhaus hatte schon geschlossen. Vor seiner Tür standen in Metallgitterkisten leere Milchflaschen aus Glas. Er hielt an und stieg von seinem Gefährt ab, um sich ein Schild in der Tür genauer anzusehen. "Butter erst wieder am Montag. Lose! Bringen Sie wenn möglich ihr eigenes Pergamentpapier zum einschlagen der Butter mit!"

Er ließ sein Kleinkraftrad stehen und lief die letzten Meter bis zur Berliner Straße 55. Er hatte nicht übel Lust, jetzt bei seiner Oma oder bei seinen Eltern zu klingeln. Das alte, eigentlich abrissreife Haus thronte mit seiner oberen Etage wie eine Burg ein Stück weit hinter dem undurchdringlichen Lattenzaun, an dem er sich als Knabe so oft Splitter in seine kleinen Hände eingerissen hatte und die Vaddern dann abends mit einer über einer Kerze erhitzten Nähnadel aus seinen winzigen Wurstfingerchen heraus operierte, wie bei einem chirurgischen Eingriff.
Er wechselte die Straßenseite und berührte den Holzzaun. Kindheitserinnerungen quollen in ihm so plötzlich hoch, dass er kurz feuchte Augen bekam. Eine Dame lief über die Straße direkt auf das Tor im Zaun zu. Er drehte hastig sein Gesicht weg, als er seine Großmutter erkannte, eine damals durchaus noch attraktive, relativ junge Frau Mitte vierzig.

George ging wieder zurück zu seinem Moped und fuhr die Straße nun in Richtung Dorf Hohenschönhausen hinauf. "Es gibt kaum Orte auf der Welt, die sich über Jahrzehnte hinweg so wenig verändern, wie dieser hier.", sagte er laut zu sich. Radio-Eising, die beiden Friseure, der Kohlenhändler, der Fischladen, selbst der Eisladen war schon da. Dort, wo er vier Jahre später mit seinen Eltern in einen von fünf frisch gemauerten Wohnblöcken einziehen würde, fand er jetzt aber nur eine Kriegs-Brache mit Fundamentresten, auf die ein kopfsteingepflasterter Weg zu zwei Garagen führte. Auf dem Grundstück hinter der Küstriner Straße waren gleichfalls noch nicht abgetragene Kriegsruinen und der klägliche Rest des Portikus der einstigen 14. Oberschule, die im Krieg, wie die Umgebung, zerbombt worden war. Er drehte eine Schleife in die Seitenstraßen hinein und war erfreut darüber, dass deren Belag noch keine Buckelpisten, wie in der Zeit waren, als seine Eltern starben. An der "süßen Ecke" kam er wieder heraus und fuhr über die Degnerstraße. Die Straßenbahn hatte vor der Feuerwache noch ein zweites, ein Ausweich- oder Kehrgleis. Im Eingang des Kinos Venus standen ein paar Leute, die vor der nächsten Vorstellung noch auf jemanden zu warten schienen. Warum hatte er als Schulkind das Kino nicht öfter genutzt? Weil zu der Zeit schon der Fernseher mit fünf Programmen im Wohnzimmer stand und er amerikanische B-Movies wie die Tarzan- oder Zorro-Filme spannender fand, als die Kinderfilme im Kino?

Er ritt weiter über die Buschallee. Die Straßenbahn hatte hier nur ein Gleis und eine Ausweichstelle am Stadion Buschallee bis zum Beginn der 80er Jahre, was kaum mehr, als einen Zwölfminutentakt im Berufsverkehr ermöglichte.
Als er an diesem Abend nach Hause und in seine Zeit zurück kam, war das erste, was er tat, im Internet nach alten Fahrplänen der BVG zu fahnden.

Für seinen nächsten Besuch in der anderen Zeit hatte er etwas ganz Besonderes vor. Als Datum nahm er sich den Samstag vor dem Bau der Berliner Mauer vor, den 12. August 1961. Da wollte er hin und dann den eigentlichen Mauerbau einen Tag später mit Standpunkt Ostberlin von Westberliner Seite aus mit seiner Kameradrohne dokumentieren. Doch dazu musste er zunächst mit einer Drohne umzugehen lernen.
Gleich mehrere Tage nahm er sich Zeit dafür. Er lernte, dass die Drohne und sein Handy per Luftlinie quasi Sichtkontakt miteinander haben mussten und dass die Drohne eine maximale Entfernung von rund einhundert Metern zum

Steuern hatte. Besser man blieb darunter. Flog sie hinter ein Hindernis, verharrte sie dort, bis sie entweder neue Steuerbefehle empfangen konnte oder sie stürzte, nachdem die Batterieladung aufgebraucht war, einfach ab. Bei Strecken über einhundert Meter ging sie von allein zu Boden. Bei kleineren Zeitsprüngen, nur ein bis zwei Tage zurück, stellte er dasselbe Phänomen fest, das er auch schon bei seinem Kleinkraftrad bei den Zeitsprüngen bemerkt hatte, nämlich dass das Fahrzeug und jetzt auch die Drohne, nach Abstand von etwa zehn Metern von ihm unsichtbar wurde. Er konnte allerdings auf dem Bildschirm seines Handys die Drohne sehen. Zu hören war sie trotz ihrer Unsichtbarkeit dennoch. Um mitzubekommen, was die Drohne an Bildern aufzeichnete, musste er dafür den ohnehin schon kleinen Bildschirm des Handys nochmals teilen. So nur sah er die Drohne, konnte sie ausschließlich so per Fernsteuerung fliegen, dabei grob sehen, was sie für Bilder aufzeichnete und nach ihrer Landung bei ihm dann diese Aufnahmen auf seinen Laptop überspielen.

An einem Spätsommertag im August, gut sechzig Jahre nach dem tatsächlichen Mauerbau, machte George sich auf den Weg. Er gab als Zielzeit Samstag, 12. August 1961 um 12 Uhr Mittags ein. Zum Glück hatte er sich im Internet über das Wetter an diesen Tagen informiert. In Berlin war es bei 20 °C für einen Sommertag lausig kalt, dazu war es bedeckt. Am nächsten Tag würde es bei diesen Temperaturen obendrein noch nieseln. Kein Wunder, dass auf den historischen Bildern Soldaten, Kampfgruppen, auf Westberliner Seite Protestierende und Journalisten immer so grimmig drein schauten.
Bis zur Friedrichstraße fuhr er mit dem Kleinkraftrad und stellte es dort, samt der mitgeführten Drohne, im Hof des Admiralspalasts ab. Bis zum Ku'damm wollte er mit der S-Bahn fahren, da ihm an diesem Tag der Ritt auf seinem

Fahrzeug zu riskant erschien, wegen möglicher Kontrollen auf beiden Seiten der innerberliner Grenze. So stürzte er sich ins Leben. Trotz der eher gedämpften Temperaturen, schien die ganze Stadt zu kochen. Auf dem S-Bahnsteig der Stadtbahn fischte die Volkspolizei ihn heraus. Sie filzten ihn, besahen sich genau sein "Amulett" und fragten nach dessen Material. "Sie sehen," George klopfte mit dem Amulett und dem darin befindlichen Handy an eine der tragenden Säulen der Bahnhofshalle, "es ist nur ein Stück Eisen. Mein Großvater, vor einigen Jahren gestorben und ein strammer Kommunist, hat dieses Stück Eisen aus einem amerikanischen Panzer, den er im Krieg abschoss, heraus geschnitten." Der eine Polizist lächelte bittersüß: "Und jetzt wollen sie den imperialistischen Amis ihr >Eisen< zurück bringen. ...?" "Nein, Opa liegt auf dem Friedhof in Stahnsdorf. Ist sein fünfter Todestag heute. Und der Weg durch Westberlin ist kürzer."
Die beiden VoPo's schauten ihn ungläubig an und wollten ihn schon zwischen sich verhaken und auf ihre Wache schleppen, als George als letzten ein Parteibuch der SED zückte. Dabei raunte er, dass nur diese beiden Männer ihn hören konnten: "Es ist von staatspolitisch äußerster Wichtigkeit, dass ich diese Fahrt unternehme. Ab Mitternacht werden sie sehen, weshalb." Noch einmal schauten sich die beiden Polizisten an. Auch zu ihnen waren bereits Gerüchte von einer bevorstehenden Aktion, welche auch immer es sein mochte, durchgedrungen, die ab Mitternacht beginnen sollte. Einer der beiden zischte ihn an: "Gehen sie weiter und machen sie kein Aufsehen, Genosse." George lüpfte leicht seinen Hut und verschwand in der nächsten, in Richtung Westen einfahrenden S-Bahn.

Am Bahnhof Zoo brummte das Leben. Er erschrak ein wenig über eine Straßenbahn, die ihn fast über den Haufen fuhr, als er vom Bahnhof in Richtung Joachimsthaler Straße ging. Dass sie zu dieser Zeit hier noch fuhr, hatte er zwar auf dem Schirm, aber er hatte hier nicht wirklich mit ihr gerechnet. Der Fahrer beugte sich vorn aus dem Schlitz in der Frontscheibe, aus dem heraus er sonst mit einem großen Haken die Weichen seines Zuges stellte. "Von welchem Dorf kommst du denn her, du Arschgeige!", fluchte er laut. Entlang des Ku'damm flanierten die Leute. George erkannte in- und ausländische Touristen, Einheimische, alten westberliner Adel, der seiner "Mischpoke" "aus der Zone" stolz "seinen" Boulevard zeigte, Flüchtlinge aus der DDR die vom Auffanglager Marienfelde aus kommend hier endlich mal die "Luft der Freiheit" schnuppern wollten und gemischte Gruppen von Ost- und Westberlinern, die einfach den angenehmen Samstag hier auf der Straße beim bummeln genossen. Auch George staunte nicht schlecht. Hier glitzerte tatsächlich der Westen und lockte mit goldigen Erwartungen.

Mit U- und Straßenbahn, unter Umfahrung Ostberlins, setzte er sodann seinen Weg in Richtung Kreuzberg fort. Hier sah es noch genau so aus, wie bei ihm am Prenzlauer Berg. Auch Kreuzberg bröckelte. Kriegsschäden und Kriegslücken überall! Das Einzige, was anders war, waren die Auslagen in den Geschäften. Hier sah er Bananen, Orangen und Ananas und in den Schaufenstern der Fleischereien und Bäckereigeschäfte sah er fette, gut gepökelte Schinken hängen, sah in den Kühltheken fettreiche, angeschnittene Sahnetorten und die Auslagen für -zig Brotsorten.

Erst am frühen Abend erreichte er, erneut unter der komplizierten Umfahrung Ostberlins, die Bernauer Straße im Wedding. Spürten die Menschen hier nichts von den bevorstehenden Ereignissen? Er schaute sich ungläubig um. Welche der Straßenseiten Ost- und welche Westberlin war, sah man nur an den Auslagen in den Schaufenstern der Geschäfte und daran, auf welcher Seite die Buden mit dem Tinnef standen, in denen vom "echt vergoldeten Ring" bis hin zur Nähnadel alles gehandelt wurde, was auf der anderen Straßenseite sozialistische Mangelware war. Winzige Kinos, Flohkisten, lockten mit Kinokartenpreisen im Verhältnis von 1 : 1, einer DDR-Mark zu einer D-Mark. Wichtig für Kinder und Erwachsene aus Mitte und Prenzlauer Berg. Die Häuser indes waren auf beiden Seiten der Straße abgeranzt.

Aber irgendwelche Hektik in Bezug auf eine mögliche Grenzschließung, konnte er selbst hier noch nicht feststellen. Niemand konnte sich das in dieser Perfektion, wie es ab in ein paar Stunden geschehen würde, vorstellen. Frau Müller aus dem Eckhaus in der Ackerstraße, unweit der Versöhnungskirche, machte quer über die Straße laut tratschend einen Plausch mit Frau Maier, die neben dem Haushaltswarenladen ihr schräg gegenüber im Wedding wohnte. Kinder spielten trotz der späten Stunde vor der Kirche mit einem Ball. In der Eckkneipe gegenüber vom U-Bahnhofseingang Bernauer Straße zischte ein Bierfass von Kindl in seinen letzten Zügen, so dass die Kneiperin persönlich nach unten in den Keller musste, um ein neues Fass anzustechen. Über die Sektorengrenze hinweg, im Blick der Eltern die in der Kneipe saßen, traktierten Kinder einen ausgeleierten Schlüpfergummi mit ihrer Gummihopse. Und immer wieder ging es dabei von Ost nach West, vom Wedding nach Mitte, über die Sektorengrenze hin und her, während die VoPo's daneben standen, friedlich zuschauten und sich gegenseitig irgendetwas zuraunten mit "da ist wohl was im Busche".

George beeilte sich, nochmals zum Ku'damm zu kommen. Leuchtreklame blinkten, strahlten, zwirrten und überall Menschengruppen auf den Straßen. Die einen kamen aus dem Zoopalast, andere kamen aus den Restaurants, vom bummeln oder aus dem Renaissance-Theater. Die Menschenmassen ergossen sich alle in Richtung Bahnhof Zoo. Die Stadtbahn fuhr in dichten Takten. George staunte, sog die Luft und die Atmosphäre des alten Westberlin ganz in sich hinein. Er wanderte noch einmal ein Stück die Joachimsthaler Straße hinauf, bevor er kurz nach 23 Uhr in eine S-Bahn mit dem Zielrichtungsschild "Erkner" kletterte. Am Bahnhof Friedrichstraße war der Bahnsteig nur mäßig gefüllt. Die meisten stiegen hier nur um oder fuhren weiter nach Ostberlin hinein. Die kontrollierenden VoPo's wirkten angespannt und müde und kontrollierten kaum. So kam er unbehelligt zu seinem Kleinkraftrad und begann dann durch Seitenstraßen in möglichster Dichte zur Sektorengrenze zu fahren, darauf achtend, nicht plötzlich doch versehentlich in einen der Westsektoren zu gelangen.

Ja und da fuhren sie auch schon auf, leise, nur mit kriegsmäßig abgedunkelten Scheinwerfern, die LKW's G5 und H3A der NVA, beladen mit Stacheldraht, Soldaten und Angehörigen der sogenannten "Kampfgruppen", einer paramilitärischen Organisation aus mehr oder weniger Freiwilligen, die offiziell einmal dazu gegründet worden waren, ihre volkseigenen Betriebe vor feindlichen Angriffen zu beschützen. P2M-, P3-Jeeps und das "Sonderkfz SK-1" aus DDR-eigener Produktion, der einzige jemals in der DDR gebaute Schützenpanzer, auf "Robur-" bzw. "Phänomen-Granit"-Fahrwerk fuhren ebenfalls relativ leise, aber wenig unauffällig, durch die Straßen der Hauptstadt in ihre vorgesehenen Stellungsräume. VoPo's versuchten, den wenigen zivilen Verkehr, der noch in die Innenstadt rollte, umzuleiten.
Aber die einzig wirklichen Amüsiermeilen Ostberlins waren eh nur die Schönhauser Allee mit dem Café Nord rund um den Ringbahnhof und noch ein wenig das kleine Stück der

Warschauer Straße zwischen Stadtbahngraben und Frankfurter Tor. George fuhr in den Prenzlauer Berg, weil er sich hier am besten auskannte und legte sich samt seiner Kameradrohne in der Eberswalder Straße, am Friedrich-Ludwig-Jahn-Sportpark zwischen alten Pappeln heimlich auf die Lauer. Die Glocken der Turmuhren der Kirchen ringsum schlugen bereits zur ersten morgendlichen Stunde durch die immer ruhiger und stiller werdende Nacht der Großstadt. Von überall entlang der Sektorengrenze hörte er jetzt startende Motoren von Fahrzeugen aufheulen. Zuerst näherten sich die Schützenpanzer aus der Schwedter und der Oderberger Straße. Die letzte Straßenbahn der Linie 4 ließ man an der Kuppelendstelle in der Eberswalder Straße noch umsetzen. Die spätere Wendeschlaufe würde erst zwei Jahre später entstehen und das Gleis, das jetzt das Umsetzen der Triebwagen an dieser Stelle ermöglichte, wäre von da an nur ein Staugleis für einen zweiten Straßenbahnzug.

Dann ging alles ganz schnell. Zuerst beleuchteten nur die Scheinwerfer der Panzer die Szenerie. Danach wurden Stromkabel verlegt und, so sie nicht direkt zu Wohnhäusern gezogen wurden, an Notstromaggregate angeschlossen, um damit an Masten, die man provisorisch aufrichtete, weitere Scheinwerfer hoch zu ziehen und anzuschalten. Die Leute aus den angrenzenden Häusern wurden ob dieses ungewohnten Lärms und des Lichts wach und öffneten in der Bernauer Straße, meist nur mit Pyjama, Nachthemd oder Bademantel bekleidet, ihre Fenster. Die in ihren Schienen quietschend umsetzende Straßenbahn war man gewöhnt, aber das hier nicht. Auch auf der Weddinger Seite regte sich etwas. Was, das konnte George nicht genau erkennen, weil die ersten Wohnhäuser erst hinter dem Güterbahnhof Eberswalder Straße, ab der Ecke Wolliner Straße, standen. Er ließ seine Drohne zum ersten mal aufsteigen. Filmte das Geschehen. Bis etwa zur Swinemünder Straße war ihre

Reichweite. Er machte nur kurze Flüge, um seine Batterien zu schonen. Das feine Surren der Motoren des Quadrocopters ging in dem allgemeinen Lärm komplett unter. Auf Westberliner Seite begannen sich die Menschen zu einem wütenden Mob zu versammeln und in Richtung Jahn-Sportpark zu marschieren. Sie wurden aber von Soldaten der mittlerweile angerückten französischen Schutzmacht und von Westberliner Polizei daran gehindert. Um 4.20 Uhr schickte George seine Drohne bis zum Gemüseladen, der an der Ecke Bernauer / Wolliner Straße auf Ostberliner Gebiet lag. Eine Jalousie des direkt an den Verkaufsraum angrenzenden Zimmers war halb nach oben geschoben. Durch die filmte er das, was er hunderte male durch die Erzählungen der Schwester seiner Urgroßmutter gehört hatte: Im Zimmer standen jetzt Angehörige der Kampfgruppen und begannen bereits die Möbel aus der Wohnung und dem dazu gehörenden Laden zu tragen, während die Schwester seiner Urgroßmutter und ihr Mann, den George bisher noch nie gesehen hatte, eilig versuchten, noch ihre nötigsten Papiere im immer größer werdenden Chaos der eigenen Wohnung zusammen zu sammeln. George sah besorgt den Akku-Ladestand der Drohne. Er musste jetzt schnellstens zurück.

Die Drohne schaffte es gerade so zu ihm und segelte auf den letzten Metern zu ihm mehr.
George verdünnisierte sich von der Szenerie und fuhr nach hause, wo er nur die entladenen Akkus der Drohne in eine Ladestation drückte und sich danach wieder auf den Weg, mit frischen Akkus in der Drohne, in die morgendliche Innenstadt hinein machte. Überall das gleich Bild: weinende oder wütende Menschen. Aber die Stadt war noch nicht ganz erwacht und so hielt sich die Anzahl der Voyeure in beschaulichen Rahmen. Nachdem er einige Stunden unterwegs gewesen und sich die Tankanzeige seines

Kleinkraftrads bereits weit unter der magischen roten Linie befand, erreichte er wieder seine Wohnung, tankte zunächst aus einem Kanister nach, frühstückte ausgiebig, wobei er einige Becher Kaffee mehr als sonst genoss, und machte sich dann mit weiteren wieder aufgeladenen Batterien in seiner Drohne erneut auf den Weg zur Zonengrenze innerhalb Berlins.

Die ganzen nächsten Tage blieb er in dieser Zeit und filmte, was er entlang der Grenze an Bildern bekommen konnte. Häufig nutzte er, wie schon in der ersten Nacht, als Versteck einen etwas erhöhte Punkt unter einer Pappel auf dem Kamm des Stadions im Jahn-Sportpark.
Die Berliner Mauer wuchs schnell und unerbittlich. Als die erste Mauertote, Ida Siekmann, in der Bernauer Straße von ihrem Balkon ins Leere stürzte, war Georges Drohne dabei und konnte der Nachwelt nun endlich bewegte Bilder von diesem Ereignis sichern.
Überall in Ostberlin weinten die Menschen, wenn sie in Richtung der gesicherten Zonengrenze unterwegs waren oder auch einfach nur, wenn sie in der Straßenbahn daran dachten. Eine sehr traurige Zeit. Nach gut zwei Wochen reiste George deshalb wieder zurück in seine Startzeit.

Seine nächste Zeitreise unternahm er nur ein paar Tage später. Er wollte sehen, ob er seine Eltern in der Zeit ihres Kennenlernens einmal betrachten könne und so reiste er ins Jahr 1959. Tanzkurs in der "Libelle" Quitzowstraße Ecke Berliner Straße. George, an der Bar sitzend, während die Veranstaltung im Nebenraum statt fand, erkannte sie sofort. Muttern gerade mal sechzehn, fesch in dem Petticoat, den ihr ihre Tante aus Steglitz geschenkt hatte, Vaddern, kaum volljährig, der seine übergroße Schüchternheit vergeblich unter einer Lederjacke, die er über seinen Anzug gezogen hatte und unter seiner Elvis-Tolle versuchte zu verbergen.

George sah verstohlene Blicke von ihr zu Vaddern und von Vaddern zu ihr wechseln. Ein herrliches Vergnügen für George auch, als er beide, sehr steif, an den Händen gefasst, durch die offene Tür ihre Tanzschritte nach Anweisung ausführen sah.
Oh je, da haste jetzt Vaddern aber versehentlich ganz schön getreten, dachte George einmal. Aber insgesamt gaben sie ein niedliches Paar ab.
George verschwand noch am selben Abend wieder zurück in seine Zeit.

Weiter, viel weiter zurück in die Vergangenheit wollte er nun. Doch auch hierfür brauchte es besonderer Vorbereitungen. Zunächst polierte er seine Kenntnisse der russischen Sprache auf. Dann bastelte er sich mit seinem Drucker einen sowjetischen Militärausweis. Über eBay ersteigerte er eine sowjetische Militäruniform. Dann ging es los, ab zum 10.Mai 1945, sechs Tage nach der Kapitulation Berlins, zwei Tage nach der Deutschlands am Ende Des Weltkrieges.
Er stellte sich 8.00 Uhr als Zeit ein. Wie immer bei seinen Zeitsprüngen wurde erst alles neblig um ihn, dann drehte sich alles dermaßen, dass ihm nicht nur schwindlig, sondern auch übel wurde und dann klarte sich alles auf, wobei im Wirkbereich seines W-LAN gewissermaßen die Schatten der Vergangenheit, also seiner Zielzeit, so sehen waren.

Bei diesem Zeitsprung sah er zunächst in ferne Fensterhöhlen. Als er seinen Hinterhof betrat, um sein Kleinkraftrad zu holen, sah er im Schatten mehrere Menschen in Uniformen um einen großen Gegenstand herum stehen. Er konnte den Schnitt der Uniformen in diesen Schatten nicht genau erkennen, glaubte aber, dass sowjetische Soldaten am Rand des Hofes standen, während Männer in Wehrmachtsuniform versuchten, einen großen, zylindrischen Gegenstand im Hof zu bergen. George gefror sofort das Blut in den Adern! Man versuchte offenbar gerade einen Blindgänger zu bergen, eine Granate oder Bombe. George machte einen Schwenk am Kleinkraftrad vorbei zum Keller und holte sich sein altes, rostiges Fahrrad hervor. In dem Moment, in dem er den Hof verließ, waren die Männer weiterhin mit dem Transport oder der Entschärfung des Blindgängers befasst.

Als George sein Haus zur Straße hin betrat, sah er zunächst noch immer nur Fensterhöhlen, aber auch Schutt, kaputtes Glas und so weiter. So traute er sich nicht, Rad zu fahren. Genau in dem Moment, in dem er seine WLAN-Blase endgültig verließ, traf ihn mehr als unvorbereitet der Geruch der Stadt, wie ein Vorschlaghammer seine Geruchsnerven. Vordergründig war es Leichengestank, aber auch kokelndes Holz, Fäkalien aus den kaum noch gespülten Abwasserkanälen, erneut Brandgeruch und immer wieder Verwesung. So schlimm hatte er sich dies nicht vorgestellt.

An der nächsten Ecke lagen Leichen, aufgequollene Pferdekadaver an denen sich Menschen mit Messern zu schaffen machten, säumten seinen Weg in die Innenstadt. Bei ihm am Prenzlauer waren fast überall die Dächer abgedeckt und die Fenster kaputt, aber die Häuser standen soweit noch. In einigen Wohnungen sah er, durch die kaputten Fenster hindurch, Aufgeknüpfte. Die hatten sich selbst in den letzten Kriegsstunden noch aufgehängt. Ganze Familien sah George so. Er sah aber auch Bewegung in der Stadt. Kolonnen gefangener Männer wurden unter dem Spalier weinender Frauen, die dem einen oder anderen noch eine Zigarette oder einen Kanten Brot heimlich zusteckten, aus der Stadt geführt. Alte Männer und kriegsversehrte Invaliden schlichen wie Geister durch die verwüsteten Straßen oder beteiligten sich aktiv an der Räumung von Trümmern. Je mehr George sich dem Stadtzentrum näherte, um so größer wurden die Verwüstungen. Er sah zwischen den Trümmern Männer mit Aktentaschen ziellos herum spazieren, Frauen mit Eimern, unter der Leitung von sowjetischen Soldaten, Straßen von Kriegsschutt frei räumen, alte Männer zogen bereits arg verwesende Leichen zu Sammelstellen. Feierlich-freundliche, auch aufgeschlossene Gesichter bei den Sowjetsoldaten, die ihn auf seinem Weg militärisch exakt grüßten. Weinende und sehr verstörte Gesichter bei der Berliner Bevölkerung, wenn sie ihn in seiner Uniform sahen.

Die Innenstadt Berlins war für ihn nicht mehr erkennbar.

Er musste jetzt aufpassen, dass er sich nicht verlief, weil die Straßen nur noch aus Schutt und Ruinen rings um ihn her bestanden. Das Warenhaus Tietz wurde gerade, unter dem hämischen Lachen von Soldaten der Besatzungsarmee, von Berlinern geplündert. Die heutige Liebknechtbrücke war nur ein hölzerner, brüchiger Balken, auf dem die Menschen vorsichtig über die Spree balancierten. Die ohnehin schon seit 1939 bestehende, provisorische Holzkonstruktion war im "Endkampf" verbrannt. Die Schlossbrücke hatte zwar schwere Schäden, war hingegen aber passierbar. Alte Herren schnitten unter sowjetischer Aufsicht schon verwesende Männer in Volkssturmuniformen von ihren Stricken an den Laternen "Unter den Linden", die die SS als angebliche Deserteure in den letzten Minuten des Krieges dort aufgeknüpft hatte. "Ich habe mein Vaterland verraten" oder "ich bin ein feiges Kameradenschwein" stand auf Schildern, die ihnen von der SS in ihrem Todeskampf umgehängt worden waren. Im Eingang zur unterirdischen Nord-Süd-S-Bahn direkt am Brandenburger Tor waberten im Wasser des unter dem Landwehrkanal gesprengten Tunnels aufge-quollene Leichen.

Die Bäume des Tiergartens standen, aber sie waren von Granaten-, Geschoss- und Bombensplittern zerfetzt. Da wo noch ein heiler Ast oder ein nur verletzter Stamm war, grünte es dennoch. Es war schließlich Frühling! Auf der "Ost-West-Achse", heute als "Straße des 17. Juni" bekannt, hingen zerrissene Tarnnetze der Wehrmacht, Flugzeug- und Panzerwracks standen herum. George lief, denn wegen der vielen Munitions- und Glassplitter all überall, traute er sich nicht, sein Fahrrad zu benutzen. Ab "Großer Stern" wechselte er die Richtung, lief am ausgebrannten Schloss Bellevue vorbei Richtung Moabit.

Das Gefängnis mit seinen dicken Mauern schien noch halbwegs intakt, die umgebenden Wohnhäuser hingegen waren alle schwer beschädigt, aber offenbar bewohnt. Der Lehrter Bahnhof war eine Ruine, in der schwer beschädigte Reisezug-, Post- und Güterwagen standen.

Unzählige Menschen waren dabei, das Gelände zu plündern. Die Humboldthafenbrücke der Stadtbahn sah relativ in Ordnung aus. Auf ihr überquerten die Menschen die Spree, die sich die Kletterei über die verbogenen Eisenteile der schwer beschädigten Sandkrugbrücke nicht zutrauten. In der Ferne sah George in Höhe Nordhafen ein kleines Paddelboot als provisorische Fähre pendeln.

Alle Einheimischen schienen müde. Sie schlichen gesenkten Hauptes dahin, mutlos, ängstlich und Frauen verschwanden, wenn sie es konnten, aus seinem Blickfeld, wo er auftauchte. Das Naturkundemuseum hatte gleichfalls deutlich unter den Kämpfen der letzten Tage und unter den Bombenangriffen gelitten. George ging die Invalidenstraße weiter hinauf. Die Ruine des Stettiner Bahnhofs, heute Nordbahnhof, war ausgebrannt und seine Tonnenförmige Dachkonstruktion zum Teil eingestürzt. Dabei hatte sie mehrere Behelfspersonenwagen, umgebaute Stückgut-wagen, unter sich begraben. "Räder müssen rollen für den Sieg" war auf einem riesigen, angesengten Pappschild über dem Haupteingang des Bahnhofs zu lesen. Menschen plünderten einen auf dem Stückgutabfertigungsgleis abgestellten Güterzug, der offenbar Unterwäsche für Wehrmachtssoldaten und Fleischkonserven geladen hatte.

In Richtung Liesenbrücken sah George abgestellte, beschädigte S-Bahnzüge, zerrissene Personenwagen der Fernbahn, aber auch noch offenbar intakte Dampflokomotiven. An der Kreuzung zur Brunnenstraße passierte er eine weitere "Panzersperre" aus Pflastersteinen und zerschossenen Straßenbahnwagen. Alte Männer, Kinder und Frauen waren gerade dabei, sie unter der Aufsicht aufmerksamer Sowjetsoldaten zu beseitigen. Als George über die Veteranenstraße hinter der Zionskirche die Kastanienallee erreichte, staunte er nicht schlecht. Zwar waren auch hier Trümmer auf Fahr- und Gehweg, durch den Luftdruck der Bomben, die in anderen Stadtteilen gefallen waren, abgedeckte Häuser, offene Fenster, eingetretene Haustüren, aber die Oberleitung der Straßenbahn hing noch in Gänze.

Unter dem Hochbahnviadukt am U-Bf. Danziger Str., der viele Jahrzehnte später erst Eberswalder Straße heißen würde, standen abgeschossene und ausgebrannte Tiger I Panzer. Von der Schultheißbrauerei, der späteren Kulturbrauerei, aus erhob sich eine Rauchsäule. Einer der Lagerkeller kokelte wohl noch immer vor sich hin. In der Schönhauser Allee, kurz vor der Gneiststraße, sah George eine dort abgestellte Straßenbahn mit Beiwagen in ihrem Gleis. Der größte Teil ihrer Fenster war zerschossen, einige hatte sie aber noch. Der Zug sah fahrtüchtig aus. Kinder tobten um ihn herum, aber eine in einem Kfz vorbei fahrende Kontrolle sowjetischer Militärpolizei verscheuchte sie. George ging jetzt in Richtung Pappelallee. Zuerst Verwunderung bei ihm, aber dann fiel ihm ein, dass die Gleise für die Straßenbahn hier erst in rund fünf Jahren verlegt werden würden. Kinder spielten zwischen kaputtem Kriegsgerät und den Trümmern abgedeckter Hausdächer im Schutt. Dort, da vorne, die beiden, die Gesichter kannte er irgendwie. Als eine Frau, die geduckt im nächsten Hausflur stand, um mit einer Nachbarin zu quatschen, und deren Statur er von sehr alten, arg vergilbten Fotos her zu kennen glaubte, ihn sah, rief sie ihre beiden Kinder: "Gerhard, Helga, kommt sofort von der Straße!"

Da war George sich sicher, seine Großmutter väterlicherseits und seinen Vater und seine Tante vor sich zu haben. Gezielt ging er nun geradewegs auf die kleine Familie zu, während seine Oma Hedwig sich immer weiter in die Tür des Gründerzeithauses hinein drückte und die Nachbarin wie ein Geist verschwand. "Frau Hungerlundt? Bitte warten sie! Ich habe Nachricht von ihrem Mann.!", log George. Verzweifelt kramte er in dem Tornister, den er sich vor seinem Ausflug extra mit Proviant befüllt hatte. "Ja, was ist mit meinem Wilhelm?", fragte seine Oma, die Oma, die gestorben war, als er selbst gerade erst ein Jahr alt war und die er deshalb nie persönlich kennen gelernt hatte. Eine hübsche und interessante Frau, stellte er für sich fest.

"Jemand von der KPD, den ich in Moskau kennengelernt habe, hat mir erzählt, dass ihr Mann in amerikanischer Kriegsgefangenschaft ist. Er wird dort wohl auch noch ein Jahr bleiben, aber seine Kriegsverletzungen sind bereits wieder zu einem großen Teil verheilt. Bitte gedulden sie sich noch. Er kommt nächstes Jahr zurück.", log George. Oma Hedwig bekam feuchte Augen und drückte ihm mit beiden Händen seinen linken Arm. George beugte sich zu den Kindern hinab und zauberte aus seinem Tornister eine Hand voll Markenschokoriegel hervor. Sein gerade einmal vierjähriger Vater war so dürr, dass er nur ein Strich in der Landschaft zu sein schien, seine in diesem Zeitfenster gerade siebenjährige Tante sah nicht viel besser aus. George holte aus seinem Rucksack noch eine Büchse Schmalzfleisch und seine noch immer ordentlich in Papier gewickelten Sandwiches hervor und gab sie seiner Oma. Er überlegte kurz. Konnte er es wagen? Würde er gleich die Geschichte für immer ändern? Würde eines der gefürchteten Zeitparadoxon auftreten? George beschloss, dieses Risiko einzugehen und so gab er Oma Hedwig noch seine beiden ungeöffneten PET-Flaschen mit der Vita-Cola. "Bitte versprechen sie mir, wenn die Flaschen leer sind, ihre Etiketten zu verbrennen. Sie ersparen mir damit sehr viel Ärger.", sagte er zu ihr. Dann drehte er sich um und lief über die Stargarder Straße in Richtung seiner Wohnung. Abends schaute George sich Fotos aus den frühen 60er Jahren aus dem Familiengarten an. Und da sah er sie stehen, diese eine PET-Flasche, neben dem Rosenbeet. Und sie hatte kein Etikett!

Nach diesem Ausflug wollte er nun in eine angenehmere Zeit reisen. Dazu brauchte er zunächst auch erst einmal Zahlungsmittel. Auf seinem Drucker stellte er sich auf leerem Zeitungspapier, Inflationsgeld her, dann reiste zum 31. August 1923, einen Tag nach Beginn der großen Inflation. George erkannte die Stadt nicht mehr. Überall vor den Banken und Sparkassen standen die Menschen in Schlangen, um sich ihr weniges Erspartes auszahlen zu lassen. Die Gebiete um den Molkenmarkt und rund um die Marienkirche waren dicht bebaut. Auf der Fischerinsel musste er sein Kleinkraftrad schieben, weil die Gassen so eng waren. Es stank in der Stadt, wie auf einem Dorf, nach Pferde- und Kuh-Mist. Kein Wunder, gab es doch in Groß-Berlin in diesem Jahr um die zweihunderttausend Gäule und natürlich auch deren Hinterlassenschaften, denn nicht alle "Pferdeäppel" wurden zur Düngung von Bohnen und Tabak auf Balkonen oder den zehntausenden Kleingartenparzellen, die es teilweise sogar innerhalb des S-Bahn-Rings gab, "nachgenutzt". Scharen von Spatzen besetzten die besten Plätze hinter eingespannten, stehenden Gäulen, sowie diese etwas fallen ließen. Auf den Hinterhöfen hatten zahllose Molkereien ihre drei bis zehn Kühe in eigenen Ställen zu stehen. Moderne Kühltechnik konnte sich kaum ein Geschäft leisten und so wurden statt Milch und Butter die Produzenten derselben, die Kühe, zum Kunden gebracht. Kühe sind wie der Mensch rund neun Monate schwanger, dann werden sie wieder gedeckt. Kühe geben nur Milch, wenn sie ein Kalb geboren haben. Das wird nach wenigen Tagen von der Kuh abgesetzt. Diese gibt dennoch rund 350 Tage Milch. Kalbfleisch ist also deshalb relativ billig, weil zur regelmäßigen Milchproduktion ständig neue Kälber geboren werden müssen. Die Kühe hier mitten in Berlin bekamen zum großen Teil Küchenabfälle als Futter und sahen nie die "grüne Wiese". Auch ihre Hinterlassenschaften "stapelten" sich auf den Hinterhöfen, wurden aber auch oft getrocknet und als billiges Heizmaterial für die "Kochmaschine" an die armen Arbeiterfamilien in den Häusern abgegeben.

Die unglaubliche Ausdehnung der Kleingartenvereine und ihrer Parzellen faszinierte George. Im Osten reichten sie von der Danziger Straße fast bis zur Stadtgrenze hinter Marzahn und Kaulsdorf. In Lichtenberg war das Gebiet ab dem zu dieser Zeit noch nicht existierenden U-Bf. Friedrichsfelde bis hin zur Schlesischen Bahn in Karlshorst voller Gärten. Selbst Randbereiche der Ringbahn selbst, die für mögliche Erweiterungen vorgesehen waren, waren an Mitarbeiter der Eisenbahn zur "vorübergehenden Nutzung mit Kleingärten" verpachtet. Reste davon existierten noch zu seiner Zeit, wie zum Beispiel rechts und links der Eldenaer Brücke zwischen S- und Fernbahn oder entlang Stettiner, Kremmener und Nordbahn nördlich des Bahnhofs Bornholmer Straße. Da der märkische Sand an sich relativ nährstoffarm ist, wurde mit "Pferdeäppeln", Kuhmist oder dem Mist, den das eigene Kleinvieh auf der Parzelle her gab, oft wurden drei bis vier

Hühner und ein Hahn oder eine Hand voll Karnickel für den Weihnachtsbraten gehalten, bei der Düngung nachgeholfen. Und richtig Glück hatte, wer vom Zentralviehhof oder vom Zoo mal eine ganze Wagenladung voller Mist, als Gegenleistung für Viehfutter oder für viel Geld bekam, die er dann mühselig mit dem Spaten in die Erde der eigenen Beete einarbeitete, die dadurch im Laufe der Zeit und sehr allmählich immer höher als die Gartenwege wurden. Die Parzellen, die regelmäßig Kuh- oder Pferdemist untergruben, erkannte man bereits daran, weil sie im Durchschnitt fünf bis zehn Zentimeter Höher waren, als die anderen der Umgebung.

Berlin schien zu grünen. George sah aber auch das Elend der vielen Kriegsinvaliden in den Mietskasernen und auf den Schmuckplätzen der Stadt, die, oft obdachlos und ohne Anstellung, betteln mussten.
Hoch herrschaftlich ging hinter dem Roten Rathaus in Richtung Charlottenburg zu. Das Stadtschloss glänzte, als sei der bereits abgedankte Kaiser soeben wieder persönlich vorgefahren. Unter den Linden flanierten die Reichen und Kriegsgewinnler. Das Adlon am Pariser Platz verströmte den mondänen Charme der Monarchie und entlang der sehr schmalen "Chaussee nach Charlottenburg", erst die Nazis verbreiterten die Straße auf 45 m, schaukelten Straßenbahnen mit offenen Plattformen durch den Tiergarten. George konnte nicht anders und ließ sich bis zum Schloss Charlottenburg und wieder zurück mit der Straßenbahn fahren, um in Ruhe den alten Tiergarten und die Umgebung betrachten zu können. Die richtig reichen, erst 1920 durch das Groß-Berlin-Gesetz eingemeindeten Stadtteile lagen dort.
Zurück auf seinem Kleinkraftrad fuhr er weiter durch die alte Mitte Berlins. Abseits des Potsdamer Platzes, der noch keine Ampel hatte, war es etwas ruhiger. Am U-Bf.

Kaiserhof, dem späteren "Mohrenstraße", musste er sich erst neu in der Stadt orientieren. Der Firmensitz von Sarotti-Schokolade lag vor ihm. Entlang der Friedrichstraße gab es ein nobles Geschäft neben dem anderen. George sah emaillierte Werbetafeln überall! Rasierklingen von Roth-Büchner (wurde 1926 von Gillette übernommen), Coca-Cola, Bötzow-Bier, Dunlop-Reifen fürs Fahrrad, Mampe halb & halb, kauft Fahrräder und Automobile von Brennabor aus Brandenburg, Zahnpaste und Mundwasser von Chlorodont sind die einig wahren, die kluge Frau wäscht mit Persil, der Mann von Welt raucht Juno oder Chesterfield, die Frau raucht mit Zigarettenspitze und mit Maggi-Würze gelingt das warme Essen immer!

An jeder Ecke eine Kneipe mit einer anderen Biermarke, Kakao gab es, wie Gewürze, Tabak, Reis und Tee im Kolonialwarenladen, der ein Gegengewicht zum Kontinentalwarenladen war. In Apotheken konnte man Kokain auch ohne Rezept erwerben. Weitere, ihm selbst nur noch in ferner Erinnerung verbliebene Geschäftsformen gab es, wie Reformhäuser, genossenschaftliche Lebensmittel-händler der Gepag und welche von Kaiser's oder Tengelmann. Überall Fleischereien, Bäckereien, Gemüse- und Kohlenhändler. Osram ließ die Stadt erhellen, in wieder anderen Läden konnte man elektrische Grammophone von Telefunken, Staubsauger der AEG, Bügeleisen von Siemens kaufen. Die dreckige Wäsche konnte, wer über das nötige Kleingeld verfügte, in Wäschereifilialen der Firma Spindler abgeben. Dort wurde von Pferdekarren Eisblöcke für den Kühlhalteschrank der hochherrschaftlichen Familie geliefert, auf der anderen Straßenseite lieferte Bolle gerade frische Milch aus der eigenen Molkerei, Botenjungen brachten vorher bestellte Einkäufe zu ihren Abnehmern, in den Bäckereien wurden Backwaren nur verkauft. In den engen Geschäften gab es keinen Platz, damit die Leute sich auch noch hinsetzen konnten. Dafür gab es das Café Bauer, das Café Kranzler und wie sie alle hießen. Stehbierkneipen von Aschinger, der ersten deutschen Systemgastronomiekette mit eigener Bockwurstmarke und Schrippe, auch billige Erbsensuppe bekam man zum Bier, waren überall präsent. Entlang von Friedrich- und Oranienburger Straße trubelte das Leben und Damen des horizontalen Gewerbes boten selbst am helllichten Tag ihre Dienste offen auf den Gehwegen an. "Komm 'se mit, komm 'se mit, im Hinterhaus sind wir zu dritt.", oder ähnliche Anmache hörte er. Das musste der "Verkehr auf der Friedrichstraße" sein, von dem selbst er in seiner Zeit noch gehört hatte.

Nur wenige Meter entfernt im Scheunenviertel war es wie in einer ganz anderen Welt. Das alte, behäbige Berlin floss gemächlich dahin. Erna hängte ihren großen Busen aus dem Fenster, um mit dem Postboten zu schwatzen, die kleine Thusnelda spielte mit ihrem jüngeren Bruder Wilhelm zwischen frisch gefallenen Pferdeäpfeln und einem elektrisch angetriebenen Bolle-Wagen mit ihren Trieseln. In den Sand einer Baumscheibe hatten andere Kinder eine Kuhle gedrückt und spielten mit Murmeln. George fuhr weiter. Er musste auf seinem Kleinkraftrad ziemlich aufpassen, denn zum einen waren die Straßen nur mit Kopfsteinen gepflastert, zum anderen gab es überall Schienen der Straßenbahn, und Pferdeäpfel und Kuhfladen machten das dann auch noch so richtig matschig, glitschig und rutschig. Am Kupfergraben ankerten "Äppelkähne". Die von Werder aus die Havel hoch, in der Innenstadt zum Großteil getreidelten flachen Lastschiffe, hatten frische Äpfel geladen und vermarkteten diese direkt vom Lastkahn aus an die Berliner Bevölkerung. Komisch, dass er nicht auf seinem seltsamen Gefährt überall auffiel, ging es George durch den Sinn.

Aber in Berlin fiel ja noch nie etwas Sonderbares auf, dafür gab es ständig zu viel davon. So richtig gemütlich wurde die Stadt auf der Ostseite der Fischerinsel, dem Armenviertel in Rufweite des Stadtschlosses. Das alte, behäbige Berlin lebte hier zwischen Spelunken, Bordellen, Ställen und winzigen Handwerksbetrieben. Über die Waisenbrücke fuhr er zurück zum Molkenmarkt, wobei er einen Abstecher an der historischen Gaststätte "zur letzten Instanz" machte und sich dort eine echte Berliner Weiße der Engelhardt-Brauerei aus Stralau munden ließ.

George blieb ein paar Tage und machte mit seinem Handy sehr viele Bilder, bevor er in seine eigene Zeit zurück reiste.

Er brauchte erneut ein paar Tage, um sich auf eine weitere Zeitreise einzulassen. Je weiter er in der Geschichte zurück reiste, um so besser musste er sich darauf vorbereiten. Weil er dazu unter anderem eine Münzpresse und dann auch echtes Gold brauchte, verkaufte er die Bilder, die er bisher bei seinen Ausflügen in die Vergangenheit gemacht hatte, teuer an die Presse. Wie er einen Prägestempel richtig herstellte, ließ er sich von YouTube beibringen. Er brauchte fast einen Monat, bis er all das beisammen hatte, was er für diese geschichtliche Periode brauchte.

In dieser Zeit aber fuhr er immer wieder erneut in die "goldenen 20er Jahre" hinein, um weitere Bilder für den Verkauf zu machen. Dabei merkte er, dass die Menschen damals auch anders tickten. Sie waren nicht dümmer oder primitiver, als heute, aber sie setzten andere Prioritäten und sie kannten viele Dinge natürlich nicht. Die S-Bahn gab es noch nicht, deren Strecken aber schon. Sie waren halt nur Dampf betrieben.

Am 29. Oktober 1923 machte sich George selbst zum Zeitzeugen der ersten öffentlichen Rundfunksendung. Er las "die Weltbühne" und amüsierte sich prächtig über die Texte von Kurt Tucholsky. Er lernte den "Eisernen Gustav" kennen und schaute Heinrich Zille beim skizzieren über die Schulter.

Der Frühling ging in diesem Jahr fast unmittelbar in den Herbst über, der Sommer machte dazwischen nur mal kurz "Hapschie". Und so beschloss George seinen nächsten Zeitsprung anzugehen.
Juni 1871, also kurz nach der Reichsgründung, war jetzt Georges Ziel. Nachdem er die Eingabe auf seinem Handy vollzogen hatte, wurde ihm wie immer schwindlig und alles verzerrte sich um ihn her. Dann wurde es plötzlich ganz hell in seiner Wohnung, von allen Seiten. Die Wände, sein Haus, er sah es nur noch schemenhaft. Nur die Einrichtung seiner Wohnung sah wie gewohnt aus. Er ging vorsichtig die transparente Treppe hinunter auf den Hof. Ihm schien, als wüchsen überall um ihn herum Pappeln. Ja, war er am Ende gar auf einem Pappelfeld? Nein, sein Kleinkraftrad konnte er in dieser Zeit auf gar keinen Fall benutzen. Fliege, weißes Hemd, einfacher Anzug, billiger Hut, so hatte er sich eingekleidet. Er wollte nicht als "Herrschaft" gelten, aber auch nicht als einfacher Arbeiter oder Bauer. Er zog deshalb den Sonntagsanzug eines einfachen Mannes vor. Als er sich von seinem Haus entfernte, stellte er fest, dass er wirklich auf einem Pappelfeld war. Bis zur nächsten Hauptstraße suchte er sich einen Trampelpfad. Die später so genannte Greifswalder Straße war eine einfache, wenn auch schwammige Allee, nicht richtig befestigt, sondern nur mit Kies lose in den Schlaglöchern geschottert.
Der spätere S-Bahnhof der Ringbahn, der auch zu dieser Zeit, wie noch in den 1920er Jahren "Weißensee" anstatt "Greifswalder Straße" heißen würde, wurde auf der anderen Seite der Allee gerade angelegt. Dieser Ringbahnteil würde erst in einigen wenigen Wochen in Betrieb gehen, der Bahnhof gar erst 1875. Hinter der Ringbahn, sah er, wie

man mit Handkarren damit beschäftigt war, die Fundamente der späteren Gasanstalt auszuheben. Geradeaus in Richtung Stadt sah er entlang der, wie er auf einem Meilenstein in der Straße las, "vor dem Königs-Thore", nur ein paar wenige Gehöfte mit ihren niedrigen Gebäuden und ansonsten Wiesen und Pappelhaine. Die "eiszeitliche glaziale Rinne" in der die Chaussee oder Allee lag, war seit je her moderig und das Gelände drum herum eignete sich deshalb kaum für den Anbau von Getreide oder Kartoffeln. Verdammt, der Weg war lang, dachte er sich. Er würde wohl ein Pferd für seine nächsten Zeitreisen, die ihn noch weiter in die Vergangenheit bringen sollten, brauchen, ging es ihm durch den Kopf. George kamen immer wieder Bauern und Krämer mit ihren von Ochsen gezogenen Fuhrwerken auf der Chaussee entgegen, er wurde aber auch gelegentlich selbst von zweirädrigen Gespannen mit feurigen Rössern überholt.

"Hey, da, mache er Platz!" wurde er dann angerufen. George passierte die Akzisemauer anstandslos, denn er hatte ja kein Gepäck dabei. Und nach Schmuggel von Getreide oder Fleisch sah er ja nun wirklich nicht aus. Die Friedhöfe an der späteren Straße "Prenzlauer Berg" bestanden bereits, waren aber hinter hohen Mauern verborgen. Hinter der Akzisemauer war schon von weitem die 1854 fertig gestellte Bartholomäuskirche zu sehen. Die Stadt stank schon von weitem. Eigentlich logisch, eine Kanalisation gab es zu diesem Zeitpunkt nicht. Gleich hinter dem Königs-Thore, gegenüber der Bartholomäuskirche, überragte bereits die städtische Bebauung mit drei bis vier Etagen die Palisaden der Akzisemauer. Nur wenige hundert Meter waren es bis zum Alexanderplatz. Die Wohn- und Geschäftshäuser hatten hier bereits die fünf Etagen erreicht. Fuß-, Fahr- und Reitwege waren noch nicht durch Bordsteine von einander getrennt und es lief und fuhr jeder nach seinem Gutdünken, mal rechts, mal links vorbei. Auf dem Platz wimmelte es von Pferdebahnen und -fuhrwerken. Es gab Linien zum Potsdamer Bahnhof, zum Pariser Platz, zum Oranienburger Thor, ... "Wat kiekst 'n Löcher in de Luft, bewech ma dein' Arsch vonne Bahngleise!", wurde er rüde von einem hinter ihm anrollenden Pferdebahnführer angefaucht und hatte dabei schon den feuchten Atem eines Gaules im Nacken. George sprang schnell zur Seite, bevor er sich weiter umsah. Dabei rutschte er fast auf einem Pferdeapfel aus.

Er wusste zwar, wo er war, aber er erkannte den Platz als solchen nicht mehr. Dort, wo dereinst das Viadukt der Stadtbahn sein würde, sah er nur einen breiten, unordentlichen, schlammigen Graben, in dem allerlei Gerümpel lag und in den von überall her Fäkalien hinein geschüttet wurden. Zum Hackeschen Markt hin waren bereits Hilfsarbeiter dabei, besagten Graben von allem Unrat zu säubern und ihn mit Lehm aufzufüllen. Ein Vermessungstrupp war gleichfalls bei der Arbeit. In Richtung Jannowitzbrücke aber waberte noch eine dicke, zähflüssige, übel stinkende Brühe im einstigen Festungsgraben. George versuchte, in Richtung Kloster- kirche zu gelangen. Die Gassen wurden dabei immer enger und schlüpfriger. Unrat türmte sich auf den nur mit Feldsteinen gepflasterten Straßen. Das war der Vorteil im einstigen Urstromtal. Überall an den nördlichen und östlichen Hängen hatten die Gletscher der letzten Eiszeit ihre mitgeschleppten Steine abgeladen, die man hervorragend zur Pflasterung Berlin/Cöllns nutzen konnte. Eine dieser Geröllhalden soll noch zu Georges Zeit auf dem Gelände der einstigen Fahrbereitschaft der DDR- Volkskammer zwischen Prenzlauer Tor und Straßburger Straße gelegen haben.
Die überwiegende Mehrheit der Menschen, die George begegneten trug überhaupt keine Schuhe, was angesichts des Schlamms auf den Straßen vermutlich die beste Idee

war. Schwupps, hinter George wurde aus einem Erker der Inhalt eines Nachttopfs herunter geschüttet. Ratten, die von ihm bisher unerkannt in ihren Löchern und Hausritzen auf einen fetten Happen lauerten, sprangen quietschend und entsetzt bei Seite, um sich im nächsten Moment auf eine Hand voll abgeknabberter Kirschkerne zu stürzen, die aus der Küche des nächsten Hauses geflogen kamen. Hühner gakelten und liefen frei durch die Gassen, bereit, jedes noch so kleine Korn, jeden Käfer und jeden Regenwurm zu erwischen, den es gab. Wäscheleinen hingen in höheren Etagen von einem Haus zum anderen. All das erzeugte in den Gassen der Fischerinsel, in die George sich jetzt hinein gewagt hatte, eine kühle Schwüle, in der es übel stank.

Der geborene Großstädter hat auch in unserer Zeit noch den siebten Sinn für brenzlige Situationen und so bemerkte George natürlich die beiden Gestalten, die ihm auf einmal folgten. Darauf hätte er sich besser vorbereiten und sich vorher noch eine Schreckschusspistole besorgen sollen. Aber da sah er schon die Ecke, zu der er wollte. Das Restaurant "zum Nussbaum" war jetzt, 1871, nur eine Spelunke unter vielen. Als er hinein ging, verschwanden die unheimlichen, ihm folgenden, Gestalten. George sah sich nur kurz um und ging dann sofort wieder, seine Umgebung aufmerksam musternd. Direkt zum Schloss lief er jetzt. Aber auch hier waren die Straßen eher schlammig. Hatte es vielleicht gestern erst geregnet?
Zwischen Pferdeäpfeln und Lehm flanierte er in Richtung Brandenburger Tor. Er brauchte wirklich ein Pferd für diese längeren Wege. Auf seinem Kleinkraftrad wäre er heute sicher schon ein paar mal ausgerutscht, überlegte er. Hinter dem Brandenburger Tor erstreckte sich, entlang einer schmalen Chaussee, der Tiergarten. Hier machte George kehrt und lief zur Friedrichstraße. Die war schon jetzt eng und ohne Bäume. Sein Weg zog sich. Im Hintergrund sah er

die roten Backsteinbauten der Charité. Er machte einen Abstecher in die Invalidenstraße und überquerte dabei, auf einem Holzsteg, die Panke. Hohe Schornsteine und ein immer lauter werdender Lärm, der um so größer wurde, je mehr George sich den Schloten näherte, verrieten ihm, dass er sich der Lokomotivfabrik von Borsig in Moabit näherte. Die hatte er sehen wollen.

Es wurde bereits später Nachmittag, als er sich wieder auf den Rückweg machte. Am Prenzlauer Tor durchschritt er die Akzisemauer.
Über einen kleinen, ungepflasterten Trampelpfad, den er auf alten Karten als "Communikationsweg" schon mal gesehen hatte und der in etwa auf der selben Strecke lag, wie es später die Danziger Straße sein würde, gelangte er zur Kastanienallee. Der Prater existierte bereits, die Wohnbebauung war indes noch recht spärlich. Auf dem Areal der Hausnummer 77 erkannte George das älteste Haus, gebaut 1854, im späteren Prenzlauer Berg. Es dämmerte bereits sehr, als er sich von dort aus in Richtung seiner Wohnung auf den Weg machte. Er hoffte, dass er nicht in die Dunkelheit hinein laufen und sein Haus gleich finden würde. Hier, im sogenannten Berliner Weichbild, gab es noch keine Straßenlaternen und die Dunkelheit würde bald so dunkel sein, wie George sie noch nie in der Stadt erlebt hatte. Das zwielichtige Gesindel, dass sich dann in dieser Gegend hier herum trieb, mochte er nicht wirklich kennen lernen.

Im allerletzten Dämmerlicht erreichte er die "Chaussee nach Bernau" und mehr sich dahin tastend, als den Weg im blätterdunklen Pappelwald wirklich findend, schaffte er es bis in die Nähe seines Hauses, das er, als er allmählich in seine WLAN-Blase gelangte, schließlich zielgenau traf.

Als er wieder in seiner Startzeit angekommen war, überlegte er, welche Zeit in der Vergangenheit ihn noch interessieren könne? Die Zeit um Anno 1750? Na, die kannte er ja bereits aus dem Abenteuer-Roman "Zwanzig Fässer Sauerkraut"[4]. Den Roman hatte er schließlich selbst unter dem Pseudonym "Rolf Gänsrich" verfasst, um sich in diese Zeit einmal hinein zu versetzen. Sie schien nicht wesentlich unähnlicher der, aus der er gerade kam.

George fasste alle möglichen Daten vor 1871 ins Auge, die Zeit der französischen Besetzung unter Napoleon, die Zeit der Krönung von Kurfürst Friedrich III als Friedlich I König von Preußen, die Einführung der Kartoffeln in Deutschland, die wiederum in der Zeit um 1750 geschah, das Jahr der Entdeckung Amerikas durch Kolumbus, die Zeit der Reformation, ...
Dann hatte er es. Das Jahr 1230, also sieben Jahre vor der ersten urkundlichen Erwähnung von Berlin/Cölln, das da ja dann schon bestanden haben musste, interessierte George. Es war das Jahr, in dem sein Geburts-Stadtteil, Hohenschönhausen, gegründet worden war.

Wiederum brauchte es einiger Vorbereitungen. Aus Angst vor Angriffen durch Raubritter oder anderem Gesindel, besorgte er sich zunächst eine schusssichere Weste. Um sich besser verteidigen zu können, beantragte er als nächstes den "Kleinen Waffenschein". Nachdem er den hatte, besorgte er sich eine Schreckschusspistole mit Reizgasmunition, denn er wollte sich nur verteidigen und nicht mögliche Angreifer töten. Wer weiß, vielleicht war jemand, den er da tötete in irgendeiner Weise mit seinen direkten Vorfahren verbandelt und er selbst würde dadurch komplett von der Bildfläche verschwinden. Oder nur weil er 1230 jemanden tötete,

---

4 ... und hier hat der Autor dieses Werkes, wie es zum Beispiel Alfred Hitchcock in seinen Filmen hatte, seinen Cameo-Auftritt ...

gewinnt Hitler plötzlich den Krieg, oder solche Dinge. Direkte Eingriffe in die Vergangenheit konnten, das war in Filmen wie "Zurück in die Zukunft" oder den ganzen Serienablegern von "Star Trek", ausgiebig beschrieben worden, zu irreparablen Zeitparadoxon führen.

Er legte sich auch noch einen Eibenbogen mit Pfeilen und eine Speerschleuder samt mehreren Speeren zu, denn er wollte später vielleicht ja auch noch weiter in die Vergangenheit reisen.
Den Umgang mit dem Bogen brachte ihm eine Freundin bei, den mit den Speeren musste er selbst erlernen. Dazu fuhr er ein paar Tage lang ins Berliner Umland. Als Kleidung für diese nächsten Zeitsprünge bot sich die einfache Mönchskutte an, unter der er nicht nur seine Waffen, sondern auch noch einen Rucksack mit einer Notration an Nahrung und Getränken verbergen konnte. Er überlegte, ob und wenn ja, was für ein Reittier er sich in welcher Zeitepoche besorgen solle. Er hatte für diese Zeitsprünge bereits Experimente mit unbelebten Dingen gemacht.

Dabei hatte er festgestellt, dass er die Dinge berühren, besser noch in der Hand halten musste, um sie von der Vergangenheit in seine heimische Zeit mitzunehmen.
Bei Reisen von dort in eine neue Vergangenheit verhielten sich diese Dinge dann so, wie sein Kleinkraftrad. Sie reisten mit ihm mit und waren dann in dieser Vergangenheit aus der WLAN-Blase auch wieder heraus- und mitnehmbar. Auf diese Weise hatte er zum Beispiel 1961 besorgte, lose Butter als Marschverpflegung mit ins Jahr 1871 genommen.
So kaufte er sich eines schönen Tages bei einem Zeitsprung ins Jahr 1928 im Berliner Umland einen Deutschen Hausesel, nahm den mit in seine WLAN-Blase, stellte sich damit auf seinem Hinterhof neben sein Kleinkraftrad.

Da es an diesem Tag bereits später Nachmittag war und George noch eine Nacht lang in Ruhe in seinem eigenen Bett verbringen wollte, reiste er erst einmal vom Hof aus in seine Ursprungszeit, ins heute. Mit dem Esel gab er als nächste Zielzeit den kommenden Tag, morgens um 8 Uhr an und führte ihn auf die Wiese der nächsten Grünanlage. Dann ging er zu sich nach Haus, schickte sich selbst wieder einen Tag zurück in seine Ursprungszeit, badete ausgiebig, aß reichhaltig und ging früh schlafen, während der Esel einen halben Tag in der Zukunft stand.

Am nächsten Morgen frühstückte er zuerst in aller Ruhe. Er musste nun darauf achten, dass er nicht seinem eigenen Ich von Gestern begegnete. Denn sonst konnte es zu einer zeitirreparablen Katastrophe kommen und das Universum ausgelöscht werden. Es konnte aber auch durchaus passieren, dass nichts, absolut nichts geschah. Als er den Schatten seiner selbst in seiner Wohnung ankommen sah, zog er rasch die Mönchskutte über und verstaute alles wie geplant darunter, dann ging er zur Wiese zu seinem Esel, der höchstens zehn Minuten lang allein gewesen war, lief mit ihm zurück zu seinem Haus und gab dort auf seinem Handy als Zielzeit 31. Mai 1230 um 8 Uhr ein.

Die Umgebung um ihn herum änderte sich dramatisch. Wie in einem rückwärts laufenden Zeitraffer sah er als Schatten, wie erst sein Haus verschwand, Wiesen wechselten mit dem ihm schon bekannten Pappelwald, der abgelöst wurde durch eine Streuobstwiese, diese wurde von einem Maulbeerbaumwald abgelöst. Kurz war offene Heidelandschaft mit Wiesen und Tümpeln um ihn. Als er in seiner Zielzeit anlangte, stand er in einem Dschungel, einem Mischwald. Schwindlig war ihm und auch der Esel hatte sich zu seinen Füßen nieder gelegt. George brauchte ein paar Minuten, bis er wieder zu sich kam und klar denken konnte. Er nahm den Esel bei seinem Halfter und machte sich in die Richtung auf den Weg, in der er die Straße nach Weißensee vermutete. Dies war wirklich einfacher gedacht, als getan. Das Unterholz war dicht, der Boden war matschig. Hier wäre er mit seinem Kleinkraftrad auf gar keinen Fall hindurch gekommen. Der Esel war deshalb eine gute Idee. Nachdem er seine WLAN-Blase verlassen hatte, nahm er fast unvermittelt die Gerüche des Waldes und die nach fauligem Wasser wahr. Scharen von Mücken umkreisten ihn und im Unterholz bewegte sich etwas parallel zu ihm.

Als George zu einem moderigen Pfad kam, konnte er zum ersten mal an Hand der Sonne seine ungefähre Position erkennen. Damit er wieder zurück fand, versuchte er sich Landschaftspunkte zur späteren Orientierung zu suchen. War dieser Pfad durch die Wildnis die Straße nach Weißensee? Mit einem kleinen Handbeil, das er in einer Packtasche an einer Flanke des Esels mitgenommen hatte, hieb er ein paar Äste von den Bäumen, die von diesem Weg in Richtung seines Hauses führten, damit er auf seinem Rückweg wusste, wo er in etwa abzubiegen hatte. Seinen Esel am Halfter führend, schlug er nun auf dem Pfad die Richtung ein, in der er Weißensee vermutete. Er kam auf dem rutschigen und schlammigen Weg nur mühsam voran. Es dauerte für ihn eine halbe Ewigkeit, bis er schließlich links von sich, von einem gewaltigen Schilfgürtel eingerahmt, den Weißensee zwischen den Bäumen schimmern sah. Typisch germanische Langhäuser mündeten an Stegen, die auf den See führten, der hier mindestens zehn mal größer war, als zu seiner Startzeit. Auf winzigen Äckern sah er Bauern arbeiten, wieder andere waren dabei, den Wald in Richtung Malchow für neue Felder zu roden.

Natürlich wusste George, dass er hier alle Aufmerksamkeit hatte. An der Ecke, wo er vermutete, dass es von dort einen Weg nach Hohenschönhausen geben müsste, fand er nichts, das wie eine Straße oder ein Weg aussah. Er war ratlos. Also sah er sich noch einmal im Dorf um und sah ein grauhaariges Mütterlein, das er in seinem Zeitalter für Mitte achtzig gehalten hätte, das aber hier im Jahr 1230 höchstens Ende dreißig Jahre alt sein konnte, an einem Torpfosten ihres Hauses mit einer Nachbarin schwatzen.

Er ging, mit seinem Esel im Schlepp, direkt auf die beiden Frauen zu, verneigte sich vor der Grauhaarigen und fragte höflich: "Können sie mir sagen, junge Frau, wie ich zur Kirche in Hohenschönhausen komme?"
Auf das Gelächter der beiden war er nicht gefasst. Die Grauhaarige legte ihre Hand an ihr Ohr und tat so, als sei sie schwerhörig. George wiederholte seinen Spruch. Wieder lachten die beiden und die Jüngere, sie mochte vielleicht vierzehn sein, hatte aber bereits die drallen Brüste einer jungen Mutter, antwortete: "Ick komitzsch. We have vastan nix." Das wars. George verstand sie nicht und sie nicht seine Sprache. Damit hatte er nicht gerechnet. Er versuchte es mit Zeichensprache und zeigte auf sich und machte die Bewegungen, die einen Kirchturm und eine weite Entfernung andeuten sollten und die Dralle schien endlich zu begreifen. "George!", rief sie sehr laut und schneidend, woraufhin sich ihnen aus dem Kräutergarten der Grauhaarigen ein blond gelockter, etwa zehnjähriger Bub näherte. Sie musterten einander! "Goes you with througt the alde Men, nock Huhun Scheneeenehuksen, scheig him the way." Der Bub nickte und nahm ihn bei der Hand. George Hungerlundt versuchte, bevor sie los gingen, noch eine minimale Konversation, zeigte mit einem Finger auf sich selbst und sagte: "George Hungerlundt" und zeigte dann auf ihn. Die beiden Frauen lachten, schauten den Bengel an und zeigten auf diesen: "George von de Geiserich", die Dralle auf sich selbst: "Emma Amanda von de Geiserich" und auf die Alte und sagte: "Elisabeth von de Geiserich". Die Alte

kicherte und schob nach "Man nennte mick Ilse". Damit war alles klar.

Der Bub nahm George bei der Hand und führte ihn, unter den wohlwollenden Blicken der Damen und unter strenger Beobachtung der Dorfbewohner durch das historische Weißensee. An einer Weggabelung ein winziger, schmaler, nur mit Knüppeln befestigter Weg, den George als Trampelpfad betrachtet hatte, da bogen sie in Richtung Osten ab.

Als sie das letzte Feld erreicht hatten und damit fast schon außer Sichtweite des Dorfes waren, löste sich die Hand Kleingeorges aus der des Großen und der Junge deutete mit den Worten: "Det newe Scheenehuksen! Halver Tach! Nimmse 'n Bogen inne Fust! San Rupprittas unnerwechs." Großgeorge bedankte sich bei dem Jungen, segnete ihn mit ein paar Worten und ging weiter.

Dichter, dunkler und in der allmählich anbrechenden Sommerhitze in sich dampfender Dschungel umfing ihn. Aus seiner Kutte holte er den Bogen und ein paar Pfeile hervor, bevor er sich mit kühnem Schwung auf den Rücken seines Esels hievte. Auf diesem ging es relativ schnell vorwärts.

Ohne Komplikationen erreichte er nach einer knappen Stunde eine kleine Lichtung, in der man gerade dabei war, Bäume für Felder und neue Häuser zu roden. Typisch germanische Langhäuser baute man auch hier. Genau dieselbe Art, die George in Weißensee gesehen hatte. Die kleine Taborkirche, überwiegend aus Findlingen und Feldsteinen errichtet und in diesem Zeitalter ohne Kirchturm, war das offensichtlich einzig feste ... und fertige ... Gebäude der kleinen Ansiedlung. Schnell verstaute George seine Waffen unter der Kutte, bevor er zielsicher auf die Kirche zu ging. Wieder wurde er von allen Seiten beobachtet. Ein kleiner Mann mit der Tonsur eines Mönches kam von der Kirche auf ihn zu und sprach ihn auf Latein an.

Das verstand George ja nun überhaupt nicht. So nickte er dem Mönch nur zu, sah sich noch einmal im Dorf um und lief bis zu der Stelle, an der er den Weg nach Berlin/Cölln, die spätere Konrad- Wolf-Straße vermutete. Nichts. Kein Schlammpfad, kein Wildwechsel, keine Wagenspuren. So ging er wieder zurück zur Kirche. Den Pfaffen fand er im Garten, dem späteren Friedhof, bei der Anlage eines Kräuterbeets. Der schaute ihn verwundert an. "Guten Tag noch einmal! Bitte ich bin auf dem Weg nach Berlin/Cölln." Der Angesprochene war überrascht. "Eck, you came from Frankenwald ore from bayuvarisch?" George nickte. "Keeene Sorsche, show you werd ick you the way." Der Mönch stand auf, klopfte sich den Staub des Beetes von seiner Kutte und ging voraus. An einem Weg, den nur Eingeweihte erkannten, hielt er. Lediglich etwas niedergetrampeltes Gras ließ das sehr geübte Auge seine Richtung erkennen. Wo er genau im südwestlichen Waldrand verschwand, war für George noch nicht eindeutig. Der Pfaffe zeigte ihm diesen Pfad und erklärte: "Sweer to finding, this way, but not Rupprittas. Halve Tach. Ore goes you back to Witzensee. Better find the way, avers not ungefährlsch." George bedankte sich bei dem Mann und nahm den direkten Pfad nach Berlin/Cölln. Erst als er am Waldrand angekommen war, sah er den beschriebenen, sich durch das Unterholz windenden Pfad. So schwang er sich erneut auf den Rücken seines Esels und ab ging die Post.

Aber das ging nicht so schnell, wie er dachte. Tief herab hängende Zweige musste er regelmäßig beiseite drücken. Ihm wurde auch allmählich klar, warum. Die Menschen, auf die er bisher gestoßen war, waren alle um mindestens einen ganzen Kopf kleiner, als er. Sicher auf Grund der anderen Ernährungslage. Der Weg nach Berlin/Cölln zog sich. Immer wieder querte ein breiterer Pfad den seinen. Auf Lichtungen versuchte er den Sonnenstand und damit die

Himmelsrichtung halbwegs zu erkennen. Irgendwann stieß er auf einen anderen Weg, der gänzlich aus Richtung Osten kam. War dies der Vorläufer der Landsberger Allee? Beide Wege vereinigten sich und wurden breiter. Die Spuren von mit Eisenringen bereiften Holzrädern hatten tiefe Furchen in den Boden gegraben. Ab hier war es ein leichteres vorankommen. Menschen aber begegneten ihm kaum. Dafür grasten Wisent und Reh friedlich am Wegesrand. Der Pfad durch den Dschungel führte irgendwann relativ steil bergab. Über die Baumwipfel hinweg sah er in der Ferne die Spitzen zweier Kirchtürme. War eine davon der Vorgänger der Marienkirche? Und der Vorgängerbau der Nikolaikirche der andere? Als er den Fuß des Hügels erreicht hatte, wurde der Untergrund lehmig und torfig und schwang elastisch unter seinen Schritten. So nah vor seinem Ziel wurde George allmählich ungeduldig. Es war bereits früher Nachmittag, als er die Stadt an der Stelle betrat, an der später das Tor nach Bernau entstehen würde. Die Stadtmauer aus Feldsteinen gab es noch nicht. Dafür war George einfach zwanzig Jahre zu früh. Er hatte damit gerechnet, was er jetzt vor fand, aber es beeindruckte ihn dennoch. Berlin lag östlich des östlichen Spreearms, Cölln auf der späteren Fischerinsel.

Die beiden kleinen Ansiedlungen Berlin/Cölln hatten noch kein Stadtrecht. Es gab die typischen germanischen Langhäuser, wie er sie bereits in Weißensee gesehen hatte. Nur rund zweitausend Menschen lebten in der Teilstadt Berlin. Entlang der Spree sah er viele Fischerhütten. Um von Berlin nach Cölln zu gelangen, musste er durch eine knietiefe Furt, die durch den östlichen Spreearm führte. Etwa eintausend-fünfhundert Menschen sollten, nach seinen Quellen, in diesem Cölln leben. Vorausgesetzt, dass immer mehrere Generationen unter einem Dach wohnten, gab es, einschließlich der Fischerhütten, den Katen landloser

Bauern, Kirchen und den Häusern der normalen Bewohner vielleicht zweihundert bis zweihundertzwanzig Gebäude auf diese zwei Dörfer verteilt. Ja, Berlin/Cölln war ein Dorf, ein kleines Fischerdorf. Ringsum war es schlammig. Mücken schwirrten überall. Es stank nach moderndem Holz und Fisch und nach dem beißenden Geruch einer Gerberei. Dazwischen mischte sich aber auch der Duft nach frisch gebackenem Brot, nach Kohlsuppe und nach frisch gebrautem Bier.

Einen eng bebauten Dorfkern gab nicht. Die Häuser lagen je immer rund zwanzig bis dreißig Meter auseinander, aber fast allesamt an der Spree. George lag der Name "Wassergrundstücke" auf der Zunge, aber es erinnerte doch eher an die Bootshäuser, die er rund um den Krakower See im wunderschön hügeligen Mecklenburg in seiner Jugend kennengelernt hatte.

Nachdem er den linken Spreearm durchquert und auf der Fischerinsel angekommen war, schaute er sich auch dort ausgiebig um. Aber Cölln war nur das spreerechtsseitige Pedant zu Berlin. Sumpfig war es vor allem an der Südspitze der Fischerinsel, dort, wo dereinst die, in Georges Startzeit schon nicht mehr existierende Waisenbrücke auf das Märkische Museum zulief. Fischerhütten duckten sich in diesem Morast auf langen Pfählen ins Schilf und George sah neben den lehmigen Wegen zu diesen, brackiges Wasser zwischen langen Gräsern und flachen Weidenbäumen in Tümpeln dümpeln. Er war sich bewusst, dass viele Augenpaare auf ihn gerichtet waren und so schaute er nur und versuchte, so nah wie möglich auf der rechten Seite des westlichen Spreearms weiter zu gehen, um sich die Gegend anzuschauen. Aber immer wieder stieß er auf kleine Fließe, über die wacklige, schmale Holzstege führten. Er ging bis dahin, wo später einst die Schlossbrücke sein müsste und fand wieder nur eine knietiefe Furt, die er mit hoch gezuppelter Kutte, barfuß, mutig durchschritt. Die Straße, na, eher war es ein von vielen Wagenrädern ausgefahrener, schlammiger Weg, der so breit war, dass zwei Fuhrwerke mit etwas Geschick gut aneinander vorbei kamen, führte wohl in Richtung Potsdam und von dort zur Residenz auf der Brandenburg, von der aus die erst vor wenigen Jahren eingerichtete Mark Brandenburg verwaltet wurde. In der Gegenrichtung ging es über das zu dieser Zeit vermutlich schon existente Bernau bis zur Ritterordensburg nach Danzig. George hatte schon einige Höfe an den beiden Furten entdeckt, die offenbar Ausspanne für Pferde- und Ochsenfuhrwerke waren. In Weißensee hatte er vorhin keinen Ausspann entdecken können. Weil Gespanne grundsätzlich höchstens zwanzig Kilometer am Tag zurück legen konnten, waren diese räumlich nächsten Höfe in eben solchen Abständen, womöglich in Potsdam und Bernau. Rund zwanzig Kilometer mit einem Gespann zu laufen, war bei den augenscheinlich miesen Straßen bereits ein wahres Wunder.

Dort, wo dereinst Staatsoper und Humboldt-Universität stehen würden, lief George nur an Äckern vorbei, denen man mit ihren klobigen, halb verrotteten Baumstümpfen noch ansah, dass sie erst vor einer Generation gerodet, in den Wald geschlagen worden waren. Es waren relativ kleine Äcker an denen er vorbei wanderte. In all zu kurzen Abständen spülten kleine Fließe über die Straße, säumten Schilfreihen die Felder.

Logisch, dachte George bei sich, die Spree mäanderte, so wie jeder Fluss, der nicht von Menschenhand in enge Kanäle eingepfercht war. Wahrscheinlich kam es regelmäßig zu Frühjahrs-hochwassern, wenn im Lausitzer Bergland der Schnee schmolz. Dieses Ereignis weichte einerseits den Boden ringsum auf und ließ die Spree sich jedes Jahr ein neues Bett suchen, andererseits spülte es auch für die Landwirtschaft wichtige Mineralien aus den Bergen mit in dieses Tal und verbesserte den sonst typischen märkischen, gehaltlosen Sandboden wenigstens hier ein wenig. Auch das war vermutlich wiederum mit ein Grund für die Entstehung Berlin/Cöllns, dass Feldertrag und Fischerei die Menschen hier relativ gut ernährten.

Was George ein wenig stutzig machte war, dass die "Straße" sich etwa auf der Höhe des heutigen Bebelplatzes gabelte. In die eine Richtung ging es geradeaus Richtung West, die andere Straße lief in Richtung Südwest davon. George blieb besser bei der Straße, die in seiner Zeitepoche "Unter den Linden" heißen würde. Hinter dieser Weggabelung kamen nur noch ein paar Wiesen, die von Hecken und anderen niedrigen Gehölzen durchzogen waren. Aber schon in Höhe der späteren Friedrichstraße war auch das vorbei. Scharf abgeschnitten, wie von einer Sichel gezogen, begann abrupt der tiefe Dschungel eines Mischwaldes, in den sich die "Straße" nach Brandenburg wie in ein Tunnel hinein fraß, überdeckt vom Laub uralter Baumriesen, Farne und Lianen ringsum.

Dieser Dschungel begann nicht allmählich, sondern, George sah es an hier noch zum trocknen liegen gelassenen, gefällten Buchen und Kiefern, war von Menschen wie eine Wunde in den Wald geschlagen worden. George mochte da nicht hinein gehen. Der Sonnenstand zeigte ihm ohnehin, dass es bereits kurz vor der einbrechenden Dämmerung war. Bis zu sich nach Haus und in seine Zeit hinein würde er es wohl nicht mehr bei Tageslicht schaffen. Er griff zu dem Lederbeutel unter seinem Wams, in dem er für diesen Fall ein paar Goldkörner eingesteckt hatte, die er in seiner Zeit aus einem kleinen Goldbarren heraus geschnitzt hatte. Dass die Verwendung dieser Goldkörnchen entscheidend die Geschichte ändern würde, konnte er jetzt noch nicht ahnen. Er ging zurück zu der Furt, an der später die Schlossbrücke stehen würde und watete hindurch. So wie schon bei seiner Ankunft in Berlin, auf der anderen Seite der Spree, so wurde

George auch hier von einem Dorfbewohner, der nur mit einer einfachen Lanze bewaffnet war, kurz aufgehalten. "You seien doch schon hier gewesen vorhin." Sprach ihn der Posten an. George zeigte auf die untergehende Sonne, machte dann ein Zeichen für Schlaf und schaute den Posten fragend an. "Ah! To weit wech.", grinste der und zeigte dann in Richtung eines Ausspannes, der an der Furt auf der anderen Spreeinselseite lag. "Carituks Home, good for you and your ... I-A.", kicherte er. George verbeugte sich und ging in die angegebene Richtung.

"Carituks" war der größere der beiden Ausspanne auf der linken Spreearmseite. George erkannte ihn am Lateinischen Schriftzug über seiner Toreinfahrt. Der auf der gegenüberliegenden Straßenseite hatte nur einen auf allen Vieren laufenden Bären über seiner Tür und schien um einiges kleiner. George betrat den Hof und schon sprang ihm ein junger Bursche entgegen und nahm ihm am Strick seinen Esel ab. "Meeeesta! Er is een Gast!", rief er nach hinten, worauf sich neben dem Stall eine knarrende Tür öffnete und ein dicker Alter, er mochte vielleicht vierzig Jahre alt sein, sah aber älter aus, sich auf wackligen O-Beinen ihnen näherte. Er streckte George seine Hand entgegen: "Ick bin de Meesta. Watt will een Mann von God her? Zur et net better, he gan to the Kirk?" George verstand nicht wirklich und so wiederholte der Alte. George ahnte mehr, was der "Meesta" meinte und schüttelte den Kopf. "Kirche? Latein! Ich kann nicht.", entgegnete er dem Inhaber der Herberge.
Der schaute ihn verblüfft an, überlegte und fragte: "War kommt he vandaan?" und zeigte in verschiedene Himmelrichtungen. Da George vermutlich einen Augenblick zu lang überlegte, schlicht weil er die Frage ganz nicht verstanden hatte, schaltete der Knecht sich ein: "He came on moorjen ut the oosten." Der Meister nickte. Für ihn endete

die Welt im Osten in Stettin an der Ostsee. Weiter dachte er nicht. Wer von soweit oder noch weiter nördlich kam, musste nicht unbedingt Latein sprechen können. Vielleicht glaubten die Nordmönche gar an einen anderen christlichen Vater und waren deshalb den Einheimischen Christusbrüdern nicht grün. Rollte da etwa eine neue Eroberungswelle auf sie hier in Berlin zu? Die letzte war doch kaum mehr als dreißig Jahre und damit zwei der damaligen Generationen her? Na, das wollte er schon heraus bekommen, selbst wenn dieser komische Mönch mit seinem Esel und den nur mühsam versteckten Waffen unter seinem Rock sicher nur bedingt zahlungskräftig war. "Kann he me betalen?", fragte er George deshalb und machte dabei die Fingerbewegung für Geld. Das verstand George nun auf Anhieb.

Weil er damit gerechnet hatte, hatte er auch schon seinen kleinen Lederbeutel mit den Goldklumpen in einer seiner Fäuste und entschied sich nun, diesen zu öffnen und einen Teil davon in seine Hand zu schütten. Die Augen des Meisters begannen zu glänzen, als er die Goldkörner glitzern sah.

Da gerade ein Gespann aus mit sechs Ochsen und zwei hintereinander gekuppelten Wagen in den Hof fuhr und der Knecht sich jetzt um diesen kümmerte, stand George mit dem Alten allein. Man sah ihm regelrecht an, wie es in seinem Hirn arbeitete. "Een Nacht, twee Nachten? Ook up Ezals uppoden un Vuddar given?", fragte er vorsichtig. George zeigte mit dem Finger und machte Gebärden zu: "Eine Nacht und Esel füttern und für mich schlafen und essen." Der Alte überlegte. Wenn er dem Mönch zu wenig seines Goldes abnahm, bestand die Gefahr, dass weitere von diesen hier für wenig Bezahlung nachkommen würden. Nahm er dem geistlichen Gast zu viel ab und es stand eine Invasion von Osten her an, könnte das nur sein Schaden sein, denn das würde sich bei der neuen Besatzungsarmee sicher herum sprechen. Außerdem bestand bei Wucher die Möglichkeit, dass die Kirche insgesamt ihn dann an den Pranger stellen würde und mit Gott selbst wollte sich der Inhaber dieses Ausspanns nicht anlegen. So nahm er nur einen Teil dessen, was er den reichen Händlern, den Pfeffersäcken, abnahm, rief nach "Mareile" und übergab George und den Esel seiner Magd. Er würde auf den Mönch ein Auge haben müssen, nahm Carituks sich vor. Falls unter den Angestellten der hier rastenden Händler ein Beutelschneider sein sollte, der sich an den Habseligkeiten des Gottesmannes bereichern wollte, würde dies auf ihn selbst und sein Geschäft zurück fallen und wäre damit schlecht für den Ruf seines Ausspanns. Und der Bajuware, der sein Konkurrenzgeschäft erst vor zwei Jahren auf dem Grundstück ihm gegenüber errichtet hatte, hatte erst vor zwei Monaten wiederholt einen neuen Stall mit Unterkunft angebaut.

Mareile führte George zusammen mit dem Esel zunächst zu einem Stall und band ihn in einer separaten Box an. Sie gab dem Tier frisches Heu und Wasser, ließ aber das Stroh, dass zwar nicht neu, aber wohl wenig verschmutzt war und gab dann einem Stallknecht noch eine Anweisung. Dann nahm sie George mit in ein Nebengebäude. George sah hier einzelne Kammern mit ein oder zwei Betten, einem Tisch, einem Stuhl und einigen Kleiderhaken. Das waren also die Räume für die einfachen, die kleinen Händler. Vermutlich befanden sich die Gaststuben für die reichen Pfeffersäcke im Vorderhaus, während das Gesinde, die Knechte und Mägde wohl gemeinsam im Obergeschoss der Ställe oder direkt bei ihren Tieren schliefen. Sie betraten eine dieser winzigen Kemenaten.

Das Bett war ein Strohlager auf einigen grob geschnittenen Planken, die auf vier hölzerne Füße gestellt waren, als Zudecke gab es eine grob gewebte Pferdedecke. Mareile übergab ihm einen schwer geschmiedeten Schlüssel und nahm George dann mit den Worten: "Ick zach di nock, wo dat Klo un de eetkammer is.", wieder mit hinaus auf den Flur. Die Toilette war leicht zu finden. Eigentlich nur der Nase nach. Es ging wieder zurück auf den Hof. Neben den Ställen gab es eine Latrine, in der bis zu sechs Menschen auf einmal, nebeneinander, ihrer Notdurft nachgeben konnten.

Direkt in der Hofmitte hatte man, trotz der räumlichen Nähe zur Spree, einen eigenen Brunnen gebaut, an dem jetzt Gesinde und ein paar der ärmlicheren Händler auf Sitzgelegenheiten aus dicken Aststücken herumlungerten und jeden Neuankömmling, so auch George in seiner Mönchskutte, offen musterten. Über einen Seiteneingang betraten Mareile und er vom Hof aus den Gastraum. George konnte hier die Ecken für die unterschiedlichsten Stände erkennen. Um relativ kleine Tische direkt am Ofen waren für die Pfeffersäcke schön gearbeitete Stühle drapiert. Davon etwas entfernt, fast in der Gastraummitte und da führte Mareile ihn hin, gab es ebensolche Tische, um die herum allerdings nur grob gearbeitete Schemel standen. Direkt am zugigen Haupteingang, aber in unmittelbarer Nähe zum Tresen, standen lange Bänke an eben so langen Tischen. Hier saßen offenbar die einheimischen Fischer und Bauern oder die ganz armen, aber freien Krämer. George sah auch noch einen weiter hinten im Halbdunkel liegenden Gastraum, der nur mit Stroh ausgelegt war und in dem es mehrere niedrige Bänke, die teils als Sitzgelegenheit, teils als Essbank genommen werden konnten, in dem wohl das Gesinde seine Mahlzeit einnahm.

Vereinzelt saßen schon jetzt an einigen Tischen Leute, einzeln oder in Gruppen, in Gespräche vertieft oder mit den Augen einen Becher mit irgendeiner Flüssigkeit darin auf ihrem Tisch fixierend. Als sie an einem der Tische ankamen, um den vier einfache Schemel standen, wollte Mareile sich schon von ihm abwenden, aber George hielt sie fest mit den

Worten: "Wo ist mein Zimmer?" Sie verstand nicht. Er machte Gesten. Ein Grinsen huschte über ihr Gesicht und sie zeigte mit der ausgestreckten Hand in den Gang, der von der Gaststube aus geradewegs nach hinten führte. "Wat will de later eeten? Eene Stuckje Kip ...", George hob die Schultern, "kip" verstand er nicht. Sie bewegte sich wie ein Huhn und schob nach: "... ore koolsoep?" George nickte. An Kohlsuppe konnte man wohl nichts falsch machen. "Water is gratis on the binnenplatz, Wijn only here." George verstand. Dem Grundwasser vertraute er genau so wenig, wie dem Berliner Wein. "Met oder Bier?", fragte er und schob nach, "Später, Later? Nachher?" Mareile nickte: "Ik bel je mit de met een Trommel." George bedankte sich und suchte nun seine Kammer auf.

Die Türen hatten keine Nummern, dafür jede ein anderes kleines Bild in Augenhöhe aufgemalt. An seiner waren zwei Tannen. Er schloss auf, betrat die Kemenate und prüfte das Bett. Einzige Lichtquelle war eine Luke, die etwa vier Handteller groß und mit romanischem Rundbogen gemauert war und die sich ein Stück oberhalb seines Kopfes befand. Sie ließ sich durch einen Fensterladen von innen verschließen. Damit hatte man aber kein Licht mehr im Raum. Auf dem Tisch stand dafür in einer extra Schale eine halb herunter gebrannte Talgkerze. Ihm dämmerte: die würde er brauchen, wenn er später zu Bett ging. Seine Waffen und Gerätschaften hier im Raum zu lassen, während er nachher in den Gastraum ging, erschien ihm indes etwas heikel. Zum einen, weil er nicht wusste, ob nicht jemand heimlich über das Fenster ins Zimmer einstieg, zum anderen, weil er ahnte, dass der Besitzer der Gebäude sicher einen zweiten Schlüssel hatte.

Wieder einmal bewährte sich seine Großstadtnase für heikle Momente. George verließ wieder den Raum, schloss ihn ab und ging zunächst zum Stall, um sich nach dem Wohlergehen seines Esels umzuschauen. Er prüfte nochmals die Qualität des eingestreuten Strohs, legte ein Büschel Heu nach und erneuerte das Wasser in der Box des Tieres, dann ging er hinüber zum Brunnen, wo ihn die anderen neugierig beobachteten und hockte sich in einer Ecke des Hofes, wie zum Gebet, in Richtung Osten nieder. Nach wenigen Momenten, in denen er nur Kauderwelsch gemurmelt hatte, setzte er sich wieder auf, verweilte ein paar Minuten in der Wärme des zu Ende gehenden Sommertags und ging schließlich vor die Toreinfahrt, um vor dem Haus noch ein paar Strahlen der untergehenden Sonne abzubekommen. Während im Ausspann gegenüber gerade ein, von zwei Ochsen gezogenes Fuhrwerk aus Westen kommend ein-kehrte, hielt vor Carituks Haupteingang gerade eine aus Osten kommende, von drei Pferden gezogene, aber von der Form her relativ einfache, vierrädrige Kutsche, der zwei Herren in Uniform und eine, in aufwendig verarbeitete, bunte Leinen gekleidete Dame entstiegen, bevor die Kutsche auf den Hof des Ausspanns gelenkt wurde. Die Gäule sahen abgehetzt und gequält aus, als ob man Mühe gehabt hätte, Berlin noch rechtzeitig bei Tageslicht zu erreichen.

Das rasseln eines laut geschlagenen Triangels ließ sich vom Hof her vernehmen und die Worte einer Mamsell "de Koolsoep is reddy". Das war wohl das allgemeine Signal, den Gastraum zu betreten.

Als George sich an seinen ihm vorhin zugewiesenen Tisch setzte, war der Raum bereits gut zur Hälfte mit Menschen gefüllt. Von dort, wo das Gesinde aß, hörte man lauten Lärm, das Gegrunze eines Knechts, der sich in einer Zimmerecke vor aller Augen mit einer Magd vergelustigte und das Geklapper von Holzgeschirr. An einer der Bänke, an der die Krämer sich nieder gelassen hatten, wurde mit Würfeln um den kommenden Verdienst gespielt. In seinem Bereich saßen an mehreren Tischen Männer und Frauen bunt gemischt und plauderten. Zu George kam niemand. Wohl weil man schon mitbekommen hatte, dass er "nicht von hier" war und und man ihn nur mühsam verstand und auch, weil man einem Mann Gottes, der lieber in einem Ausspann, anstatt in einer Kirche übernachtete, nicht recht über den Weg traute. Man wollte es sich mit ihm besser nicht verderben, deshalb mied man ihn, um ja nichts falsch zu machen. Im Bereich der gehobenen Gäste ließen sich nun die beiden Soldaten und die Dame nieder. Bei ihrem Erscheinen setzte schlagartig Stille in beiden Gasträumen ein, als man aber merkte, dass die Herrschaften nur mit sich selbst und ihrem Essen beschäftigt waren, hob der allgemeine Lärmpegel wieder an, so dass George nicht mehr nur von der Sprache der drei her nichts mehr verstand.

Unaufgefordert brachte ein schmalbrüstiger Küchenjunge in einer Holzschale, zusammen mit einem Holzlöffel, eine bist an den Rand gefüllte, sehr dicke, sämige Kohlsuppe und ein paar Scheiben Brot und bei einem zweiten Gang noch einen verzinnten Becher voller Bier. George roch in der Suppe Sauerkraut, Wirsingkohl und Hammelfleisch. Er probierte. Etwas Salz fehlte dem Gericht, es war aber ansonsten recht lecker. Als er einen Schluck Bier nahm, merkte er, wie wenig Alkohol es hatte. Da könnte er den Abend bei bleiben. Er nickte dem Küchenjungen freundlich zu und machte sich über die Suppe her. Seine Schale war kaum leer, als der Bengel sie ihm bereits abnahm und sie ihm kurz darauf, gefüllt, wieder zurück brachte. Aber George winkte ab. Er war gut gesättigt. Statt dessen zeigte er auf den Becher. Der Junge verstand, kam mit einem großen Krug, der offenbar bis zum Rand mit Bier gefüllt war, wieder an seinen Tisch und schenkte nach.
George saß noch einen längeren Moment und nahm die Atmosphäre in sich auf. Draußen war es mittlerweile dunkel, wie man durch die noch geöffneten Fensterläden

sehen konnte. Nur ein paar Öllampen und das Feuer im Kamin erhellten noch den Raum. Die Gespräche wurden langsam gedämpfter. George ging unter den aufmerksamen Blicken der anderen Gäste mit seinem Becher zur Seitentür auf den Hof hinaus.

Am Brunnen und in der Einfahrt hellten ein paar Pechfackeln das Geschehen auf. Das Tor zur Straße war jetzt von innen fest verriegelt, aber ein alter, ehemaliger Söldner in seiner schäbigen und abgeranzten Uniform schien es zu bewachen. George stellte sich auf einen der Schemel am Brunnen, um einen Blick über den Palisadenzaun des Ausspannes zu machen und sah dabei, dass die einzige Straßenbeleuchtung in Berlin und jenseits des Spreearms auch in Cölln, das Licht aus den Gasthäusern und die Feuer von den Söldnern auf beiden Seiten der Furt waren. Er ging noch einmal in den Gastraum, setzte sich und ließ sich noch einmal Bier nachschenken. Es machte ihn müde und die allgemeine Dunkelheit wohl auch träge und etwas unbesonnen. Auf einmal stand Mareile mit dem Krug Bier in der Hand an seinem Tisch, drückte ihm eine brennende Talgkerze in die Hand und fragte, wenig diplomatisch: "Waar heb je het Goud vandaan?" George verstand nicht. "Goud, from where?", schob sie nach. George glaubte verstanden zu haben: "Wo ist Gott über dich gekommen?" Gefragt aber hatte sie, woher er das Gold habe, mit dem er bezahlt hatte. Und so zeigte George nur in irgendeine Richtung und nuschelte das Wort "Spandau", denn Spandau war ja weit genug weg, dachte er und somit schlecht überprüfbar. Sie nickte, drückte ihm die Kerze in die Hand und schob ihn sanft aber bestimmt in Richtung der Kammern.
Als er in seiner Kammer angelangt war, verriegelte er diese von innen. War es der Hopfen, der ihn müde gemacht hatte, war es der Alkohol oder hatte man ihm etwas ins Bier getan,

er wusste es nicht. Zur Sicherheit aber ließ er von innen den Schlüssel im Schloss und verkeilte auch noch Stuhl und Tisch im Türrahmen, bevor er sich bis auf seine, moderne, Unterwäsche auszog. Er hatte keine Lust, "unerwarteten Besuch" in der Nacht zu bekommen. Sein Messer behielt er im Schlaf in der Hand, seinen Bogen legte er neben das Bett, die Schreckschusspistole verbarg er in seiner Kutte, die er wiederum zu einem Kopfkissen in der Nacht faltete.

Bevor er sich auf seine Bettkante setzte, löschte er noch die Kerze. Er behielt als "Amulett" sein Handy in der Brusttasche auch Nachts um den Hals. Gewohnheitsgemäß schaltete er es noch einmal ein, um nach E-Mails oder Nachrichten aus den sozialen Netzwerken zu schauen. Der Akku war wie jeden Abend bei den üblichen 60% angekommen.

George hatte keine Nachrichten, weil er 1230 natürlich kein Netz hatte. Daran hätte er denken sollen. So steckte er es in die Tasche und streckte sich dann auf dem weichen, aber etwas ungewohnten Heu seines Lagers aus und schlief recht bald ein. Wobei er von frisch geernteten Getreidefeldern träumte und vom "Der Fänger im Roggen"[5].

George war nicht klar, dass es Leuten die sich noch auf dem Hof aufhielten, wohin das Fenster seiner Kammer lag und den beiden auf dem Flur vor seiner Tür entlang Schlurfenden aufgefallen war, dass statt des gelben Talglichts durch die Ritzen an seiner Tür und an den Fensterläden für ein paar Augenblicke das kalte, blaue Licht des Monitors seines Handys gefallen und den Menschen aufgefallen war.

---

5 Mark David Chapmann trug dieses Buch von Autor J.D. Salinger, erstmals erschienen 1951, bei sich, als er John Lennon ermordete

George wurde durch den Lärm der Tiere, der Hühner auf dem Hof, dem Gebell von Hofhunden aus der ganzen Umgebung, Hahnenschrei und Ochsenmuhen geweckt. Er zog sich vollständig an, verließ seine Kammer und wusch sich am Brunnen, wobei er versuchte, mit einer unreifen Gerstenähre, die er im Stroh seines Bettes gefunden hatte, sehr zum verhaltenen Gelächter der Umstehenden, seine Zähne zu reinigen. Dann ging er in den Gastraum, in dem jetzt nur wenige Gestalten herum lungerten. Der Küchenjunge stellte ihm sofort wieder eine Schale voll, kalter, Kohlsuppe hin und wollte ihm bereits einen Becher Bier bringen, den George aber gern ablehnte. Als George Mareile sah, rief er die zu sich. "Ich möchte später noch zum Mittag essen. Geht das?" Sie verstand nicht. Er versuchte es deshalb auf benglisch[6]: "Ick will nachher lunchen." Ihr Gesicht erhellte sich sofort. "Lunch!" Sie nickte und er gab ihr darauf hin ein paar Körner Gold, die sie, als sie nach hinten ging, aber sofort bei ihrem Chef ablieferte.

Gut gestärkt holte er seinen Esel aus dem Stall und versuchte zunächst entlang der Spree bis zur Pankemündung zu gelangen. Aber da war kein durchkommen, weil es keine Wege gab und der Boden zu morastig und moorig war. Auch die Panke hatte wohl ihr eigenes, wenn auch kleines, Mündungsdelta in dieser Zeit. In die entgegen gesetzte Richtung wollte George bis auf die Halbinsel Stralau. Das war in dieser Epoche ein winziges, eigenständiges Fischerdorf. Auf dem Weg, den linken Spreearm entlang, wurde George jedoch davon überrascht, dass er hinter der Fischerinsel, über eine, wie es ihm schien klapperige Holzbrücke einen weiteren Flussarm überqueren musste.

---

6 Benglisch = Autoreneigene Wortneuschöpfung aus
    Berlinisch und Englisch, siehe auch Denglisch

Deren Brückenzoll war deftig. In südlicher Richtung hinter der späteren Jannowitzbrücke teilte sich der Fluss erneut und bildete eine weitere Insel. Während der südwestliche Spreearm in Georges Startzeit den einzigen Spreeverlauf darstellte, war er 1230 nur ein schmaler, kleiner Nebenarm. Der Hauptarm der Spree verlief genau entlang der Stadtbahn zwischen den Bahnhöfen Jannowitzbrücke und Ostkreuz und endete in der Rummelsburger Bucht. [7] Stralau war gleichfalls nur ein Fischerdorf. Aber George fand es sehr interessant, das ganze zu sehen und zu begreifen, dass die Stralauer Halbinsel in Wirklichkeit mal weitere natürliche Spreeinsel gewesen war, die sich bis zur alten Stadtmauer Berlins gezogen hatte.

Als die Sonne am höchsten stand, traf er wieder im Ausspann ein. Seinen Esel band er im Hof an einen dafür vorgesehenen Pfosten und versorgte ihn mit Heu und Wasser. Es dauerte nur wenige Minuten und er hatte wieder eine dampfende Schale voller Kohlsuppe vor sich zu stehen. Nach dem Essen verabschiedete er sich sehr höflich, gab dem Küchenjungen als Trinkgeld ein paar Goldkörnchen und machte sich dann mit seinem Esel im Schlepp auf der Straße nach Bernau auf den Heimweg. Felder hatten die Berliner bis etwa in Höhe des späteren Königstors. Dahinter schnitt sich der Weg durch tiefen Laubwald.

George war wieder einmal überwältigt von den vielen Eindrücken, die die Natur ihm schenkte und bemerkte dabei nicht, dass er heimlich vom Küchenjungen verfolgt wurde. Carituks höchst selbst hatte ihn beauftragt, dem eigenartigen Mönch, der lieber in einem Ausspann, als in einer Kirche nächtigte, der reichlich mit Gold zahlte, kaum betete und

---

7 Das kann man sich so gut zusammenreimen, wenn man sich Karten oder Satellitenbilder anschaut.

aus dessen Zimmer eigenartig blaues Licht gedrungen war, notfalls bis nach Bernau zu verfolgen. George betrachtete derweil sehr aufmerksam die Bäume am linken Wegesrand und hoffte, sein eingeschnitztes Zeichen nicht zu verpassen. Dem ihm folgenden Jungen war der Pfad durch den Wald recht, denn hier konnte er sich besser verbergen, als entlang der Berliner Felder. George war sehr erleichtert, als er seine Abzweigung sofort wieder fand. Er sah auch noch an Hand von abgeknicktem und gebrochenem Geäst im Unterholz, wo er sich gestern zum Weg nach Weißensee im Wortsinne durchgeschlagen hatte.

Dieser Spur folgte er. Sehr schnell gelangte er auch wieder in seine WLAN-Blase und sah sein Haus. Ah, wie gut würde es sein, wieder in seine Zeit zu gelangen, dachte sich George. Er freute sich auf eine warme Dusche, auf einen angenehmen Film und darauf, seine Erlebnisse endlich schriftlich fixieren zu können und so war dass erste, was er machte, als er wieder in seiner Wohnung war, dass er sich zurück in seine Startzeit versetzen ließ.

Der Junge, der ihm gefolgt war, sah etwas Ungewöhnliches. Der Mönch schien mit seinem Esel zunächst eine blau schimmernde, riesige Blase zu betreten, die sich aber erst in dem Moment zeigte, als er diese Betrat. Schemenhaft sah der Junge dann eine Straße und Gebäude, wie er sie noch nie zuvor gesehen hatte. Auch schien es dort Menschen zu geben. Pferdelose Droschken fuhren. Der Junge folgte dem Mönch in dieses Blase hinein. Menschen, Droschken und Häuser blieben im Dschungel des Jahres 1230 weiter nur schemenhaft und auch der Junge schien von niemandem der Menschen bemerkt zu werden. Dann sah er, wie der Mönch seinen Esel hinter einem der durchsichtigen Häuser an ein zweirädriges Etwas anband, wieder in das Haus hinein ging, eine durchsichtige Treppe hinauf stapfte und in eine, ... tja, was war das, in eine Wohnung? ... hinein ging. Der Mönch

setzte sich sodann auf einen Stuhl, holte ein Amulett, das er
um seinen Hals trug hervor und tat damit etwas, das der
Junge nicht einordnen konnte. Wieder erstrahlte dieses
weiße, kalte Licht, das gestern Abend auch schon aus seiner
Kammer gedrungen war. Kurz danach und sehr plötzlich
verschwand das alles, die Blase, der Mönch, die Schatten.
Der Küchenjunge blieb noch bis zum Nachmittag und
kehrte dann zu seinem Meister zurück, dem er sein Erlebnis
ausgiebig schilderte und dabei auch ein wenig übertrieb. Der
Meister hieß den Burschen Stillschweigen zu bewahren und
schickte ihn in den kommenden Tagen zur Beobachtung
zurück in den Wald.
Aber den Mönch kehrte nicht mehr zurück. Natürlich hatte
sich der Bursche seinem besten Freund und dessen bestem
Freund noch am selben Abend anvertraut, die er die ersten
male noch zu seinem Posten im Wald mitnahm, aber auch
der Meister verbreitete vom ersten Tage an die Geschichte
von dem seltsamen Mönch, der mit Gold bezahlte, kaum
betete, mit blauem Licht arbeitete und der dann wieder in
der Richtung, aus der er einst gekommen war, nach Bernau,
auf seltsame Weise, in einer durchsichtigen Blase,
verschwunden war.

Die Rückkehr von George in seine Zeit war mehr als
holprig. Es drehte sich alles, aber ihm schien schneller, als
sonst, um ihn. Als er wieder zu sich kam, saß er in etwa
sechs Meter Höhe frei in der Luft schwebend, etwas
unterhalb der Krone einer Kiefer, die wiederum in einer
dieser typischen, mitteleuropäischen Baumplantagen, in
Reih und Glied mit anderen Kiefern stand. Er fühlte seinen
Schreibtischstuhl, auf den er sich vor seiner Zeitrückkehr
gesetzt hatte, mehr, als er ihn sah. Räumlich gesehen da, wo
er von ihm aus auch sein musste, sah George seinen W-
LAN-Router frei neben dem Stamm der Kiefer schweben.
George prüfte mit den Füßen, ob er würde aufstehen

können. Boden fühlte er, ohne dass er ihn sah. Wie belastbar der war, konnte er noch nicht mit Sicherheit sagen. Seine Höhenangst begann, sich in ihm festzukrallen. Ganz vorsichtig schaute er nach unten. Dort sah er ein roh gezimmertes, winziges Blockhaus. Vor dem führte ein sandiger Waldweg in Richtung der Greifswalder Straße aus einem von einer Hecke umgebenen Grundstück hinaus. Hinter dem Haus stand sein Kleinkraftrad und daran angebunden sein Esel. Vorsichtig erhob er sich, klammerte sich dabei aber an einen der tiefer hängenden Kiefernäste, gewahr, gleich zu fallen. Der Boden unter ihm federte.

Falls sein Gründerzeit-Mietshaus noch irgendwie vorhanden war, sehen konnte er es jedenfalls nicht. Er drehte sich etwas, streckte die Hände aus und stieß gegen eine nicht sichtbare Wand.

Was war geschehen?

Sein Desktop-PC hing nicht hier oben, aber er sah, wie ein langes, schwarzes Verbindungskabel vom Router, an der Kiefer befestigt, nach unten ins Haus führte. George schaute noch einmal auf sein Handy. Ja, er war genau einen Tag nach seiner Abreise ins Jahr 1230 wieder zurück in seiner Gegenwart.

Irgendwie musste er hinunter gelangen. Wie ein Blinder tastete er sich durch seine nicht sichtbare Wohnung, fand irgendwie den Schlüssel seiner Wohnungstür, er hatte sich natürlich vorher, wie immer um beim Verlassen seiner Hütte die Schlüssel nicht zu vergessen, eingeschlossen, fand die Treppe in seiner nicht sichtbaren Gründerzeitmietskaserne und stand, als er das Haus verlassen hatte, neben dem Eingang zur Holzhütte. George ging jedoch erst einmal nach hinten, tätschelte dem Esel den Kopf, kraulte ihn zwischen den Ohren und steckte einmal probehalber den Zündschlüssel ins Schloss seines Kleinkraftrads und drehte ihn. Seltsam, die Tankanzeige war fast auf Null. Er ging durch das unsichtbare Mietshaus wieder hindurch und an die

Tür des Blockhauses, bei dem es sich bei näherer Betrachtung nur um ein einfaches Gartenhaus handelte. George klopfte. Aber die Tür war nur angelehnt und öffnete sich leicht quietschend. Er beschloss deshalb, einzutreten. Innen bestand die Hütte aus zwei winzigen Räumen. Die Möbel erkannte er. Es waren sein Bett, sein Rechner, seine Schränke, Tische und Stühle. Im zweiten Raum, etwas dahinter, war eine kleine Küchenzeile mit Spüle, E-Herd und Schrank mit Arbeitsplatte und hinter einem Vorhang eine winzige Dusche.

George war neugierig darauf, wo das Klo war. Deshalb verließ er die Hütte und umrundete sie einmal vorsichtig. In einem winzigen, viereckigen Anbau fand er das Plumpsklo. George ging wieder in die Hütte hinein und zog endlich seine Mittelalterklamotten aus und seine normale, zeitgemäße Kleidung an, die wie unberührt im Kleiderschrank hing. Dann setzte er sich in dem kleinen Zimmer an seinen Arbeitsplatz und startete den Rechner. Strom hatte er offenbar also. Während der vielen Minuten, in denen der PC hoch fuhr, machte er sich einen löslichen Kaffee und schaute in den Kühlschrank. Der war gut gefüllt.

Als George sich wieder an seinen Rechner setzte, um seine zuletzt benutzten und bearbeiteten Dokumente anzuschauen, fiel ihm als oberstes, offenbar zuletzt entstandenes, eine Datei mit dem Namen "Für mich selber", auf. Was war das denn? Ein übler Scherz? Wo war er jetzt wirklich? Er suchte nach einem Anhaltspunkt, bevor er seine an sich selbst gerichtete Datei öffnete, holte deshalb seine Brieftasche und entnahm der seinen Personal-Ausweis. Sein Geburtstag stimmte noch, aber sein Wohnort ... sein Wohnort ... Sein Ausweis war ausgestellt vom Bürgeramt Berlin/Cölln und sein Wohnort wurde angegeben mit "18. Bernauer Seitenweg 43". George raste wie ein Berserker aus dem Haus, lief auf einen kaum erkennbaren Pfad, der durch ein

Brombeerdickicht führte und gelangte nach wenigen Schritten zu einem einfachen, hölzernen Staketenzaun, der sich genau dort befand, wo in seiner ursprünglichen Realität der Bordstein seiner Straße gewesen sein musste. Der Pfad mündete an einer niedrigen Holzpforte, die wiederum an dem von George aus der Höhe schon gesehenen, waldigen Sandweg mündete. Einer dieser amerikanischen Briefkästen war auf einen höheren Holzpflock genagelt, an einem weiteren hing ein emailliertes Schild mit der Nummer 43. Die Fahne des Briefkastens war aufgerichtet.

George entnahm schnell die Post, es waren nur übliche Werbehandzettel und ging damit wieder ins Haus. Vollkommen verwirrt öffnete er das an sich selbst gerichtete Dokument und las:

"Ziemlicher Schock für Dich, ... ähm mich, oder? Du wirst jetzt sicher ein paar Tage brauchen, um in dieser neuen Realität anzukommen. Um das in Ruhe zu tun und die nächsten Schritte planen zu können, hab ich Dir / mir diese Unterkunft besorgt. Ein ziemlich doofes Zeitparadoxon. Du wirst selbst wissen, was Du zu tun hast. Mehr will ich gar nicht schreiben, um nicht eine unendliche Zeitschleife wie in >Star Trek – Episode 63 – Die alte Enterprise< zu geraten. Viel Glück und Kümmer dich um den Esel – einen Stall, etwas Heu und Stroh findest Du hinten auf dem Grundstück".

Einmal tief durchatmen, war das, was George jetzt machte. Sein zukünftiges oder anderes Pedant hatte Recht. Er musste erstmal ankommen. Er versuchte noch einmal, sein ehemaliges Gründerzeithaus zu finden. Aber so sehr er sich auch abmühte, es war nicht mehr da. Während er noch mit den Augen dem Kabel zu seinem W-LAN-Router folgte, fiel der plötzlich von oben herab auf den weichen Waldboden neben der Kiefer. Bloß gut, dass George schon in seiner bisherigen Mietskasernenwohnung lange Kabel zwischen dem Router und dem PC gebraucht hatte. George ging zurück in seine Hütte, fand sofort seine alte Leiter und sein Werkzeug. Sofort nagelte er den Router wieder in der entsprechenden Höhe an den Stamm der Kiefer. Anschließend machte er sich daran, das Grundstück zu erkunden.

Sein Pedant oder wer auch immer diese Hütte einmal errichtet hatte, hatte Wert darauf gelegt, dass die Gebäude auf dem Gelände nicht ganz so offen von den Seiten und vom Weg her sichtbar waren. Nach vorn zum öffentlichen Waldweg war die Hecke aus Brombeeren. Nun ging George innen am Zaun in Uhrzeigerrichtung entlang. Sein Zaun endete nach rund vierzig Schritten geradeaus am im rechten Winkel nach rechts abbiegenden Maschendrahtzaun eines Nachbargrundstücks, das so wie seines, bewaldet war. Eine niedrige Hecke aus Tannen hatte ... er selbst? ... hier entlang gepflanzt. Etwa einhundert Schritte war dieser Zaun lang. Er traf dort auf einen weiteren, anders geflochtenen Maschendrahtzaun, der ebenfalls im rechten Winkel nach rechts abbog.

Dahinter war ein weiteres Waldgrundstück mit einer kleinen Hütte darauf zu sehen. Genau in dieser Ecke war der Stall für den Esel. Es war mehr ein nach drei Seiten windgeschützter Unterstand, der mit etwas Stroh, einer Holzraufe und einer Tränke ausgestattet war. Daneben nochmals ein winziges Gartenhaus, in dem George ein paar Ballen Stroh und Heu vor fand. Eine Hecke zum hinteren Grundstück gab es nicht. Er ging wieder am Zaun entlang, der nach etwa einhundert Schritten wiederum im rechten Winkel an einem Staketenzaun endete. In dieser Ecke des Grundstücks war ein Komposthaufen. Eine gut zwei Meter hohe Hecke aus Knöterich führte auf seiner Seite des Zauns und Parallel zu diesem von dort aus bis nach vorn zum Waldweg. Damit war das Grundstück beschrieben. Bevor George den Esel zu seinem Unterstand führte und ihn dort von der Leine ließ, durchquerte er das etwas unübersichtliche Areal noch einmal. Er hatte beim Abschreiten seiner Grundstücksgrenzen, etwas Rechts hinter seinem Haus, zwischen den Ästen einer niedrige Hecke, aus den Augenwinkeln so etwas wie einen Gemüsegarten erspäht. Es war tatsächlich einer, rund fünf mal fünf Schritt groß, umrandet von dornigem Himbeergesträuch, mit einer schmalen Pforte darin, um die Stacheldraht gewickelt war. Ein paar Tomaten rankten angebunden an Kletterstäben empor, eine Reihe Erbsen und eine mit Bohnen gab es, ein paar Erdbeerpflanzen, in einer Ecke ein paar Kartoffeln. Möhren und Radieschen hatten Mühe, gegen das Unkraut anzukämpfen. Er schmunzelte. Ja, so kannte er sich. Ansonsten standen zwischen den hohen Kiefern ein paar Sträucher, die aus Pappelwurzeln entstanden waren, niedrige Weidengehölze, hohe Farne und überall weicher, ungemähter, Rasen.

Den Esel schien das frische Gras zu freuen. Ein Kirsch- und zwei mickrige Apfelbäume standen zum hinteren Nachbarn hin und ein Haselstrauch und zwei Johannisbeeren. George ging wieder in seine Hütte. Eigentlich hätte er jetzt Lust, noch die weitere Umgebung zu erkunden. Aber mittlerweile war es nach 19 Uhr und auch in der Sommerzeit Mitte Juni war es nun nicht mehr so lange hell, wie George es für eine weiträumigere Erforschung gern gehabt hätte. So setzte er sich nur mit seinem Abendessen an einen Klapptisch auf seine winzige Veranda und beobachtete das Geschehen in dem Brombeerstrauch zum Waldweg hin.

Vom rechten Nachbarn aus plötzlich ein Ruf: "Ach, Herr Hungerlundt! Sie wieder da? Hab sie heute morgen gar nicht gesehen!" George war verblüfft. Das war der Typ, der sonst unter ihm in der Wohnung lebte. "Herr Müller, allet schick!", rief er zurück und schob, auf den Busch klopfend, nach: "Wat macht ihr Jeschäft?" "Lööft wie immer im

Somma 'n bisken bessa. Aba, se wissen ja, inne Woche kommt kaum 'n Spandauer aus seine Metropole raus und vairrt sich in unsa Kuhkaff anne Spree." Er kicherte und fuhr fort: "Hab vor ihrn vierbeenijen, jrauen Kumpel wieder drei Schrippen aus meene Schusterei mitjebracht. Komm se an'n Zaun?"

Dass sein Nachbar selbständig war, wusste er ja, aber in seiner erlebten Welt war er Mitinhaber einer Bäckerei und nicht Schuhmacher. Neugierig erhob George sich und ging. Der Nachbar stand schon mit drei Schrippen in der Hand da, als er ankam. "Mit beste Jrüße vonne Schrippenschusterei am Molkenmarkt.", grinste der. George nahm die drei Schrippen und grinste zurück. "Danke Herr Müller, sie ham ma mehr jeholfen, als se det jlooben." "Ach, na als Nachbarn in unser kleenet Dorf. ... Wolln se wirklich nich mehr zu uns zurück int Dorf anne Spree? Muss doch kalt sein hier in' Winta." "Ihre Sorje ehrt ma, Herr Müller, aba ick fühl ma hier uff meine Kolchose janz wohl.", entgegenete George.

Neugierig wollte Herr Müller noch wissen: "Wat is eijentlich aus den Bau von ihrn jeplanten Hochsitz jeworden, an dem se neulich Mittach jehämmat ham?" George war verblüfft. Den hatte er noch gar nicht entdeckt! Er hatte aber bisher auch eher nach unten, anstatt nach oben geschaut. "Is inne Mache.", sagte er deshalb nur wage. "Na denn, ick zieh ma noch üba Netflix 'n ollen Krimscha rin und mach ma denn uff'n Wech zur Arbeet. Ihn'n noch 'n anjenehm Abend, Herr Hungerlundt." Damit drehte er sich um und sagte im Gehen: "Ma kieken, ob heute noch 'n paar Mohnbrötchen übrig sind. Die bring ick ihn denn morjen Abend vorbei, Herr Nachbar.", und verschwand unter dem Dach einer Hollywoodschaukel auf seinem eigenen Grundstück.

George wurde immer unruhiger. Er musste wissen, was um ihn her passiert war. Die letzten Minuten der Dämmerung ausnutzend, durchstreifte er, mit dem Blick nach oben, sein Anwesen. An einer der haushohen Kiefern bemerkte er Kratzspuren, die nur von einer angelehnten Leiter stammen konnten. Er holte sie sich und stieg hinauf.

Von da an und das war üblicher Weise im Halbdunkel des Waldes nach oben kaum zu sehen, waren dicke Krampen beidseitig in den Stamm geschlagen, an denen er sich bis in die Krone der Kiefer hinauf hangeln konnte. Dort fand er zwei aufgeleimte Bretter, die er zum sitzen nutzen konnte und eine an die Äste angeleimte hölzerne Halterung für eine Getränkeflasche. Er hatte wohl gut für sich vorgesorgt. George setzte sich. Der Baum wankte arg im Wind und er musste sich gut festhalten. George sah zunächst nur Wald.

Mittlerweile hatte die Nacht ihn fast vollständig eingehüllt. Nur noch fern im Westen sah man einen grauen Schleier am Horizont. Seine Augen gewöhnten sich zunehmend an die Dunkelheit. Nun bemerkte er sie auch, die vielen Lichter, die durch Gestrüpp und Äste glänzten, wie Glühwürmchen. Wohl überall Grundstücke, aber keine Straßenbeleuchtung, dachte er bei sich. Aber dort hinten, wo sich die Greifswalder Straße befinden musste, sah er sich hin und wieder sich gleichförmig bewegende Lichtkegel. "Autoscheinwerfer", ging es ihm durch den Kopf, noch bevor er ein Motorengeräusch hörte. Er blieb eine ganze Weile und beobachtete und grübelte.

Als immer mehr Mücken um seinen Kopf schwirrten, verließ er seinen Ansitz. Er ging zur Hütte, nahm sich als Licht seine Petroleumlampe und sah nach dem Esel. Der aber hatte sich im Stroh seines Unterstandes bereits niedergelegt. Zu schlafen, wäre jetzt sicher eine gute Idee, nach all den Erlebnissen des Tages, dachte er bei sich. Obwohl er müde war, schaltete er, als er im Bett war, noch den Fernseher im Schlummermodus ein. George konnte so immer am besten einschlafen. In der Nachtausgabe der

"heute-nachrichten" kommentierte Kay-Sölve Richter: "...
Bundeskanzler Olaf Scholz traf sich heute in der
Bundeshauptstadt Spandau mit ..." ... und da druselte
George hinweg. "Bundeshauptstadt Spandau" blieb in
seinem Gedächtnis und in seinen Träumen hängen.

Frühes Aufstehen am nächsten Morgen, Esel versorgen,
Nachbarn grüßen, der von der Arbeit in seiner Bäckerei
nach hause kam und ihm zwei Mohnschrippen für sein Tier
gab und Abfahrt auf seinem Kleinkraftrad. Der unbefestigte
Waldweg mit seinen vielen Wurzeln war nur im
Schritttempo zu befahren. Und dann kam George dort hin,
wo eigentlich die Greifswalder Straße hätte sein müssen.
Statt dessen aber gab es nur eine kleine, zweispurige
Landstraße. Er bog nach Rechts darauf ein. Dort vorn hätte
eigentlich die Ringbahn sein müssen. Er fuhr weiter. Rechts
und links weiterhin nur Waldgrundstücke. Erst am einstigen
Königstor endete der Wald und ausgedehnte Felder
begannen.
George sah keine Straße in Richtung Prenzlau, dafür in
Höhe des Schönhauser Tors gerade einen Kleinlaster auf
einer Chaussee fort von Berlin fahren. Vor sich sah George
eine kleine Ansiedlung mit mehreren Kirchen. Etwa dort,
wo in seiner Realität der Alexanderplatz begann, trafen hier
eine Chaussee in Richtung Landsberg und eine in Richtung
Frankfurt, so auch als Bundesstraßen ausgeschildert, an
einem Kreisverkehr aufeinander. Ab dahinter in Richtung
Spree ein paar Einfamilienhäuser und alte Gehöfte. Erst
dort, wo er von der Bernauer Chaussee auf dieses Rondell
traf, sah er ein Ortseingangsschild: "Berlin – Landkreis
Bernau".
Die Bundesstraßen 1, 2 und 5 umgingen von diesem
Kreisverkehr aus Berlin auf einer, wohl erst in den letzten
zehn Jahren angelegten nördlichen Umgehungsstraße.
George aber fuhr direkt nach Berlin hinein. Kurz bevor er

die Marienkirche passierte, durchfuhr er die offenbar unter Denkmalschutz gestellte, alte Berliner Stadtmauer. Kleinstadtflair umgab ihn. Ein paar enge Gassen entlang einer einstmals wohl wichtigeren Hauptstraße, auf der er blieb. Mitten auf der Karl-Liebknecht-Brücke das Ortsausgangsschild für Berlin und auf der anderen Straßenseite das Ortseingangsschild für "Cölln – Landkreis Bernau".
Die Fischerinsel gleichfalls kleinstädtisch mit Fachwerkhäusern eng bebaut. Hinter der Schlossbrücke kein Schloss mehr. Dafür noch ein paar Einfamilienhäuser und Felder. Kein "Unter den Linden", statt dessen gabelte sich die breite Straße in eine Potsdamer und eine Spandauer Chaussee. Etwa in Höhe des Pariser Platzes stieß die Umgehungsstraße von Norden her in einem Kreisverkehr auf die Spandauer Chaussee. Dahinter Kiefernwald. George hatte Blut geleckt und fuhr weiter. Kleinere und größere Spreearme, teils Altarme kreuzten die Chaussee. Einen Ernst-Reuter-Platz gab nicht. Statt dessen etwa auf dieser Höhe ein Ortsschild: "Spandau – Bundeshauptstadt". Ein paar Gemüsefelder davor und dahinter beidseitig der Bundesstraße, die ab hier vierspurig war. Das Schloss Charlottenburg gab es. Ab hier fuhr eine Straßenbahn der SVG[8].

Vorortflair mit zwei-, dreigeschossigen Reihenhäusern und flachen Supermärkten. Weiter ging es. Kurz hinter dem Schloss, gut ausgeschildert, die Autobahn und sie lag sogar in etwa auf derselben Trasse, wie er sie kannte. Nur kreuzte George nun nicht die A 100, sondern die A 10. Gleich daneben, quasi im selben Bett, im selben Einschnitt, etwas gleichfalls vertrautes, die Ringbahn. Aber statt des Bahnhofs Westend, las er "Ostend – Schloss". Mitten auf der die Auto- und die Ringbahn kreuzenden Brücke blieb er stehen, stellte

---

8   SVG = Spandauer Verkehrsgesellschaft

sein Kleinkraftrad ab, ging ans Brückengeländer und schaute. "S 42 – Ring" las er auf dem Richtungsschild einer nach Norden gerade ausfahrenden S-Bahn. Anstatt aber nach rechts in Richtung Jungfernheide abzubiegen, fuhr die auf einer George unbekannten Trasse geradeaus weiter. Ab innerhalb des S-Bahnrings nun überwiegend enge Gründerzeitbebauung. Hinter der Brücke ein Richtungs- schild mit der Aufschrift "Siemensstadt".

Irgendetwas musste doch geblieben sein von der Stadt, wie er sie kannte, dachte sich George. Er sah auch ein Schild mit der Richtungsangabe Ruhleben, dem er auf der Straße folgte. Kurz vor der Havel, er erkannte die Gebäude genau, standen die Humboldt-Uni, das Zeughaus, die neue Wache, die Staatsoper und das Stadtschloss. Dem gegenüber, aber auf der gleichen Spreeseite, der Lustgarten und die Museen. Die gleichen Fassaden, die er aus seiner Realität kannte, nur Ortsversetzt. Hinter der Havel statt des Spandauer Rathauses das Rote Rathaus. Dafür aber die Altstadt daneben unverändert und auch die Zitadelle am selben Fleck. Weiter fuhr George, immer in Richtung Nordwest. Er sah Ortsteilnamen wie Staaken, Albrechtshof, Falkensee. Am Bahnhof Finkenkrug kreuzte die Hamburger Bahn den Westring der S-Bahn.

Die Bundeshauptstadt endete erst hinter dem Ortsteil Brieselang. Bredow war das nächste Dorf. Mit 45 km/h durch den Stadtverkehr, das brauchte Stunden. Als George in Bredow angelangt war, merkte er, dass es höchste Zeit war, umzukehren. Zumindest sein Gesäß sagte ihm das. Es war für ihn nicht einfach, wieder genau so zurück zu fahren, wie er gekommen war. Bis wohin sich die Hauptstadt im Norden und Süden erstreckte, wollte er im Internet erfahren. Rund um die Altstadt sah er verschiedene Richtungsschilder. So zum Beispiel zum Ortsteil Hennigsdorf, nach Bötzow und Oranienburg, aber auch zur Stadt Brandenburg, zu den Ortsteilen Potsdam und Sacrow. Erstreckte sich die

Bundeshauptstadt etwa entlang der Havel? George fuhr über den Ortsteil Siemensstadt und fand dort einen Abzweig zum "Zentralflughafen Tegel". Am Bahnhof Wernerwerk kreuzte er den östlichen Teil des S-Bahn-Ringes und dahinter statt der A 111 die A 10. Bis zum Plötzensee zog sich das Spandauer Stadtgebiet, wobei ab hinter dem Autobahnring wiederum niedrigere Bebauung mit Reihen- und Einzel-häusern den Ton angaben. Eine Straßenbahn endete direkt am Plötzensee, der von modernen Hochhäusern in Plattenbauweise, wie eine typische Satellitenstadt, umgeben war. Hinter dem See das Ortsausgangsschild und nur noch eine kleine, aber relativ gut ausgebaute Landstraße. "Pankow" sah er als nächsten Ort auf dem Schild. Dort aber, wo die in nordostlicher Richtung laufende Seestraße einen Knick nach Osten und zur Osloer Straße werden müsste, gab es diesen Knick nicht. Die Chaussee führte direkt nach Pankow. Rechts und links sah George ausgedehnte Getreidefelder, die früher vielleicht sogar einmal Rieselfelder gewesen sein könnten, so wie sie "dufteten".

Das Pankow, das er erreichte, enttäuschte ihn sehr. Es war ein kleines Dorf mit etwa genau so vielen Einwohnern, wie das Berlin, das er kennengelernt hatte. Das Schloss Schönhausen nahm den größten Teil des Dorfes in seinen Besitz. Kleine Chausseen führten direkt nach Schildow, Französisch Buchholz, Heinersdorf und Berlin / Cölln. Letztere nahm er. Die Straße nach Berlin führte durch Mischwald und wurde ein paar mal vom Eschengraben gekreuzt. Keine Querverbindungen zwischen den Straßen, keine Danziger oder Wisbyer Straße. Bis direkt zu der Straße, die Berlin / Cölln umging, musste er, bevor er über den schon beschriebenen Kreisverkehr in die Bernauer Straße einbiegen konnte. Er musste höllisch aufpassen, um den Waldweg zu erkennen, aus dem er heute morgen gekommen war. Als er ihn gefunden hatte, beschloss er, doch noch etwas weiter, bis nach Weißensee, zu fahren, um dort möglichst in einem Supermarkt etwas frisches Obst zu bekommen. Etwa ab Höhe Gürtelstraße hörte der Wald um ihn her auf und ein paar mickrige Felder mit Kartoffeln und Lupine säumten die Bundesstraße 2 nach Bernau.

Das Dorf Weißensee verblüffte ihn außerordentlich. Seit er vorgestern, also im Jahr 1230, hier gewesen war, hatte es sich von der Ausdehnung her kaum verändert. Rings um den, im Vergleich zu seiner Erinnerung aus seiner Realität hier nun riesigen See gab es ein paar Fischerkaten, die aber wohl nur als Ferien- oder Wochenenddomizil genutzt wurden. Neben der alten Dorfkirche der Abzweig nach "Hohen Schonhusen". Ein paar Gehöfte standen längs der Landstraße. Kein Supermarkt, nichts. Bekümmert fuhr er heim.

Oh, er müsste noch den Esel etwas bewegen, dachte er, nachdem er sich eine Dosensuppe als verspätete Mittagsmahlzeit geöffnet und erwärmt hatte. Er lief mit ihm ein Stück am Rande der Chaussee entlang und sah nun nochmal das, was er auf seinem Kleinkraftrad, mit 45 km/h auf einer 80er Strecke zu fahren war schließlich nicht ohne, was er vorher schon geahnt hatte. Ringsum in den Wäldern waren Grundstücke mit Ferien- oder Sommerhäusern. Aber das waren immer nur eine Grundstücks-Reihe entlang der Chaussee. Dahinter forstwirtschaftlich genutzter Wald. Hier und dort mal ein kleiner Pfad hinein, mehr nicht. Nach einer Stunde war George wieder auf seinem Grundstück, versorgte den Esel und setzte sich schließlich an den Rechner. Zuerst musste er wissen, von wo er sich mit Lebensmitteln versorgen konnte, danach, was denn überhaupt passiert sei und warum Spandau und nicht Berlin die deutsche Hauptstadt war.

Google teilte ihm mit, dass die nächsten Super- und Baumärkte auf der "Insel Stralow" wären. So, das hatte er schon mal. Nun ging es an die Weltgeschichte. Er musste erst eine ganze Weile in Verlinkungen suchen, bis er etwas über Berlin/Cölln erfuhr. Das Stadtrecht bekamen die beiden Dörfer und das war die erste Urkundliche Erwähnung, 1231. Damit wich dieses Jahr schon mal von dem was George aus seinem Geschichtswissen her hatte, 1237, ab.

Und nun wurde es interessant! Leider trauten sich in den nächsten Jahrhunderten kaum Menschen in den beiden Kleinstädten zu siedeln, weil man von einem im Wald nach Bernau unter einer blauen Lichtkuppel verschwundenen Mönch erzählte, der angeblich immer mal wieder in der Geschichte der Stadt in einem blauen Licht auftauchte. Aber er war immer ohne Kopf, so die Sagen und würde gelegentlich Menschen in Gasthöfen auf ihren Stuben auflauern. Oh je, dachte George, bei der Erwähnung des blauen Lichts war im sofort klar, dass das nur er mit seinem Handy sein konnte, aber der Rest ... . Naja, was so "stille Post" über die Jahrhunderte hinweg anrichtete.

George war betrübt darüber, dass er selbst offenbar der Auslöser für eine veränderte Geschichte war. Aber er las weiter, dabei immer wieder neue Quellen aufspürend, verifizierend, abklopfend. Dafür brauchte er mehrere Tage, an denen er außer seinen Einkäufen und den üblichen Runden mit seinem Esel, nicht viel mehr tat. Stralau, oder Stralow, wie es in dieser Gegenwart hieß, war ein kleines Nest, nicht viel größer als Berlin, das überwiegend auf der Südspitze der Insel lag.

Eine Halbinsel Stralau und eine Rummelsburger Bucht gab es auch 2022 nicht, dafür aber zwei Spreearme. Nördlich des Dorfes im Süden der Insel gab es in Höhe der Ringbahn in seinem Zeitstrahl und der Kynastraße aus Georges Zeit eine Landstraße, die über zwei Brücken die Insel von Schöneweide nach Lichtenberg querte und von der aus in Richtung Nord eine Landstraße nach Berlin/Cölln abzweigte. Genau da befand sich ein kleines Gewerbegebiet mit mehreren Supermärkten, Baumärkten, Tankstellen, IT-Firmen, Bankfilialen und Telekommunikationsunternehmen, im ÖPNV angeschlossen durch eine Buslinie, die viermal am Tag die umliegenden Dörfer abklapperte.

George brauchte mehr als nur eine Woche, um sich ein genaues Bild von den Vorgängen in der Geschichte zu machen. Schließlich konnte er es für sich zusammenfassen. Der "blaue, kopflose Mönch" wurde zur Sagenfigur und bewirkte, dass innerhalb weniger Wochen nach seinem Auftauchen die Berliner/Cöllner äußerst misstrauisch gegenüber Fremden wurden. Um ihre Untertanen zu besänftigen, gaben die beiden zeitgleich im Amt befindlichen und gemeinsam regierenden Markgrafen von Brandenburg, Johann I. und Otto III. "der Fromme", schon 1231 Berlin/Cölln das Stadtrecht und damit das Recht, eine Stadtmauer zu bauen. Sie residierten, so auch in Georges bekannter Geschichtsschreibung, in Spandau.
Der Hohenzoller Burggraf Friedrich I. wurde im Jahr 1415 Kurfürst der Mark Brandenburg und blieb dies bis 1440. Die Einwohner Berlins hatten diese Veränderung nicht begrüßt. 1448 revoltierten sie im „Berliner Unwillen" gegen den Schlossbau des Kurfürsten Friedrich II. Eisenzahn. "Dieser Protest war jedoch nicht von Erfolg gekrönt und die Bevölkerung büßte viele ihrer politischen und ökono-mischen Freiheiten ein.", so die Geschichtsschreibung, wie George sie kannte. Die in dieser durch ihn selbst nun veränderten Realität weit misstrauischeren Berliner, hatten jedoch Erfolg mit ihrem "Unwillen" und vertrieben die Hohenzollern, die darauf hin Spandau zu ihrer Residenz-stadt machten und Berlin/Cölln nicht weiter förderten. Der weitere geschichtliche Verlauf war für die nächsten Jahrhunderte nun wieder so, wie George ihn kannte: ab 1745 Bau von Sanssouci in Potsdam, 1871 Reichsgründung,

Spandau wurde dadurch zur Reichshauptstadt, 1914 Erster Weltkrieg, ... Aber dann, wiederum eine kleine Änderung der Geschichte. Weil die Charité nicht in Berlin, sondern innerhalb der Zitadelle Spandau 1710 gegründet worden war, darin kaum Platz hatte, sich auszudehnen, wurde in ihr weniger geforscht und das hatte zur Folge, dass die Spanische Grippe zwischen 1918 und 1920 etwa die Hälfte der Einwohner des Deutschen Kaiserreichs hinweg raffte. Die Weimarer Republik wurde dennoch gegründet, 1933 kam Hitler an die Macht. Hier änderte sich wiederum die Geschichte. Der britische Premierminister Chamberlain in stärkerer Position, weil Deutschland wegen der geringeren Einwohnerzahl schwächer, stimmte dem Münchener Abkommen, zur Einverleibung des Sudetenlandes durch Deutschland zum 10. Oktober 1938 nicht zu. Das veranlasste Hitler, den Zweiten Weltkrieg bereits zum 1. November 1938 zu beginnen.

Zu einem internen Abkommen mit der Sowjetunion kam es wegen der Kürze der Zeit nicht mehr. Es gab keinen Blitzkrieg. Im Gegenteil brauchte die Wehrmacht ein gutes halbes Jahr, um in mühsamem Stellungskrieg Polen zu besiegen. Die Sowjetunion griff hier noch nicht ein. Im Westen wurden, gleichfalls recht mühsam, Frankreich erobert, Dänemark, Norwegen und die Beneluxstaaten. Es wurden unglaublich viele Männer von der Wehrmacht in diesen zähen Feldzügen "verschlissen". Erst nach dem Angriff Japans auf Pearl Harbor am 7. Dezember 1941 entschloss sich Deutschland deshalb, die Sowjetunion anzugreifen, denn man witterte hier leichte Beute. Man kam bis zum Sommer 1942 gerade einmal bis Stalingrad. Diese Zermürbungsfeldzüge der Wehrmacht hatten einen psychologischen Aspekt und so kam es auf Grund von Material- und Menschenmangel nicht zum Afrikafeldzug und auch nicht zur Hilfe der Italienischen Streitkräfte durch die Wehrmacht. Bereits im Februar 1942 besetzte deshalb die US-Army Italien und stürzte den Duce. Nachdem sich die Wehrmacht im Sommer 1942 in Stalingrad festgefahren hatte, wurde sie nun sukzessive zurück gedrängt. Die westlichen Alliierten rollten Deutschland über Österreich her auf und so kam es bereits nach dem Selbstmord Hitlers, am 30. April 1943, am 8. Mai 1943 zur bedingungslosen Kapitulation Deutschlands, zwei Jahre eher, als George es kannte, während der Krieg in Fernost weiter bis in den August 1945 andauerte.

Die nächsten Geschichtspunkte stimmten in etwa mit dem überein, was George kannte, nur dass alles etwa zwei Jahre früher passierte: Deutschland wurde in vier Sektoren aufgeteilt, Spandau auch. Die Havel bildete dabei, mit Ausnahme der Spandauer Altstadt, die Sektorengrenze. Die westlichen Stadtteile kamen zu den westlichen Alliierten, die östlichen zur Sowjetunion. Siemens wurde enteignet. Die Berliner Mauer entstand ab dem 13. August 1961 in Spandau.

Der Mauerfall am 9. November fand auch statt und Spandau war jetzt die geeinte Hauptstadt der Bundesrepublik. Aber viele "Nebenzahlen" waren andere, als George sie kannte. Nach dem Krieg war Deutschland zu einem reinen Agrarstaat beidseitig des Eisernen Vorhangs durch die Alliierten gemacht geworden. Die Bundeshauptstadt hatte nur 1,2 Millionen Einwohner, ganz Deutschland nur um die 27 Millionen. Schuld daran waren die hohen Menschenverluste während der spanischen Grippe und während des letzten Weltkriegs. Sehr, sehr viele Menschen, vor allem Facharbeiter aus der Industrie, waren deshalb nach dem Krieg in andere westliche Länder ausgewandert. Daraus erklärte es sich, dass George überall nur kleine Dörfer in der Mark Brandenburg vor fand. Die Bundesrepublik war ganz einfach menschenleer.

Das musste George selbst sehen und so machte er vom "Stadtflughafen Gatow" oder mit der Bahn in den nächsten

Wochen Ausflüge in die nächsten großen Städte. Es sah überall viel Landwirtschaft, aber auch unberührt scheinende Mischwälder. Satelliten- oder Trabantenstädte fehlten fast vollkommen.

Im Netz hatte er die Info bekommen, dass auch die westlichen Alliierten nach dem Krieg auf ihren Reparationen bestanden hätten und deshalb alles was es an Industrie gab, demontiert und was nicht zu demontieren war, gesprengt hatten. Bei Wolfsburg fand George nur die von Vegetation überwucherten Überreste von Produktionshallen. Im Ruhrgebiet dampfte noch eine Mine, die aber noch immer als Reparation Steinkohle für Frankreich förderte. Nirgends sah George Industrieparks oder größere Gewerbegebiete. Siemens bei Spandau produzierte zwar weiter Elektronik, Kabel und Schienenfahrzeuge, aber vor allem Traktoren und andere landwirtschaftliche Geräte. Bayern und Sachsen gehörten nicht zur Bundesrepublik, sondern waren eigene (Agrar-) Staaten innerhalb der Europäischen Union. George war erschüttert, als er dies alles bereiste. In Bitterfeld und Leverkusen gab es keine chemische Industrie. Daimler, BMW, Porsche, die Autounion und Opel waren nach der Demontage ihrer Werke und der Enteignung von VW durch die Alliierten, zu einer einzigen Autofirma zusammengeschmolzen. Die nannte sich "Deutsche Fahrzeug Union", DFU und stellte ausschließlich in Manufakturarbeit in kleinen Werken PKW, Zweiräder und LKW überwiegend für den Binnenmarkt und lediglich Traktoren und Mähdrescher für den Export her.

Die Fahrzeugproduktion in der DDR war bereits Mitte der 1950er Jahre sowohl für Straßen, als auch für Schienenfahrzeuge (Straßenbahn) in Gotha zusammengefasst worden. Einzig Multicar produzierte in Thüringen und dort meist für den Export. Melkus in Dresden hatte nicht nur die DDR überlebt, sondern produzierte etwa genau so viele Sportwagen, wie die

Porsche-Manufaktur in Stuttgart. Sie waren nach der Wende aus dem freien Sachsen nach Ludwigsfelde umgezogen, wo man eine ehemalige Werksmanufakturhalle des W50, dessen Produktion nach der Deutschen Wiedervereinigung eingestellt und deren Maschinen man verschrottet hatte, benutzte. Dass die einstigen Stadtgebiete von Rostock, Magdeburg, Erfurt, München, Hamburg oder Düsseldorf sich nach dem Krieg nicht vergrößert hatten, sah George, wenn er versuchte, an die Peripherie dieser Städte zu gelangen. Die Mittelalterlichen Stadtkerne existierten noch, aber moderne Hochhäuser waren oft noch innerhalb der alten Stadtmauern errichtet worden.

Die Autobahnen hatten, abgesehen von einer Nord-Süd-Autobahn, die die Schweiz durch das Rheintal mit den Niederlanden verband, nirgends mehr als zwei Fahrspuren pro Richtung. Statt dessen aber gab es gut ausgebaute und mit extra Fahrradspuren versehene Landstraßen. Der wichtigste Wirtschaftszweig, so schien es, war der Tourismus. Gewaltige Bettenburgen für Holländer, Schweizer, Tschechen, Slowaken und Österreicher gab es in der ehemaligen Hamburger Speicherstadt, obwohl Hamburg noch immer der bedeutendste Überseehafen Deutschlands war, in Rostock, Wismar, Bremen und Oldenburg. Der Nord-Ostsee-Kanal erwirtschaftete ganz allein gut ein Zehntel des kompletten Bruttoinlandsproduktes der Bundesrepublik.

Um selbst zu überleben, das kleine Anzeigenblatt für das er gearbeitet hatte, existierte in diesem Paralleluniversum nicht, verfasste er Reiseberichte und verkaufte die an die wenigen Medien, die es gab, lokale Zeitungen und kleine Radiosender. Damit hielt er sich in den nächsten Wochen über Wasser, plante dabei aber bereits wieder eine neue Zeitreise. Vor seinem Besuch im Jahr 1230 hatte er eigentlich vor gehabt, ein halbes Jahrhundert in die Zukunft zu reisen. Jetzt aber wollte er zunächst in seine eigene unmittelbare Vergangenheit zurück, die er dafür ändern musste. George fand es eine gute Idee, sich jetzt erst einmal nicht um die täglichen Dinge kümmern zu müssen. Um bei seiner Rückkehr aus 1230 sich nicht um die eigene Existenz sorgen zu müssen, musste er zunächst für ein eigenes Zeitparadoxon sorgen und sich in der Vergangenheit darum kümmern, dieses Grundstück, auf dem er jetzt lebte zu erwerben.

Er wusste, dass er dazu sich selbst in diesem Universum begegnen müsste. Wann wäre denn ein guter Zeitpunkt, dieses Land hier zu erwerben und sich diese Hütte zu bauen? George grübelte. Er suchte in den Unterlagen seines Schreibtisches nach einem Anhaltspunkt, nach einem Kaufvertrag, oder ähnlichem, aber so etwas konnte er ja noch nicht haben, weil er den noch nicht in der Vergangenheit abgeschlossen hatte.

Ja, Zeitreisen und Zeitschlaufen waren etwas Tückisches, wie er aus der Science-Fiction-Literatur wusste. Rein aus dem Wissen seiner eigenen Vergangenheit folgerte er, dass Grundstückspreise in der Bundesrepublik um ein Vielfaches Höher lagen, als in der DDR. Daraus folgte für ihn, dass er in die Vorwendezeit würde reisen müssen und dabei etwas dabei haben müsste, was in der DDR sehr rar war, wie ... wie ... Gold oder Bückware zum Beispiel. Da er aber mit einem Personal-Ausweis, mit Wohnort Berlin-Prenzlauer Berg, ausgestellt in der Bundesrepublik aber sicher das allerhöchste Aufsehen der Staatssicherheit herauf beschwören dürfte, musste sein um rund vierzig Jahre jüngeres Pedant diesen Kauf machen. Das schränkte den Zeitraum auf die 1980er Jahre ein. Aber wie würde eine Begegnung mit sich selbst seine eigene Historie verändern? Würde er dann das Wissen um seine andere Vergangenheit verlieren? Nein, das ging also nicht. Er musste etwas anderes machen. Er schaute intensiv in seinen Unterlagen und Erbstücken nach und da, genau da fand er ihn, nachdem er danach gut zwei Tage gesucht hatte: den DDR-Personalausweis seines Vaters. Er sah ihm recht ähnlich, hatte aber heute ein zerknitterteres Gesicht, als sein eigener alter Herr vor rund vierzig Jahren. Gut, er musst es darauf ankommen lassen. Wo arbeitete denn sein Alter in den 80ern? In seiner Historie als Ingenieur bei einer Baubude. Er musste wieder einen Tag lang suchen, bis er die Kaderakte seines Vaters im Erbnachlass fand. Sein alter Herr arbeitete in dieser Zeitlinie bis zur Wende als Ingenieur im "VEB, Kombinat für Elektronik-, Kabel- und Landmaschinenbau >Sigmund Jähn[9]< Wernerwerk in Spandau-Siemensstadt". Gut, das genügte. Über das Internet kaufte George billig einige DDR-Banknoten, zwei spezielle Rotweinsorten, eine Kiste Papiertaschentücher und eine Schwalbe[10] und machte die nächste Zeitreise.

Er landete, nicht ganz unerwartet, in einer Schonung mit bereits etwas größeren Bäumen. Seinen Esel und sein normales Kleinkraftrad hatte er in der Zukunft zurück gelassen. Vermutlich musste er zum Amt in die nächste Kreisstadt. Das war in seinem Fall wohl Bernau. Er hatte Mühe, die "Schwalbe" durch das Unterholz bis zur Fernstraße zu bekommen. Diese war im typischen DDR-Zustand, sehr holprig und relativ schmal. Die Dörfer, durch die er kam, Weißensee, Malchow, Lindenberg und Schwanebeck, ähnelten einander wie ein Ei dem anderen. Ein Dorfanger mit Kirche, Löschteich, Kneipe, Schule und "Konsum" in der Mitte und ein paar kleine Gehöfte entlang der Hauptstraße. Losungen auf Transparenten, wie "Unsere LPG – beste Ernte zum XI. Parteitag" oder "zu Ehren des

---

9 Sigmund Jähn war der erste Deutsche im Weltall. Er flog am 26. August 1978 als Kosmonaut zur sowjetischen Raumstation Saljut 6 und war knapp acht Tage im All
10 DDR Kleinkraftrad der "Vogel-Serie"

Sozialismus – Planübererfüllung bei Kartoffeln auf unserem Volkseigenen Gut". Eingerahmt waren diese Dörfer von großen Äckern, Holzplantagen, Mooren und Urwäldern.

In Bernau selbst ging alles erstaunlich glatt. George fand das zuständige Amt für Liegenschaften, war gerade zufällig zu dessen Öffnungszeit da, zog eine Nummer und setzte sich in den Wartebereich. Als er aufgerufen wurde und sich mit dem Ausweis seines Vater als sein Vater legitimierte, waren die ersten Worte der Beamtin: "Ihr Ausweisbild ist wohl auch schon etwas älter." "Ja, man wird nicht jünger." Was wolle er? George erklärte, welches Waldstück er haben wolle, wie weit es von der Landstraße nach Berlin entfernt sei und wie groß er es wünschte. Die Beamtin legte ihm mehrere Formulare vor, die er sofort ausfüllte und er legte ihr unaufgefordert ein (natürlich gefaktes) Führungszeugnis der Polizei vor. Warum er ausgerechnet dieses Stück wolle, denn es wäre ja eigentlich Berliner Grund und Boden.
Sein eigener Vater (also Georges Opa), der ja noch lebe, ein alter Kommunist der ersten Stunde, habe sich nach der Machtergreifung der Nazis in genau diesem Waldstück mehrere Monate lang versteckt und es sei ihm dabei gelungen, per Zufall aus wenigen Weintraubenkernen in genau diesem Boden zwei Weinstücke zu ziehen, die dann mit dazu beigetragen hatten, dass seine Familie die Nazizeit überlebt hätte. Und nun wolle er, Paul Hungerlundt, seinem Vater Wilhelm genau dieses Stück Land zu seinem in zwei Jahren 75. Geburtstag, mit ein paar angezogenen Weinstöcken vermachen.
Dabei holte George aus einem Leinenbeutel, den er bei sich trug, eine Kiste mit sechs Flaschen der Rotweinmarke "Klostergeflüster" und stellte die, mit dem Etikett gut sichtbar, neben seinen Stuhl. Weder sein etwas verpeilter Sohn, noch seine Frau oder gar sein Vater sollten davon aber Wind bekommen, betonte George, bevor er sich erhob.

"Darf ich in vier Wochen wieder vorbei schauen?", fragte er. Die Beamtin nickte und George fuhr nach Haus, beziehungsweise zu dem Areal im Wald, in dem sein W-LAN-Router hing und machte sofort den nächsten Zeitsprung. Dieses mal nahm er eine Kiste mit Papiertaschentüchern mit nach Bernau. Wieder diese Beamtin, wieder dieses Büro und das Gespräch begann mit einem "Wir haben uns noch nicht vollständig entschieden, aber ..." . "Oh!", meinte George. Das täte ihm aber leid und er wisse doch nun gar nicht, wo er den Karton mit den Papiertaschentüchern, den er heute im Personalverkauf bei Siemens als "Genosse und Aktivist im Rahmen des sozialistischen Wettbewerbs" außerplanmäßig bekommen hatte, deponieren solle. Ach, meinte die Beamtin, diese Kiste könne er ja vorübergehend bei ihr im Büro lagern und gab ihm einen Termin in vier Wochen.

Es folgten einige weitere dieser Termine, von denen George immer zwei oder drei an einem Tag bei Zeitsprüngen erledigte und bei denen er mal eine Kiste des Rotweins "Rosenthaler Kadarka", mal ein Gebinde "Ungarisches Paprikaletscho", eine Kiste Wandfliesen oder eine angeblich selbst gezogene, kleine Dattelpalme in ihrem Büro "vergaß", dann war alles unter Dach und Fach. George eröffnete daraufhin bei der Kreissparkasse ein neues Konto, das er mit einem solch hohen Betrag fütterte, dass er damit alle in einem Jahr anfallenden Unkosten für ein solches Grundstück abdecken konnte. Er hatte mit dem Grundstückskauf obendrein die Auflage bekommen, aus forstwirtschaftlichen Gründen, sein Areal zugänglich zu lassen, was er dann auch tat.
Einige Zeitreisen später setzte er ein paar Weinstücke aus rotem und weißem Riesling. Seine Anwesenheit in der Vergangenheit würde wohl sicher pro einem Tag im Monat, für ein paar Stunden, erforderlich sein, dachte er sich. Und

so beobachtete er wie im Zeitraffer die vorbei ziehenden Jahreszeiten. Pro Tag in seiner Gegenwart unternahm er bis zu drei Zeitreisen in die Vergangenheit. Hin und wieder fuhr er dabei zur Auffüllung seines Kontos zur Sparkasse nach Bernau. Er beschnitt seine Reben, buddelte mit einem in der Gegenwart gemieteten Bagger einen Kabelgraben für die Elektrik, nachdem er dies auch beim Amt angemeldet hatte und wurde dann ganz offiziell ans Stromnetz angeschlossen. Zum Datum der Währungsunion mit der Bundesrepublik ließ er wiederum, als sein eigener Vater getarnt, sein Konto in Bernau auf D-Mark umstellen.

In den 1990ern wurden weitere Grundstücke um seines herum durch das Amt Bernau verkauft. So lernte George seinen jetzigen Nachbarn kennen und deshalb wurde sein gewissermaßen schwarz angelegter Trampelpfad zu einem offiziellen, zweispurigen ab unbefestigtem Waldweg.

Ab Mitte der 2000er Jahre wurde es Zeit, die Hütte und den Eselunterstand zu errichten. Er kaufte beides in der Gegenwart, ließ es sich liefern und beförderte die Materialien in die Vergangenheit, in der er sie aufbaute. Erst ein paar Jahre nachdem seine Mutter, dann sein Vater gestorben waren, sein Bruder ihn nach dessen Beisetzung in die Wüste geschickt hatte und kein Erbe mehr von den Eltern zu erwarten war, etwa ein halbes Jahrzehnt vor der Gegenwart, schrieb George im Namen seines Vaters einen Brief an sich selbst und teilte seinem vergangenen Pedant mit, dass er der Besitzer dieses Grundstücks sei.

Irgendwann musste der George in der Vergangenheit diesen Brief gelesen und verstanden haben, denn von diesem Zeitpunkt an hatte der George der Gegenwart zwei unterschiedliche Erinnerungen an denselben Zeitraum in seinem Hinterkopf. Er wusste plötzlich Haar genau, was er gefühlt hatte, als er diesen Brief von sich selbst, samt Schlüssel fürs Gartentor, in seiner Mansardenwohnung in der Hufschmiedgasse geöffnet und gelesen und danach alles getan hatte. Gleichzeitig verband er mit der Zeit auch Erinnerungen an seine Vorderhauswohnung im fünfstöckigen Gründerzeithaus am Prenzlauer Berg. Bilder auf seinem Handy bewiesen ihm sogar, dass er einmal in diesem Stadtteil gewohnt hatte. Dafür fand er auf dem Gerät keine Bilder aus seiner Mansardenwohnung. Solche waren dafür auf seinem Rechner. Nach dieser für ihn nun neuen Zeitschiene hatte er zuerst in der Hufschmiedgasse laut gelacht, war ungläubig hin und her gesprungen und hatte sich dann aber auf den Weg gemacht, sein angebliches Anwesen zu erkunden.

Das Gelände war da, der Schlüssel passte und auf einem nagelneuen Schreibtisch im Haus lag ein verschlossener Briefumschlag, an sich selbst adressiert, handgeschrieben, der ein paar Anweisungen enthielt, die er befolgen solle, um sich selbst die Rückkehr aus dem Jahr 1230 zu erleichtern. Etwa ein halbes Jahr vor besagter Rückkehr stand plötzlich der Esel im Unterstand und er bekam die Anweisung, jetzt endlich einmal mit seinem gesamten Hausrat hier hinaus zu ziehen.

Der Umzug war kaum vollzogen und sehr anstrengend, auch weil George nicht das Geld für einen professionellen Transport hatte und den gesamten Umzug über mehrere Tage nur mit dem Esel gemacht hatte, als er eines Abends noch in die Gaststätte "zur Rippe" eingekehrt war. Ein Typ der ihm bis auf die Barthaarstoppeln glich, setzte sich zu ihm an den Tisch und zeigte ihm eine interessante App, die er auf seinem Handy hatte, ... und der Kreis schloss sich. Wobei George auch hier zwei Erinnerungen hatte, einmal die eben beschriebene, aber in seiner mit der Mietwohnung am Prenzlauer Berg war es jemand Fremdes ... war es jemand Fremdes? ... der ihm diese Zeitreiseapp überspielt gehabt hatte.

Dennoch hatte George, der nun nur noch einmal existierte, die Erinnerungen an beide Zeitlinien. Jetzt, endlich, könnte er in Ruhe sein Leben genießen, beschloss er. Aber gleichzeitig fehlte ihm auch etwas Abwechslung und der Reiz des Neuen. Von seinen "Reiseberichten in ein neues Deutschland" konnte er mittlerweile ganz gut leben und so beschloss er eines Tages, seine Zeitreisen in die Vergangenheit, aber auch in die Zukunft wieder aufzunehmen. Bei der Vergangenheit dachte George daran, sich das alte Rom anzusehen oder dem Bau der Pyramiden zuzuschauen. Für die Bewältigung solch großer Entfernungen würden indes sein Kleinkraftrad oder sein Esel nicht ausreichen. Deshalb wollte er sich einen kleinen Tragschrauber besorgen. Dabei musste er im Vorfeld gut rechnen. Er würde auf keinen Fall direkt über das Mittelmeer fliegen, nahm er sich vor. Auch über die Alpen würde es wohl schwierig.

Am Einfachsten wäre sicher eine Strecke entlang der Donau, dann am Rand der Küsten von Schwarzem und Mittelmeer bis zur Sinai-Halbinsel. Alles in allem gut 4200 km. Zwei verschiedene Hersteller für diese sogenannten Gyrokopter kamen letztlich nur in Frage. Der eine hatte mit 69 Litern Tankinhalt eine Reichweite von etwa 400 km, bei einer Reisegeschwindigkeit von etwa 130 km/h. Damit wäre man, wenn man nur flöge, in etwa 32 Stunden bei den Pyramiden und benötigte etwa zehn Tankstopps pro Flugrichtung.

Die andere Maschine mit einer Reisegeschwindigkeit von etwa 150 km hatte bei 100 l Tankinhalt eine Reichweite von 650 km. Das hieß etwa auch sieben Tankstopps pro Richtung, bei einer Reisezeit von etwa 28 Stunden. Das Problem, dass George sah, war, es gab keine Tankstellen in der Vergangenheit. Er brauchte etwa 1400 Liter Sprit. Das war nicht wenig! Das war etwa der Inhalt von vierzehn Badewannen. Das bedeutete, er müsste sich zunächst

Vorratslager an Benzin in der Vergangenheit anlegen. Wobei er den größten Teil des Benzins würde dafür verbrauchen müssen, Benzin zu transportieren.

Es ging wohl nicht anders, als dass er vom Tragschrauber Abstand nahm und statt dessen selbst ein Luftschiff konstruierte und baute. Helium brauchte er dafür und sehr viel Stoff. Die Propeller sollten überwiegend mit Sonnenenergie laufen und nur im Notfall mit Benzin. Dazu benötigte er starke Batterien, die nun wieder ihrerseits das Gewicht des Luftschiffs erhöhten und leistungsfähige Solarzellen. Er brauchte stabile, aber leichte Verstrebungen. Dazu besorgte er sich Aluminium- und Carbonfaserleisten. Und dann ging es ans probieren. In eine steife Außenhülle, die nach oben hin eine waagerechte Platte bildete und in die er Solarpaneele hinein installierte, kamen drei einzelne Ballons, die mit Helium gefüllt, für den Auftrieb sorgen sollten. Zur Sicherheit, falls einer der Ballons beschädigt würde, nahm er noch einen vierten, ungefüllten, mit.

Die Batterien besorgte er sich bei Tesla, die in dieser Zeitlinie schon seit vielen Jahren bei Teltow solche Dinge produzierten. Eine Gondel in der er sitzen, schlafen, stehen und sich etwas bewegen konnte, hängte er unten an das verkleidete Innengerüst. Alles war auf Gewichtseinsparung konzipiert. So hatte er nur ein Feldbett in der Gondel, die er aber von allen Seiten mit Plexiglas verkleidete, um sich gegen Regen zu schützen. Die Gondel flocht er selbst aus Haselzweigen. Ein Kartentisch war wichtig und ein kleiner Petroleumkocher. An eine Taschenlampe musste er genau so denken, wie an Pfeil und Bogen, an ein Fertiggerichte aus der Dose und an Trinkwasser. Neben einer gefüllten zusätzlichen Heliumflasche nahm er noch eine leere mit, in die er, wenn er landen oder die Flughöhe verringern wollte, einen Teil des Gases aus den inneren Ballons ablassen und dort hinein füllen könnte. Zwei Propeller, angetrieben von je einem Elektromotor, hatte er an Streben relativ weit nach außen gesetzt. Sie waren sie auch mit einem Notstromagerat verbunden, das er einsetzen konnte, sollte die Batteriespannung zu schwach werden. Er nahm aber nur etwa einhundert Liter Sprit mit an Bord, was bei Dauerbetrieb etwa zwei volle Tage halten würde. Strom brauchte er auch, um sein Handy regelmäßig laden zu können, denn ausfallen dürfte es wegen der Zeitreiseapp auf gar keinen Fall. Er würde sonst für immer in der Vergangenheit feststecken. Wichtig waren auch zwei Anker, um nicht komplett landen zu müssen und viele Taue.

Die Steuerung über Drahtseile, Höhen- und Seitensteuer entwarf er ebenfalls komplett selbst. Das alles baute er heimlich, auf seinem Grundstück. Länger als fünfzehn Meter war sein Luftschiff nicht. Kurz vor seinem nächsten Zeitsprung besorgte er sich noch relativ genaue Geländekarten, denn das Navi auf seinem Handy würde ihm mit Sicherheit keine Daten liefern und Ortschaften, an denen er sich orientieren könnte, gab es genau so wenig. Ein paar Tage vor seiner Reise machte er Nachts ein paar kleine Rundflüge, um zu probieren, was für Verbesserungen es noch bedürfte, um das Luftschiff zu beherrschen. Dabei ging er davon aus, dass wenn er nur tief genug flöge, das Radar der nahen Flughäfen ihn nicht auf seinem Schirm haben sollte. Über der weiten Landschaft der norddeutschen Tiefebene müsste George sich am meisten vor Funkmasten und Windparks vorsehen.

Es war ein wunderbarer Sommermorgen, die Sonne ging gerade auf, als George sich zu seinem nächsten Zeitsprung aufmachte. Er gab in seine App Anfang Juni im Jahr 2550 vor Christi Geburt ein und los ging es. Da er nicht wusste, in welcher Landschaft er landen würde, wenn er sein Zeit-Ziel erreicht hatte, ließ er sein Luftschiff vorsichtshalber auf etwa zwanzig Meter Höhe steigen, blieb selbst aber am Boden und hatte sich ein Halteseil dabei um den eigenen Bauch geschlungen. Er musste Lachen, all das erinnerte ihn doch sehr an den Roman von Jules Verne "Fünf Wochen im Ballon" oder an den Animationsfilm "Oben".

Also gut, ... Start der App ... drehen der Welt, leichte Ohnmacht für ihn. Haus und Kleinkraftrad existierten, der Esel nicht, denn der war auch bei den anderen Zeitsprüngen zuvor immer außerhalb der Reiseblase geblieben. Urwald um ihn herum. Dichter, dunkler, als er je zuvor einen Urwald gesehen hatte. Das Luftschiff noch über ihm. Bloß gut, dass er sich noch einen Peilsender und ein passendes Empfangsgerät für seine Gondel vorher zugelegt hatte. Den Platz seines Hauses würde er sonst wahrscheinlich nie wiederfinden. Es war mühselig, sich am Seil zur Gondel seines Luftschiffes hinauf zu ziehen.
Als er oben angekommen war, zog er die Peilsenderantenne nebst einer Stromversorgung durch ein Solarpaneel nach oben und befestigte das alles in der nächsten Baumkrone, dann drehte er das Gasventil für den mittleren Ballon ein klein wenig auf, er gab also im Wortsinne "etwas Gas" und stieg, von einem lauen Luftzug getrieben, allmählich etwas höher. Als er etwa fünfzig Meter über den Bäumen war, ließ er das Luftschiff sich auf dieser Höhe einpendeln. Ein stetiger, aber nur leichter Wind aus Nordwest kommend, hatte ihn da schon einige Dutzend Meter von seinem Haus weggetrieben. George startete die Motoren, legte sich den Kompass zurecht, testete die Peilantenne und nahm zunächst Kurs in Richtung Spreeinseln. Unter ihm dehnte sich ein Land, das von vielen, winzigen Flüsschen durchzogen war. Die Panke ergoss sich in einem breiten Delta in die Spree. Die Museumsinsel war von dort sehr nah. Eine winzige Ansiedlung, bestehend aus nur wenigen

Hütten, die auf Pfählen halb im Spreewasser standen, sah er an der Stelle Cöllns. Auf winzigen Feldern auf der Insel wurde Getreide, George vermutete Gerste, angebaut. Dass er natürlich Aufsehen erregte, hatte er nicht gewollt und so drehte er in Richtung West ab. Unter ihm lag ein weiter, leicht hügeliger Wald.

Er kreuzte die Havel über dem gut erkennbaren Wannsee in Höhe Kladow. Die Ufer des Sees waren von dichten Schilfgürteln umgeben. Seeadler kreisten über dem See, Auerochsen weideten Algen im seichten Uferbereich von Schwanenwerder. Auf der Höhe von Sacrow versuchte gerade eine Herde Wisente die Havel zu durchschwimmen. Dort wo dereinst die Glienicker Brücke stehen würde und im Kalten Krieg für Aufsehen bei Agentenaustauschen sorgen würde, gab es jetzt eine kleine Ansiedlung von Fischern. Winzige Äcker ließen den Schluss zu, dass sich die Menschen jener Zeit mehr von Fischfang und der Jagd, als von Getreidebrei ernährten. Er folgte dem Lauf der Havel.

An den großen Seen, die bald südwestlich der Stadt Brandenburg sein würden und wo die Havel nach Nord abbog, fuhr er geradeaus weiter nach West. Die Tageshitze sorgte nicht nur für gut aufgeladene Batterien, sondern auch für guten Auftrieb, weil das Helium in den Ballons sich auch immer mehr erwärmte. Deshalb füllte er etwas des Gases in die leere Druck-Flasche. Bereits gegen Mittag erreichte er die Elbe und legte eine kleine Rast ein. Der stetige Wind aus Nordwest hatte ihn ziemlich weit in den Süden abgedrängt. Aber das war nicht schlimm. Die Elbe schien in ihrem Bett noch mehr zu mäandern, als die Spree. Das Flussbett war relativ breit und George sah viele Überflutungszonen. Er ließ das Luftschiff hinab bis auf den Boden einer Sandbank und erhitzte sich auf seinem kleinen Kocher in der Luftschiffgondel eine Dosensuppe. Dabei behielt er die Gegend im Auge. Wiederum viele große Tiere am Fluss, die ihn an Furten querten. Die letzte menschliche Ansiedlung hatte er gesehen, als er die Havel verließ. Die Wälder waren offenbar überall noch sehr wildreich. Einzelne Bären sah er und Elche, in den Uferwäldern hörte er Luchs und Wolf. Den Fluss hinauf quengelten sich in unglaublichen Mengen sogenannte Glasaale, die aus ihrem Laichgebiet in der Nähe des Bermudadreiecks nun zu ihren Lebensräumen in den Flüssen und Seen Mitteleuropas unterwegs waren. Für einen Schwarm Lachmöwen waren sie ein gefundenes Fressen. Schön, dachte George bei sich. So sah also die Vielfalt des Lebens vor dem Menschen aus.

Nach dem Essen fuhr er weiter, nun absichtlich nach Südwest. Am späten Nachmittag erreichte er die Ausläufer des Harz. Dort wo die Bode aus ihrem in den Fels eingeschnittenen Weg aus dem Gestein hinaus tritt und wo sich später Thale, Hexentanzplatz und Roßtrappe als Ausflugsziele anböten, war auch hier nur Wald und eine winzige, menschliche Ansiedlung. Am Hexentanzplatz ankerte er und blieb über Nacht. Die schroffen Felsen des Harz hatten ihn schon als Kind fasziniert. Den Brocken sah er anderntags nur von Fern. Nun hielt er sich konsequent nach Süden. Es ging jetzt in Richtung Alpen, wo er auf den großen, das Gebirge teilenden Fluss zu treffen hoffte, die Donau, was ihm mit erstaunlicher Sicherheit auch gelang. Er sah die zu jener Zeit noch gewaltigen Vergletscherungen der Alpen, die sich zum Teil sogar bis ins Tal des Flusses erstreckten.

Dämmerte es Abend, dann suchte er sich eine der zahllosen Inseln oder eine Gegend mit einem Schotterbett, an der er Frischwasser für seinen Kaffee und sein Frühstücksei im Fluss schöpfen konnte. Konsequenter Weise aber schlief er in der Gondel und befestigte zur Nacht sein Luftschiff an einem der Bäume am Ufer. Immer wieder überflog er winzige Ansiedlungen, Fischerdörfer, mit nur wenigen dutzend Einwohnern und handtuchschmalen Feldern.

Waren ihm die Götter bisher hold, so schlug das Wetter, als er am Beginn des Donaudeltas eines Abends ankerte, plötzlich mitten in der Nacht um. George wurde geweckt, weil die Gondel plötzlich anfing, nicht mehr einlullend geruhsam zu schaukeln, sondern weil sie begann, auf einmal wie ein Rodeopferd zu bocken und das eine Halteseil, das mit dem Anker in einer Weide für seinen Halt sorgte, zu singen und surren begann. Laut scheppernd flogen ihm leeren Konservendosen, die er sicherheitshalber erst in seiner Zeit entsorgen wollte und die er deshalb in einer Tüte gesammelt hatte, um die Ohren. Er hatte zwar damit gerechnet, dass er nicht nur gutes Wetter haben würde, die Heftigkeit, mit der der Wind im weitgehend offenen Donaudelta aber am Luftschiff zog, beeindruckte ihn sehr. Sich selbst sicherheitshalber ein Seil um die Hüften schlingend, ließ er zunächst so viel Gas aus dem mittleren Ballon, dass das Luft-Schiff auf dem Boden der Insel, also mitten im Schilf, aufsetzte.

Dann befestigte er die Plexiglasscheiben an der Gondel, damit deren Innerstes weit möglichst vor Regen geschützt war. Er war kaum fertig damit, als es wie aus Kübeln zu gießen begann. Hastig band er das Schiff mit vielen Seilen an weitere Bäume. Der Wasserspiegel der Donau stieg rasant, aber nasse Hanfseile dehnen sich ja von selbst und George befüllte die Ballons jetzt mit Gas soweit, dass er immer ein paar Ellen weit über der Donau schwebte. Reichlich zu tun hatte er damit, so dass er überhaupt nicht zum schlafen kam.

Als der Morgen graute und es kaum richtig hell zu werden schien, der Regen weiter sintflutartig aus dem Himmel fiel, wurde ihm klar, dass er heute nicht mehr weiter voran käme. Weil er die ganze Nacht lang Licht gebraucht hatte und jetzt unter den tiefschwarzen Wolken die Solarzellen kaum den

nötigsten Strom erzeugen konnten, war er gezwungen, diesen Tag an Ort und Stelle zu bleiben. Das Wasser der Donau stieg derweil weiter und bis zum Nachmittag schauten nur noch die obersten Zipfel des Schilfmeeres aus dem aufgewühlten, auf gepeitschten Wasser heraus. Irgend etwas anderes, außer die Sache weiter zu beobachten, konnte er unter diesen Bedingungen kaum tun. Zwei Angeln und ein paar Dosen mit Mehlwürmern hatte er für solche Situationen mitgenommen. Mal ein paar Fische zu fangen, diese auszunehmen und zu verzehren, hatte er zur Schonung seiner Fertiggerichte von vorn herein fest eingeplant.
Nach einer Stunde biss ein armlanger Wels. Den nahm er aus, schuppte ihn und hatte nun allerdings das Problem, dass der Wind noch immer ziemlich am Luftschiff zerrte und George sich unter diesen Umständen nicht wirklich traute, auf der offenen Flamme seines Petroleumkochers etwas anzusetzen. So nahm er seinen kleinen Tauchsieder und garte sein Fischfilet nur leicht darin. Derweil zuckelte und zerrte der Sturm weiter.

Zwei ganze Tage hielt der Regen an. Als das Wasser der Donau am vierten Tag spürbar sank und er gefahrlos relativ trockenen Fußes die Seile von den Bäumen, an die er sich verankert hatte, lösen konnte, brach er wieder auf. Erst aus der Höhe sah er, wie Kadaver von Hirschen, Wölfen und Wildschweinen, gemeinsam mit vielen toten Fischen in Richtung Schwarzes Meer gespült wurden. Von dort ging es führ ihn an dessen Nordküste entlang, bis er die Meerenge von Istanbul erreichte. Überall sah er kleine Fischerdörfer. Die ersten aus Stein errichteten Siedlungen fand er dort, wo sich heute der Libanon und Israel befinden. Trutzige Burgen, gemauerte Wälle, massive Lehmhütten und überall reiches, grünes, blühendes Land. Die Küstenlinien und Flüsse waren es, woran er sich orientierte. Etwas anderes hatte er nicht. Er überflog die Sinai-Halbinsel. Auch hier grüne Äcker und lauschige Haine. Schließlich erreichte er den Nil an seiner Mündung ins Mittelmeer und fuhr nun über ihm in Richtung Süd. Er brauchte nur einen halben Vormittag, bis er sie sah, die Pyramiden. Allerdings fehlten noch einige. Sie waren noch nicht fertig. Aber das hatte er ja von vornherein so beabsichtigt. George ließ sein Luftschiff sinken. Ob er wohl schon von Menschen am Boden entdeckt worden war?

Er suchte Deckung hinter Dünen, fand sie aber nicht, weil es keine Dünen gab. Statt dessen war das Land ringsum eine blühende Savanne mit fester Bodenkrume. Und so brauchte er einige Zeit, bis er einen kleinen Palmenhain fand, in den er sich hinab sinken ließ.

Mit viel Geschick versuchte er, als er den Boden einer kleinen Lichtung erreicht hatte, seinen kleinen Zeppelin mit Palmwedeln und Gesträuch aus der Umgebung zu tarnen. Sicher war er von Einheimischen schon längst entdeckt worden. Alles vollbrachte er in schneller Hektik. Selbst das Helium der Ballone füllte er in die Gasflaschen zurück, soweit es ging und ließ nur die Paneele, die für die Stromversorgung mit Sonnenlicht wichtig waren, nach oben hin offen. Dann erklomm er eine der höheren Palmen und legte sich zwischen ihren Blättern und den Datteln in luftiger Höhe mit einem Fernglas auf die Lauer und durchspähte die Gegend. Am späten Nachmittag sah er eine gemächlich dahin wandernde Herde Dromedare auf seinen Palmenhain zusteuern. Zunächst dachte George, auf ihnen Reiter zu entdecken, aber offenbar waren die Kamele bisher, zumindest in dieser Gegend, nicht alle vom Menschen domestiziert.

Auch bis zum Einbruch der Dunkelheit erschien kein Mensch. Er kochte sich deshalb am Boden ein Süppchen und stieg mit seinem Luftschiff über Nacht auf etwa fünfzig Meter auf, ohne jedoch zu vergessen, sich mit Seilen an zwei Palmen zu verankern.

Seicht wiegte ihn der Wind in seiner Gondel in einen Dämmerschlaf. Immer wieder überlegte er, ob seine Entscheidung für ein Luftschiff richtig war, oder ob es besser gewesen wäre, sich für eine schnellere Cessna zu entscheiden. Der Vorteil bei einem richtigen Flugzeug war, dass er in kürzerer Zeit eine relativ weitere Strecke zurücklegen konnte. Für die Strecke bis hierher hätte er in einem Flugzeug nur zwei Tage und nicht zwei Wochen gebraucht. Die Nachteile waren indes, dass er bisher noch nie ein richtiges Flugzeug geflogen hatte, dass er nicht wusste, wo er damit zu hause starten, landen und solch ein Fluggerät würde unterbringen können, dass er allein schon durch die schiere Lautstärke, die ein Propellerflugzeug verursachte, sicher den Menschen dieser Zeit noch mehr auffallen würde und dass er mit einem Flugzeug für die Nacht würde landen müssen. Aber da er die Absicht hatte, in einer späteren Zeitreise entlang des mittelatlantischen Rückens nach dem legendären Atlantis zu suchen, wollte er dies schon einmal zumindest durchdacht haben.
Damit schlief er ein.

Mit dem grauenden Morgen verstärkte sich der Wind über der leicht hügligen Ebene. Das wiederum weckte ihn. Die im Osten aufgehende Sonne verschwand unter einem Wolkenband, aus dem ein leichter, sehr warmer Nieselregen herab viel, der alles durchdrang.
George landete an der selben Stelle, wie am Vortag und tarnte sein Fluggerät erneut. Nachdem er ausgiebig gefrühstückt hatte, erklomm er noch einmal diese eine, sehr hohe Dattelpalme, zückte seinen Feldstecher und beobachtete für eine guten Stunde die Umgebung. Es war wieder nichts zu sehen, außer vielen grasenden Tieren um offenen Wald um ihn her. Er fasste einen Entschluss. Eine der Pyramiden war gerade im Bau. Wie weit sie entfernt war, wusste er nicht genau einzuschätzen. Am oberen Drittel

schien man gerade zu arbeiten. Dieses sah er von seinem Ansitz aus. Er schätzte die Entfernung auf gut zehn, aber nicht mehr als fünfzehn Kilometer.

In der Gondel seines Fluggeräts hatte er schon Kleidung, von der er glaubte, sie würde in dieser Erdperiode in dieser Gegend getragen, bereit gelegt. Einen Schurz und einen weitärmeligen Umhang. Unter diesem verbarg er seine Schreckschusspistole, eine Wasserflasche und sein Fernglas, in der Hand behielt er Pfeil und Bogen, obwohl er nicht genau wusste, ob diese den alten Ägyptern schon bekannt waren, oder ob sie nur die Speerschleuder kannten.

So machte er sich schließlich auf den Weg. Auf einem geschotterten Wanderweg zu marschieren, war etwas grundsätzlich anderes, als über unbefestigten Boden. Überall gab es Löcher von Wühlmäusen. Ameisenstraßen kreuzten seinen Weg, Termiten und anders kleines Getier durchzog den Boden, machte ihn löchrig, aber durchlüftete ihn gut. Wild war so reichlich, dass er förmlich darüber stolperte. Gleichzeitig musste er auch vorsichtig sein, wusste er doch, dass der Mensch in dieser Zeit genau ins Beuteschema von Leopard, Löwe, Wildhund und Hyäne passte. Außerhalb des Palmenhains, aus dem er kam, wurde das Land merklich trockener. Es wurde mehr zur offenen Savanne, mit Baobabs, Büschen und stachligen Akazien. Immer wieder erklomm George auch Termitenhügel, um einen besseren Ausblick zu haben.

George ging immer weiter. Die Savanne endete an bewässerten Feldern, auf denen Korn, Hirse, Bohnen und Linsen angebaut wurden. Menschen standen leicht gebückt, halb im Schlamm und jäteten Unkraut. Sie beachteten George nicht während ihrer Tätigkeit. Im Hintergrund sah er eine zu zwei dritteln fertige und weiter wachsende Pyramide. An ihrer Nordseite, im Schatten der Mittagssonne, gab es eine Siedlung, in der gewaltiges Treiben herrschte. George steuerte direkt darauf zu. Er wurde nicht behelligt, ja, sein Erscheinen wurde fast nicht wahrgenommen, weil jeder mit sich und seiner Arbeit beschäftigt war. Bäcker buken Brot, andere setzten aus Getreide Bier an, Ziegen wurden geschlachtet, Meißel aus Bronze wurden nachgeschliffen, Seile aus Hanf geflochten, Prostituierte und Geistliche priesen ihre Dienste an. Rings um ihn her wurde indes noch an der Pyramide gewerkelt. Dort sah er Steinmetze Kanten nachschlagen, hier begann man bereits mit der äußeren, marmornen Verkleidung, oben wurden weitere Steine über eine schmale Rampe, die sich im Kreis um die Pyramide schwang, transportiert. Als George direkt an der Baustelle stand, konnte er das Geschehen genau beobachten. Es war ähnlich dem, was Altertumsforscher bisher vermutet hatten, aber dann doch noch anders. Die großen Steinblöcke wurden, wie vermutet, auf großen Schlitten gezogen.

Diese großen Schlitten rollten indes über gleichmäßig rund bearbeitete Baumstämme. An den geraden Seiten ging es bergauf. An den Ecken indes waren ebene Podeste, auf denen neue Baumstammrollen in der jeweils anderen Zugrichtung schon bereit lagen. Ein Schlitten mit einem vorbereiteten Steinblock wurde hier auf neue Rollen gezogen und von einem anderen Team Arbeiter übernommen. Oben an der Baustelle angekommen, ließ man dann die leeren Schlitten an Seilen über eine andere Kante langsam die Pyramide hinab gleiten. Das alles funktionierte mit solch einer Präzision, dass man nur staunen konnte. Mit seinem Handy machte George auf seinem vorsichtigen Rückweg ein paar Fotos von den Bauarbeiten, von der Siedlung und von den umgebenden Feldern. Es dämmerte bereits, als er wieder seinen Palmenhain und sein Luftschiff erreichte.

Er kochte sich ein Süppchen und ließ zur Nacht hin wieder Gas in sein Luftschiff, um in der Gondel, geschützt vor wilden, bissigen oder giftigen Tieren zu übernachten. Am nächsten morgen machte er sich auf den Rückweg in seine Heimat. Er stieg relativ hoch, war aber dennoch, vermutlich, von der Baustelle der Pyramide aus zu sehen. Kam es so zu diesen Legenden, aus denen einst Erich von Däniken seine absurden "Besuch von Außerirdischen"-Theorien basteln würde?

George versuchte, zurück den selben Weg, wie auf der Hintour zu nehmen: erst über den Nil bis zum Mittelmeer, entlang der Küstenlinie an Sinai und dem Lande Israel vorbei, wobei er sicherlich auch dort von den Menschen gesehen wurde, danach Richtung Donaudelta, im Donautal hinauf durch die Alpen. Er sah allerdings nicht den Brocken im Harz, an dem er sich orientieren hätte können, sondern landete irgendwann in der norddeutschen Tiefebene. Worauf hin er beschloss, dann doch bis zur Nordsee zu fahren und denn dem Verlauf von Elbe und Havel zu folgen.

Für diesen "kleinen Umweg" benötigte er eine ganze Woche extra, weil er immer wieder auf Lichtungen im Wald landen musste, um Gewittern und den damit einhergehenden Stürmen so wenig wie möglich Angriffsfläche zu bieten. Unter ihm breitete sich weitestgehend schier undurchdringlicher Dschungel aus. Hin und wieder hörte man über dem andauernden Geschnatter von Enten, Gänsen, dem Gezwitscher von Vögeln, dem Blöken von Kälbern, dem Keckern von Hörnchen oder dem Muhen des Auerochsen auch den Todesschrei eines, von einem Raubtier erlegten Tieres.

Ob die Jäger Wölfe, Luchse, Bären oder gar Menschen waren, ließ sich von oben aus kaum deuten. Winzige Ansiedlungen von Menschen, oft nicht mehr als zwei oder drei Langhäuser, befanden sich überwiegend entlang der Ufer von Flüssen, seltener an Seen. Am Tage dampfte der Urwald unter ihm, Nachts goss es meist wie aus Strömen.

Die Mündung der Havel in die Elbe fand er nur mit Mühe, weil die Havel von Hause aus in ihrem Bett mäanderte. Aber dort, diese sich empor schwingende Klippe, wo sich das Gewässer unter ihm teilte, in Moore und Tümpel und abgeschnittene Altarme überging, das konnte die Havelmündung sein.

Er hatte Recht wohl gehabt und folgte nun dem Verlauf Richtung Ost. Irgendwann zeigte sich der Wannsee und von hier an war George sich sicher, auf dem richtigen Weg zu sein. Die Fischerinsel fand er. Bereits ab der Spreemündung hatte er ein Signal seiner eigenen Funkbarke auf dem Handy und fand, nachdem er an der entsprechenden Stelle vom Fluss abgebogen war, seinen alten Startort. Das Sonnenpaneel, das die Energie für sein Funkfeuer und den Router geliefert hatte, sah zwar etwas mitgenommen und von Stürmen zerzaust aus, aber es hatte funktioniert.
Sofort nach seiner Ankunft ließ er sich in seine Zeit, gewissermaßen zurück in die Zukunft katapultieren.

Er landete nur etwa eine Stunde nach seinem Abflug. Sein Esel hatte von seiner Abwesenheit somit nichts mitbekommen. Die nächsten Tage verbrachte George mit Recherchen und mit Einkäufen für seine nächste Tour. Wann sollte die letzte Eiszeit am tiefsten gewesen sein? Um wie viele Meter lag da der Meeresspiegel unter dem heutigen? Seine Idee war, vielleicht das sagenumwobene Atlantis zu finden. Er hatte auch schon eine Idee, wann und wo. Hinter den Säulen des Herakles, mitten in der größten Ausdehnung der Eisschilder der Erde während der letzten Kaltzeit, auf Inseln im Atlantik.

Er kaufte sich keine Cessna und lernte auch nicht mit einem Flugzeug zu fliegen, aber er vergrößerte das Volumen seines Luftschiffauftriebs, vergrößerte die Gondel, um mehr Last, also Fertiggerichte, darin transportieren zu können und installierte zur Sicherheit ein weiteres Sonnenpaneel, denn

George rechnete damit, dieses mal nicht nur gut zwei Wochen, sondern mindestens vier, wenn nicht gar acht Wochen unterwegs zu sein.

Sein nächster Trip würde ihn weit, weit weg in die Vergangenheit bringen. So weit weg, wie er noch nie gewesen war. Es würde in die letzte Eiszeit hinein gehen. Daraus ergab sich ein rein technisches Problem. Mitten in dieser Eiszeit lag über der Gegend, in der er jetzt lebte, ein etwa drei bis vier Kilometer hoher Eispanzer. Wenn er sich mit seinem Luftschiff, so wie beim letzten mal, nur knapp über den Baumwipfeln in diese Vergangenheit katapultieren ließ, würde er mitten im Eis ankommen und von diesem mit Sicherheit zerdrückt werden.

Würde er von vornherein in einer Höhe von gut vier Kilometern starten wollen, würde dies nicht funktionieren, denn er brauchte ja eine direkte Verbindung zu seinem WLAN-Anschluss. Nun könnte er vermutlich das WLAN-Kabel bis zu seiner Festnetzsteckdose verlängern, aber das müsste er dann erstens beim Start mit seinem Luftschiff mit hinauf ziehen, auf der anderen Seite war er sich nicht sicher, ob dieses Kabel dann nicht zu lang wäre, um überhaupt noch Daten vom WLAN-Anschluss zur Telefonbuchse übertragen zu können. Es waren ja einige Kilometer!

Es dauerte fast vier Wochen, bis er den Hauch einer Idee zur Lösung dieses Problems hatte. Die, die er dann hatte und die ihm halbwegs brauchbar erschien, war jedoch nicht für lau zu bekommen. Deshalb suchte er sich für das nächste halbe Jahr einen Minijob als Kellner in einem Restaurant auf der Fischerinsel und verkaufte hin und wieder Bilder, die er selbst in der Vergangenheit geschossen hatte, an Liebhaber und Zeitungen mit dem Hinweis, dass er diese angeblich im Nachlass seiner Großeltern gefunden habe.

Zunächst hatte er die Idee, sich eine etwa vier Meter große, hohle Stahlkugel schmieden zu lassen, in die er alles was er für seine Reise in die Eiszeit brauchte, wie in einem Bunker würde unterbringen können, einschließlich des zerlegten Luftschiffs. Aber dann würde er unter dem Eis landen und müsste von da auch irgendwie hinauf. Das war technisch nicht machbar. Die einzige Möglichkeit blieb demnach der direkte Start in der Höhe. Und dann hatte er eine Idee, die sich sicher würde realisieren lassen. Er brauchte mehrere WLAN-Verstärker hinter einander. Nein, das war falsch. Er brauchte die übereinander.

Sie Übereinander in die Luft zu hängen, so etwas ging vielleicht in der Schwerelosigkeit des Erdorbits. Aber wie unter dem Gravitationseinfluss der Erde? Er brauchte also eine festere Struktur, die bis in vier Kilometer Höhe ging und an oder in der er etwa alle einhundert Meter einen solchen Verstärker positionierte. Diese Verstärker mussten nun auch wiederum mit Strom versorgt werden. So einen hohen Mast in der heutigen Ära zu bauen, würde unter Garantie auffallen. Nicht nur seinen Nachbarn um ihn herum, sondern auch dem Radar auf dem Flughafen Tegel würde so ein Mast "komisch" vorkommen. Wenn nicht gar Flugzeuge ihn bei ihrem An- und Abflug von Tegel streifen würden.

Aber dann wusste er, was er zu tun hatte. Als erstes besorgte er sich von einem Klempner Unmengen ausgedienter Wasserrohre. Danach Stromkabel, Solarpaneele, WLAN-Verstärker, Schellen mit Ösen, die er um die Rohre schlingen konnte und Stahlseile. Er erbaute noch in seiner Jetzt-Zeit auf seinem Grundstück massive, mindestens vier Meter in die Erde hinein reichende Fundamente aus Stahlbeton für die Rohre selbst und für die Stahlseilhalterungen.

Wegen der Unauffälligkeit errichtete er den Mast mit seinen Absteifungen jedoch tief in der Vergangenheit. Er ließ sich dabei in die Zeit von vor fünftausend Jahren zurückversetzen. Etwa eine Woche brauchte er für die

Montage. Das was dann stand, war eher instabil, aber es sollte ja auch nicht lange im Erbauungzeitrahmen von allein stehen, sondern würde schließlich bei seinem Ziel mitten im Festlandpackeis stecken und vor allem durch dieses gehalten.

In der Jetzt-Zeit war dieser Mast immer nur zu sehen, wenn sich George in der Gegenwart aufhielt, und das versuchte er möglichst kurz, auf nur wenige Minuten begrenzt, zu halten. Als alles getan und angeschaltet war, startete er.
Achtzehn bis zwanzigtausend Jahre vor Christi Geburt sollte nach Infos aus dem Internet die kälteste Phase der Weichseleiszeit gewesen sein. Das heißt, wenn er jetzt auf seiner Zeitreise neunzehntausend Jahre vor Christi Geburt einstellte, würde er einundzwanzigtausend Jahre in der Zeit zurück reisen und er müsste mitten in der Hochzeit dieser Kaltzeit landen.
Er stieg mit seinem Luftschiff auf viertausend Meter Höhe, verankerte sich am etwa dreieinhalb tausend Meter hohen WLAN-Rohr und hoffte beim Start das Beste.

Wie immer erwischte ihn bei so einem Zeitsprung eine mächtige Ohnmacht. Er wurde davon in seiner Gondel wach, weil ihn mächtig fror. Nun hatte er extra zwiebelartig mehrere Pullover, Unterhosen und Socken an, aber es war dennoch kalt. Als er aus seiner Gondel hinaus spähte sah er überall nur Weiß. Weiß unter ihm, über ihm, neben ihn, um ihn herum und trotz des 2. Juni, den er als Ankunftszeit gewählt hatte, wegen der längeren Helligkeitsdauer der Tage, fegte um ihn herum ein heftiger Schneesturm. Er hatte mehrere starke Angelsehnen genutzt, um sein Luftschiff am WLAN-Rohr zu befestigten. George sah die Schnüre kaum zehn Meter weit, aber da sein Handy funktionierte, funktionierte wohl auch sein WLAN. Nach etwa einer Stunde war der Sturm vorbei und er ließ sein Luftschiff entlang der Sehne hinab. Nach fünfhundert Metern erreichte er seine Verankerung, am Rohr. Solarpaneel und WLAN-Box sahen normal aus, wie auch die Stromkabel. Er montierte noch die Antenne für einen starken Peilsender, denn er vermutete, dass er bei seiner Rückkehr garantiert Schwierigkeiten haben würde, diesen, genau diesen Ort zu finden.

Nun kam die Sonne heraus und George sah, dass er sich über einer Ebene aus Eis befand. Die obere Decke taute in den wärmenden Sonnenstrahlen und bildete Eisseen auf der Fläche, die sich sanft gewellt in alle Himmelsrichtungen erstreckte. Sein Rohr ragte etwa zweihundert Meter über das Eis hinaus und George beschloss, diese Spitze mit Stahlseilen ringsum im Eis noch einmal abzuspannen und einige Meter über dem eisigen Boden brachte den Peilsender am Rohr an und verband ihn mit der Sendeantenne und den stromversorgenden Solarpaneelen. Der Sender funktionierte sofort. Wie weit dessen Reichweite war, würde George indes erst noch ermitteln müssen.

Nachdem alles eingerichtet war, begann er seine Reise.
Wie schon im alten Ägypten, so gab es auch jetzt natürlich keine Satellitennavigation, es gab keine Städte, keine Autobahnen und Eisenbahnlinien, an denen er sich hätte orientieren können. Verschärfend kam jetzt aber hinzu, dass keine seiner Landkarten funktionierte. Er konnte sich also wirklich nur mit Hilfe alter Positionsmittel eine Orientierung dafür verschaffen, wo er sich gerade auf der Erde befand. Er hatte dazu einen Kompass gekauft. Da er den Umgang mit einem Sextanten nie gelernt hatte, hatte er sich bei eBay einen "Richtkreis PAB 2A" aus alten NVA-Beständen schicken lassen. Mit beiden Geräten konnte er in Zusammenspiel mit der Uhr auf seinem Smartphone so halbwegs die Längen- und Breitengrade ermitteln, auf denen er sich befand. Zusätzlich wollte er eine Bilderserie machen,

von den Gebieten die er überflog, um sich an Hand dieser dann auf seinem Heimweg wieder zurück zu hangeln.
Er hob mit seinem Luftschiff ab, blieb aber etwa zwanzig Meter über dem Eisschild. Zunächst flog er in sehr langsamer Geschwindigkeit nach Süd.

Das, was er vorher schon aus größerer Höhe geglaubt hatte, zu erkennen, war der jähe Eisabbruch etwa in Höhe des späteren Königs- und Schönhauser Tores. Als er die Bruchkante erreichte, wurde er von den fallenden, kalten Winden aus Nord fast mit hinab gerissen, aber er war schnell genug, sein Luftschiff wieder auszupendeln und dann entlang der Eislinie langsam hinab zu gleiten. Nun sah er sie, die glaziale Rinne, das Schmelzwasserabflusstor an genau der Stelle des späteren Königstors. Schmelzwasser in einer solch ungeheuren Menge quoll daraus hervor, dass der Eingang dort hinein wie ein Dom wirkte. Ja, er hätte mit seinem Luftschiff in diese über fünfzig Meter hohe Grotte hinein fahren können. Und dann, das austretende Wasser plätscherte nicht langsam hervor, sondern es ergoss sich daraus in einen See, über dem er jetzt schwebte. Er ging wieder etwas höher, um mehr zu sehen.

Das Berlin-Warschauer-Urstromtal nahm von hier die gesamte Fläche ein und erstreckte sich nach Süd hin über viele Kilometer. George hatte vermutet, er würde am Fuß des Eisschildes sofort auf Tundra treffen. Statt dessen aber befand er sich über einem Strom, der sehr träge nach Nordwest waberte und der etwa so breit war, wie der hier abschließende Eispanzer hoch. Über sich hörte George etwas donnern. Erschreckt flog er auf die Mitte der Wasserfläche hinaus und sah dabei aus den Augenwinkeln, wie von ganz oben gigantische Eisblöcke hinab fielen. Fast hätte einer davon ihn und sein Luftschiff erwischt. Der Gletscher "kalbte" nicht, wie er es aus Fernsehberichten von

Gletschern aus Grönland oder der Antarktis her gesehen hatte, wenn sie das Meer erreichten. Nein, hier führte eine Eiswand geradewegs über dreieinhalb Kilometer senkrecht nach oben und das, was die Sommersonne dort in der Höhe abtaute, fiel und fiel und fiel.

Das Gewässer unter George war klar. Es war vermutlich, dort wo in seiner Startzeit die Spree floss, über vierzig, bis zu fünfzig Meter tief, am Rande, also hier am Ende der glazialen Rinne wohl nur wenige Meter. Aber von der Spree, geschweige denn von Spreeinseln, war überhaupt nichts zu sehen. In einigen Kilometern südlich sah George aber eine Hochebene. Dies waren, auch dies vermutete er nur, der spätere Kreuz- und der Schöneberg. Zwischen ihm und dieser Ebene waberte das sommerliche Schmelzwasser des Eispanzers. Er fuhr mit seinem Luftschiff genau auf diese Hochebene zu. Das Signal seines Peilsenders war auch dort noch zu empfangen.

Hier nun endlich die Tundra, die George erwartet hatte. Mickerige Gräser, Flechten, Mose, Heidekraut, niedrige Büsche und Krüppelkiefern hatten im Permafrostboden dürftige Wurzeln geschlagen. Der Anblick des Eispanzers der Gletscher im Norden dominierte das Bild dieser Ebene. Er stieg auf etwa einhundert Meter, machte Bilder und flog parallel, aber immer mit respektvollem Abstand zum Eis, in Richtung Nordwest. Dort, wo später einmal der Wannsee liegen würde, machte die Eiskante einen Sprung in Richtung Süd, um danach wieder nach Nordwest abzudrehen. Das spätere Havelland stand komplett einige Meter unter Wasser, ein richtiges Flussbett schien es nicht zu geben. George drehte ganz nach Süd und erreichte nach Stunden eine weitere, kleine Hochebene. Dies könnte der Fläming sein, dachte er bei sich. Die Tundra unter ihm war bevölkert. Neben unglaublichen Mengen an Wasservögeln, die auf winzigen, kaum bewachsenen Inselchen brüteten, sah er auch größere Tiere durch das feuchte Gebiet unter sich wandern, Riesenelche, Rentiere, Wisente. Auf der Hochebene wurden die Tiere noch größer. Eine ganze Herde grasender Mammuts sah er, umsäumt von einer Herde Auerochsen und Wildpferden. Direkt im Boden waren die Erdbauten von Schweinen und Murmeltieren zu sehen. An einer flachen Buschkette erlegte gerade eine Säbelzahnkatze ihre Beute, ein junges Wisent. Menschen sah George zunächst nicht. Als es zu dämmern begann, sank er mit seinem Luftschiff hinab bis auf wenige Zentimeter über dem Boden und vertäute es an ein paar umliegenden Krüppelkiefern.

Als die Sonne rot im Westen versank, war auch George von den Erlebnissen des Tages angestrengt, redlich müde und legte sich in der Gondel seines Schiffes zur Ruhe, nicht ohne vorher noch alle Fenster und Lücken ordentlich zu verschließen, denn ihm schien, als wäre die ihn umgebende Luft schon zähflüssig wegen der riesigen Mengen an Mücken, die ihn umschwirrten. Für diesen Fall mitgenommene Räucherkerzen halfen zumindest während seiner Einschlafphase dabei, ihm die Blutsauger aus Gesicht und Haaren zu vertreiben.

Am nächsten Morgen stieg er zunächst bis auf etwa fünfzig Meter Höhe, wo er, wie er glaubte, leidlich geschützt war vor den Moskitos. Von dort verankerte er sich erneut, frühstückte und fuhr weiter südlich entlang des Urstromtals. Ein lauwarmer Wind aus Süden traf über dem Wasser auf die eisigen Winde, die von Norden von den Gletschern fielen und sich über dem Tal trafen. Das sorgte für Windturbolenzen, bei denen er oft ganz schön durchgeschüttelt wurde und für einen ziemlichen Schub hin nach Britannien. George fotografierte, dokumentierte und versuchte, nicht all zu schnell zu fahren. Als er über dem Tal war, das zu seiner Zeit einmal der Grund der Nordsee war, merkte er, wie sich bereits hier der atlantische Golfstrom

bemerkbar machte. Das Gletschereis zog sich nach Nord zurück. Die Tundra reichte fast bis an den Eispanzer heran und bildete unter George eine große, wellige, prärieähnliche Struktur, mit weiterhin nur niedrigen Gehölzen, aber mit dem üppigen Grün ausgedehnter Wiesen. Er überflog große Tierherden aus Moschusochsen, Mammut und Rentier.
Auch Jäger waren unterwegs. George stieg ein wenig höher, um außerhalb der Reichweite von Flitzbögen zu sein.
Die Jäger waren Menschen, die offenbar nomadisch und in winzigen Dörfern lebten, die oft nur aus einem Langhaus, das, so sah es aus, aus den Knochen von Mammuts bestand und mit deren Fellen gedeckt war. Nur zwei dieser winzigen Vorposten der Menschheit sah er über dem späteren Ärmelkanal, auf der britischen Hochebene sah er noch ein größeres. George übernachtete einmal an einem kleinen Fließ, der sich durch das Tal des Ärmelkanals schlängelte und einmal auf der Hochebene, in beiden Fällen aber immer sehr weit außerhalb der Sichtweite der Menschen.
Nach einem weiteren halben Tag erreichte er Irland und schließlich das Wasser des Atlantiks. Dort geschah mit den Gletschern genau das, was George aus Dokumentationen im Fernsehen kannte: die Gletscher kalbten.

Bis zum Abend fuhr er weiter in respektvollem Abstand zur Eislinie, um schließlich hoch hinauf auf das Eis in gut dreieinhalb Kilometern Höhe zu gelangen und sich dort über Nacht zu vertäuen. Mein Gott, dachte George, bei diesen gefrorenen Eismassen musste ja wirklich mindestens ein Drittel des gesamten Wassers des Planeten in fester Form gebunden sein und der Meeresspiegel entsprechend niedrig. Mehrere Tage fuhr er so am Rande des Schelfeises dahin, bis er zu einer großen, vereisten, Landmasse gelangte. Wenn er sich in seinen Berechnungen bezüglich seiner Navigation nicht vertan hatte, müsste er nun den Mittelatlantischen Rücken und damit Island erreicht haben. Island war jedoch keine einzelne Insel, sondern wegen des niedrigen Meeresspiegels der Teil einer ganzen, nach Süden hin verlaufenden Inselkette, zu der in Georges zeitlicher Heimat auch die Azoren und die Kapverden gehörten.

George hatte in Bezug auf Atlantis seine eigene Theorie. Deshalb diese Zeitreise und deshalb jetzt sein Aufsuchen des Mittelatlantischen Rückens. Ab Island drehte George nach Süd und folgte den Vulkanen, die auch in dieser Zeit mehr unter, als über dem Meeresspiegel lagen. Wie eine lange Perlenkette lagen diese Inseln, über die er flog. War der Südwesten Islands eisfrei und und von baumloser Tundra, auf der überwiegend Saiga-Antilopen grasten, wurden die Inseln, je südlicher er fuhr, immer freundlicher. Hier machte sich womöglich der Westarm des Golfstroms bemerkbar. Von Menschen sah George hier nichts. Wie auch, mitten im Ozean, hunderte von Kilometern von den Kontinenten entfernt.

Die Tundra wich niedrigen Nadelwäldern, in denen es, so wie es von diesen lärmte, vor Leben nur so wimmeln musste.
Die Inseln waren nur kleine Eilande, die sich durch derzeit überwiegend ruhende Vulkane gebildet hatten, oft aber auch nur simple Erhöhungen dieser, im allgemeinen unter Wasser liegenden Gebirgskette waren, die durch Lavaströme entstanden, die hier aus dem Erdinnern einfach hinauf gedrückt wurden. George flog absichtlich relativ langsam, um sich an der von Menschen unberührten Natur zu erfreuen.

Er mochte in etwa auf der geographischen Breite des Ärmelkanals sein, als er am späten Nachmittag eine dieser wunderbaren Inseln sah, auf der es offenbar hohe Nadelholzwälder gab. So etwas lud ihn ja geradezu zu einer

Übernachtung ein, dachte er sich. Die Insel war etwa zwei Kilometer lang, einen breit und war umgeben von einem breiten Gürtel aus Gräsern und einem Kelpwald, die den Tidenhub der Gezeiten mitmachten. George sank mit dem Luftschiff herab und suchte sich eine Stelle, wo er möglichst windgeschützt übernachten und gleichzeitig zur Jagd an Land gehen könnte.

Er fand eine Stelle, die offenbar von Wasservögeln wie Lummen für ihren Landgang genutzt wurde. Die Gondel setzte nach einer unerwarteten Bö hart auf dem kleinen Streifen Sandstrand auf. Ein paar seiner Kaffeetassen fielen dabei durcheinander und es knackte einmal kurz im Gebälk des Schiffes, mehr war nicht passiert. Aber durch das Geschepper um sich herum überhörte George, wie sich auf seinem, eigentlich auf lautlos gestellten Handy plötzlich mit einem kleinen "fieppp" das Navi meldete. Auch hatte George nicht bemerkt, wie in den Wipfeln der Bäume stecknadelkopfkleine Kameras ihn bereits bei seiner Landung begonnen hatten, zu beobachten.

Nachdem er sein Luftschiff auf mögliche Schäden untersucht hatte, er fand nichts, ging er an Land und vertäute das Schiff dort. Mit Pfeil und Bogen begab er sich ins Unterholz. Er hoffte auf eine Taube oder so etwas wie eine Dronte, um sich nach Tagen der Ernährung aus Blechbüchsen endlich wieder etwas Frischfleisch zu gönnen. Die Tauben waren für ihn zu schnell. Die Säugetiere waren ihm zu klein und Mager, denn er mochte Eichhörnchen nicht schießen und wie Marder oder Pallaskatze schmeckten, wollte er nicht ausprobieren.

Bei seiner Pirsch hatte er, angesteckt vom Jagdfieber, nicht bemerkt, dass sich seine Zeitreise-App auf seinem Handy, das er ständig in einem Brustbeutel um den Hals trug, gerührt hatte. Daten wurden lautlos hin und her übertragen, ohne dass George überhaupt Notiz davon nahm.

Weil er mit der Jagd kein Glück gehabt hatte, begab er sich wieder zurück zu seinem Luftschiff und suchte den kleinen Strand nach Gelegen von Meeresschildkröten ab, wurde aber auch dabei nicht fündig. Schließlich begab er sich mit einem kleinen Fischnetz bis Knietief ins kalte Wasser. Hier war ihm das Glück hold. Er fing ein paar Jungfische vom Kabeljau und ein paar kleine, magere Makrelen, aber das genügte ihm schon. Als Abendessen nahm er die Fische aus, schuppte sie und briet sie schließlich über offenem Feuer.

Die Nacht war an der Leeseite der Insel fast windstill und so schlief er, als die Sonne schon längst untergegangen und Neumond die Dunkelheit noch etwas dunkler als sonst gemacht hatte, sehr ruhig ein. Nicht einmal Mücken surrten. Aber dort, plötzlich, eine leises Zischen, wie wenn man eine Sprudelflasche öffnete, zuckte durch die Luft. Die überall plätschernde Meeresbrandung übertönte dieses Geräusch. Eine, wie es schien nur durch einen Lufthauch angetriebene Drohne näherte sich ihm in der Gondel seines Luftschiffs, umschwirrte ihn ein paar mal und verschwand dann genauso leise, wie sie gekommen war, in der rabenschwarzen Nacht.
Am nächsten Morgen machte er sich nach dem Frühstück wie immer vor der nächsten Tagesetappe daran, seine Position irgendwie zu bestimmen.
Er hatte dazu nicht viel mehr, als seinen alten Schulatlas, den PAB2A und seinen Kompass. Als Uhr benutzte er sein Handy. Er machte den Bildschirm an, schaute kurz darauf und wollte das Gerät schon wieder in seinem Brustbeutel verschwinden lassen, als er zwei der Apps aus den Augenwinkeln sah, die sich sonderbar verhielten. Das Navi und die Zeitreise-App blinkten. In ihm kroch sofort Panik hoch und schnürte ihm den Hals zu. Was, wenn die Zeitreise-App ausfiel? Er käme nie zurück in seine eigene Zeit. Er müsste hier unter wilden Tieren leben! Mit zitterigen Fingern tippte er aber zunächst versehentlich auf

das Navi. Es öffnete sich ein Bildschirmfenster. "Landkarten und Standort aktualisiert", las er. Was zum Teufel ... ? Er schloss dieses Fenster, öffnete sein "maps" und sah darauf den ihm aus seiner Zeit bekannten, umgekehrten roten Tropfen für seinen Standort, der über einer Insel mit dem Namen "Centaur" erschien. Darunter war eine weitere Inselgruppe zu sehen. George scrollte neugierig weiter. Die Inseln auf dem Mittelatlantischen Rücken hatten alle Namen, Namen die er aus der Geschichte kannte, wie zum Beispiel Zeus, Machu Picchu, Tikal, Pompeji oder Kreta. Während er noch grübelte, öffnete er nebenbei die Zeitreise-App. "Update erfolgreich", war in dem einen Fenster zu lesen und als er dieses schloss, waren seine normalen Daten wieder zu sehen, nur dass der Farbton sich von dunkel- in grasgrün verwandelt hatte.

Als er die App schloss, summte sein Handy erneut. Eine Nachricht? Hier? "Wo ist die versteckte Kamera?", dachte er bei sich. Er öffnete seinen Messengerdienst.

"Willkommen Herr Hungerlundt! Es ist außergewöhnlich, dass uns jemand aus ihrer Zeit findet. Bleiben sie auf ihrem bisherigen Südkurs, wundern sie sich über gar nichts mehr und warten sie auf weitere Nachrichten. In einigen Tagesreisen von ihnen entfernt werden sie eine Lücke zwischen den Inselketten finden, für deren Überwindung sie bei ihrer derzeitigen Geschwindigkeit rund drei Tage und zwei Nächte brauchen werden. Fliegen sie einfach die Nächte durch. Es wird ihnen nichts passieren. Wir freuen uns, sie bald persönlich kennen zu lernen. Mit freundlichen Grüßen: Agentur für Tourismus und Zeitreisen von Atlantis". Das war sein Ziel.

Er startete, blieb aber wie in den Tagen zuvor bei seiner gemäßigten Höhe und Geschwindigkeit. Die nächsten Inseln, die er überflog, waren genau so klein, wie die, von der er heute morgen gestartet war. Auf einer der Inseln, die er noch am Morgen überflog, dampfte ein Vulkan vor sich hin. Sein Ausbruch, konnte noch nicht lange her sein, denn sehr flüssige Lava verbrannte noch immer einen Nadelwald auf ihrer Nordhälfte. Gegen Mittag gelangte George zu einer Insel, an deren Ostseite er etwas erblickte, das wohl nicht natürlichen Ursprungs war. Er ließ sein Luftschiff sinken. Das, das, das konnte nicht sein!

Er sah unter sich drei Gebäude, die wie Iglus aussahen, aber aus schwarzem Tuffstein schienen. Als er noch grübelte, ob er wohl hinunter gehen sollte, sah er, wie zwei Menschen eines der Gebäude verließen, aus einem anderen ein Gerät mit zwei Luftschrauben, einen kleinen Helikopter, holten, eine Person sich dort hinein setzte, das Fluggerät startete und zu ihm aufzusteigen begann.

Ein Mann in einem rötlich-braunen, afrikanisch-nordamerikanischen Teint saß offen in dem Leichthubschrauber und winkte ihm zu. Worauf hin George zurück winkte und seine Geschwindigkeit soweit drosselte, dass ihn der stetige Westwind nicht abdriften ließ und er mehr oder weniger in der Luft nur seine Position hielt.

Schließlich hatte der Fremde zu ihm aufgeschlossen und als er in Rufweite war, begann der andere in sehr gebrochenem Deutsch: "Es ist, sehre schöne, sie Sir Ungerlundt, in Atlantis begrüßen zu dürfen! Mein Name ist Kim Jon Peng von der Beobachtungsstation Nordstream Alpha vier."

George grüßte zurück und fragte: "Was soll ich tun? Wollen sie etwas von mir?" "Ja, Sir Ungerlundt, bleibene sie auf diese Kurs. Gegen Abend werden sie auf die Westside von die übernäschste Island eine weitere Station entdecken. Dort man sie tut erwarten mit eine kleine abendlische Imbiss. We hope, sie mögen geräucherte Schildkröte." George winkte hinüber: "Hab ich zwar noch nie versucht, aber bitte gerne. Ich freue mich!" Der andere winkte zurück, ließ seinen Hubschrauber mit der Geschwindigkeit hinter Georges Luftschiff zurückfallen und kehrte schließlich zu seiner

Station um, während George seinen Kurs und seine Geschwindigkeit wieder aufnahm.

Die nächste Insel, die George überflog war auch bewaldet, hatte aber etwas an sich, das George erst auf den zweiten Blick erkannte. Auch hier gab es einen Mischwald, wie auf der Insel, über der er vor wenigen Stunden war, aber auf dieser neuen Insel standen die Bäume wie auf einer Plantage in Reihen, ... nein eigentlich noch differenzierter. Nicht in einzelnen Reihen, sondern eher schachbrettartig. Er erkannte einen Block Ginkgos, einen Block Kiefer, einen Block Pappel usw. Zudem entdeckte George etwas, das er aus der Höhe als Waldwege bezeichnen würde. Am südwestlichen Ende gab es eine derzeit offenbar unbenutzte Siedlung aus Stallungen, Koppeln, einem Hubschrauber-landeplatz und einer hölzernen Anlegestelle. Die Gebäude waren in Iglubauweise, aus rotem Kiefernholz roh gezimmert, sah er.
Die dann folgende Insel war eine, die sichelförmig um einen knapp unter Wasser liegenden Vulkankrater wie ein Südseeatoll lag. Wahrscheinlich die Reste des Kraterrands eines vorherigen Ausbruchs des Vulkans. Diese Insel war relativ groß. Auch hier waren die Bäume des Mischwaldes schachbrettartig angelegt und es gab ganz offensichtlich eine geschotterte Straße, die sich über die ganze Länge der Insel zog. Als George dieses Eiland nach einer Stunde etwa zur Hälfte überflogen hatte, erhob sich von ihrem hinteren Ende einer dieser Leichthubschrauber, wie George ihn schon von seiner Begegnung am Vormittag her kannte. Als der Hubschrauber in Rufweite war, sah George unter einem Kosmonautenhelm eine wunderbar goldblonde Lockenmähne hervorquellen, die ihn anrief: "Sire Ungerlundt, sie bitte folgene misch zu unsere little Sieldung!" George gab ihr mit Handzeichen zu erkennen, dass er verstanden hatte.

Die Sonne setzte, von hier oben aus gesehen, im Westen gerade auf dem Wasser des Horizonts auf, als er in einem kleinen Dorf niederging. Die Häuser hier waren keine Iglus, sondern sie waren flache, runde, eingeschossige Scheiben, die auf spinnenartigen Drahtbeinen standen. Sie hatten eher das Aussehen von fliegenden Untertassen, waren aber aus schwarzem, massivem Tuffgestein geschnitten. George erkannte bei der Landung auf dem Platz genau in der Mitte der Anlage, dass es fünf reine Wohngebäude, wohl für Familien, einen Stall für welche Tiere auch immer, ein Vorratslager, eine Maschinenhalle, vor der ein weiterer Leichthelikopter stand und ein Geothermiekraftwerk zu dem Dorf gehörten, zur See hin gab es einen Bootsschuppen und einen Sendemast, sowie eine zum All hin ausgerichtete Parabolantenne. Das alles wirkte durchaus moderner, als in seiner eigenen Gegenwart.

Als er auf dem Platz zur Landung ansetzte, reckten sich ihm bereits viele helfende Arme entgegen. Menschen in rotbräunlicher Hautfarbe, aber mit Gesichtsschnitten, die mit ihren schmalen Lippen und kantigen Nasen eher an Nordeuropäer erinnerten, umringten ihn. Niemand sagte ein Wort, aber sie halfen ihm beim aussteigen, zogen dann sein Luftschiff von diesem zentralen Platz herunter und vertäuten es mit ihm vor dem Maschinenhaus. Sie klopften ihm auf die Schulter und zogen ihn mit sich fort auf den Platz, auf dem jetzt ein Lagerfeuer aufgebaut und Klappstühle hingestellt wurden.

Die blondmähnige Hubschrauberpilotin drängte sich neben ihn. "Bittsche Sir, wollen sie mir zeigen, ihre Smartphone?" George schaute sie misstrauisch an. "Wollen nure showen, obe eine Translation-App aufe ihre Mobilefon möglisch ist, ansonsten wire aben anderes Möglischkeit zur Übersetzung." Er nahm also sein Handy aus der Brusttasche, gab es ihr eher widerwillig, aber sie schaute nur kurz darauf.

"Ah, von Ersteller Apple, Samsung, Google, Huawei gehen nischt." Sie lachte und rief "Harriette, bring für unsere Gast eine Translater!" Eine junge Frau löste sich aus dem ihn umgebenden Pulk und lief zu einem der Häuser. "Meine Name ischt Christina.", sagte die Pilotin zu George, klopfte ihm jovial auf seine linke Schulter und schob nach: "Es iste faste eine Wunder, dasch ihre Sires App für die Zeitreise hat funktionieren könne."

Harriette erschien mit einem kleinen, etwa doppelt streichholzschachtelgroßen Kasten neben ihnen. Diese Dinger hatte George schon einmal gesehen, aber da erklärte Christina auch schon: "Es könnte sein, dass sie solche Kasten schon einmal in eine ihrer Videoübertragung, ... in Fernsehen ... sagen sie >Fernsehen<? ... gesehen haben." Mit einem kleinen quiek-knatsch, öffnete sie das Gerät. Na klar erkannte George dieses Gerät. Es glich einem Kommunikator aus der ersten Star-Trek-Reihe mit Capt'n Kirk. Harriette reichte ihm noch zwei winzige Kopfhörer dazu, die sie ihm auch gleich in die Ohren schob, nachdem er sich damit etwas ungeschickt angestellt hatte. Sie nickte ihm zu: "Jetzt verstehen sie reines Berliner Deutsch?" "Ja, aber sowas von astrein!" Harriette und Christina schauten ihn an und sagten wie aus einem Mund: "Was ist >astrein< für eine Aussage?" George erklärte und Christina sagte: "Wir müssen wohl das Vokabular unseres Translaters noch ein wenig an die gesprochene Realität deiner Zeit anpassen."

Mittlerweile waren niedrige, aber sehr bequeme Stühle aus einem samtweichen Kunststoff um das Lagerfeuer, das nun entzündet wurde und das man mehr in die Breite, als in die Höhe zog, damit man sich auch darüber hinweg unterhalten konnte, aufgestellt und auf einem Tisch wurden in Schüsseln verschiedene marinierte Speisen heran getragen. Harriette nahm George bei der Hand und erklärte, was für

Gerichte es waren. Hier frittierte Schrimps, das eingelegte Krabbe, in Essig geröstete Schildkröteneier, in Honig eingelegte Krokodilteile, über Buchenholz kalt geräucherte Schildkröte, mild gesäuerter Dodo, Känguruschwanz in Peperonisoße, Moa-Rafout, Sauerbraten aus Mammutfleisch und gebratene oder geräucherte Scholle, Aal, Kabeljau, aber relativ wenig Gemüse. Er erkannte Getreide zur Sättigung, Linsen, gebackene Bohnen und Kokosnuss als Beilage.

Die Sonne verschwand jetzt hinter dem Horizont und färbte den nur leicht wolkigen Himmel blutrot. Vom Strand her wehte eine leicht salzige Brise zu ihnen hinauf. George wurde ein etwas erhöhter Platz in der Nähe des Buffets zugewiesen und das Lagerfeuer knisterte vor sich hin. George wusste bei den ganzen leckeren Speisen nicht, was er zuerst probieren sollte, aber immer wenn er eine kleine Probe von seinem Teller abgegessen hatte, man aß übrigens mit der Hand, legte ihm irgend ein anderer Dorfbewohner ein neues Gericht auf seinen Teller. Es war alles gut gesalzen. Manchmal schmeckte George etwas Knoblauch, auch frischen Pfeffer, Ingwer, Ginseng oder Zwiebel.

Bei all dem guten Essen konnte George seine Neugier kaum im Zaum halten und den Dorfbewohnern schien es auf der anderen Seite ebenso zu gehen. Riesige, sehr leichte Krüge aus einem weichen Kunststoff mit Zitronenlimonade machten die Runde und die ebenso leichten und fluffigen Becher für die Getränke waren ständig gefüllt. Überrascht stellte George den Lotos-Effekt bei allen Gerätschaften fest. Da brauchte kein Geschirr abgewaschen zu werden. Nirgends haftete ein Stäubchen. Als man George anmerkte, dass er gut gesättigt war, erhob Harriette ihre Stimme und George hörte simultan die Übersetzung per Kopfhörer: "Wir freuen uns, dass wir heute zum ersten mal einen Gast direkt aus der Zukunft unter uns haben." Zustimmendes Gemurmel erfasste den Kreis um das Lagerfeuer. Harriette wandte sich nun direkt an ihn: "Herr Hungerlundt, hätten sie etwas dagegen, wenn wir unser hoffentlich sehr ehrliches und offenes Gespräch über unsere Videokanäle übertragen und aufzeichnen, damit alle anderen Bürger in Atlantis an unserem Austausch teilnehmen können? Ich weiß, dass wir alle viele Fragen an sie haben und sie mit Sicherheit auch an uns." George antwortete: "Ja, natürlich! Verbreiten sie! Aber ich habe eine Bitte an sie, lassen sie uns beim >du< bleiben. Das redet sich in so einer Runde sicher vertraulicher und leichter." Wiederum gab es zustimmendes Geraune und einige klopften mit ihren Trinkbechern sogar Beifall. Drei kleine Kameras wurden im Rund aufgestellt, kabellos mit einem Laptop verbunden und ab ging es.

Erst ein paar einleitende Worte von Harriette und Christina, Maja übernahm die Versammlungsleitung und quotierte die Redeliste. Viel von dem, was hier geschah, erinnerte George an Handhabungen, die er aus der Partei kannte, in der er Mitglied war.

Um selbst warm zu werden, ließ George sich zunächst selbst Fragen stellen. Die waren teils persönlicher Natur, teils politischer, aber auch nach den Umständen, wie und wo er lebte. Als das Thema seiner Zeitreisen angeschnitten wurde, kehrte sich alles wie von allein um und er konnte seine Fragen an die Runde stellen und so ergaben sich auf neue Antworten immer neue Fragen auf beiden Seiten. Es gab keine Unterbrechungen oder reguläre Pausen, wenn jemandem so war, stand er einfach auf, ging zum Buffet, bediente sich und setzte sich wieder. Maja raunte ihm zu, dass er das Protokoll dieser Veranstaltung, einschließlich des Videomitschnitts noch vor dem nächsten Morgen als E-Mail auf seinem Handy habe. Für beide Seiten war es ein informativer Abend.

George erfuhr ganz viel über Atlantis und über Zeitreisen. Als die derzeitige Weichseleiszeit vor rund zweitausend

Jahren zu ihrem noch immer andauernden Hoch kam und so viel Meereis in den Gletschern auf der Nord- und der Südhalbkugel der Erde gebunden war, wie jetzt, womit ein Teil des Mittelatlantischen Rückens frei lag, gelangten erste steinzeitliche Fischer von der späteren iberischen Halbinsel und von Afrika immer wieder bei Winterstürmen auf diese Inseln. In Höhe der Azoren war das Klima gut erträglich, allerdings machten ständige Vulkanausbrüche und kleinere Erdbeben die hier Angestrandeten erfinderisch und so entwickelte sich vor allem in den letzten rund eintausend Jahren eine Hochkultur.

Kupfer, Zinn und Eisen aus dem Erdinneren, hervor gegurgelt vom Magma, sowie die Ausnutzung der Hitze der Vulkane als Energiequelle, bei gleichzeitiger Nutzung von Holzkohle die man in kleinen Meilern auf den Inseln selbst herstellte, machten die Erzeugung von Bronze und sogar Stahl möglich. Bedingt durch die geographisch Enge lebten nie mehr als etwa zehntausend Menschen auf Atlantis. Je höher sich die Kultur in Atlantis entwickelte, um so weniger Verständnis hatten die Menschen auf dem Festland in Europa und Afrika für sie. Immer wieder unternahmen diese noch in der Steinzeit lebenden provokante und starke Raubzüge auf überaus hochseetauglichen Booten auf die Inseln von Atlantis.

Der Versuch, den Spieß gewissermaßen umzudrehen und selber Vorposten auf dem Festland zu etablieren, scheiterte an eben jenen Ureinwohnern, die über kurz oder lang die Atlantischen Festland-Siedlungen angriffen, aufrieben und vernichteten. Förderten einerseits solche Geschehnisse Kultur und Wissenschaft auf Atlantis, so verlegte man sich andererseits zunehmend auf einen gewissen Protektionismus und schottete sich von den umgebenden Völkern ab. Für den Fall, dass bei Stürmen versehentlich Fischer an ihre Gestade getrieben wurden, hatte man die den Hauptinseln umliegenden Eilande mit Bewegungsmeldern und Kameras versehen. Nicht ganz nachvollziehen konnte George, dass man diese Fischer dann nicht zurück auf ihr Festland brachte, sondern sie als Sklaven benutzte, die George noch kennen lernen würde. Man wollte nicht, so wurde es ihm vermittelt, dass diese Fischer, so sie denn einmal zurück in ihre Dörfer gelangten, von den Errungenschaften und dem Leben auf Atlantis berichteten, um nicht den Neid der Festländer und deren mögliche Invasion befürchten zu müssen. Die Wissenschaft von Atlantis war enorm weit entwickelt. In der Raumfahrt war man mit Satelliten bis zu Mars, Venus und sogar Pluto gelangt, durch den Erdorbit schwirrten auf teils geostationären Umlaufbahnen Kommunikations- und Navigationssatelliten. Es gab sogar bemannte Raumfahrt, die sie nicht nur auf dem Mond und in einem "Trojaner" auf der Erdbahn um die Sonne Weltraumkolonien errichten ließ, nein, sie hatten vor einigen Jahren bereits im Aldbaraan-System auf einem erdähnlichen Planeten einen Außenposten der Menschheit errichtet.

In der Forschung hatte man heraus gefunden, dass mit dem Ende der derzeitigen Kaltzeit Atlantis von der Erdoberfläche verschwinden würde. Um schon jetzt, vorbeugend, zu überlegen, wohin man dann mit dem Volk von Atlantis fliehen könne, habe man vor einigen Jahren damit begonnen, Zeitreisen zu unternehmen und, wie im Falle von George, der ja in einer möglichen geeigneten atlantischen Zukunft lebte, einigen Menschen das Geschenk der Zeitreise-App gemacht. Dahinter steckte ein ganz einfaches Kalkül! Für Leute wie George war es einfacher, von ihrer eigenen Zeit aus, mit dem Wissen der eigenen Historie aus ihrem Zeitstrahl, ein paar Jahre in die Zukunft zu gehen, als Atlantiern. In regelmäßigen Abständen holte man dann das Wissen und Informationen dieser Fremden von den Rechnern und Computern aus deren Gegenwart zurück nach Atlantis, ohne sich dieser Menschen bemächtigen zu müssen. Niemand, außer jetzt George, wusste dabei von diesem Datentransfer. Es waren nicht viele, fünf oder sechs andere, die man in Georges Zeitalter versucht hatte, auf diese Weise so zu gebrauchen. Aber während alle anderen im Nichts der Zukunft verschwunden waren, war George der einzige dieser Gruppe, der rückwärtige, also Zeitreisen in seine eigene Vergangenheit, unternommen hatte.

Als die Bezeichnung "alternativer Zeitstrahl" in diesen Ausführungen fiel, wurde George hellhörig und er erzählte, dass er in einer Zeit gestartet war, als Berlin die deutsche Hauptstadt war und dass nach einem Besuch im Mittelalter, das plötzlich Spandau war. Das wäre das große Problem bei rückwärtigen Zeitreisen, wurde ihm erklärt. Nur eine Kleinigkeit, die man versehentlich oder obendrein noch unwissentlich in der Vergangenheit geändert hatte, könne zu derartigen Veränderungen führen. Das sei wie der Flug eines Schmetterlings in China, in dessen letztendlicher Konsequenz sogar ein Hurrikan über der Karibik entstehen könnte. Das Problem sei, dass alle nur erdenklichen alternativen Zeitebenen parallel im Universum existierten. Dies sei das, so habe man es in Atlantis festgestellt, was man in Georges Zeitalter als "dunkle Materie" und "dunkle Energie" bezeichnen würde: die Existenz alternativer, parallel existierender Zeitebenen und Universen im selben Raum.

Habe denn das Volk von Atlantis schon eine geeignete, zeitliche Heimat für sich entdeckt, fragte George. Nun ja, wurde ihm erklärt, man habe ja da bereits diese Siedlung im Aldbaraan-System. Daneben habe man versucht, die Geschichte der Menschheit in Bezug auf ihren wissenschaftlich-technischen Stand etwas zu beschleunigen, aber dabei sei nicht viel heraus gekommen. Die Pyramiden in Ägypten und auf dem amerikanischen Kontinent seien dabei entstanden. Es hatte auch einige atlantische Wissenschaftler gegeben, die man in verschiedene

Zeitepochen der Menschheit geschickt habe, aber die Unwissenheit und Arroganz der Eingeborenen machte diese zeitreisenden Atlantier meist nur zu Göttern. Die Menschen dieser Epochen himmelten sie, mehr oder weniger im Wortsinne, nur an, anstatt ihr Wissen zu gebrauchen, umzusetzen oder gar weiter zu entwickeln. Buddha, Konfuzius, Brahma und Moses seien die positiveren Charaktere. Mohamed sei wie Jesus später in der menschlichen Geschichte oft missverstanden und vor allem falsch interpretiert worden. Echnathon sei hingegen im alten Ägypten komplett gescheitert. Einen nur winzigen Erfolg gab es mit Martin Luther und mit Johannes Gutenberg, beides eigentlich Brüder aus Atlantis, die sich zeitlich und räumlich bei ihrem Zeitsprung versehentlich ein ganz klein wenig getrennt hatten.

Selbst schon kaum noch aufnahmefähig wegen der vielen Informationen, die auf ihn einströmten, speicherte George noch für sich ab, dass die Atlantier in einem Matriarchat lebten, in dem Männer erst seit rund fünfzig Jahren gleichberechtigt behandelt wurden.

Lang wurde der Abend. Weit nach Mitternacht wurde die Dorfversammlung ordentlich aufgelöst. Maja war an Georges Seite und führte ihn zu einer kleinen, ufo-förmigen, stelzbeinigen Hütte. "Maja, ich werde sicher weiter noch viele Fachfragen haben, wenn ich ausgeschlafen bin, aber, woraus bestehen diese Häuser? Sie sehen so leicht aus! Und warum stehen sie auf Spinnenbeinen?" Sie lachte: "Das ist mit Kohlendioxyd aufgeschäumter Bimsstein. Die Beine haben dagegen zwei Funktionen, sie sollen die doch relativ leichten Gebäude bei Sturm im Boden festhalten, bei einem Tsunami ermöglichen sie hingegen das schnelle aufschwimmen des Gebäudes auf den Scheitelpunkt der Welle. Sieh, die Beine sind teleskopartig ausfahrbar." Als sie direkt unter dem Gebäude standen, klappte ein Teil des

Ellipsoiden nach unten auf und eine Treppe entfaltete sich. "Wärmesensor?", fragte George. Maja nickte: "Mit Spezieserkennung. ... Also damit man Nachts nicht plötzlich von einem Baby-Mammut oder einer Säbelzahnkatze geweckt wird." "Ah, ... ja." Sie betraten einen Raum, der aber bei Bedarf, zum Beispiel bei mehreren Gästen, in bis zu vier Segmente aufgeteilt werden konnte. Im Zentrum des Gebäudes und damit unmittelbar neben der Treppe hinaus, war um eine Sanitär-Duschzelle, deren Außenwand man von transparent auf undurchsichtiges Milchglas ändern konnte, eine kleine Bar, eine Küchenzeile und ein Arbeitsplatz mit Laptop und Anschlüssen für weitere Telekommunikations-geräte. Maja erklärte ihm alles.

"Wir schlafen übrigens in Nestern. Da wir nicht wussten, ob dir das passt, haben wir vorhin von der nächsten Insel, die eine Zimmermanns-werkstatt hat, ein Chaiselongue mit ein paar Decken herüberfliegen lassen." Die "Nester" ähnelten übergroßen Hundekörbchen, die statt mit Stroh mit so etwas wie elastischen Styroporkugeln gefüllt waren. George würde so ein Nest ausprobieren. Maja prophezeite: "Du wirst traumhaft schlafen darin. Wenn es dir recht ist, würde ich dich gern morgen rechtzeitig zu einem gemeinsamen Frühstück wecken." George willigte ein.

Es brauchte nicht viel. Maja verschwand, die Treppe klappte von allein hoch, die untere Luke verschloss sich, während gleichzeitig und kaum fühlbar die technische Lüftung des Gebäudes einsetzte, die jedes Eindringen von Mücken und anderen störenden Insekten verhinderte. George zog sich aus, genoss in der Nasszelle eine heiße Dusche mit Meerwasser, legte sich in eines der Nester und die Kugeln umschlossen ihn, erwärmten sich selbst und gaben diese Wärme an ihn ab, stützten seine Glieder, wo sie gestützt werden mussten und gaben dort nach, wo sie nachgeben sollten.

So wohlig hatte George noch nie geschlafen.

Er wurde wach, weil Maja ihn in die Nase kniff und ihm eine Toga reichte. "Wir erwarten dich, wenn du dich gewaschen und angezogen hast.", kicherte sie. Er beeilte sich. Jetzt waren sie nur in einer kleinen Runde, die um einen niedrigen Tisch am zentralen Platz saßen, Maja, Christina, Harriette und Samos, der Mann von Rhanga. Es gab gebratenen Fisch und Mammutfleisch, dazu gekochte Schildkröteneier und ein paar Stangen eines sehr süßen Rhabarber. Backwaren schienen den Atlantiern unbekannt. Man lachte, aß gemütlich und George konnte in dieser kleinen Runde noch die Fragen stellen, zu denen er gestern Abend nicht gekommen war.

Tja, also die Translater, die Kommunikatoren waren in die Fernsehserie Star-Trek gekommen, weil man kurzfristig einen Requisiteur aus Atlantis beim Seriendreh dort hatte unterbringen können. Hintergrund dazu war, dass man auf Atlantis eigentlich hatte sehen wollen, wohin sich die Spiele der römischen Amphitheater mal entwickeln würden und da war das Einschleusen eines Zeitreisenden Atlantiers in eine TV-Produktionsgesellschaft fast schon ein Praktikum und ein gehöriger Glückstreffer. Aufhorchen ließ George, dass aber Star-Trek-Erfinder, Gene Roddenberry höchst selbst der Sohn einer zeitreisenden Atlantierin und eines römischen Politikers gewesen sei, der bei einem Besuch der Zeitreisenden "einfach so passiert" sei. Dann kam George darauf zu sprechen, wie er mit seinem Luftschiff den nächsten großen Arm des Atlantiks queren könne, ohne von Höhenwinden abgetrieben zu werden. Dies sei kein Problem, meinte Harriette. Drohnen würden sein Luftschiff ins Schlepp nehmen.

Es war ein angenehmer Morgen in angenehmer Runde, die sich nach dem Essen alsbald auflöste.

George war bereits mit den Startvorbereitungen seines Luftschiffes beschäftigt, als eine junge, sportliche, blonde Frau, die er schon am Abend in der Gesprächsrunde bemerkt hatte, an ihn heran trat. "Ich bin Alexandra. Harriette hat aus der Hauptstadt die Anfrage bekommen, ob wir dir jemanden mitschicken dürfen, der die Schleppdrohnen vor Ort bedient. Wenn du willst, komme ich gern mit. Ich kann entweder mit in deiner Gondel fahren, wenn die das vom Auftrieb her schafft, oder ich kann auch in einem Leichthelikopter neben dir her fliegen. ... Oder du verzichtest ganz auf das Angebot." George nickte: "Vom Auftrieb her ist das kein Problem. Außerdem ist ein bisschen Reisebegleitung ja auch mal ganz nett. Okay, dann sei dabei!"

Sie holte sich schnell aus ihrem Haus einen kleinen Rucksack mit ein paar Lebensmitteln und ihren persönlichen Dingen, die sie offenbar schon alle bereit gelegt hatte, bestieg, als er starten wollte, mit ihm gemeinsam die Gondel des Luftschiffs, steuerte dann über ihr Smartphone zwei mittelgroße, sehr leise Helikopterdrohnen, die offenbar mit Sonnenlicht-energie angetrieben wurden, an, er füllte über die Ventile Helium in die Tragkörper seines Luftschiffs und sie hoben ab. Als sie in etwa zwanzig Metern Höhe waren, George wollte den Auftrieb der sich über dem Meerwasser erwärmenden Aufwinde mit nutzen, pendelte er in dieser Höhe ein. "Spare deinen Strom. Ich hänge meine Drohnen ein.", bemerkte sie knapp, als er seine Vortriebsmotoren starten wollte. "Willst du deine bisherige Geschwindigkeit von durchschnittlich fünfzig bis sechzig deiner Stundenkilometer beibehalten?", fragte sie nach.

George nickte.

Die morgendlichen Nebelwolken hatten sich unter der Sonne bald aufgelöst und ein makellos blauer Himmel strahlte. George wusste, dass durch das viele gebundene Wasser in den Eiskappen der Pole das Klima auf der Erde insgesamt trockener und kälter war. Wasserdampf wirkte, genau so wie Kohlendioxyd, wie ein Treibhausgas in der Atmosphäre. Je mehr Wasser also in den Polen gebunden war, um so weniger CO_2-fabrizierende Lebewesen gab es auf der Erde, gleichzeitig verringerten sich die Vegetationszonen, aus denen Wasserdampf in die Atmosphäre hinein verdunstete, dadurch wurde die Luft noch trockener, es gab noch weniger CO_2 in der Luft, was dazu führte, dass es eine Abwärtsspirale in der Konzentration der Treibhausgase in der Atmosphäre der Erde gab. Die Gefahr der vollkommenen Vergletscherung der Erde, Stichwort "Schneeballerde", wie es sie schon ein paar mal in der Erdgeschichte gegeben haben musste, war schien sehr real. Diese trockene Luft führte jetzt aber zu andauernd schönem Wetter für Georges Flug.

Alexandra ließ ihn zunächst seinen Gedanken nachhängen und blieb im hinteren Teil seiner Gondel sitzen, während er lässig vorn am Rand der Gondel lehnte und seinen Blick in die Ferne schweifen ließ, während die ihm fremden Drohnen sein Luftschiff über das Meer zogen. Schließlich gesellte sie sich zu ihm, legte ihm eine Hand auf den Arm, lächelte ihn an und zeigte mit der anderen Hand nach unten. "Wenn ich das richtig in unseren eigenen Dokumentationen aus den Zeitreisen verstanden habe, wie es in deiner Zukunft mit den Meeren aussieht, dann sieh jetzt einmal nach unten. Hier ist nichts überfischt. Das Wasser sprudelt, gerade hier an den Inseln, geradezu vor Fischen. Es sprüht vor Leben!" Sie deutete in eine Richtung.
"Sieh, dort macht sich gerade eine Schule Delphine über einen Schwarm Quallen her. Dort drüben jagen kleine Oktopusse Kabeljau und da hinten zerlegen gerade zwei Haie den Kadaver eines Blauwals." Sie hatte recht. Das Meer unter ihnen war so voller Fisch, dass man es trockenen Fußes hätte überqueren können. Das war ihm bisher bei seinem Flug nie so aufgefallen, weil er immer mehr in die Ferne sah und nach der nächsten Insel Ausschau gehalten hatte. "Sieh einmal dort.", stieß sie ihn an und zeigte auf ein Meeresstück unter ihm. "Obwohl wir hier auf der

Nordhalbkugel sind, sind hier Pinguine unterwegs." George nahm sein Fernglas, um sich das genauer anzuschauen. Dort jagten Pinguine mit einer Körpergröße, wie er sie noch nie gesehen hatte. Sie erklärte: "Ich hab mich heute Nacht, als die Anfrage von Harriette kam, ein wenig vorbereitet und mir Informationen aus unseren eigenen Zeitreisen in die Zukunft angeschaut. Diese Pinguinart dort brütet auf einer Inselgruppe im Süden, die mit dem Ende dieser Kaltzeit in gut zehntausend Jahren untergehen wird. Ihr werdet von denen keine Fossilien finden, es sei denn, ihr durchkämmt in eurer Zeit mal den Schlamm des Ozeanbodens und findet mit etwas Glück darin ein paar Skelette von ihnen." Immer wieder zeigte sie ihm etwas Unbekanntes. Dort war es ein Riff, das bis wenige Meter unter die Wasseroberfläche hinauf ragte, da war unter Wasser bereits die Entstehung einer neuen Insel zu beobachten, Albatrosse fingen fliegende Fische, eine Schule Buckelwale baute gerade ein Netz aus Luftblasen, um besonders viel Plankton zusammen zu treiben.

Die nächste Insel erreichten sie bereits vor dem Abend. Auf ihr gab es Landwirtschaft, wie George sie aus seiner Zeit kannte. Auf Äckern wurden Bohnen, Linsen und Rhabarber angebaut, daneben gab es Dattel- und Kokospalmen. Ihn überraschte die Viehzucht.

Als sie am Abend in kleiner Runde mit der Dorfältesten und der Schamanin oder Ärztin zusammensaßen, fragte George danach. Die Tiere, die er vor Karren und Pflügen gesehen hatte, waren kleiner und buckliger, als indische Elefanten, hatten aber ein schütteres, rötliches Fell am ganze Körper. Die Schamanin erklärte, dass es sich hierbei um eine besonders kleinwüchsige und südliche Form des Mammut handelte, die auf vielen Inseln der ganzen Welt heimisch sei. Isoliertes Inseldasein führt ja bekanntlich bei vielen eigentlich körperlich größeren, warmblütigen Tieren zu einem gewissen Zwergwuchs, um mit den knappen Nahrungsressourcen auf einer Insel klar zu kommen. Während dessen Lebewesen, die einen langsameren Stoffwechsel haben, wie zum Beispiel Krabben oder Reptilien, ohne natürliche Fressfeinde immer größer werden.[11]

Die dann folgenden Ausführungen erinnerten George an die in seiner Zeit in Wirtschaftslehrgängen oft erwähnte und gewünschte sogenannte "eierlegende Wollmilchsau". Auf Inseln wie dieser unter ihnen lohnte sich oft der Gebrauch automatischer oder motorisierter Arbeits- und Transportgeräte nicht. Das Mammutfleisch hingegen würde zarter, wenn man die Tiere während der Aufzucht und Haltung mit einigen körperlichen Arbeiten belasten würde. Vom Mammut würde man indes alles verwenden. Aus ihrer sehr fettreichen Milch würde man so etwas wie Käse herstellen, ihr zartes Fell würde zu Wolle verarbeitet, ihre Haut zu Leder und ihre Stoßzähne zu Kunstwerken, Schmuck und menschlichen Zahnimplantaten. Außerdem sei Elfenbein ein wertvoller Rohstoff für die Raumfahrt. Das Mark ihrer Knochen würde Speisen aufwerten. Die Knochen selbst seien wiederum ein wichtiger Bestandteil der Nahrung der Sklaven, schloss die Schamanin. Die Sklaven gingen George nicht aus dem Kopf.

Alexandra und George wurden über Nacht gemeinsam im Gästehaus untergebracht. Am nächsten Vormittag überflogen sie in Richtung Süd weitere kleine Inselchen, die aber unbewohnt und nicht durch den Menschen bewirtschaftet waren. Alexandra wies ihn jedoch auf darauf

---

11 ... siehe indonesische Zwergelefanten, Palmendieb
   (Krabbe), Galapagos-Schildkröten usw.

errichtete Masten aus fast durchsichtigem Fiberglas hin, die nur wenig über die Baumwipfel der Inselbewaldungen hinaus ragten und an denen das Meer beobachtende Geräte angebracht waren. Schließlich verschwanden auch diese Inseln hinter ihnen und Alexandra erklärte nun den Hauptgrund ihres Mitkommens. Für die nächsten knapp zwei Tage würden sie eine Lücke im Mittelatlantischen Rücken überqueren. Hier würde der Ostzweig des Golfstromes, dessen Westzweig die Inseln bis Island vor kaltem Nordwetter schützte, hindurch führen und Europa und einen Teil Nordafrikas mit seiner Wärme heizen.

Da das äquatoriale Wasser an dieser Lücke durch den ozeanischen Rücken auf sehr kaltes Rückflusswasser aus dem Norden traf, gab es an dieser Stelle immer wieder starke Stürme, die so ein leichtes Gefährt wie Georges Luftschiff arg in Bedrängnis bringen könnten. Die Atlantier selbst würden die Verbindung zwischen den nördlich und den südlich des Golfstromastes gelegenen Inseln nur mit in großen tiefen fahrenden, sehr schnellen U-Booten halten oder mit Drohnen oder Libellocoptern fliegen. Das Wort "Libellocopter" ließ ihn kurz aufhorchen.

Alexandra hatte recht. Schon sah George die unheilvollen Wolken eines Sturmtiefs heran nahen. Sie schoben sich tief über der Wasseroberfläche heran, während von dort ausgehende aufsteigende Winde, einzelne Wolkenfetzen bis in mehrere Kilometer Höhe stießen. Auch das Luftschiff wurde jetzt von der brodelnden Atmosphäre hin und her geworfen, so dass George beschloss, so hoch zu steigen, wie er es ohne Atemmaske für wenige Stunden durchaus verantworten konnte. Fünf bis sechs, sechseinhalb tausend Meter hoch, dann wurde ihnen beiden die Luft eng. Sie blieben in der Höhe und ließen sich knapp über den Sturm gleiten und durch das Navi leiten. Nach Einbruch der Dämmerung teilten sie sich die Nachtwache, um den anderen immer etwas schlafen zu lassen. George schlief unruhig, denn er hatte viel zum Nachdenken. In Atlantis gab es also Sklaven. Wie die wohl behandelt werden würden? Mammuts waren Nutztiere, es gab in den Weltmeeren Pinguine, die so groß waren, wie zwei Ochsen, regiert wurden die Menschen in Atlantis von einem Matriarchat aus Anführerinnen und Schamaninnen. Es schien eine außergewöhnliche Welt zu sein.

Als er sich am nächsten Morgen ihre Position durch das Navi anzeigen ließ, stellte er fest, dass sie genau so weit gekommen waren, wie er erwartet hatte. Allerdings hatte Alexandra über Nacht den Bug des Luftschiffes in Richtung Südwest gedreht, um die von dort kommenden Winde zu schneiden und nicht von ihnen abgedriftet zu werden, wozu es kommen würde, läge das Luftschiff quer zur Windrichtung. Gemeinsames Frühstück, Kaffee trinken, den Tag über den Wolken verbringen und noch eine Nacht, allerdings nur mit halber Geschwindigkeit fahren. Danach erreichten sie noch vor dem Frühstück die nächste Inselgruppe.

Der Sturm und die atmosphärischen Turbulenzen hatten schon in der Nacht merklich nachgelassen und schließlich aufgehört, wodurch George den Mut aufgebracht hatte, sich mit dem Luftschiff auf seine üblichen zwanzig bis fünfzig Meter über dem Boden, dem Meeresspiegel, herab zu begeben. Die vor ihnen liegende Insel war groß und man sah ihr bereits von weitem an, dass hier auf einem Teil der Fläche Ackerbau und Viehzucht betrieben wurden. Kokospalmen, Bambus und hohe Rebstöcke standen in Reih und Glied, auf beackerten Böden wuchsen Bohnen, Linsen, Kürbis und Rhabarber, Buchen lieferten Nahrung in Form von Bucheckern und den essbaren Blättern, wobei die Blätter der Buche auch gleichzeitig als einzig in Atlantis bekannte Einstreu für die Unterstände der Nutztiere dienten, auf Lichtungen im Jungle der Insel waren Gatter für die ökologische Freilandhaltung von Mammuts zu sehen und im Meer vor dem nächsten Dorf konnte George von oben Aquakulturen für Seetang, Muscheln und Kabeljau entdecken, während in offenen Wassertanks Aale gehalten wurden, wie Alexandra ihm erklärte. Dieses erste Dorf, auf das sie hier trafen, war im Navi als "Angkor" verzeichnet, hatte aber kaum mehr als zwei Dutzend Einwohner. Neben den Wohnhäusern, wie George sie ja schon kannte, standen um den zentralen Platz des Dorfes winzige Pagoden aus gedrechseltem Holz, kleine tempelartige Gebäude aus Marmor mit klassischen griechischen Säulen vor dem Eingang. Alexandra erklärte, dass es sich hierbei um Theater, Warenlager, Wissenschaftsakademie, Schule, Lichtspiel- und Kulturhaus handele.

Die Gebäude zur Lebensmittelverarbeitung, das Kraftwerk, die Sklavenhütten und, das erregte jetzt Georges Erstaunen, der Bahnhof für das öffentliche Verkehrsmittel, befänden sich etwas abseits, erklärte sie ihm abschließend. Das ganze lag allerdings hinter den Bäumen und den Hügeln eines Parks und war auf den ersten Blick aus geringer Höhe nicht zu erkennen. Was das wohl für ein Verkehrsmittel sei, überlegte George während der Landung.

Viele Arme aus bunten Togen reckten sich ihnen dabei entgegen, aber auch Arme von Menschen, die rein weiße Togen trugen. Sie setzten weich mit dem Luftschiff auf, wurden wie Helden empfangen und von den Leuten in die Mitte des Platzes getragen, während andere sein Luftschiff am Rande zum Park fest vertäuten. Frühstück wurde auf ein paar kleinen Tischen, die zu einem Rund aufgestellt waren, aufgetafelt. Schaumige, sehr weiche Sessel, in die George und Alexandra gedrückt wurden, standen plötzlich wie aus dem Nichts dort drum herum und schließlich kam ein hutzliges, altes Weiblein auf George zu, drückte ihm die

Hand und stellte sich mit: "Ich bin Cleopatra, die Bürgermeisterin von Angkor.", vor. Die Dorfgemeinschaft schien überschaubar und alle Einwohner auf dem Platz. Während der größte Teil, in bunten Togen, sich direkt zu ihnen setzte, platzierten sich ein halbes Dutzend anderer, wiederum ausschließlich in weißen Togen, um einen Extratisch. George dachte unwillkürlich an den "Katzentisch", an dem die Kinder in seiner Jugend, er selbst eingeschlossen, immer saßen.
Er sprach Alexandra darauf an. "Ach, George, das sind nur unsere Sklaven. Bei uns im Dorf haben wir keine, aber hier gibt es sie. Die brauchen nicht alles zu wissen, was du uns erzählst, oder von uns erfährst. Aber du kannst dir nachher gern deren Siedlung anschauen.", raunte sie ihm zu.

Nach einer kleinen Rede von Cleopatra, wurde mit dem Essen begonnen und dabei, dem hatte George zugestimmt, beantwortete er Fragen zu seinem Leben und der Zukunft aus der er kam. Wiederum wurde alles auf Speichermedien aufgezeichnet und gleichzeitig live über das Atlantische Netzwerk übertragen. Als das eigentlich Essen beendet war, machten ihm Cleopatra und die Schamanin, Rochlepfurz einen Vorschlag, den sie von der atlantischen Regierung bekommen hatten und nun an ihn weiterleiteten. Sie schlugen ihm vor, sein Luftschiff hier in Angkor zurück zu lassen und die anderen Inseln, einschließlich der Hauptstadt, in der man ihn bereits erwartete, mit ihren eigenen Verkehrsmitteln zu erkunden. Alexandra würde ihm zur Hilfe beigestellt.
Dieses Angebot konnte George nicht ablehnen. Das war die beste Gelegenheit, Land und Menschen aus der Nähe kennen zu lernen. So wurden Georges persönlichste Dinge im Luftschiff zusammengepackt und schon einmal zur Station des Verkehrsmittels voraus gebracht, während man ihn, in Begleitung von Alexandra, der Bürgermeisterin und

der Schamanin, die Sklavenansiedlung besuchen ließ. Im Wechsel erklärten Cleopatra und Rochlepfurz ihm die Dinge. "Es werden bei Stürmen, wie der, den ihr auf dem Weg hierher überflogen habt, gerade an diese Insel immer wieder Fischer, ..."

"... manchmal sogar mit ihren halben Familien, mit Frau und Kindern! ..." "... zu uns an die Ufer getrieben." Alexandra ergänzte, bevor die beiden anderen Frauen weiter erzählten: "Wir hatten dir ja bereits in unserem Dorf erzählt, dass wir zu unserem eigenen Schutz keine Kontakte zu den Kontinenten aufbauen wollen und auch erst gar keine Gerüchte über unsere Existenz. Warum das dennoch später einmal die Griechen wissen werden, wird man dir mit Filmen später in der Hauptstadt erklären." "Ja, wie gesagt, wir wollen so weit wie möglich unerkannt bleiben. Und da sich die Menschheit eines Tages sowieso von selbst ausrotten wird ..." Rochlepfurz unterbrach hier abrupt: "Liebe Gefährtin, lass diese Zusammenhänge den George in der Hauptstadt erfahren."

Cleopatra nickte und fuhr fort: "Jedenfalls als unsere Gesellschaft hoch genug entwickelt war und wir die Gefahr, die von Gerüchten, Falschinformationen oder sogenannten >alternativen Fakten< ausgingen erkannten, hatten wir mehrere Möglichkeiten. Die sicher einfachere Methode wäre gewesen, die hier Gestrandeten einfach umzubringen. Aber Mord kam nie in Frage. Dann versuchten wir es mit Hirnoperationen. Aber das ist immer heikel und mit Risiko, sowohl für die Operierten, als auch für uns selbst verbunden, wenn man sie zurück schickt." "Und obendrein auch unmenschlich." "Genau. Wir hatten auch die Idee, Drogen einzusetzen und die Gestrandeten auf ihr Festland nach Haus zu schicken. Aber das würde unter Umständen eher noch das Gegenteil bewirken." "Ich als Schamanin kenne schließlich die berauschenden Wirkungen von Pilzen und dem, was ihr in eurer Zukunft THC, Nikotin, LSD oder

Alkohol nennt. Die Gefahr bestand, dass die Schamanen der Kontinente dann gezielt in unsere Richtung reisen würden, um >Visionen< zu bekommen, die wir ihnen durch unsere Rauschmittel erst verschafften." "Deshalb nehmen wir diese Menschen nun bei uns auf."

"Aber das, was wir hier tun, herstellen und an Dingen haben ist für diese Individuen so unbegreiflich, so unfassbar, so jenseits ihrer Vorstellungen, dass wir diese Menschen vor sich selbst schützen müssen." "Wir müssen uns aber auch selbst schützen, in der Form, dass sie sich nicht von selbst vermehren und dass sie nicht mehr den Wunsch haben, in ihre Heimat flüchten zu wollen." Alexandra erklärte weiter: "Es ist belegt, dass in deiner Gegenwart, aber auch schon davor, es ein Gerücht gab, wonach den Soldaten in den Armeen oder Gefangenen in Lagern angeblich eine Substanz namens >Hängulin< heimlich verabreicht wurde, um die Libido der Männer zu dämpfen oder gar ganz abzuschalten. Das war in deiner Zeit, lieber George, immer nur ein Gerücht, wurde aber niemals praktiziert." Die Schamanin fuhr fort: "Wir haben hier diese Substanz. Sie ist in die weißen Togen der Sklaven eingearbeitet. Deshalb tragen sie die weißen. Sie nehmen dann diese Substanz über ihre eigene Haut auf."

Sie waren mittlerweile an den Sklavenhütten angekommen und Cleopatra erklärte weiter: "Außerdem arbeiten wir während der wöchentlichen Kleiderwäsche immer ein Psychopharmaka in die Togen ein, die den Sklaven den Wunsch nehmen, von hier flüchten zu wollen." Und Alexandra ergänzte: "Du siehst also, sie vermehren sich nur selten und sie haben keinen Wunsch zur Flucht." Sie schauten in eine der Hütten hinein. Sie hatte nur eine Pritsche mit einer Decke zum liegen, eine kleine Feuerstelle zum Wärmen in der Nacht, ein Vorratsregal, in dem Feuerholz lag und ein Brettchen mit persönlichen Dingen darauf. Wieder ergriff Alexandra das Wort: "Das was du, George, aus deiner Geschichte und aus Filmen über die Sklavenhaltung und Zwangsarbeit im römischen Reich, in Nordamerika und im nationalsozialistischen Deutschland weißt, trifft hier nur begrenzt zu. Richtig ist, die Menschen leben etwas abgegrenzt von uns. Aber ob sie arbeiten möchten, oder nicht, das überlassen wir ihnen. Wobei wir ihnen allerdings eine Substanz in ihr Trinkwasser mischen, die den Wunsch, körperlich hart zu arbeiten ... nun ja ... befördert." "Dadurch kommt niemand von ihnen auf die Idee, nur faul in der Sonne herum zu liegen." "Im Gegenteil scheint es ihnen sogar Spaß zu machen, mit den Mammuts zu arbeiten, sie zu hüten und ihre Unterstände auszumisten." "Ohne unsere Sklaven, George, hätten wir als Gesellschaft sonst schon längst auf die Haltung von Mammuts verzichtet. Die Herstellung von Mammutfleisch, -milch, -wolle und all deren anderer Erzeugnisse wäre im Labor einfacher, sauberer, von der Qualität her besser und vom Arbeitsaufwand her effizienter.", ergänzte Cleopatra.

Mehrere der Hütten aus Bambus standen hier auf dem nackten, lehmigen Boden um einen kleinen Trog im Boden, in dem Wasser sprudelte. Fleischscheiben hingen zum trocknen an Sehnen zwischen den Hütten und in einer kochte gerade ein Mann, der dem Aussehen nach aus Zentralafrika kommen konnte, in einer irdenen Schale über einem offenen Feuer eine Suppe, die nach Rhabarber, Linsen und Mammutfleisch roch. "Fischen werden sie vermutlich nicht?", fragte George und Alexandra schüttelte verneinend ihren Kopf.
George hatte genug erfahren. Er war zwar nicht erfreut, über die Behandlung dieser, hier Sklaven genannten Menschen, hatte selbst aber keine bessere Idee, wie er in diesen Fällen vorgehen würde. "Was macht ihr, wenn hier zu viele Schiffbrüchige anlanden?", fragte er und richtete seinen

Blick auf die Schamanin. Die entgegnete: "Denen verabreichen wir ein Schlafmittel und transportieren sie auf eine andere unserer Inseln." George sah nachdenklich drein. Würden sie das vielleicht auch mit ihm machen? "Ich glaube, es ist an der Zeit, mehr von Atlantis kennen zu lernen.", sagte er. Die drei Frauen nickten. "Dann lasst uns zur Bahn gehen."

Sie durchquerten den Park. George hatte bisher immer nur zweirädrige Karren, gezogen von Mammuts oder von Menschen gesehen, die über nur geschotterte Wege fuhren. Um so erstaunter war er, hier kleine Luftkissenfahrzeuge zu sehen, die vor allem für den Gütertransport innerhalb der Siedlung genutzt wurden. Vorn ein Fahrer, dahinter zwei Propeller neben einander für den Auftrieb, dann der Ladebereich, der Pritsche oder Plane war, wie bei einem LKW aus Georges Jugendzeit und dort, wo sich in seiner Zeit an den vorderen und hinteren Fahrzeugenden Blinker und Licht befanden, waren hier Ein- und Ausgang für Luftströmungstriebwerke. Gelenkt wurde wie bei einem Flugzeug durch Seitenruder, die nach hinten über die Ladefläche hinaus ragten.

Gleich neben diesem Platz, an dem gleich vier der Luftkissen-LKW abgestellt waren, befand sich das, was er die Menschen hier als "Bahnhof" hatte bezeichnen hören. Mehrere gut zwei Mann breite Kabinen, einige Kabinendächer aufgeklappt, andere geschlossen, mit zwei bis vier Sitzen darin, die auf mehreren Fahrspuren neben einander standen und die je gut halb so breit, wie die Kabinen waren. George hatte mit einer Einschienen- oder mit einer Seilbahn gerechnet.

Er erkannte aber einen Linearmotor und nickte den Frauen zu: "Ist es das, was ich denke? Eine Magnetbahn?" Alexandra nickte ihm freundlich zu. Er sah auch Fahrzeuge, die statt der Passagierkabine nur einen geschlossenen Koffer, einige offenkundig mit Kühlaggregat, hatten. Ein Sklave war gerade dabei, einen solchen Kühlcontainer mit frischem, aber abgehangenem Mammutfleisch zu beladen. George nickte Alexandra zu: "Es ist wirklich besser, und auch sehr nett von dir, wenn du mich begleiten würdest. Ich wüsste ja nicht, wohin ich reisen sollte. Schon angefangen damit, dass ich die wichtigen Reiseziele gar nicht kenne." Sie berührte leicht seinen Arm: "Das hatten wir uns auch gedacht." Die hutzlige, kleine Cleopatra kicherte, zwinkerte ihm zu und drückte beide zum Abschied an sich. "Wir werden auf dein Luftschiff bis zu eurer Rückkehr aufpassen, George Hungerlundt." "Wir können beide hintereinander, jeder in seiner eigenen Kabine, aneinandergekuppelt, fahren, oder wir nehmen zusammen eine.", schlug Alexandra ihm vor. "Lass uns zusammen fahren.", war seine Antwort. "Sag, eine Frage habe ich noch."

Sie blieb stehen und sah ihn an. "Ich habe bei euch bisher noch nirgends Schrift gesehen. Also so, wie ich sie kenne. Piktogramme schon, aber echte Schrift noch nie. Aber, aber auf dem Navi meines Smartphones stehen eure Ortsbezeichnungen in lateinischen Buchstaben." Sie steuerte die nächste Kabine an, während sie antwortete: "Komm, ich zeige dir unsere Schrift. Deinem Smartphone haben wir beim Software-Update, das du bekommen hast, als du dich den ersten Inseln südlich von Island nähertest, automatisch eine Schriftübersetzungsmatrix beigefügt." Sie waren an der Transportkabine angelangt.

Sie schwang sich mit einem gekonnten Sprung, er kletterte mühsam und etwas steif hinein. "Reicht dir eine Windschutzscheibe vorn ober willst du die Kabine geschlossen?", fragte sie ihn. "Naja, wie schnell fahren wir denn?" "Na, höchstens so schnell, wie eine Gazelle rennt.", gab sie zur Antwort. "Na dann gern offen. ... Das Wetter ist ja danach." Als sie saßen, legte sich automatisch ein Dreipunktgurt über ihre Körper. Sie beugte sich nun nach vorne und und aktivierte auf dem Tischen vor ihnen einen

dort eingelassenen Tablett-PC. "Um deine Fragen zu beantworten, ... sieh hier. Die Zahlen, einschließlich der >Null< sind arabisch. Die werden wir in der Zukunft den Muslimen bringen. Unsere Schrift siehst du hier." Er schaute sich das an, was sie zeigte. Er kannte so etwas ähnliches aus dem Berliner Pergamonmuseum. Hieroglyphen, die in von Archäologen ausgegrabenen, getrockneten Lehmtafeln zu finden waren, aber doch noch anders, ein wenig wie schriftliche Überlieferungen aus Ägypten oder von den Maja, gezeichnet mit dem kühnen Schwung, früher japanischer und chinesischer Zeichen. Sie schien zu ahnen, was er dachte, knuffte ihn mit dem Ellenbogen in die Seite und kicherte: "Das hast du nicht erwartet." Er nickte. "Mir wird alles immer klarer." "Deshalb bist du von uns auch nicht zum Sklaven gemacht worden. Wir möchten, dass du unser Leben in deine Zukunft mitnimmst." Er bemerkte ihre unterschwellige Drohung mit den Sklaven, aber seine Neugier behielt die Oberhand. Mit einer Geste sagte er: "Dann lass uns fahren." Sanft setzte sich das Fahrzeug in Bewegung. Geräuschlos, nur vom Sirren des Fahrwindes begleitet, rauschten sie dahin.
"Falls der Rat der oberen Frauen dem zustimmt, kannst du dir auch unsere Kolonie am Südpol anschauen. Dann reisen wir aber in einer geschlossenen Kabine und mit dieser wesentlich schneller." Er überlegte. Bei einer gesamten Einwohnerzahl von gerade einmal zehntausend Individuen im ganzen Land, waren die Städte vermutlich überschaubar klein und der Verkehr auf der Magnetbahn entsprechend gering.
Anfangs fuhren sie durch Dschungel, kurz vor der nächsten Stadt gab es einige Plantagen. Zu den sphärischen Klängen eines Theremin, das in einer Gruppe ihnen zuwinkender Menschen gespielt wurde, durchfuhren sie gemächlich die nächste Ortschaft. Die Magnetbahn folgte weiter auf dürren Stelzen dem Gelände, hügelauf und hügelab, umrundete mit

ihnen die Caldera eines ehemaligen oder derzeit nur ruhenden Vulkans. Immer wieder aufbrausende Wasserfontänen von Geysiren zeigten, wie heiß es hier im Untergrund noch immer war. Die Bahn schwang sich auf hohen Stelzen über einen Süßwassersee und brachte sie zum nächsten Ort. Weil Alexandra meinte, bis zur nächsten Insel würden sie es heute noch schaffen, fuhren sie auch hier nur durch. Kurz vor dem Ende dieses Eilandes schloss sie das Kabinendach, zur Sicherheit, wie sie meinte. Vor ihnen öffnete sich ein Tunnel.

Die Strecke führte zunächst relativ steil im Gestein der Insel hinab. Als sie etwa auf Meeresbodenhöhe waren, ging es in einem durchsichtigen Plexiglasschlauch auf dünnen Stelzen über dem Meeresboden dahin. Es war dunkel. Nur die Scheinwerfer ihres Wagens vorn warfen einen zuckenden Lichtkegel auf die Fahrbahn, auf das Meer ringsum und auf im Wasser vorüber gleitende Schatten. Alle paar hundert Meter gab es Schotten, die etwas rumpelnd durchglitten wurden. Ihm war klar, dass das Sonnenlicht nicht mehr bis in diese Tiefe reichte. Als seine Platzangst begann, ihm den Atem zu rauben und die Kehle zuzuschnüren, bat er Alexandra, ihre Geschwindigkeit zu erhöhen.

Dass an ihnen hin und wieder Fahrzeuge, überwiegend mit Fracht, auf dem Gegengleis, in einem eigenen Tunnel an ihnen vorbei fuhren, beruhigte ihn nicht wirklich. Die Trasse der Magnetbahn folgte auf dem Meeresgrund offenbar den örtlichen Gegebenheiten und der Geografie und schwang sich mal kühn hinauf, um im nächsten Moment wieder steil abzufallen, mal ging es seicht bergab, um sich dann um einen Vulkankegel, der bei weitem noch nicht die Wasseroberfläche erreicht hatte, wieder empor zu schlängeln. George merkte das an seinem rebellierenden Magen. Er beruhigte sich, als die Trasse des Zuges schließlich ganz bergauf führte und sich Tageslicht seinen Weg durch das Wasser bahnte. Sie fuhren durch ein

Korallenriff, in dem das Leben quirlte. Alexandra verringerte die Geschwindigkeit ihrer Kabine merklich und so konnte er Seeanemonen, kleine Riffhaie, Muränen und Tunfische bei ihrer Jagd im smaragdgrünen Wasser beobachten. Die Magnetbahn schwang sich hinauf auf das Land der Insel, Alexandra öffnete wieder das Dach ihrer Kabine, die Bahn durchquerte Dschungel, dann Plantagen und landete im nächsten Ort. Der Bahnhof lag am Rande der Siedlung, aber auch hier gab es den zentralen Platz mit Bauwerken in verschiedenen Stilen, von griechisch, über ägyptisch, Inka, bis hin zu Fernost. Wieder wurden sie bewirtet, er beantwortete Fragen, wieder schliefen sie im Gästehaus.

So ging ihre Reise viele Tage lang. Sie hätten den Weg auch innerhalb eines Tages erledigen können, wenn sie mit Höchstgeschwindigkeit gefahren wären, aber George wollte einfach Land und Leute direkt kennen lernen und genießen, denn für ihn war der Weg das eigentliche Ziel.

Am Mittag eines schönen, sonnigen Tages erreichten sie schließlich die Hauptinsel, Atlantis selbst. George überschlug an Hand von Landkarten, die er im Kopf für seine Zeitepoche hatte, die aktuellen, eiszeitlichen Küstenlinien sahen ja total anders aus, dass sie sich etwa zwischen den Kanarischen Inseln und Gibraltar, aber halt mitten im Atlantik befinden müssten. Für den Höhepunkt einer Eiszeit empfand er es als verdammt heiß in diesen Breitengraden.

Die Hauptinsel bestach schon, als sie in ihrer Magnetbahnkapsel auf sie trafen. Große Aquafarmen, in denen neben Fischen auch Algen gezogen wurden, säumten das Meer ringsum. Plantagen mit allen möglichen Früchten, wie Bananen, Kiwano, Pitaya, Wassermelonen oder Feigenkaktus säumten die Wege. Überall jäteten, schnitten, gruben Maschinen den Boden um oder bewässerten ihn.

Menschen sah George wenn, dann nur auf offenen Hochständen über Bildschirme gebeugt, oder an Bildschirme gelehnt und die Arbeit, die getan wurde, beobachten. Immer wieder fuhren sie mit ihrer Kabine auf einem zweiten Gleis an kleinen, sogenannten Bahnhöfen vorbei, an denen auf Abstellgleisen sowohl Personen-, als auch Güterkabinen auf ihren Einsatz warteten.
Die Stationen lagen oft nicht mehr, als einen Viertelkilometer auseinander. Gleisabzweigungen in alle Richtungen gab es. Plantagen wechselten mit kleinen Wäldern, in denen Mammuts und zu Georges Erstaunen sogar Hühner gehalten wurden. In diesen Gattern erkannte er an ihren weißen Togen die arbeitenden Sklaven. Weiter ging es, bis sie schließlich zu einer großen, weißen Mauer gelangten, durch die sie mit ihrer Kabine nur durch eine Schleuse kamen. Zum ersten mal nahm George hier bewusst einen Atlantischen Krieger, oder war es gar eine Kriegerin, wahr. Ihre Uniform erinnerte eher an die von Starfleet aus Star Trek, legere, beige Zweiteiler, aber Rangabzeichen erkennbar und bewaffnet mit, tja, was waren das, Phaser? Alexandra erklärte, dass man hier nur zur Sicherheit noch Menschen zusätzlich zur Technik einsetzen würde. Gesichtskontrolle, Netzhautscan, dann öffnete sich vor ihnen ein Tor und George war in der Hauptstadt von Atlantis.
Eine weiße Stadt umfing ihn. Er glaubte, Marmor zu sehen, beim betasten von angeblichen Steinkanten aus der langsam fahrenden Kabine aber merkte er, das es weißer, weicher Kunststoff mit Lotuseffekt war. Nie konnte sich hier ein vulkanisches Aschestäubchen absetzen. Abgesehen vom Band der Magnetbahn waren offenkundig auch alle Wege, Bordsteinkanten und Mäuerchen beschichtet. Weil alle Wege ein gewisses Gefälle und zwar jeweils immer zum Rand der umrundenden Mauer hin hatten, brauchte es hier keine Straßenkehrmaschinen. Die Straßen reinigten sich

durch den Lotuseffekt selbst. Die wenigen Menschen, die unterwegs waren, flitzten auf schwebenden Hoverboards herum. George vermutete auch hier ein Magnetbahnsystem, das ihm Alexandra auch gleich bestätigte. Überhaupt schien sie sein Wünsche zu erahnen. Sie fuhren nicht sofort zum Regierungspalast, sondern zunächst gab es, sie fuhren sehr langsam, eine Rundfahrt. Sie kamen am wichtigsten Güterabfertigungsterminal vorbei, dem sogenannte Lager angeschlossen waren.

Die Lager sahen aus, wie die Geschäfte in seiner Zeit, aber er sah nirgends Preise oder Zahlen an den Waren und Alexandra erklärte ihm, dass man sich vom Tauschhandel schon in grauer Vorzeit und vom Handel mit währungsähnlichen Gegenständen schon vor mehr als vier Generationen verabschiedet habe. Es sei immer von allem genug für alle da, weshalb hier jeder das nehmen konnte, was er brauchte. George erinnerte sich: eine Zukunft ohne Geld, davon hatten viele geträumt; nicht nur im Kommunismus, sondern auch in mancher Fernsehserie gab es in der Zukunft kein Geld. Das selbe kannte er auch aus dem utopischen Roman "Titanus" von Eberhardt Del'Anonio[12], den er in seiner Jugend mehrfach verschlungen hatte.

Das war hier also bereits in Atlantis verwirklicht. Ohne Geld entfielen Neid und daraus resultierender Hass, dadurch entfielen Kriege und Eroberungen. Sie fuhren weiter, an Opern- und Theaterhäusern vorbei, an Werkstätten für bildende Künstler, an Ateliers, an der Schule. Ja es gab nur diese eine Bildungsstätte für Präsensunterricht, die gleichzeitig auch Universität und Forschungseinrichtung, Labor und Observatorium, Klinik und Ausbildungsstätte für handwerkliche und künstlerische Berufe war. Sie fuhren

---

12 ... Science Fiction von 1959 aus der DDR – die Fortsetzung
    von 1966 hieß "Heimkehr der Vorfahren"

weiter und kamen an mehrstöckigen Villen mit großen Vorgärten und Loggien, an kleinen Restaurants, Spielplätzen für Kinder und an Tempeln vorbei. Die Baustile unterschiedlich. George erkannte griechisch, indisch, mesopotamisch, römisch, aber auch das, was er als modernen Bauhausstil kannte, schnörkellos, mit geraden Linien und großen Fenstern und es gab auch Bauten, die aus seiner eigenen Epoche stammen konnten, mit viel Glas, Stahl und Beton. Dazwischen dann wieder verspielte Fassaden mit viel kitschigem Stuck wie aus der Renaissance, einfache Häuser mit klassizistischen Säulen von den Portalen.

Wieder ein kleines Restaurant, das einem Park vorgelagert schien. Künstliche Brunnen und Wasserfälle, Wandgemälde und Statuen überall. George bekam seinen Mund nicht mehr zu vor lauter Staunen. Schließlich fuhren sie in den Mittelpunkt der Stadt. In der Nähe eines Atriums, hielten sie an einer Station an einem Extragleis.

Die Wege, aus Kunststoff, federten beim gehen leicht. Alexandra raunte George zu: "Im Atrium, unter den hohen Säulen von uralten Ginkgos, Palmen und riesigen Schachtelhalmbäumen erwartet uns die Herrscherin von Atlantis." Der Weg von der Bahnstation dort hin war nicht zu verfehlen, denn er war gesäumt von Kriegerinnen, die im Abstand mehrerer Armlängen zu einander standen. Ihr güldenen Rüstungen ähnelten denen der Japaner. Über bunten Togen trugen sie Körper-, Arm- und Beinpanzer. Nicht ganz dazu passen wollten ihre Waffen. Am linken Arm trugen sie ein ledernes Schild, in der rechten Hand hielten sie einen Phaser, sie trugen aber obendrein offen ein Säbelchen an der Seite.

Befehle wurden gebellt, als Alexandra und George ihrer Wagenkabine entstiegen, dann standen die Amazonen stramm. Von fern sahen sie bereits die Gruppe rund um die Herrscherin. Sie bestand aus mehreren Frauen mittleren

Alters. Aus dieser Gruppe heraus löste sich, als sie der Bahn entstiegen waren, die erste Dame und kam ihnen einige dutzend Meter entgegen. Als George und Alexandra direkt vor ihr standen, hob sie ihre Hand und sagte: "Hallo Sir Hungerlundt, ich bin Kristin, Mitglied unseres demokratisch gewählten Rates und für das Gesundheitswesen in Atlantis zuständig." George antwortete: "Ich danke ihnen für den Empfang und die Aufnahme, die ich bei ihnen genieße." "Wollen sie beide uns zu unserem Rat begleiten?", fragte Kristin und George zeigte mit einer verneigenden Geste, Kristin möge voran gehen. Die kleine Gruppe aus insgesamt nur acht Frauen und einem Mann nahm in einem Viertelrund Aufstellung. In der Mitte die Herrscherin, erkennbar an ihrem aufwendigen Kopfschmuck mit vielen Federn.

Die Herrscherin trat aus der Gruppe heraus und begrüßte George mit den Worten: "Ich bin Diana, die auf fünf Jahre gewählte Herrscherin von Atlantis. Bitte entschuldigen sie, dass nicht das komplette Kabinett unseres Reiches anwesend ist. Einige von ihnen haben Aufgaben in Außenbereichen, denen sie sich nicht entziehen können." George nickte. "Ich bin überrascht, überhaupt so viel Aufmerksamkeit zu erregen." "Man hat es ihnen ja sicher bereits erzählt, dass sie der erste sind, der mit unserer Software aus der Zukunft gezielt zu uns gekommen ist. Aber lassen sie mich ihnen zuerst die Anwesenden vorstellen, bevor wir uns zu Unterhaltungen in geselliger Runde der Allgemeinheit entziehen."

Nachdem alle vorgestellt waren, ging es nicht etwa in ein Konferenzzimmer, sondern man lud ihn zu einem lockeren Gespräch in den, wie er George es innerlich nannte, "Lümmelbereich" einer Bar ein. Es wurde ein Imbiss auf einem Buffet serviert, von dem sich jeder bedienen konnte, dazu brachte ein Angestellter, kein Sklave, kühle Getränke, bei denen es sich um Limonaden oder kalte Tees handelte. Zum ersten mal wurde aber auch Alkohol, ein sehr leichter, handwarmer Sake, serviert, dessen Alkoholgehalt bei dem von Berliner Weiße liegen mochte. Den ganzen Tag lang wurde erzählt und geplaudert. Am Abend eröffnete ihnen allen Claudia, die Ministerin für Inneres und Verteidigung, also gewissermaßen die oberste Amazone, dass sie für den nächsten Tag etwas habe vorbereiten lassen, das George sicher interessieren würde und weswegen sie sich nicht wieder in der Bar, sondern im Clubhaus treffen würden.

Damit wurde die Runde nach und nach aufgelöst und Joyce, die Ministerin für Unterhaltung und Propaganda, bot an, George in ein Gästequartier des Parlaments zu begleiten. Er willigte ein und folgte ihr innerhalb des Gebäudekomplexes, der die Dimensionen des Buckingham-Palastes in London noch in den Schatten stellte und genau so wie dieser geradezu zum "sich verlaufen" einlud. So war er Joyce sehr dankbar für ihre Begleitung, zu der sich sicher aber auch jemand anderes bereit gefunden hätte. Die Einrichtung des Hauses war aber bei weitem nicht so pompös, wie die des genannten, britischen Palastes, sondern sie ähnelte in ihrer Sachlichkeit eher dem des Bauhaus.

Die Räume waren so niedrig, wie die in einem durchschnittlichen Gründerzeitbau am Prenzlauer Berg. Menschen sah George nirgends. Joyce erklärte: "Du klatschst zweimal laut in die Hände und wartest. Dann wird sich aus einem Lautsprecher eine Stimme melden und fragen, was du willst und für den Fall, dass du etwas brauchst, wird in spätestens anderthalb Minuten jemand von den Bediensteten bei dir sein." Sie erreichten ein Zimmer, dessen breite Flügeltüren Joyce mit einer Codekarte öffnete. Die Karte gab sie ihm anschließend in die Hand und erklärte ihm ihre Funktion. Der Raum, den sie betraten, war recht groß und hatte neben einem Bett-Nest, wie George es ja schon in den Siedlungen, in denen sie auf dem Weg hierher übernachtet hatten, erlebt hatte, mehrere Tische, Stühle, Sessel, Regale mit Büchern, die George hier auch zum ersten mal sah, auch eine kleine Bar. Joyce redete weiter: "Weil wir annehmen, dass du Nachts nicht mit den Kopfhörern deines Smartphones im Ohr schlafen wirst, werden wir dir ... ", sie nickte hinaus in den Gang, auf dem sich ihnen jetzt zwei Amazonen in Galarüstung näherten, jeweils mit einem Schemel unter dem Arm, " ... zwei Frauen unserer Palastwache vor die Tür stellen, die dir jeden, bitte verstehe das richtig, jeden Wunsch erfüllen werden. Sie werden dich morgen zum gemeinsamen Frühstück auch rechtzeitig persönlich wecken. Silvie, unsere Sport-ministerin, wir dich dann zu unserem Treffpunkt begleiten."

Joyce zog George weiter, denn dem Aufenthalts- und Schlafraum schloss sich noch ein Spa-Bereich mit Sauna und Whirlpool an. Aus den Fenstern beider Räume schaute man auf den Innenhof des Atriums. "Ich weiß, dass das schon mehr an Komfort ist, als du es gewöhnt bist. Aber obendrauf können wir dir noch anbieten, unser Schwimmbad im Keller zu benutzen. Eine der Amazonen würde dich dann dort hin begleiten und wieder abholen."
Als sie das folgende sagte, bekam ihr Gesicht eine niedliche Schamesröte: "Aber wir stellen dir nicht nur als Dienerinnen unseren Personenschutz. Sieh, viele Frauen aus allen Schichten in Atlantis kommen offenbar in sehr schnelle, kaum kalkulierbare sexuelle Erregung, wenn sie daran denken, dir, dem Mann aus der Zukunft, zu begegnen. Sie werden dich berühren und noch mehr wollen. Siehe, die Kriegerinnen vor deiner Tür haben mittlerweile ihre Meno-pause und nach überstandenem Krebs auch keine inneren Sexualorgane mehr."
"Sie empfinden also keine sexuellen Lust mehr, willst du damit sagen?", unterbrach George sie. "Ja, ganz genau. Du bringst es auf den Punkt. Du bist also doppelt sicher, ... gewissermaßen." Erleichtert atmete Joyce aus. Dann setzte sie wieder an: "Falls du jedoch nach deiner langen Reise

und unter Berücksichtigung, dass du dich Alexandra diesbezüglich nicht genähert hast ... ja, ja, du brauchst nicht rot zu werden, ... Kameras von uns sind überall ... also falls du jedoch das Bedürfnis hast, für heute Nacht noch die Begleitung von Damen und oder Herren in deinem Nest zu haben, ... das älteste Gewerbe der Menschheit gibt es auch hier." George schluckte verlegen. "Darüber hab ich mir hier noch nie Gedanken gemacht, aber wenn das so ist ... und so lang es keine Sklaven sind. ... Ich würde mich schon freuen, wenn ich Gesellschaft am Whirlpool hätte. ..." Jetzt wurde Joyce vor Verlegenheit rot und wisperte: "Wir haben da sogar schon etwas vorbereitet."

Sie klatschte zweimal in die Hände, ihm bisher verborgene Türen im Spa-Bereich sprangen auf und herein kamen im Katzengang professioneller Models einer Modenschau neun Damen, eine schöner als die andere. Alle waren sie so atemberaubend, dass George die Kinnlade fast herunter klappte. "Such dir aus, wen du alles willst oder ob du sogar alle willst, mich eingeschlossen.", sagte Joyce und stellte sich dazu.

Die Schönste von allen, kam auf ihn mit ihrem erotisierenden Gang zu und sagte: "Ich bin Tatjana, die Leiterin und die Ministerin der Einrichtungen, die sich um die Kräftigung müder Männerglieder kümmert. Darf ich dir vorschlagen, dass ich selbst, Nofretete und Joyce heute Nacht bei dir bleiben?" Sehr verlegen flüsterte George mit rauer Stimme: "Ich vertraue deinem Urteil, Tatjana." Sie lächelte, legte ihm ihre Hand auf den Arm und rief: "Bringt ihm den Trank!" Ihr Mund neigte sich zu seinem Ohr und sie flüsterte da hinein: "Du wirst es nicht bereuen ... und garantiert niemals vergessen." Der Trank wurde in einem platinen Kelch gereicht. Er dampfte und sprudelte. George kostete vorsichtig, dann setzte Tatjana ihn ihm an die Lippen. "Trink ihn auf einmal. Falls seine Wirkung im laufe der Nacht nachlässt und du willst es, so wie wir, dann bekommst du einen weiteren Kelch davon." Die Flüssigkeit rann in Georges Kehle hinab. Sie brannte etwas und schmeckte ein wenig nach Blutwein. Ihm schien plötzlich, er sei kräftig, wie mit zwanzig Jahren. Er sah und spürte an sich nur noch Hände, Lippen, dampfende, heiße, sich an einander reibende Körper. Er erinnerte sich später an höchst lustvolle Momente im Whirlpool und in einem geräumigen Nest, an schmeichelnde Zungenspitzen, die über all seine Körperteile glitten, an lustvolles Aufbäumen, durch Öl gleiten, zärtliches Streicheln und hartes nehmen. Die Kurtisaninnen holten noch und nochmals den Trank und er fühlte sich geliebt, wie noch nie in seinem Leben.

Wie er es dennoch schaffte, sich nach dieser Nacht erholt und erfrischt zu fühlen, als die drei ihn am nächsten Morgen verließen, weil er schlicht aufstehen musste, um zu seinem Termin zu kommen, war ihm ein Rätsel, aber die Damen hatten sehr genau gewusst, was sie bei ihm taten und wie sie es schafften, ihn gut durch den Tag kommen zu lassen. Vermutlich waren Ingredienzien in diesem Trank, die wie Drogen wirkten.

Kurz nachdem die drei gegangen waren und er selbst wieder angezogen war, holte ihn Silvie. Sie kicherte leicht, als sie ihn bei ihrer Begrüßung sah. "Wusste gar nicht, dass wir Säbelzahnkatzenbabys in den Suiten haben, die einem Mann mit ihren Krallen so sehr den Körper zerkratzen können." Silvie führte ihn aus dem Gebäudekomplex hinaus bis zur Bahn und nahm dort mit ihm in einer Kabine platz. Sie fuhren nur zehn Minuten und gelangten zu einem offenen Platz an einem Park, auf dem bereits ein Buffet aufgebaut war. Amazonen waren als Wächter aufgezogen. Eine davon zwinkerte ihm kurz, heimlich, zu. In der Rüstung hätte er sie fast nicht erkannt, Tatjana aus der letzten Nacht. Das gesamte Regierungskabinett und auch Alexandra, waren anwesend. Nachdem er sich vom Buffet mit ein paar interessant aussehenden Speisen eingedeckt hatte und sich an den ihm von den anderen zugewiesenen Platz gesetzt hatte, schob ihm Julia auf einem Tablett zwei Schrippen hinüber. Echte Backwaren, aus Getreide, hatte George in Atlantis noch nie gesehen. "Ich war heute morgen bereits in deiner Zeit, um dir etwas Gewohntes zu besorgen. Hier wird es dereinst auf einer der Inseln, die die kommenden Katastrophen überstehen, eine Bäckerei geben.", grinste sie. Während des Essens unterhielten sie sich über Belanglosigkeiten. Erst als alle gesättigt schienen, erhob die Vorsitzende, Diana, ihre Stimme: "George Hungerlundt, wir haben lange überlegt, wie wir dir unsere zukünftige Geschichte so einprägsam wie möglich erzählen können. Als Vortrag? Wohl kaum. Als Frage-Antwort-Spiel funktioniert es auch nicht. Schließlich haben wir uns entschlossen, dir das ganze als 3-D-Film in dokumentarischer Form anzubieten, so wie unsere Kinder es erlernen und den du jederzeit unterbrechen kannst, um Fragen zu stellen." Alle sahen ihn an. "Ja, das ist die wohl beste Möglichkeit.", antwortete er. Sie standen vom Tisch auf, Nofretete, Joyce und Tatjana waren plötzlich neben ihm und man ging zu einem Gebäudekomplex schräg gegenüber vom öffentlichen Platz. Kurz bevor sie es betraten, schob ihm Tatjana, so unauffällig wie möglich, einen Kelch in die Hand, während Nofretete ihm zuwisperte: "Trink schnell. Hält dich wach und fit."

Der Raum, den sie betraten, war überschaubar und eine Halbkugel, wie bei einem Planetarium. Darin insgesamt fünfzig Liegen, aber nur etwa ein Drittel wurde von der eintretenden Gruppe in Anspruch genommen. "Finden hier denn auch normale Veranstaltungen statt?", fragte George die neben ihm Laufende. Es war Joyce, die antwortete: "Ja, das ist einer unserer normalen Veranstaltungsorte. Mit weit weniger Plätzen, gibt es die in jeder unserer Siedlungen." George nickte. Darauf hatte er bisher noch nie geachtet. Er und alle anderen wurden mit Gurten auf die Liegen geschnallt, die unter dem jeweiligen Körpergewicht ihre ergonomische Form annahmen, so dass wie in den Schlafnestern der ganze Körper unterstützt, gestützt und weich gehalten wurde.

Bevor es los ging, wurde George noch ein Massageball in die Hand gegeben, den er immer dann drücken sollte, wenn er den Film anzuhalten wünschte. Das Licht im Raum erlosch, die bisher horizontalen Liegen wurden auf gut fünfundvierzig Grad aufgestellt und in der Kuppel um ihn herum erschienen, gezaubert durch Licht, Laser, Spiegel und weitere optische Effekte, in 3-D, Menschen in der Kleidung aller möglichen Epochen der Menschheit. Dabei wurde er auf seiner Liege durchgeschüttelt, als wenn er gerade auf einem Handkarren über Kopfsteinpflaster, Asphalt oder geschotterte Wege gezogen würde. Auch der Hintergrund aus Gebäuden und Landschaften änderte sich und passte sich der Mode der Kleidung an. Das geschah nicht zeitlich linear, sondern von den Epochen her wild durcheinander. Auf den römischen Soldaten, der durch eine typisch römische Stadt lief, folgte eine japanische Geisha, die am Rand eines modernen Wolkenkratzers ihrem Gebieter die Füße massierte, es folgte der indianische Mohawk bei der Jagd, der Gangsterboss der 1920er Jahre in Chicago, eine Gruppe Steinzeitjäger vor dem Hintergrund des Matterhorns, Juri Gagarin bei seinem legendären, ersten bemannten Raumflug, ein mittelalterlicher Harem in Indien und so weiter. Auf der rüttelnden Liege und durch das 3-D-Bild bekam man sehr plastisch den Eindruck, jeweils mitten drin im Geschehen zu sein.

Über diesen Bildern, die erweitert wurden von Bildern des Meeres, von der Artenvielfalt im afrikanischen Dschungel oder der Eiswüste hoch im Norden, sprach eine warme, weibliche Stimme: "Der Mensch verändert sich. ... Er verändert seine Umwelt und mit dieser wiederum sich selbst. ... Seit gut zwei Generationen, also etwa dreihundert

Jahren, können wir auf Zeitreisen gehen[13]. ... Dabei haben wir erkannt, dass manchmal Kleinigkeiten, die wir versehentlich, unachtsam oder aus Unwissen in der Zukunft oder in der Vergangenheit geändert haben, sich oft massiv auf die Gegenwart auswirken. Andere Dinge können wir versuchen, so oft zu ändern, wie wir wollen, die daraus sich ergebenden Ereignisse treffen aber trotzdem ... immer ... ein. Der Untergang unseres Kontinents, von Atlantis, wird geschehen, egal wie weit wir in die Zukunft voraus, oder in die Vergangenheit zurück reisen. ... Das römische Imperium wird kommen, die Azteken werden vernichtet. ...."
George drückte auf Halt und statt des Filmbildes sah er nun in 3-D seine Gruppe in die Kuppel projiziert. "Haben sie schon versucht, Amerika durch die Wikinger entdecken zu lassen?", fragte George in die Stille. Andrea antwortete: "So etwas haben wir alles gemacht. Das Ergebnis bestand darin, dass nicht Cortéz im Jahr 1521 deiner Zeitrechnung die Azteken auslöschte, sondern ein Isländer Namens Ingmar Söresund dies 1514 tat, bevor er 1524 von Cortéz vernichtend geschlagen wurde." "Danke!", rief George, der Film lief weiter und die folgenden Erklärungen bauten darauf auf.
"... die Industrialisierung kommt, der sogenannte Zweite Weltkrieg wird kommen und an dessen Ende wird immer die Spaltung der Welt in ein Ost- und in ein Westsystem stehen. Wir haben zwar versucht, diese Ereignisse in der Zukunft nicht geschehen zu lassen, aber all unsere Bemühungen hatten keinen Erfolg. Das was geschah, war, dass das eine oder andere Ereignis ein paar Jahre früher oder später auf der linearen Zeit geschieht, aber sie werden dennoch und in ihrer ursprünglichen Heftigkeit eintreffen. Der vom Menschen gemachte Klimawandel wird eintreten,

---

13 ... die Langlebigkeit der Atlanier wird nächste Seite
    beschrieben

nur eine Hand voll Individuen werden den sogenannten Dritten Weltkrieg und eine Seuche überstehen, wobei beide Geschehnisse zeitlich so nah bei einander liegen, dass mal die Seuche, mal der Krieg als erstes passiert, aber das Ergebnis ist immer das gleiche. ... Das alles lässt uns davon ausgehen, dass es einen großen, gesamten sogenannten kosmischen Plan gibt, wonach Dinge in unserem Universum einfach geschehen müssen, weil sie in allen anderen Paralleluniversen ebenfalls passieren. ... " Die Sprecherin machte eine Pause und neue Bilder, nun in zeitlich linearer Richtung wurden projiziert.

"... Wir sehen hier Atlantis, wie es in den nächsten tausenden von Jahren existieren wird. ... Wir sind im Gleichklang mit der Natur, mit der Umwelt und dem Kosmos. ..." Hier unterbrach Diana den Film und fragte: "George, willst du in den nächsten Tagen noch unsere Südpolsiedlung besuchen und dort dann all das erfahren, was mit ihr zusammenhängt?" George räusperte sich: "Das ist eine sehr gute Idee, ... vorausgesetzt, Alexandra begleitet mich weiter ...." Von ihrer Liege meldete sie sich: "Das ist kein Problem. Sehr gern begleite ich dich auch dort hin." "Gut, dann lasse ich den Film etwas vorspringen!", erwiderte Diana. Es erfolgte ein sehr schneller Vorlauf. "... in etwa zweieinhalbtausend Jahren, also in nur gut zehn Generationen ..."

Jemand unterbrach den Film erneut und die Stimme von Athene meldete sich: "George, wir sind eine äußerst langlebige Spezies. Im Gegensatz zu euch werden wir zweihundert, bis zweihundertzwanzig Jahre alt." Julia ergänzte: "Mit einer Spritze können wir dir auch diese Langlebigkeit geben." Worauf George antwortete: "Ja, ich will!" Der Film lief weiter. "... wird sich die Erde erwärmen und das Eis allmählich schmelzen. ..." Man sah kalbende Eisberge, hörte Getöse und Wasser schien auf sie zu spritzen. "... Langsam steigt der Meeresspiegel. Aber nicht

alle Gegenden der Welt profitieren zunächst davon. Vielerorts schwimmt Eis auf den Ozeanen, es ist Schelfeis und verdrängt dadurch kein anderes Wasser in den Meeren. ... Dort, wo später einmal das Mittelmeer mit seinem azurblauen Wasser vor sich hin wabern und hunderte Millionen von Menschen in ihrer Freizeit an die Strände treiben wird, plätschern über tausende von Jahren weiterhin nur ein paar derzeit schmale Bäche, wie zum Beispiel der mächtige Nil, der Po, der Tiber oder andere Gewässer in ein heißes, salziges Sandbecken hinein und verdunsten zum Teil bereits auf ihrem Weg bis in die tiefsten Senken. ..."
Der Film wurde von Diana angehalten: "Dieses Gebiet ist jetzt eine flache Senke und liegt in manchen Gegenden über fünftausend Meter unter dem Meeresspiegel in deiner Zeit!"
"... nomadisch lebende Menschen fischen an den trüben Gewässerrändern und Kamele werden vom Höhlenbären gerissen, während sich in den Salzsenken Fliegen und sie fangende Agamen den einzigen Reichtum an Lebewesen bilden. ... Das Meer indes steigt und steigt. ... In gut zweitausend Jahren werden die ersten unserer Inseln überschwemmt. ..." Bilder zeigen, wie eine Plantage nach der anderen im Salzwasser des Meeres versinkt. Erst werden die Blätter der Pflanzen braun, schon da packen die Atlantier, die dort wohnen, ihre Siebensachen und flüchten, danach kippen erste Nadelbäume, dann Palmen, verdorrte Sträucher schwimmen auf und schließlich verwüstet ein Sturm den Rest.
"... im Norden des amerikanischen Festlandes stoßen die Kontinentalgletscher mal vor, mal zurück und führen dazu, dass der Meeresspiegel über viele Jahrhunderte schwankt. Immer wenn sie schmelzen und sie einen Teil ihres Wassers in den Atlantik abgeben, kommt der westliche Golfstrom ins stottern und das Inlandeis stößt erneut vor. Die so entstehende Landschaft wird bis in die nächste Hochzivilisation hinein durch nomadisch lebende Menschen

bewohnt. Dieses wellige Grasland wird dereinst >Prärie<
und >Great Plains< genannt. ... " Die Bilder wie im
Zeitraffer, vorstoßende Eiszungen, kilometerbreite, flache
Flüsse, aus Schmelzwasser, Mammuts, die darin ertrinken
und Riesenfaultiere die sich vergeblich an dürrem Treibholz
festzuhalten versuchen. "... das geht so über viele
Jahrhunderte hinweg und immer wieder fallen dabei, oft nur
für wenige Jahrzehnte, einige der Inseln von Atlantis
trocken und bieten auf Grund der hier abgelagerten
Meeressedimente für ein oder zwei Generationen guten
Ackerboden für uns. Schließlich steigt das Meer immer
weiter und durchbricht am Felsen von Gibraltar die
Hügelkette, die Afrika mit Andalusien verbindet. Wie ein
Staudamm hatte diese Kette bis dahin das Wasser des
Ozeans vor der Senke zwischen Afrika, Europa und
Schwarzem Meer aufgehalten, fast aufgestaut. ..."
George sieht erst Rinnsale, die sich immer mehr
verbreiterten, aufgeweichte Erde bröckelt und wird zunächst
nur langsam fort geschwemmt, plötzlich sieht man Berge
brechen, hört es tosen und mächtig rauschen, Senken
werden überspült, Schlamm erschlägt einen jagenden Trupp
Homo Sapiens, Herden von Gazellen und Elefanten flüchten
mit einer Heidenangst in alle Richtungen.
"... Dieses Ereignis wird im Gedächtnis der Menschheit als
>Sintflut< hängen bleiben. Aber das zu füllende Becken des
Mittelmeeres und des angrenzenden Schwarzen Meeres, in
dem sich schon bisher immer wieder größere Seen, gerade
nach dem ersten Abschmelzen sibirischer Festlandeiszungen
aus den darin mündenden Flüssen wie Donau, Dnepr und
Don hielten, war gewaltig und es dauerte einige weitere
tausend Jahre, bis auch das Becken des Schwarzen Meers
gefüllt war. Dabei fiel der Meeresspiegel des Atlantiks
immer wieder und gerade im Winterhalbjahr. Das
verschaffte unserem Volk, Atlantis, ein paar Jahrhunderte
Luft in seiner Existenz. Immer häufiger bekamen wir nun

auch Besuch von Menschen aus anderen Kontinenten, weil sich unsere Spezies auf diesem Planeten viel zu sehr vermehrt. Gerade von Inseln, die auf dem Weg in eine zivilisierte Zeit waren, wie Rhodos, Korfu und Kefalonia wagten immer wieder Abenteurer und Gelehrte die Fahrt durch die starke Strömung der Meerenge von Gibraltar. Das Mittelmeer ist schließlich bei weitem noch nicht gefüllt. ..."
Offenbar Aufnahmen aus Flugdrohnen zeigen kleine Galeeren, die nur mit einem Rahsegel getakelt sind und die sich in Ufernähe, dort wo die Strömung geringer ist, durch die Meerenge tasten und bis in Sichtweite von Atlantis gelangen.
"... Unserem Volk wurde das zu viel. Da immer neue Gelehrte und Abenteurer zu uns gelangten und vielen von denen dann leider auch die Flucht, mussten wir geeignete Maßnahmen ergreifen und wir flüchteten zunächst an den Südpol. Unsere Inseln auf dem Mittelatlantischen Rücken behielten wir weiterhin im Blick, räumten sie aber, da abzusehen war, dass auch sie irgend wann einmal überschwemmt werden würden. Dummerweise hatte sich zu diesem Zeitpunkt bereits auf Kreta eine hoch stehende Zivilisation entwickelt, die Minoische Kultur. ..."
Vom Weltall aus zoomt eine Kamera auf diese Insel und erfasst einzelne Situationen und Menschen. "... Durch einen starken Sturm der meisten unserer Kameras beraubt, schaffte es tatsächlich eine Gruppe Minoer bis hierher, auf unsere Hauptinsel und es gelang einigen Individuen sich sogar unbemerkt für mehrere Tage unter unsere Sklaven zu mischen. Wir entdeckten diese Gruppe erst Monate später auf Satellitenbildern. Als sich erneut eine Gruppe Minoer auf den Weg zu uns machte, dieses mal bekamen wir durch unsere eigenen Spione davon Kenntnis, lieferten wir ihnen ein bombastisches Spektakel, indem wir kurz vor ihrer Ankunft hier so taten, als würde unser Zentralvulkan ausbrechen und dabei unsere Stadt vernichten. Die Minoer

kehrten darauf hin in ihre Heimat um, nahmen aber die Legende von Atlantis, das hinter den >Säulen des Herakles liegt<, mit und die Berichte beider Gruppen verschmolzen zu einer Legende. ..." Die Sprecherin legte eine Pause ein und Bilder von der Explosion des Hügels, an dem sie gerade saßen, wurden gezeigt. Auch minoische Tontafeln, in die jemand die Überlieferung von Atlantis hinein kritzelt, werden gezeigt.

"... Da der Meeresspiegel nun innerhalb nur ganz weniger Jahre rasant weiter stieg, wäre unsere Hauptinsel sowieso nicht zu retten gewesen. Was wir nicht bedacht hatten, war, dass es immer wieder Menschen gelungen war, sich einzeln oder in kleinen Gruppen, auf unseren Inseln umzutun, auch als die von uns schon längst nicht mehr bewohnt waren. Wissen von uns gelangte damit auf alle Kontinente, außer nach Australien. Aber nicht überall hin wurde das selbe Wissen transportiert. Nach Ostasien gelangte das Wissen über die Herstellung von Papier, unsere Schriftzeichen nach Südamerika, Afrika, Griechenland, Klein- und Vorderasien. Manch Wissensschatz von uns blieb über viele Jahrhunderte, nein, sogar Jahrtausende im Verborgenen und wurde nur von Schamanen mündlich von einer Generation zur nächsten überliefert. In Timbuktu und Alexandria sammelten afrikanische und griechische Gelehrte viele der Überlieferungen in schriftlicher Form auf Pergamenten und auf Papyrus in eigenen Bibliotheken. Das Meiste davon jedoch wurde bei regelmäßigen Bränden, die Häuser der Einwohner dieser Städte bestanden halt nur aus Lehm und Holz und eine gut organisierte Feuerwehr existierte genau so wenig, wie Blitzableiter bekannt waren, im Verlauf der Geschichte verbrannt und das Wissen daraus geriet für Generationen in Vergessenheit. ... "

Es werden Regale voller beschriebener Rollen Papyros und Pergamente gezeigt, Blitzeinschläge, die ganze Stadtviertel vernichten, Gelehrte, die versuchen, einiges aus den

Bibliotheken zu retten, Sandstürme, die die Feuer immer wieder anfachen. "Die Legende von Atlantis schien die Menschheit nicht los zu lassen und so trieb es immer wieder Waghalsige hinaus aufs Meer, um mit langen Netzen in großen Tiefen nach Überresten von uns zu suchen. ..." George unterbrach hier: "Wenn ich es recht sehe, sind wir jetzt rund sechs- bis siebenhundert Meter unter dem Meeresspiegel in meiner Zeit. ... Das müssen ganz schön lange Netze gewesen sein."
Nofretete antwortete ihm: "Da hast du vollkommen recht. Wenn man sich überlegt, dass man für solche Netze nur Tiersehnen zur Verfügung hatte, mussten das sehr stabile Boote sein. Auch ihre navigatorische Leistung nötigt uns gehörigen Respekt ab." Der Film lief weiter. "... Allein um diese Menschen vor sich selbst zu schützen, entwickelten wir in unserer einzig verbliebenen Siedlung unter dem Eisschild des Südpols riesige Drohnen, die die Formen von Kraken oder Plesiosauriern hatten und die die Gewässer rings um unsere versunkenen Inseln schützen sollten. Unbemerkt von uns, schafften es Wikinger dennoch nach Nordamerika. Schließlich konnten und wollten wir Portugiesen, Spaniern und Briten nicht mehr davon abhalten, ihren Planeten vollends zu erkunden und wir isolierten uns weiter. ... "

Die Kamera zoomt weg von der Erde, zoomt ins Universum hinein und auf eine Sonne im Sternbild Stier. "... Unseren Beobachtungsposten unter dem Eis des antarktischen Kontinents behielten wir, leben aber in der Zukunft auf einem Planeten, der um den Stern Aldebaraan kreist. Mehr als etwa zehntausend Individuen werden wir aber auch dort nicht werden."
Es wird eine Zivilisation gezeigt, lachende Kinder, zwei farblich unterschiedliche Sonnen und einige Monde am Himmel, grüne Vegetation, Tiere wie Mammuts und

Riesenfaultier und Menschen unter transparenten Kuppeln auf diesem Planeten und schließlich wird in Schwarz ausgeblendet.
Stille.

Sie wurden von den Liegen geschnallt, das Licht im Raum ging an und sie verließen schweigend das Gebäude. Im Park hatte man inzwischen ein neues Buffet mit Häppchen aufgebaut. Tische und die normalen Stühle waren weggeräumt und durch Diwane, die in einem Kreis standen, ersetzt. Jeder bediente sich am Buffet und ließ sich mehr oder weniger elegant in oder auf eine Sitz-Liege-Gelegenheit gleiten. "Ich muss erstmal meinen Kopf durchschütteln.", sagte George. Alexandra blinzelte ihn von der gegenüber liegenden Seite an: "Starker Tobak, was?" Er nickte und stocherte schweigend auf einem Stück Sushi mit Apfeleinlage herum. Tatjana kam kurz zu ihm, streichelte ihm die Schläfen und ging wieder. Vögel zwitscherten im Geäst eines Baumes über ihnen, Grillen zirpten auf der Wiese des Parks.
Die Frauen ließen ihm Zeit. Dann nuschelte er in die ruhige Atmosphäre: "Ein paar Fragen habe ich noch." Silvie stand auf, ging hinter das Buffet und kehrte mit einem Kelch voller Flüssigkeit zurück, den sie ihm brachte. "Ist nur ein ganz leichter Honigwein, ein Met. Der löst die Zunge." Er schnupperte und kostete dann vorsichtig. Der Met hatte weniger Alkohol, als Berliner Weiße, aber für denjenigen, der Alkohol nicht gewohnt war, konnte das schon belebend sein. Er trank den Kelch halb leer und setzte dann zu seiner ersten Frage an: "Ihr macht diese Zeitreisen schon seit einiger Zeit und wisst also von Eurer Zukunft?" Andrea antwortete: "Ja, das ist immer so ein Problem, denn dabei geschehen immer wieder zeitliche Paradoxen. Du hast ja in dem Film gemerkt, wie wir da mit den Zeitformen herum eierten. Es wird erst geschehen, aber im Film sahen wir das

Geschehene bereits." "Entschuldigt die Nachfrage: dann passierte also meine Gegenwart, die für euch noch Zukunft ist, bereits. Meine Vergangenheit ist eure Zukunft und erst meine Zukunft ist dann auch eure Zukunft." Andrea: "Das könnte man so ausdrücken." Joyce kicherte: "Da kommen die ganzen Zeitreisen-Filme aus deiner Gegenwart nicht mit, oder?" George nickte: "Ich finde das so kompliziert, dass sich mir da fast schon ein Knoten im Kopf bildet. Wenn ihr eure Zukunft und die Erfindungen in dieser, bereits kennt, warum seid ihr denn dann noch immer hier?" Pamela lachte: "Wenn wir eine Errungenschaft der Zukunft, in die Vergangenheit unserer Gegenwart nehmen, kommt es zu dem Paradoxon, dass wir diese Erfindung in der Zukunft überhaupt nicht machen. Wenn wir die dann aber in der Zukunft überhaupt nicht machen, wie sollen wir sie denn dann mit zurück in der Zeit, in unsere Gegenwart nehmen, denn sie ist ja in der Zukunft nicht da, weil sie dort niemand erfindet." George nahm den Inhalt des Kelches jetzt in einem kräftigen Zug.

"Klingt logisch.", sagte er, zeigte mit dem leeren Kelch in Richtung Silvie und bat: "Bitte nochmal das selbe." Sie war sehr schnell und bereits wieder bei ihm, als er die nächste Frage stellte, die sich erst noch in seinem Kopf bilden musste. "Ihr könnt also nicht wirklich die Vergangenheit und die Zukunft ändern. Sie geschieht also. ... Da ist dieser >kosmische Plan< von dem in dem Film geredet wurde. Aber ihr könnt in der Zukunft dokumentieren, was da dann passieren wird und diese Dokus dann mit in die Vergangenheit ... also eure Gegenwart nehmen?" "Du hast für einen Mann einen verdammt bemerkenswerten, logischen Verstand!", rutschte es aus Silvie heraus, die noch immer neben ihm stand.

Diana sah sich genötigt, noch etwas mehr zu erklären. "Wir, also Menschen aus unserer eigenen Zukunft, zukünftige Atlantier, haben schon oder werden schon noch versuchen, die Entwicklung der restlichen Menschheit durch ... wie entsteht Schnee? ... durch Kristallisationskörner voran zu bringen. Aber wenn wo Wissen vor deiner Gegenwart auftauchte, dann war es entweder punktuell oder die Menschen drum herum haben nicht verstanden, was Atlantier von ihnen wollten und uns deshalb zu Göttern verklärt. Ich gebe dir ein Beispiel. Maria und Josef waren zeitreisende Atlantier, die sich in Nazaret niederließen. Bei ihrem Versuch, den Menschen in Galiläa mit etwas modernerem Wissen auf die Sprünge zu helfen, scheiterten sie zunächst grandios. Sie hielten also Rücksprache mit Atlaniern ihrer Gegenwart, das war etwa vier Generationen von heute aus betrachtet, damals wusste man noch so wenig über den Einfluss auf die Zukunft, und kamen zu dem Schluss, dass nur ein Wunder würde helfen können. Und so kam es dann zu der angeblichen jungfräulichen Empfängnis, die nur deshalb jungfräulich schien, weil Maria in ihrer Gegenwart durch Josef geschwängert worden war, sie dort neun Monate blieben und sie es so einrichteten, dass in Nazaret ihr Verschwinden in der Vergangenheit und ihre Rückkehr zeitlich nur wenige Minuten auseinander lagen. Die >heiligen drei Könige< waren Atlantier. Der >Stern von Bethlehem< war hingegen nur ein ausgedienter Satellit von uns, den wir zufällig an diesem Tag kontrolliert zum Absturz brachten. Das spielte dem Wunder nur versehentlich noch in die Karten. Und Jesus selbst ist auf eine Schule hier in Atlantis gegangen. Er litt nicht wirklich am Kreuz. Unsere Medikamente hielten ihn am Leben und nahmen ihm den Schmerz. Zu diesem Zeitpunkt beendeten wir unsere versuchte Einflussnahme auf die Zukunft an dieser Stelle. Die angebliche Auferstehung von Jesus war nur die Konsequenz, ihn da heraus zu nehmen. Er versuchte ein paar Jahre später auf dem indischen Subkontinent erneut sein Glück, natürlich unter falschem Namen, hatte dort aber noch weniger Erfolg." Athene fuhr fort: "Aber mit dem christlichen Glauben war es dann genau so, wie mit dem Islam und allen anderen Weltreligionen. Überall pflanzten wir Kristallisationskörner ein, aber es war jedes mal wie mit dem System der ... kennst du dieses Kinderspiel >stille Post<, George?" "Ja! Jemand am Anfang einer Kette sagt einen Satz, der dann flüsternd von einem Ohr zum anderen weiter gegeben wird. Spätestens bei der zehnten Person kommt dann etwas ganz anderes an, als das, was ursprünglich einmal gesagt wurde."

"Genau so erging es den Religionen. Selbst wenn etwas aufgeschrieben wird, verändert es sich. Damals gab es ja noch keine Druckmaschinen. Somit wurde bis ins Mittelalter hinein alles von Hand abgeschrieben und kopiert. Du kannst dir sicher sein, dass nur ein Bruchteil derer, die da schrieben, das auch lesen konnte. Es war eher ein abmalen von mystischen Zeichen, als richtiges Schreiben. Und diese stille Post ging nun nicht nur über ein paar Menschen, sondern über Generationen von Menschen und über die Jahrhunderte hinweg. Da hinein kamen dann noch Lautverschiebungen in der Sprache einzelner Völker, wie zum Beispiel bei den germanischen Stämmen im siebenten und achten Jahrhundert, Übersetzungen in andere Sprachen, wie die dir geläufige Luther-Bibel und die Ungebildetheit der Menschenmassen. Das alles führte zu teils abenteuerlichen Interpretationen der Bibel, des Koran und der Tora, die eigentlich alle auf dieselben Ereignisse zurück zu führen sind."

Alexandra ergänzte: "Konfuzius war zum Beispiel auch ein Zukunftsreisender Atlantier." "Und ihr lebt später im Aldebaraan?", fragte George nach. "Ja, das können wir dir alles am Südpol zeigen.", sagte Alexandra. George überlegte. Es war egal, wie lange er in Atlantis blieb, da er die Rückkehr in seine Gegenwart auf wenige Minuten einrichten konnte, aber je länger er jetzt unterwegs war, um so größer war die Wahrscheinlichkeit, dass sein Peilsender

in Europa einschneite und er deshalb seine Rückkehr in seine Zeit problematisch wäre. Dieses Bedenken äußerte er auch, worauf hin sich der hohe Rat der Atlantier für einige Momente zurück zog und tuschelte. Dann richtete Claudia das Wort an ihn: "Wir haben überlegt, ob wir dir deine Zeitreiseapp nochmals auf dein Handy überspielen, danach deine löschen und du dann hier unsere Zeit als deine Gegenwart nimmst. Wir wissen allerdings nicht, was bei dem Übergang dann passiert. Es kann durchaus sein, dass du, wenn du in unsere Zeit als Gegenwart hinein transformierst, hier als eine Pfütze voller Wasser, Proteine und Kalk erscheinst. Das ist uns zu gefährlich. Deshalb haben wir beschlossen, dir anzubieten, einen unserer Libellocopter für den Weg nach Europa und mit in deine Zeit zu nehmen. Wir werden ihm dann die korrekte Position deines Peilsenders einprogrammieren. Auf dem Weg zum Südpol wirst du schon Gelegenheit haben, ihn fliegen zu lernen. Für in deiner Zeit und für weitere deiner Zeitsprünge werden wir dir eine Tarntechnologie mitgeben, die ihn unsichtbar macht und dir nur sichtbar wird, wenn du eine spezielle Brille, die du von uns noch bekommst, trägst."
"Na das lässt ja auf weitere Abenteuer hoffen.", sagte George und Alexandra fragte: "Ich bin im Auftrag des Rates gefragt worden, ob ich dich bei deinen weiteren Zeitreisen begleiten darf. Ich würde es auch von mir aus wollen."
"Darauf hatte ich gehofft.", antwortete George.
Tatjana: "Es geht bereits auf die Mittagszeit. George was hältst du davon, wenn ich dir bis zum Nachmittag ein paar Flugstunden gebe, dich anschließend in dein Quartier begleite und du mit Alexandra morgen nach dem Frühstück aufbrichst?" Diana: "Dann würde ich die Versammlung jetzt aufheben." George stimmte zu, Alexandra gab ihm bescheid, dass sie ihn morgen zum Frühstück abholen wolle und so folgte er Tatjana zu einer Bahnstation.

Es war nur eine kurze Fahrt, die in einem kleinen Talkessel innerhalb der Mauern der Hauptstadt endete. Dort standen mehrere der Libellocopter, die ein wenig wie die amerikanische "Bell H Sioux" oder der "Hiller H 12" aussahen. Große Kabine für zwei Personen aus überwiegend durchsichtigem Material, etwas ähnlichem wie Plexiglas. Für reichlich Stauraum sorgte der Schwanz des Geflügs. Tatjana erklärte, dass sich dieser Stauraum zu Notliegen umbauen ließe, falls man einmal notlanden müsse. Das Fluggefährt hatte statt Rädern Schwimmer, auf denen man aufsetzte, diese Führerkabine, einen Schwanz wie ein Helikopter, aber statt der Luftschrauben Tragflügel wie eine Libelle. "Steig du links ein, ich rechts.", sagte Tatjana.

Als sie in der Kabine saßen und sie mit ihren spitz gefeilten, lackierten Nägeln auf die einzelnen Instrumente zeigte und seine Hand mit der ihren führte, dachte er unwillkürlich an die letzte Nacht und daran, was sie mit ihren Fingern auf seiner Haut alles angestellt hatte, ... aber ... nein ... er riss sich zusammen und konzentrierte sich auf ihre Ausführungen. Wenn Frauen ihre Krallen einsetzten, ist der Mann fast immer verloren.

"Der Libellocopter fliegt wie eine Libelle. Dank künstlicher Intelligenz fliegt er sich im Handumdrehen, rein aus dem Gefühl, intuitiv. ... Hier startest du. ... " Tatjana drückte einen Knopf im übersichtlichen Instrumentenbereich. Sofort begannen sich die Flügel, die bisher zusammengefaltet auf dem Heck lagen, über ihnen zu arbeiten. "... Das hier zwischen uns ist der Joystick. Je nachdem ob du rechts oder links von ihm sitzt, kannst du ihn mit der linken oder rechten Hand bedienen. Wenn man mal auf beiden Positionen gesessen hat, gewöhnt man sich an beide Flugweisen. Joystick nach hinten ist hoch, also steigen, nach vorn ist abwärts in den Sinkflug, Kurven fliegst du mit rechts-links-Bewegungen. Siehst du unter den Instrumenten die Pedale? Auf dem rechten gibst du Geschwindigkeit, mit

dem mittleren bremst du ab, links das ist für den Leerlauf, wenn du dich fallen lassen oder einfach nur hinabgleiten willst." George erklärte ihr daraufhin, dass bei einem >Automobil<, genauer bei einem >Schaltwagen< das ganze mit der Geschwindigkeit und ähnlichen Pedalen nicht anders funktioniert. "Du kannst übrigens mit der Libelle, im Gegensatz zu den kleinen Helikoptern, die dich hier auf einigen Inseln begleitet haben, nicht abstürzen. Im Notfall stellen sich die Flügel automatisch immer so, dass man sanft hinab gleitet. Wir haben hier gleich drei Antriebsarten verbaut. Wie du siehst, ist die Außenhülle des Libellocopters von fern durchsichtig, aus der Nähe siehst du feine Äderchen. Das sind Sonnenkollektoren. Im Allgemeinen fliegt man mit Elektrizität, die man selbst gerade erzeugt und Strom aus einer Wasserstoffbatterie. Aber diese gemischte Energie reicht immer nur für etwa vier bis sechs Stunden, je nachdem, wie schnell man fliegt und ob man es bei Tage oder bei Dunkelheit tut. Steht der Libellocopter, so wie jetzt, dann werden seine Brennstoffzellen automatisch aufgeladen. Damit kommt man nochmals so etwa drei Stunden weit. Für den äußersten Notfall hat man noch einen Verbrennungsmotor, der mit Wasserstoff funktioniert. Steht die Libelle, so wird zunächst die Brennstoffzelle aufgeladen und anschließend automatisch Wasser aus der Luft angesaugt, Wasser daraus extrahiert und gespalten und als Wasserstoff im Tank eingelagert. Etwa zwei Stunden weit kommst du auch damit. Hier sind die Instrumente, an denen du den jeweiligen Füllstand ablesen kannst. Wir werden heute Nacht in diesem Libellocopter alle Anzeigen auf deine Maßeinheiten umjustieren. Auf diesen Anzeigen siehst du die Durchschnittshöhe über dem Boden oder dem Wasser und hier sind noch Geschwindigkeit, Kompass und Navi. Hast du noch Fragen?"
George hatte keine, also keine, die ihm jetzt einfielen. Statt dessen hatte er Angst! Beachtliche Höhenangst! "Weißt du,

Tatjana, in meinem Luftschiff hab ich immer das Gefühl, dass mich die Ballonhülle schützt. Die Gondel dafür hab ich selbst geflochten, aber hier scheine ich im freien Raum zu schweben." "Ja, du kämst zum Südpol auch mit der Magnetbahn, aber hiermit bist du schneller, du bist vom Weg her flexibler, Alexandra hat mir schon gesagt, dass sie einige kleine interessante Umwege mit dir fliegen würde, wenn du es zulässt und vor allem kannst du die Libelle eben auch mit in deine Zeit nehmen. Zur Sicherheit kuppel dein Luftschiff auf dem Rückweg in deine Zeit hier mit an. Aber glaube mir, das hier ist komfortabler und vor allem viel schneller als deine Fortbewegungsart."

Er nickte. "Na dann, auf zu neuen Höhen mit dir, Tatjana", sprachs und schaltete den Motor erst einmal ab. Er hatte ihn starten wollen, aber er lief ja schon und so hatte er schlicht auf "aus" gedrückt, wunderte sich, lachte verlegen und startete nun wirklich. Er zog den Joystick nach hinten und sie stiegen. Er drückte mit dem Fuß den Hebel für Geschwindigkeit. Die Libelle taumelte zunächst, dann ging es rasant nach vorn. "Sanft, du musst sanft sein, wie zu mir letzte Nacht.", sagte sie und legte ihre Hand auf seine. "Etwas mehr Höhe, damit wir aus der Stadt heraus kommen.", raunte sie ihm leise zu. Dann führte ihre Hand die seine. "Sieh diesen Hügel dort am Ende dieser Landzunge? Geh höher, dann siehst du mehr. ... Diesen Hügel umrunden wir erst und setzen dann neben dem Gebäudekomplex, es ist eine Wetterstation, auf."

Gesagt, getan. Eher taumelnd wie eine echte Libelle im Wind, gewann er Höhe, umrundete es und landete dann vorsichtig. Anschließend ließ sie ihn im Meer wassern. So ging das den ganzen Nachmittag lang. Sie zeigte ihm auch den Gepäckbereich im Schwanz der Libelle und wie der sich in zwei zwar enge, aber nicht unkomfortable Schlafkojen umbauen ließ. Man konnte aber auch auf den Sitzen in der Führerkabine schlafen und wie man sie mit wenigen

Handgriffen verstellte. Wenn man zum Beispiel in Äquatornähe war und Nachts vor Moskitos seine Ruhe haben wollte, bot sich die Kanzel der Libelle zum geruhsamen Schlaf regelrecht an. Überall am Fluggerät war etwas Praktisches. Dort waren es Halter für Getränkekelche, an jener Stelle war ein Tank für Frischwasser, an anderer Stelle war eine Notration Lebensmittel, die in Wasser aufgelöst für zwei Personen bis zu einer Woche reichen sollte.

Als sie schließlich wieder auf dem Flugplatz von Atlantis landeten, stand bereits eine Crew von Arbeiterinnen bereit, die zunächst und noch im Beisein der beiden, die Tarnvorrichtung montierten und bei George auf dem Handy die dazu gehörende App installierten. Sie funktionierte auf Anhieb. Der Libellocopter verschwand vor ihrer aller Augen, war aber, wenn man an ihn heran trat, noch ertastbar. "Die Energie dafür bezieht er am Tag, bei Sonnenschein, aus ihrem Licht, bei Nacht aus Batterien. Er lädt aber im getarnten Zustand keine Batterie und erzeugt keinen Wasserstoff.", wies ihn eine Mechatronikerin ein.

Während die Arbeiterinnen sich anschließend daran machten, die Anzeigen in der Libelle auf die von George gewöhnten, der metrischen Maßeinheiten umzustellen, lud ihn Tatjana in eine lauschige Bodega ein, in der sie zu Abend aßen.

Auf dem Weg in sein Quartier fragte sie verlegen: "Du willst morgen vermutlich gleich nach dem Frühstück mit Alexandra abfliegen. Genügt es dir, wenn deshalb heute Nacht nur ich ganz allein bei dir bleibe?" George war überrascht, dass sie schon wieder ... und das als Mitglied des Rates ... und dann allein mit ihm ... Sie schien seine Bedenken zu erahnen. "Ja, ich bin Ratsmitglied, aber dabei auch die oberste Liebesdienerin des Landes." "Ja, bitte, gerne ...", stotterte er, "... ich hoffe, mich nicht all zu sehr in dich zu verlieben. .., na-na-nach solchen Nächten wie mit dir, tue ich das fast immer. ... Und dann werde ich anstrengend. ... " Unverzüglich, noch auf dem Flur in seine Räume, griffen ihre Hände zwischen seine Beine. "Das wäre nicht das Schlimmste.", schnurrte sie.

Ohne den Trunk, den sie ihm am Morgen noch einflößte, bevor er zum Frühstück mit Alexandra aufbrach, wäre er wohl im Laufen eingeschlafen. Er würde Tatjana nie vergessen, das wusste er und er hoffte, sie in einigen Wochen auf dem Rückweg noch einmal genießen zu dürfen. Natürlich ahnte Alexandra etwas, als er in Begleitung von Tatjana im vereinbarten Frühstücksrestaurant eintraf. Sein Gepäck brachte derweil ein Stückgutcontainer zum Flugplatz. Irgendwie schienen beide Frauen wortlos mit den Augen zu kommunizieren, denn schon reichte Alexandra ihm einen weiteren Kelch mit einem Trunk. Tatjana verabschiedete sich mit einem Augenzwinkern bei ihm. Es war ein deftiges, kleines Frühstück, das aus Mammutsteak, Moa-Eiern und gebackenen Bohnen bestand. Noch während sie aßen, kam Diana vorbei und wünschte ihnen im Namen des gesamten Rates eine gute Reise.
Als sie im Anschluss am Libellocopter ankamen, waren schon dienstbare Geister dabei, ihrer beider Gepäck und frischen Proviant im Lastenschwanz des Geflügs zu verstauen. Als sie sich beide in der Kanzel an ihre Sitze schnallten, stellte er befriedigt fest, dass unter den üblichen Skalen für Höhe und Geschwindigkeit noch weitere Messinstrumente eingebaut worden waren, auf denen er die wichtigsten Elemente in lateinischen Buchstaben mit arabischen Ziffern ablesen konnte. "Mach du?" fragte er und wollte sich zurücklehnen. Alexandra aber protestierte: "Wer eine Nacht mit Tatjana ganz allein verbringen kann, der kann auch Libelle fliegen. Außerdem musst du es für den Notfall sowieso können. Ich möchte heute mit dir gutes ein Viertel bis zum Südpol schaffen. Da wir noch ein Stück

nördlich des Äquators sind, weißt du also, wie schnell wir sein müssen. Heute die Kapverden, morgen St. Helena, die Tristan de Cunha und dann müssten wir es geschafft haben. ... Na los!" Alexandra kicherte. George startete und sah sie dann fragend an. "Ach so, ja, ... ich sage dir, was du machen sollst. Geh auf etwa einhundert Meter, dreh die Nase genau nach Süd und dann mach Geschwindigkeit!" Die Flügel surrten fast geräuschlos an, er taumelte, stieg aber stetig. Als sie über dem Talkessel waren, erfasste sie eine Windböe und brachte die Libelle erneut ins taumeln, das George aber ausgleichen konnte. Er starrte so sehr auf die Höhenanzeige, dass er das Lachen in ihrem Gesicht überhaupt nicht wahr nahm.

"So, die Höhe haben wir, jetzt flieg eine enge Kurve .... ganz langsam ... bis dir die Kompassnadel >Süd< anzeigt. ... Wir könnten uns auch auf das automatische Navi verlassen, aber ich will, dass du zunächst überwiegend selbst fliegst. ... So, siehst du, jetzt hast du es fast. Ich korrigiere mal etwas nach. Hier über Atlantis fliegst du noch recht langsam, über dem offenen Meer beschleunige bitte, so weit es geht. In einhundert Metern Höhe werden wir dort kaum mit Vögeln kollidieren und ein Zusammenstoße mit einer anderen Libelle ist auch so gut wie ausgeschlossen, weil vorher unser Navi, wir fliegen mit Satellitenunterstützung, schon von selbst reagiert und deinen Kurs automatisch anpasst." George hatte ihr aufmerksam zugehört und genoss es, die Libelle erst einmal im Standflug auspendeln zu lassen. Dann gab er etwas Schub.

Unter ihnen flogen, wie gestern, zunächst die Gebäude der inneren Stadt dahin. Die innere und anschließend die äußere Schutzmauer verschwanden und unter ihnen dehnten sich Plantagen, Farmen und Viehzuchtbetriebe. Auch sah man von hier oben das weit verzweigte Netz der Magnetschwebebahn. Als sie den Südzipfel der Insel vor sich hatten, sah George auch die Bahn im Meer

verschwinden. "Ich dachte, nach Süden hin fahren keine Magnetbahnen?", fragte er und sie antwortete: "Doch, das Netz reicht tatsächlich bis zum Südpol, wo wir hin wollen, aber wir wollten dir eine wochenlange Fahrt ersparen. Außerdem sind wir für Umwege auch flexibler. Ich würde dir in Afrika zu gerne das Quagga, auf Madagaskar die Dronte, die Drachen in Australien und den riesigen Moa von Neuseeland zeigen wollen."
"Ah, ja, gerne. Alles klar.", antwortete er und gab nun vollen Schub. Sie erreichten eine Geschwindigkeit von etwa 780 km/h und Alexandra drosselte ihn. "Gut fünfhundert Kilometer in der Stunde reichen aus. Es genügt, wenn wir die Kapverden am frühen Nachmittag erreichen. Wenn du willst, schalte jetzt auf der linken Taste neben dem Joystick auf Automatik. Geschwindigkeit, Höhe und Kurs werden hierauf beibehalten und wir können die Aussicht genießen."

Was sie sahen, waren Meer und blauer Himmel. Auf Grund ihrer doch recht hohen Geschwindigkeit, sahen sie bald die nächsten Inselgruppen auf dem Mittelatlantischen Rücken. Dort brodelte gerade ein Vulkansee gemächlich über. Hier übernahm Alexandra kurz das Steuer, erhöhte etwas die Geschwindigkeit und gab einen Kurs leicht nach Ost ein. Es dauerte auch nicht lang und sie erreichten Gibraltar. George erkannte den "Affenfelsen", sah aber auch die breite Landquerung von Afrika nach Spanien. Sie war oft nicht breiter, als zehn bis zwölf Kilometer und war von immer grünem Urwald und tückischen Salzsümpfen durchzogen. Nun drehte Alexandra direkt nach Süd ab und flüsterte "Schau mir in die Augen, Kleines!", worauf George antwortete: "Casablanca". In Georges Zeit wären sie jetzt direkt über der Sahara gewesen. Statt dessen flogen sie aber über eine ziemlich grüne Savanne. Alexandra drosselte den Flug auf nur noch knapp 30 km/h und ging so tief, dass sie knapp über die Baumwipfeln gerieten. Sie zeigte; "Siehst du, Giraffen, da eine Horde Berberaffen, dahinten Antilopen und ... das, dem wir uns nähern, erkennst du das?" George schüttelte den Kopf. Schließlich landete sie. "Nimm dir einen Phaser mit, zur Sicherheit." Sie stiegen aus und näherten sich der Herde, die friedlich graste. "Erkennst du es jetzt?", flüsterte sie, als sie sich anschlichen. "Nein. Sieht aus wie eine Mischung aus mongolischem Steppenpferd und Zebra.", raunte er genau so leise zurück. "Nein, das ist das Quagga. Nach euren Betrachtungen soll es ein Zweig des südlichen Steppenzebras sein.

Es gibt aber hier in der Sahara mehr Quaggas als reine Zebras. ... Mach ruhig ein paar bewegte Bilder. Eine halbe Stunde Zeit haben wir." George umschlich die Herde, die sich aber, als sie ihn schließlich bemerkte, flugs aus dem Staub machte. Er kehrte um zur Libelle, vor der Alexandra gerade über einem kleinen Feuer dabei war, aus dem Inhalt eines Straußeneis, das sie wohl gerade erst einem wütenden Straußenhahn im Wortsinne unter dem Hintern weggeklaut haben musste, eine Zwischenmahlzeit für sie zu brutzeln. Er schaute verdutzt und sie nickte in eine Richtung: "Hier sind überall ihre Gelege. Zweibeinige Jäger kennen sie und flüchten von sich aus."

Nach dem Essen flogen sie wieder in Richtung West und legten auf den kapverdischen Inseln, in einem winzigen Dorf der Atlantier, eine Übernachtung ein, bevor sie sich am nächsten Tag erneut auf den Weg machten. Auch dieses mal übernahm Alexandra die Führung und übernahm nach seinem Start von der Insel die Steuerung. Wieder ging es zunächst nach West auf den afrikanischen Kontinent zu. Unter ihnen der von Menschen bisher weitestgehend unberührte Dschungel. Alexandra ging für etwa anderthalb Stunden wiederum tiefer und in langsameren Flug über. Sie zeigte ihm offene Flächen in mitten der von Bäumen dominierten Vegetation, in denen Waldelefanten in sumpfigen Lichtungen Schlammbäder nahmen. Sie überflogen ein unter dem Kronendach des Dschungels kaum erkennbares Biwak nomadischer Pygmäen. Selbst wenn sie mit ihrer Libelle nur sehr langsam knapp über die Baumwipfel der Urwaldriesen hinweg surrten, scheuchten sie jedes mal Unmengen an Vögeln auf. Das ängstliche Geschrei von Bonobos mischte sich unter das Trompeten der Elefanten und das bösartige Fauchen von Waldlöwen. So musste die Welt von Anbeginn an gewesen sein. Dass man gerade inmitten einer weltweiten Eiszeit war, merkte man hier in der Nähe des Äquators überhaupt nicht, denn über dem Dschungel dampfte es und aufsteigende Nebel des Regenwaldes führten zu einer schwülen Hitze. Der Dschungel goss sich selbst.

Alexandra ließ, die Libelle ihn steuernd, sie am Rande einer Lichtung mitten im Kongo-delta landen. Als sie die Kabinentüren des Libellocopters öffneten, schlug ihnen in ihre klimatisierte Kabine die volle Schwüle des Äquators entgegen. Sofort nachdem sie die Libelle verlassen hatte, suchte sich Alexandra trockenes Holz aus der Umgebung, entzündete ein Feuer so, dass ihnen dessen Rauch entgegen wehte und streute irgendwelche Kräuter in die auflodernden Flammen. "Such auch noch ein paar trockene Äste, halte dich aber zur Sicherheit vor Raubtieren wie Krokodilen oder Leoparden in der Nähe auf. Wir Menschen sind hier in dieser Zeit und in dieser Gegend noch immer die bevorzugte Beute der gefleckten Katzen. Das Feuer mach ich gegen die Moskitos, die uns sonst auffressen!", rief sie ihm zu.

Er hatte nach ein paar Minuten bereits mit einem Tomahawk, das wohl für solche Zwecke in der Kabine mitgeführt wurde, ein paar trockene Äste von nahen Bäumen abgeschlagen und brachte sie ihr. Nochmals streute sie Kräuter in die Glut der Flammen, machte sich dann aber wortlos daran, ihnen ein paar gebackene Bohnen mit Mammutspeck in einem Topf zu erwärmen. Als sie nach dem Mittag wieder in die Kabine ihrer Libelle stiegen,

waren sie beide dennoch von allen möglichen Insekten zerstochen, und Alexandra zückte ein Spray, das sie auf ihre Stiche sprühte. Jucken und Schwellungen vergingen sofort.
Bis zum Abend erreichten sie mit hoher Geschwindigkeit die Insel St. Helena. Sie war unbewohnt. Auf St. Helena gab es aber eine automatische Beobachtungsstation von Atlantis und eines der üblichen Gebäude auf Stelzen, um Reisenden wie ihnen zur Übernachtung zu dienen.
"Zu weit ab vom Schuss.", kommentierte Alexandra mürrisch. George besah sich auf seinem Navi, wo sie jetzt überhaupt waren. Die Insel lag etwa auf gleicher Breite, wie das "Kap der guten Hoffnung", aber nicht auf der Länge des Mittelatlantischen Rückens.
Am folgenden Tag ging es nur geradeaus über das Meer. Sie hätten Trockenfleisch und etwas Obst auch in der Kabine während des Fluges zur Mittagszeit zu sich nehmen können, aber Alexandra forderte ihn statt dessen auf, zu wassern. "Was hältst du von einem Bad mitten im Atlantik? Romantischer kann doch so ein Ausflug gar nicht sein, oder?", fragte sie und setzte nach: "Erst ich, dann du, denn einer von uns beiden muss nach Haien Ausschau halten." Als sie sich nackt vor ihm auszog, zwinkerte sie ihm zu: "Meinst du, ich mache mir die Klamotten nass? Aber vergiss bitte, wenn du dann hinein gehst, auf keinen Fall, dich mit dieser Kunststoffleine hier zu sichern, falls du durch Wind und Strömung abtreibst."
Sie schwamm, er schaute nach den typischen Rückenflossen von Haien, sah aber nichts. Als sie sich wieder in der Kabine angezogen und sie seinen Ausguck auf einem der Schwimmer des Libellocopters eingenommen hatte, ging er ins Wasser, nicht aber, ohne sich, wie sie es gesagt hatte, mit einer Leine an der Libelle zu sichern. Er war schon ein gutes Stück von der Libelle weg geschwommen, als seine Füße plötzlich gegen etwas Weiches stießen. Gleichzeitig sah er neben und vor sich Finnen aus dem Wasser ragen. Hinter

sich hörte er im nächsten Moment schon Alexandra lachend rufen: "Du bist ein Glückspilz! Um dich herum ist eine Schule Delphine! Wo die sind, sind selten Haie. Warte! Ich komme zu dir! Bin noch nie mit Delphinen geschwommen!" Im nächsten Moment war sie bereits wieder nackt und bei ihm im Wasser. Die Delphine waren neugierig, kamen ganz nah, ließen sich berühren. Ihre Haut war ganz zart, ihre Körper so weich. Das Wasser des Atlantiks war indes recht kühl und so hielten beide es nicht all zu lang darin aus. Als sie beide sich auf den Schwimmern der Libelle gegenüber sitzend, ihre Füße im Wasser planschend, ihre kalte Mittagsmahlzeit zu nahmen, waren die Delphine noch immer um sie herum, nun jedoch jeder für sich überwiegend mit der Jagd auf Sardellen und andere kleine Fische beschäftigt.

Am Abend erreichten sie Inaccessible Island, die nur gut zehn Kilometer südwestlich der Vulkaninsel Tristan de Cunha liegt. Hier gab es eine Station der Magnetbahn zum Südpol und eine ständig von einer Hand voll Atlantiern besetzte Rast- und Übernachtungsstätte. Die Häuser waren halb in den Boden eingelassen, denn das Klima war schon ordentlich kalt, weil man bereits des südpolare Eisschild wahr nahm. Es hatte etwas von Jugendherberge: Gemeinschaftsdusch- und Waschraum, kleine Zimmerchen mit Doppelstockbettnestern, großer Gemeinschaftsraum mit angeschlossener Küche, eine Schlachterei, ein weiterer Aufenthaltsraum, eine Bahnstation mit Abstellgleisen der Magnetbahn, hin und wieder durchrauschende Gütercontainer für den Südpol und auf der mit Tundravegetation bewachsenen Hochebene grasten eine hier angesiedelte Herde Mammuts und paar einzelne Moas als Fleisch-, Eier- und Milchlieferant für die Station. Es war gemütlich, es war kuschelig und außer der hier angestellten Familie war nur noch ein weiteres Paar, auf der Rückreise mit der Bahn vom Südpol hier anwesend.

Als sie beide am nächsten Morgen starteten, gab sie ihm als Richtung Südwest vor. "Und dann steig bitte so hoch es geht. Bei hoher km/h-Zahl müssten wir in etwa einer Stunde auf das südliche Eisschild treffen.", sagte sie. Bereits während des Starts gab er Geschwindigkeit und Höhe. Als er bei rund zwölftausend Metern über dem Meeresspiegel angekommen war, begann es in der Druckkabine deutlich zu knacken, so dass er wieder auf rund etwa neuntausend Meter hinunter ging. Auch hatten die Flügel bei zwölftausend Metern kaum noch Luftwiderstand gehabt und sie entsprechend kaum noch tragen können, weshalb die Libelle in dieser Höhe ins unkontrollierte Taumeln geraten war. Nach anderthalb Stunden erreichten sie eine, ... tja, was war das, eine Halbinsel? ..., die zu einem Teil von einer Eiszunge bedeckt war, an die sich das rund drei Kilometer hohe, südliche Eisschild anschloss.

Alexandra erklärte: "Das da unter uns kennst du als Falkland Inseln. Die Gletscher von Feuerland und der Antarktis vereinigen sich in dem Gebiet, das du als Drakestraße kennst. Es ist dort Schelfeis. Schwimmt also auf dem Meer. Darunter umfließt weiter der Zirkumpolarstrom den antarktischen Kontinent. ... So, dort an dieser Hügelkette biegst du jetzt direkt nach Süd ab." George folgte ihren Anweisungen. Unter ihnen war jetzt nur noch Eis, aus dem hin und wieder ein kahler Gebirgszipfel empor ragte. Man sah die Fließrichtung der südamerikanischen Gletscher. Er folgte ihnen mehr oder weniger und nach einer weiteren guten Stunde kamen sie an so etwas wie ein Eistal, das massiv schien.

Es verging einige Zeit, bis ihnen ein neuer Gebirgszug entgegen kam. "Ist das das Grahamland?", wollte er wissen. Sie nickte und ergänzte: "Wie du hier siehst, gibt es zwar keine direkte Landverbindung zwischen Südamerika und der Antarktis, aber hier in unserer Zeit gäbe es für entsprechend widerstandsfähige Säugetiere tatsächlich die

Möglichkeit, trockenen Fußes von einem zum anderen Kontinent zu wandern. Aber was sollten sie in der Antarktis? Es gibt nichts als Eis und Schnee, es gibt keine Nahrung und in der Polarnacht fallen die Temperaturen jetzt in der Eiszeit auf bis zu minus 120°C. Nur fünf Minuten da draußen und du bist, egal wie dick du dich anziehst, erfroren. ... Werde jetzt mal langsamer. „„ siehst du dort am Ende dieser Gebirgskette das vorher bereits in transparentem Aluminium eingehauste Fahrband der Magnetbahn? ..."
Er nickte. "Daneben ist eine kleine unbemannte Station von uns. Warte, ich funke sie an und du gehst langsam in den Landeanflug." Sie funkte, er steuerte, dann übernahm sie. Direkt neben der Magnetbahn öffnete sich nun das durchsichtige Dach einer Landebühne für Libellocopter. "Ja, wir müssen hier die Libelle verladen.", sagte sie, als sie ausstiegen. Das Rohr, durch das sich die Magnetbahn schlängelte, war von hier an breiter. Auf Kehrgleisen standen einige sehr große Bahnwagen für Güter, Passagiere und größere Lasten. "Wenn wir den Libellocopter hier draußen stehen lassen würden, bestünde die Gefahr, dass ihre Flügel und die Mechanik dafür von der Kälte zu sehr geschädigt werden. Deshalb fliegen wir auch nicht direkt bis zu unserem Stützpunkt am Südpol."
Sie zeigte ihm, was er mit ihr gemeinsam tun musste, um die Libelle auf einen der Lastwagen zu schieben. Dabei entdeckte George, dass die gesamte Landeplattform Teil eines Linearmotors war. Alexandra aktivierte nur den Gegenpol in den Schwimmern der Libelle und so war die ganz leicht auf einen der niederflurigen und dafür extra gebauten Transportwagen der Bahn zu schieben. Magnetische Metallösen, die sich selbsttätig um die Schwimmer klammerten, waren es, die die Libelle auf dem Wagen hielt. Sie holte noch ihre persönlichen Dinge aus dem Schwanz des Fluggerätes und nachdem sie sich selbst

zu zweit in eine Personenkabine der Bahn gesetzt hatten, ging es los, die Libelle auf ihrem Extrawagen nur ein paar Dutzend Meter vor ihnen weg. Zunächst schwenkten sie auf das Hauptgleis ein, dessen Schlauch erst ab hier diesen größeren Durchmesser hatte. Nach ein paar Kilometern schwang sich der Schlauch in einen Tunnel hinein und es ging recht rasant abwärts. George merkte das an dem leichten Schwindelgefühl in der Magengegend. Wie tief sie waren, als der Tunnel allmählich wieder in die Horizontale schwenkt, wusste er nicht.

Die Wagen verlangsamten jetzt ihre Fahrt und ihre Libelle fuhr seitlich auf einem Extragleis davon. "Die wird samt ihrem Wagen in einem Depot so lange abgestellt, bis wir wieder zurück kehren. Hier unten in dieser Tiefe gefriert durch die Wärme aus dem Erdinneren nichts.", erläuterte sie seine unausgesprochene Frage.

Ihr Wagen nahm nun richtig Fahrt auf. Er merkte es an ihrem unruhiger werdenden Lauf. Hin und wieder raste ihnen auf dem anderen Gleis ein Wagen entgegen und verschwand im Dunkel hinter ihnen genauso schnell, wie er im Scheinwerferkegel vor ihnen aufgetaucht war. "Wenn du magst, können wir ja jetzt unseren Mittagssnack zu uns nehmen und danach lehne dich zurück und mache wie ich ein Nickerchen. Vor heute Abend erreichen wir unsere Station sowieso nicht." Pemmikan aus Mammutspeck mit Moafasern und ein paar kalte Bratlinge aus Linsen und Bohnen hatte sie auf Tristan de Cunha für sie beide eingepackt und holte die nun aus ihrer Picknicktasche. Sie aßen schweigend, während sie im Wagen schnurgerade in die sie umgebende Dunkelheit hinein rasten. Schließlich lehnte sie sich in ihrem Sitz zurück und schloss die Augen und er tat es ihr gleich, döste vor sich hin und nickte gelegentlich zwischendurch ein, gestört nur hin und wieder durch einen Huckel im Fahrweg oder durch das Surren eines entgegen kommenden anderen Wagens.

Wach wurden beide, als ihre Gondel seine Geschwindigkeit drosselte und sie spürbar bergauf fuhren. "Dir hat jetzt sicher das Zischen des Fahrtwindes gefehlt.", kicherte sie, als er seine Augen aufschlug und ergänzte: "Die ganze Röhre ist ein Vakuum. Nur so sind die sehr hohen Geschwindigkeiten hier unten, auch mit den Libellocoptern und den Frachtcontainern möglich." Er gähnte laut und sagte: "Es ist also eine Magnetbahn, die ein wenig wie Rohrpost funktioniert." Was ist eine Rohrpost?", fragte sie und er erklärte.

Noch während er das tat, öffnete sich der Tunnel, verbreiterte sich. Sie fuhren über mehrere Weichen, denn die Gleise verzweigten sich hier und endeten jeweils an Stumpfstellen. Die Frachtabfertigung war offenbar links von ihnen, nach rechts standen mehrere Personenkabinen abgestellt. Als sie an einer Stumpfstelle mit kleinen Bahnsteigen rechts und links des Gleises schließlich anhielten, kam ihnen geradewegs eine Abordnung von Amazonen in ihren Galauniformen entgegen, gefolgt von zwei weiteren Damen in den typischen Tuniken. Die sechs Amazonen nahmen am Bahnsteigende Aufstellung und die beiden zivilen Frauen kamen direkt auf George und Alexandra zu und halfen ihnen beim Ausstieg und entladen ihres Handgepäcks.

Nun erst stellten sich die beiden ihnen vor. "Wir sind Andrea und Constanzia, die beiden Leiterinnen dieser Siedlung." George dankte beiden für den Empfang und fragte dann: "Bitte gestatten sie, ... ", Alexandra kniff ihn, von den beiden anderen unbemerkt in den Ellenbogen. "... gestattet ...", verbesserte sich George schnell, "... aber ich habe meine Orientierung komplett verloren." "Das ist ja auch kein Wunder, wir sind schließlich auch tief unter Tage.", kicherte Constanzia. Andrea übernahm: "Wir sind hier nur knapp fünfzig Meter unter einem Süßwassersee, den du in deiner Zeit als Wostoksee kennst. Wir nutzen sein

Wasser als Trinkwasser und zur Energiegewinnung für unsere Brennstoffzellen. Der See dort über uns liegt derzeit gut sechstausend Meter unter dem Inlandeis." Sie gingen zusammen in Richtung einer der automatischen Türen. Ein großer ovaler Raum öffnete sich ihnen, von dem weitere Türen zu anderen Räumen abzweigten. Andrea redete unterdessen weiter: "In ferner Zukunft, wenn wir die anderen Siedlungen von Atlantis aufgegeben haben werden, müssen wir, ob wir wollen oder nicht, hier unten auf Kernfusionsreaktoren zugreifen." Als sie vor einer der Türen hielten, übernahm Constanzia die Erklärung: "Regulär arbeiten hier selten mehr, als zwanzig Personen. Wir dienen derzeit mehr als Transitstation." "Bitte wohin, wenn ich fragen darf?", hakte George nach. "Natürlich ins All!", platzte es aus Alexandra heraus. "... natürlich ... ", wiederholte George.

Der Raum, den sie jetzt betraten, war offenbar ein gemeinsamer Aufenthaltsraum für die Besatzung. Auf einem Buffet standen ein paar Speisen und Getränke. Man sah einige Leute unter Kopfhörern vor Bildschirmen an den Wänden sitzen, einige andere saßen gemeinsam auf Stühlen um einen Tisch und redeten leise. Hier machte alles einen sehr gedämpften Eindruck. George besah sich den federnden Fußboden genauer. Er schien aus einem Fließ, wie bei einem Klettverschluss zu bestehen und war damit anders, als in der Hauptstadt. Hinter ovalen Fenstern an den Wänden des Raumes befanden sich Aquarien, Terrarien und Paludarien oder Mischungen aus allem. Ihre kleine Gruppe, noch immer gefolgt von den Amazonen, die nun aber fast unsichtbar, wieder verschwanden, lümmelte sich leger in eine Sitzecke aus Diwanen.

"Wir haben euch für nachher gemeinsam das Zimmer Omicron gegeben.", sagte Constanzia. Während Alexandra am Buffet ein paar schnelle Happen Essen für sie beide zusammenstellte, erklärte Andrea weiter: "Du siehst, in den

Fenstern imitieren wir verschiedene Landschaftselemente der Erdoberfläche. Falls du noch auf einen Ausflug ins All mitkommen möchtest, kannst du dort weitere dieser >Terraräume[14]< sehen. Die sind dort sogar begehbar." "Ja, na man bekommt ja sonst eine schwere Depression, wenn man nicht hin und wieder etwas >Erde< sieht.", warf Alexandra ein, die mittlerweile mit einigen Tellern voller Leckereien vom Buffet zurück gekommen war. Andrea erklärte weiter: "Das hier ist gewissermaßen nur die Beobachtungsstation für die Erde. Weil es bis in deine jüngere Vergangenheit so abgeschieden ist, dass die Wahrscheinlichkeit, Menschen aus den jeweiligen realen Zeiten zu begegnen, relativ gering ist, haben wir uns für diesen Ort hier entschieden."

Andrea widmete sich jetzt ihrem Moasteak, deshalb setzte Alexandra einfach fort: "In deiner Zeit, George, werden hier Atlantier richtig wohnen. Derzeit ist es für uns hingegen noch ein zeitlich befristeter Ehrendienst, dem sich jeder Atlantier mindestens einmal im Leben für einige Wochen stellt. Aber die Räume sind schon jetzt so dimensioniert, dass eine rund fünfundzwanzigköpfige Crew gut ein Jahr lang hier unten ohne weiteres überleben kann." "In meiner Zeit ist aber von Eurer Existenz hier nie etwas erwähnt!", schob er halb fragend, halb unsicher, ein. Andrea übernahm wieder: "Tarntechnologie mein Guter! Wir landen und starten mit unseren Raumshuttles durch den See über uns hindurch. Gern nutzen wir in deiner Zeit die Aurora Australis, das Südlicht, für unsere Starts und Landungen. .. Sei gern dabei und besuche uns dort oben." Constanzia kicherte: "Wir sind aber nicht nur zur Arbeit hier. Einige

---

14 Diese "Terraräume" sind bereits Bestandteil eines vor rund zehn Jahren begonnenen und bisher leider noch nicht fertig gestellten Romans, der später an diesen Roman hier angepasst und dann eingereiht werden soll. Die Grundidee stammt aus dem Film "Lautlos im Weltraum" USA 1972.

nutzen unsere Station auch als romantischen Ort für ihre Hochzeit oder für ein intimes Jubiläum." George schaute skeptisch. Er konnte sich romantischere Orte auf der Erde vorstellen. Aber da nahm ihn Alexandra auch schon bei der Hand und entführte ihn erst hinaus auf den Zentralraum und dann durch eine der anderen Türen. Ihn umfing eine riesige Halle mit einem vor Leben nur so strotzenden Regenwald.
"Wegen dem hier kommen die Atlantier hier her!", rief sie und stürmte über einen Weg aus Bohlen vor weg, blieb dann kurz atemlos stehen, nahm ihn wieder bei den Händen und schaute ihm tief in die Augen.
"Das ist unser erster begehbarer Terraraum gewesen. Es ist der Prototyp der Räume, die wir anschließend im All und auf Aldebaraan gebaut haben. ... Ist das nicht großartig hier? Der echte Dschungel in Äquatornähe, aber ohne lästige Moskitos! Wir haben hier viel gelernt. In deiner Zeit werden wir in solchen Räumen Getreide wie zum Beispiel Mais oder Erdknollen wie Kartoffeln anbauen ... und Hanf für die Gesundheit ... und Obst und Bohnen ... Aber es wird keine richtige Viehzucht mehr geben. Die gibt's ja jetzt schon kaum noch. ... Ach George, du musst mit ins Weltall. Da gibt's noch einiges zu sehen!" rief sie überschäumend vor Wonne. Der nur mit Holzbohnen befestigte Pfad führte an lauschigen, verschwiegenen Plätzchen vorbei, auf denen sich Liebespaare in den Armen lagen. Tiere sah er weniger. Flughunde, Vögel, kleine Echsen, Nager und Insekten wie Bienen, Ameisen, Fliegen und Termiten. Im Boden krochen Würmer und Schnecken. Er war fasziniert von allem und nun auch neugierig aufs All, aber Alexandra bremste ihn zunächst. "Lass uns morgen erstmal einen Tagesausflug in den See über uns machen und übermorgen an die Eis-Oberfläche gehen." "Ich dachte, dort ist es so kalt, dass sofort alles einfriert.", maulte er. "Dem kann man technisch entgegen wirken. Im Weltraum sind die Temperaturen schließlich noch niedriger.", gab sie zur Antwort.

Nach dem Ausflug in die Botanik des Terraraums besichtigten sie noch die technische Abteilung und die Werkstätten, aßen im Aufenthaltsraum etwas zur Nacht und zogen sich dann in ihr zugewiesenes Apartment zurück. Es war ein Zweibettzimmer, das sich mit einem Paravent gut aufteilen ließ, so dass die sehr junge Frau Nachts nicht zu sehr durch das Geschnarche des zugegebener Maßen nicht mehr ganz so taufrischen, also eher etwas älteren, Herrn gestört wurde. Eine kleine Nasszelle und eine Miniküche gehörten hier genauso zum Inventar, wie der Diwan fürs kleine Nickerchen zwischendurch, der Getränkeautomat, ein Zugangsterminal zum Zentralcomputer und eine Schale voller abgepacktem Pemmikan, Chips aus getrocknetem Mammutspeck, also nicht "Beef Jerkey", sondern "Mammut Jerkey" und Trockenfischchips als Snacks.

Am nächsten Morgen wurde er gerade wach, als sie aus der Nasszelle kam. "Du kannst schon vorgehen in den Speisesaal, wenn du fertig bist. Ich will schnell zwei Runden durch den Terraraum rennen." Er hatte schon öfter bemerkt, dass sie morgens joggen ging. Es störte ihn nicht. Sollte sie doch machen. So konnte er sich etwas Zeit lassen.

Als er den Aufenthalts- und Speiseraum der Station betrat, waren nur zwei weitere Pärchen anwesend, die in jeweils einer Ecke des Raumes offenbar nur für sich sein wollten und so "beschlagnahmte" George einen Tisch direkt vor einem Terrarium, in dem es in einem Hügel Roter Waldameisen nur so vor Leben wimmelte und in dem ein Teil einer verbuschten Heide auf einigen Quadratmetern nachgebildet war. Er holte sich vom Buffet etwas zu essen. Als er am Getränkeautomaten stand, unschlüssig, was er nehmen sollte, weil die Namen der Getränke, trotz Übersetzungsmatrix auf seinem Smartphone für ihn wenig aussagekräftig bezüglich des Inhalts des Getränks gab, ...

war das da warm oder heiß? ... war das daneben mehr wie eine Limonade oder ein Tee? ... machte es wach oder müde? ... legte ihm plötzlich Andrea, die Leiterin der Station, die für ihn unbemerkt schräg von hinten an ihn heran getreten war, ihre Hand auf die Schulter. "Na, Herr Hungerlundt, unschlüssig, was sie nehmen sollen?", fragte sie. Er antwortete: "In meiner Zeit kenne ich mich aus. Da nehm ich morgens zuerst einen Kaffee, weil der munter macht und hangel mich dann mit selbst gemachter Limonade durch den Tag. Aber hier weiß ich nichts. Bisher hab ich mich immer an Wasser gehalten." "Ich weiß zwar nicht, was Kaffee ist, aber wenn es ein Muntermacher sein soll, dann nehmen sie eine Tasse mit andorianischem Gewürztee." "Wer sind die Andorianer?" "Ein Volk, das wir in ein paar Jahrhunderten auf dem Weg zum Aldebaraan erst kennen lernen werden. Das haben sie bestimmt schon in unserer Hauptstadt von Tatjana bekommen." "Beantwortet meine Frage nicht. Wer sind die Andorianer?" "Das sind die Außerirdischen, die sie kurz nach der Eiszeit besuchen werden."
"All unsere Forschungen sagen, dass wir nie Besuch von Außerirdischen hatten!" "Nehmen sie sich erstmal den Tee und noch einen Kelch vom Wasser aus dem See über uns und wenn sie wollen, kann ich mich mit meinem Frühstück dann gern zu ihnen setzen." "So machen wir das!", sagte George, nahm sich noch ein Wasser und begann bereits zu essen, als sich Andrea zu ihm setzte.
"Also verehrte Andrea, all unsere Forschungen haben immer ergeben, dass die Erde noch nie Besuch von einer außerirdischen Zivilisation hatte." "Die Forschungen in ihrer Zeit, lieber George, in ihrer Zeit." "Ja, es gab mal so einen verspinnerten Typen Namens Erich von Däniken aus Schweiz, der behauptet hat, die Pyramiden in Ägypten und die sieben Weltwunder und viele mehr seien die Werke von Außerirdischen. Aber der ist nie ernst genommen worden." "Wozu auch?", entgegnete Andrea, "Wir kennen seine

Schriften und das was er da verzapft hat ist wirklich der reinste Irrsinn. Wobei viele der Dinge, wie eben die Pyramiden zum Beispiel, nicht komplett nur auf den geistigen Überlegungen der jeweiligen Zeitgenossen basierte." Alexandra war unterdessen, sehr erfrischt und mit einem Tablett voller kulinarischer Köstlichkeiten, mittlerweile an den Tisch gekommen und setzte sich zu ihnen. Die letzten Sätze von Andrea hatte sie offenbar noch gehört und ergänzte: "Die hängenden Gärten von Semiramis gehören auch dazu. Es brauchte oft nur einen kleinen Anstoß von Atlaniern, bis die dazu passende Innovation dann von den Zeitgenossen gemacht wurde ... oder wird? ... Ich hasse Zeitreisen!"

Andrea fuhr fort: "Aber mit der Behauptung, die Erde hätte noch nie Besuch von Außerirdischen, da liegt ihr in deiner Zeit vollkommen falsch. Gerade in deiner Zeitepoche sind neben uns noch mindestens vier weitere Spezies hier in dieser Situation und beobachten das Weltgeschehen." "Das wird die Menschheit aber nicht vor der fast kompletten Selbstauslöschung bewahren!", warf Alexandra kurz ein, bevor Andrea fort fuhr. "George, dir sind die sogenannten >Nazca-Linien< in Südamerika ein Begriff?" George nickte. "Etwa zweieinhalbtausend Jahre vor deiner Zeit stürzte ein Schiff der Feredianer bei seinem Landeanflug auf diese Station hier mit vier Individuen dort ab. Leider ging dabei auch der Funkkontakt verloren und sowohl Peilsender, als auch Raumschiff verbrannten dabei vollständig."

Alexandra fuhr fort: "Die Feredianer überlebten schwerverletzt. Einheimische halfen ihnen und pflegten sie. Es dauerte aber gut zwei Wochen, bis wir die Absturzstelle, mitten in einem Vulkankegel, gefunden hatten." "Und dieser Vulkan, lieber George, brach genau einen Tag, nachdem wir die Absturzstelle lokalisiert hatten, aus. Das erschwerte die Suche nach möglichen Überlebenden dort sehr und so gingen ... also gehen ... die Zeitparadoxien, wenn man über die spricht, die für uns erst geschehen werden, während sie in deiner Geschichte schon geschehen sind ... na jedenfalls entschließt man sich, mit ungetarnten Fahrzeugen in das Gebiet zu gehen und die Menschen dort aufzusuchen." "Als man alle vier Feredianer, Gott sei Dank lebend, in einem kleinen Dorf fand, waren die trotz schwerer Verbrennungen bereits auf den ersten Schritten zur Genesung." "Nun fallen Feredianer auf. Sie sind etwa noch einen halben Kopf größer als du, haben große Augen, keine Nase, statt dessen riechen sie mit ihrem kahlen Kopf und sind insgesamt sehr schlank. Unser Hilfstrupp muss sich also durchfragen und findet die dann."

"Nun haben sich unsere Leute gegenüber den Einheimischen nicht lumpen lassen wollen und ihr Dorf für die Rettung der Feredianer mit einer recht großzügigen Lebensmittelspende entlohnt." "Als die Feredianer ein halbes Jahr später, da war es hier mitten im Winter, wieder ihre Heimreise antraten, haben die sich nochmals mit einer Lebensmittelspende in diesem Dorf sehen lassen." "Und weil die gerade mitten in einer großen Hungersnot in diesem Dorf ankam, waren dessen Bewohner doppelt dankbar." "In den folgenden Jahren hofften sie, nun allerdings vergeblich, darauf dass man ihnen erneut helfen würde. Deshalb diese Linien im Hochland der Anden. Aber wir wollten die Völker dort nicht noch weiter beeinflussen. Das ist die Geschichte dahinter." Mittlerweile hatten sie fertig gefrühstückt und besahen sich das Ameisengewimmel im Terrarium an.

"So, George, wollen wir uns jetzt den Wostoksee von unten beschauen? Gut gegessen hast du ja jetzt.", sagte Alexandra und Andrea schob nach: "Weil wir übermorgen ohnehin den Start eines kleinen Raumgleiters zum Trojaner vorgesehen hatten, er fliegt allerdings nach einem halben Tag wieder zurück, könntet ihr da gerne mit. Ist ein reiner Routineflug und dient zum gegenseitigen Austausch von Versorgungsgütern. Machen wir etwa alle zehn Tage." "...ja, das hatte ich auch so im Hinterkopf ... deshalb wollte ich nicht die Bahn, sondern die Libelle mit dir hierher nehmen. Wollen wir übermorgen mitfliegen, George!" "Ja, ... aber ... muss ich da nicht noch ein Astronautentraining oder so machen?" Alexandra kicherte: "Ach George, du müsstest doch schon mitbekommen haben, dass sich bei uns alles rein intuitiv machen lässt."

Der Ausflug an den Grund des Sees schloss sich ihrem Gespräch unmittelbar an. Zusammen mit einem anderen Pärchen wurden sie von einem Mitarbeiter der Station begleitet. Die Reise begann in einem Raum, der vom Bahnhof aus über mehrere Gänge erreichbar war. Sie traten gemeinsam in eine runde, senkrecht aufsteigende Kabine, von der George geglaubt hatte, sie sei ein ganz normaler Lift, der sich an einem mittleren Stift hinaufzog. Aber die vier kupfernen Schienen an diesem Pfeiler, der sich durch die durchsichtige Kapsel schob, um dessen Mittelteil sie im Rund mit Blick nach außen saßen, belehrte ihn, dass auch dies eine Magnetbahn war, die nur senkrecht, statt horizontal fuhr. Es war kein weiter Weg. Zuerst ging es in der Röhre etwa fünfzig Meter durch massiven Fels, dann folgten zwanzig Meter, bei denen es sich offenbar um den schlammigen Grund des Sees handelte.
Die Gondel fuhr hier so langsam, dass man im nach außen scheinenden, sehr gedämpften Licht ihres Fahrzeugs, auch der Schlauch war durchsichtig, die einzelnen Sedimentschichten genau erkennen konnte. Da waren sogar noch Reste von Farnen längst ausgestorbener Arten zu erblicken. Schließlich kamen sie über dem Meeresgrund an, das innere Kabinenlicht wurde ausgeschaltet, ein Außenscheinwerfer ging dafür an und ihre Fahrweise änderte sich. Die Gondel schob sich rein mechanisch über den hier senkrecht endenden Fahrweg hinaus und wurde mit Greifern auf eine horizontal fahrende Schiene gesetzt, die

einer Eisenbahnschiene mit ihren Schwellen ähnelte. Das
war jetzt wirklich alles keine Hightech mehr, sondern solide
Mechanik. Sie rumpelten wirklich über ein Stück Strecke.
Ihr erstes Ziel waren dabei künstliche Gebilde, die sich aus
dem Licht eines ihrer Scheinwerferkegels schälte. Ihr
Führer, ausnahmsweise ein Mann, erklärte: "Das dort sind
unsere Anlagen, in denen wir unser Trink- und das
Brauchwasser für die Energiegewinnung ansaugen und für
die jeweiligen Zwecke aufarbeiten. Unser Abwasser wird
hier geklärt und anschließend wieder in den See geleitet, um
ihn nicht auszutrocknen. Neben der reinen Überwachung
der Anlagen im Kontrollraum unter uns in der Station,
fahren wir auch zweimal täglich direkt dort auf diesem
abzweigenden Gleis hinein, um die Anlagen wörtlich
genommen >in Augenschein< zu nehmen und alle Werte zur
Sicherheit händisch zu überprüfen."
Er machte eine Pause und sie fuhren langsam an den
Anlagen entlang. Schließlich verschwand sie hinter ihnen
und ihr Führer drehte den Scheinwerfer, dimmte aber seine
Helligkeit weit hinab. Die Kabine hielt. Was sie draußen
sahen, war bizarr. Über vier Meter lange Muränen
schlängelten sich vorbei. Anglerfische ließen ihren
lumineszierenden Köder im Wasser pendeln. Fast durch-
sichtige, milchige Algenstränge waberten hin und her.
Lurche, die aussahen, wie Grottenolme weideten in diesen
Algen. Ein Schwarm Fische, deren Form George schon
einmal irgendwo gesehen hatte, schwamm an ihnen vorüber.
Durchsichtige Schnecken krochen über den Schlamm des
Bodens und verwerteten die Reste dessen, was von oben im
See hinab sank.
Kleine Krebschen, die aussahen wie Krill, schwebten wie
Plankton oder machten sich über die Reste wie Putzerfische
über die losen Schuppen und Parasiten von Fischen her. Ihr
Führer ergriff wieder das Wort: "Der Druck hier unten ist so
hoch, dass wir hier selbst in Druckanzügen Probleme hätten.

Deshalb können wir diese Kabinen hier nicht verlassen. Auch in die Anlagen dort hinten kommen wir nur in diesen Kabinen hier hinein. Im See ist es durch die jetzt gut sechs Kilometer dicke Eisschicht über ihm dauerdunkel. Wir haben uns auch schon gefragt, woher die Energie hier kommt, die Algen und andere Pflanzen wachsen lässt und haben heraus gefunden, dass das die selbe Energie ist, die das Wasser in diesem See nicht gefrieren lässt. Durch die Wasserbewegung selbst wird bereits eine gewisse Reibung erzeugt, die ihrerseits Wärme hervor bringt. Die Wasserbewegung nun wiederum entsteht durch die sich bewegenden Gletscher, die sich über den Wostoksee hinweg schieben. Das geschieht mal schneller, mal langsamer, mal verkannten sich Eisblöcke auch. Eine weitere Energiequelle hier unten ist der Meeresboden selbst. An einigen Stellen befinden sich heiße Quellen, die durch die Aktivität relativ nah liegender Vulkane und durch Magmablasen unter dem See gespeist werden. So hat sich hier eine von der Energie des Sonnenlichts unabhängige Flora und Faune entwickelt. Wobei alles eine Grundkälte hat, die den Stoffwechsel aller Lebewesen in diesem See verlangsamt. ... Sehen sie diese Fische?", der Führer richtete den Scheinwerferkegel direkt auf einen Schwarm, der behäbig daher schwamm. "Das sind südliche Lachse.

Mit der zunehmenden Vereisung dieses Kontinents, die schon vor Millionen von Jahren begann, noch vor dem Ende der Dinosaurier, wurde dieser Population der Weg ins Meer abgeschnitten. Nun wandern sie nur noch innerhalb des Sees und laichen an warmen Quellen oder wo es ihnen beliebt. Ähnlich ergeht es den Aalen, die in diesem See aber mehr in den mittleren Tiefen und an den Hängen vorkommen. Auch ihnen ist der Weg ins Meer abgeschnitten. Wie es Muränen oder dem Krill gelang, das sind normalerweise reine Salzwasserbewohner, diesen Lebensraum mit dem reinen Süßwasser zu erobern, ist uns bisher noch nicht geglückt

herauszufinden. Möglicher Weise hatten in grauer Vorzeit die schon genannten Wanderfische Eier von ihnen als blinde Passagiere im Gepäck."
Sie blieben bis zur Mittagszeit und betrachteten im Dunkel ihrer Kapsel das Leben in der kalten Dunkelheit, bei dem alles sehr langsam, weil energiesparend, von statten ging. Als sich bei ihnen der Hunger meldete, kehrten sie in die Station zurück.
Den Rest des Tages bis zum Abend verbrachten Alexandra und er im Terraraum an einem kleinen Weiher.

Am nächsten Tag, also am Tag vor ihrem Raumflug, hatte George eigentlich vor gehabt, sich irgendwie auf diesen vorzubereiten. Die Infos, die der Zentralcomputer zu den Raumflügen hatte, waren zum einen in einem für George unverständlichen, wissenschaftlichen Kauderwelsch, zum anderen so belanglos und nichtssagend, dass sie seinen Wissensdurst nicht stillten. So setzte er sich, nach dem gemeinsamen Mittag mit allen anderen auf der Station, wiederum und dieses mal allein in den Terraraum an einen See und betrachtete die Tiere.
Er schaute gerade dabei zu, wie sich zwei Hörnchen um eine Walnuss balgten, als Andrea an ihn heran trat. Sie fragte, ob sie sich neben ihn setzen dürfe und als er sie geradezu dazu einlud, tat sie dies. Sie fing an, sehr umständlich zu fragen, wie es ihm gehe, was er von Atlantis insgesamt und ihrer Zivilisation, sowie ihrem Umgang mit den anderen Menschen auf der Erde hielte. Sie fragte, wo er schon überall gewesen sei und schließlich kam sie auf den Punkt: "George, wir hatten hier noch nie jemanden auf der Station, der in der Zukunft aufgewachsen ist. Alle halten sich auf der Station sehr zurück und würden dich auch nicht belästigen. Aber du weißt doch, wie die Menschen sind." "Sie sind neugierig." "Ganz genau. ... und da dachte ich ... da wollte ich fragen ... ob du dir vorstellen könntest, heute Abend mal

im Aufenthaltsraum vor allen anderen ein wenig über dich und das was du in deiner Zeit und auf deinen Zeitreisen erlebt hast ... also ob du heute Abend nach dem Essen einen Vortrag halten könntest." "So mit anschließender Fragerunde und so?" "Wenn du das willst, ... !" "Das mache ich doch gern. ... Ich freue mich schon."
Sie dankte sehr höflich und verließ ihn.
Am Abend gab es im Aufenthaltsraum eine große Runde und George erzählte von seinem Leben bis zur Zeitreise-App, von den anschließenden Reisen in die Vergangenheit und von seiner Verwunderung, über das Geschehen nach seiner letzten, großen Rückkehr. Fragen kamen auf, die er nicht immer beantworten konnte und Andrea und Alexandra sprangen ihm bei. Es wurde spät, als sie zu Bett gingen.

Auf ging es ins All. George wurde durch Alexandra relativ früh geweckt. "Das Frühstück nehmen auf dem Weg zur Startbasis zu uns.", sagte sie und mahnte zur Eile. Als er angezogen war, warf sie ihm einen elastischen Beutel zu. "Oben aufdrehen und austrinken. Es sättigt und löscht den Durst zugleich. Du kannst es im Laufen zu dir nehmen. Komm, wir haben keine Zeit!", drängelte sie.

Es ging zunächst wiederum zur Bahnstation, wo man sie bereits erwartete und sie beide in einen Magnetbahn-Waggon einsteigen ließ. Alexandra gab ihm einen weiteren der elastischen Beutel. "Trink! ... und schmatz dabei nicht wieder so laut, wie eben.", kicherte sie. Wie schon im anderen Beutel, so war auch dies eher ein Gel, das nach gebratenem Fleisch, Möhre und Erbse schmeckte und leicht gesalzen schien. "Flüssiger Pemmikan?", fragte er. Aber sie zuckte nur verständnislos mit ihren Schultern.

Sie fuhren nur eine kurze, unterirdische Strecke. Dort wo sie ausstiegen wurden sie bereits von mehreren Personen

erwartet. Die Skaphander, in die man sie steckte, sahen aus, wie solche, wie George sie aus seiner Zeit kannte. "Was ist? Gibt's kein Training?", fragte er, immer nervöser werdend. Er bekam aber immer nur zur Antwort, er möge sich keine Sorgen machen, er sei immer gesichert und es würde auf dem Flug nichts passieren. Nachdem er im Skaphander steckte, sein Handy mit der App im inneren um seinen Hals, ging es in eine größere Halle in der, wie George feststellte, fünf Fluggeräte standen, die aussahen, wie im Rumpf etwas verlängerte Kampfjets irgendeiner Armee seiner Zeit und die nur statt der Waffen große Treibstofftanks unter ihren Flügeln hielten. Er suchte vergeblich Raketen! Aber alles ging sehr schnell und ohne viele Worte. Ein paar Kisten wurden derweil noch im Rumpf eines dieser Jets verladen. Während George noch weiter, immer unsicherer werdend, sich umschaute, trat eine junge Frau, ebenfalls bereits in einem Skaphander, an Alexandra und ihn heran. "Ich bin Bettina, ihre Pilotin auf diesem Flug.", sagte sie und reichte beiden die Hand.
"Sie können schon einsteigen. Wir warten nur noch auf die zwölfjährige Tochter, der Kommandantin des Trojaners.", ergänzte sie. George war hibbelig. "Sag Bettina, wie ist das mit der Einweisung in den Raumanzug und dem Flug." Alexandra antwortete statt ihrer: "Das haben wir dir doch schon ein paar mal gesagt, Georgi. Alles funktioniert bei uns rein intuitiv." "Aber ich komme doch aus einer ganz anderen Zeit, als ihr. Vielleicht funktionieren in meiner Zeit die Dinge vollkommen anders, als bei euch. ... Vielleicht funktionieren wir Menschen in meiner Zeit auch anders und haben andere Intentionen, andere Gefühle, andere ... was weiß ich.", maulte er. Bettina antwortete ihm: "Wir haben uns deine Zeit angeschaut. Ihr seid komplizierter und eure Technik auch. ... Einfach fallen lassen, der Rest geschieht schon. ... und der Raumanzug denkt mit. Setz dich einfach in den Flieger. Den Rest machen wir, die Technik und ich."

Man half ihm beim Hinein klettern in die enge Kabine des Fliegers. Fünf Sitze hinter einander, die aussahen, wie bei einem Kampfjet: klein und eng. Er bekam den mittleren Platz. Auf dem hintersten wurden zwei Koffer fest fixiert. Alexandra erklärte: "Das ist Blutplasma. Es sollte nicht zu tiefen Minusgraden ausgesetzt werden, sonst zerfriert es." In einem kleinen Raumanzug, dessen Gewicht, das selbst für einen Erwachsenen nicht ohne war, anscheinend ignorierend, kam noch ein Lockenköpfchen, das George an den Schwarm seiner Kindheit, Shirley Temple, erinnerte, angehüpft und setzte sich hinter hin. Vor ihm nahm Alexandra platz. "Wir gehen jetzt auf die Sprechanlage. Sie schaltet sich, wenn du das Visier deines Helms schließt, automatisch an." Er schloss das Visier des Skaphanders, das sich mit einem lauten "Flupp", in seinem Gesichtsbereich des Helmes festsaugte. Sofort hörte er wieder Alexandra, die nun, wie es schien, direkt in seine Ohren hinein sprach: "Das Ding öffnet sich automatisch, sowie du in einem Raum mit Erdatmosphäre und Erddruck bist. Schau mal in deinem Helm nach unten. Da wirst du ein Schaumstoffstück sehen, an dem du eine juckende Nase, Kinn oder Augenbraue entlang ziehen kannst. Wir haben nämlich festgestellt, dass es dort immer genau dann juckt, wenn man da überhaupt nicht mit den eigenen Händen heran kommt. Außerdem, falls du mal die Nase schnauben musst, kannst du es da hinein machen. Die Flüssigkeit daraus wird direkt abgesaugt."
Bettina setzte sich als Pilotin nach vorn und ergänzte: "Du hast links in deinem Skaphander in der Brust innen noch einen Schlauch. Darin ist eine Flüssigkeit. Du wirst sie kennen. Es ist Tomatensaft. ... also, falls du auf dem Flug, der etwa acht Stunden dauern wird, Hunger bekommst." Sie schaute sich zu den anderen um: "Muss nochmal jemand aufs Klo?" Allgemeines Kopfschütteln. "Na dann, los.", sagte sie.

Die Kanzel der Kabine schloss sich automatisch. Triebwerke wurden gezündet. Die Betreuungscrew verließ den Raum. Ein Kran hob die Maschine auf einen breiten Magnetbahnschlitten. Ein Tor vor ihnen wurde geöffnet und man sah am Ende eines Tunnels einen fernen Lichtpunkt. Der Schlitten schleuderte sie samt Maschine nach vorn. Der Lichtpunkt wurde schnell größer. Sie erreichten den Ausgang des Tunnels. Die Motoren des Fliegers waren mittlerweile auf Volllast und heulten ohrenbetäubend. Während der Magnetbahnschlitten auf seinem Gleis nach unten weg glitt, hoben sie ab. Aber nicht direkt senkrecht nach oben, wie George vermutet hatte, sondern in einem Winkel von nur zehn Grad zum Horizont. Damit blieben sie in der selben Steigung, wie die, aus der sie im Starttunnel gekommen waren.

Das Motorengeheul hatte nachgelassen, seit sie aus dem Tunnel heraus waren, die Beschleunigung mit nur knapp 2 G war auszuhalten, zumal diese mehr senkrecht auf ihre Körper einwirkte, als waagerecht. Bettina meldete sich von vorn über Funk: "Wir sind jetzt raus aus der Station, wie ihr merkt. George wir starten anders als ihr in eurer Zeit. Ihr seid ja immer in einem Winkel von neunzig Grad gestiegen, also senkrecht geradewegs ins All. Wir hier fliegen zunächst im Zehn-Grad-Winkel und steigen damit erst einmal auf bis über die Troposphäre. Dabei verbrennen unsere Triebwerke normale Luft und saugen dabei aber gleich mehr an, als gerade verbrannt wird. Bei diesem mehr an Luft, werden bereits Sauerstoff, Methan und Wasserstoff direkt abgeschieden, komprimiert und zwischengespeichert, der Rest unverbraucht mit den Strahltriebwerken wieder hinaus gedrückt.

Ab der Stratosphäre wird nur noch das verbrannt, was gerade angesaugt wird. Darin steigen wir in einem Winkel von etwa dreißig Grad. Ab der Mesosphäre wird auf etwa sechzig Grad erhöht und wir verbrennen das vorher in der

Troposphäre eingelagerte Gas. Damit gehen wir in die Thermosphäre hinein, in deren oberen Schichten die Raumstation ISS in deiner Zeit dahinflog. Genau in diesen oberen Schichten der Thermosphäre zünden erst die Booster unter unseren Tragflächen. Diese Booster bringen uns in diesem Sechzig-Grad-Winkel ein Stück bis in die Exosphäre und erst wenn die Booster fast ausgebrannt sind, einen Teil Treibstoff behalten sie, um selbständig zurück zur Antarktisstation zu kehren, verlassen wir mit unseren normalen Triebwerken und in einem Winkel von neunzig Grad zur Erdoberfläche, über die Exosphäre die Erdanziehungskraft und fliegen zunächst zum Mond, der uns einen Schubs zum Trojaner geben wird."

Das Kind, das sich bisher noch gar nicht gemeldet hatte, schaltete sich ein: "Den größten Teil der Zeit unserer Reise zum Mond, an dem wir wohl kurz anlegen werden ..." Bettina: "So ist es, Marijke ..." "... werden wir in der Erdatmosphäre verbringen." Alexandra: "Wir schrauben uns also zunächst langsam von der Erde weg. Das dauert zwar wesentlich länger, als zu deiner Zeit, in der ihr ja nach acht Minuten schon in der Exosphäre seid, aber wir sparen dadurch Treibstoff und so ist diese Reise auch für die Körper etwas älterer Menschen leicht und ohne körperliches Training vor verkraftbar." George dankte für die Informationen und konzentrierte sich nun ganz auf den Flug. Wie es ist, über Wolken zu schweben, von denen es in dieser eiszeitlichen Periode allerdings kaum welche außer über dem tropischen Regenwald am Äquator gab, das kannte er von normalen Linienflügen mit den Airlines seiner Zeit.

Der Vorteil dort: man konnte bei längeren Flügen auch mal aufstehen und sich die Beine vertreten. Das ging hier nicht, dafür aber schmiegten sich Sitz und die Rückseite des Skaphanders so an seinen Körper, wie es die Bettnester taten, was den Körper doch sehr entlastete. Es ging wirklich langsam, aber stetig höher. Der Winkel nach oben wurde angezogen. George sah, dass der antarktische Kontinent über Eisbrücken direkt mit Südamerika verbunden war. Noch höher ging es und nun in Richtung Äquator. Er erkannte Australien nur auf den zweiten Blick, weil es mit den Indonesischen Inseln, Tasmanien und Neuseeland verbunden war. Das Schelfeis der Antarktis fraß sich weit in den Indopazifik hinein und bildete eine lange Zunge, die bis zu zwei Dritteln der Strecke vom südlichsten Kontinent bis Neuseeland überbrückte. Keine Spur von Dschungel gab es im Amazonasgebiet in Südamerika. Überall nur baumlose Pampa. Sie stiegen steiler, als sie direkt am Äquator waren. Die Erde stieß sie hier durch ihre eigene Rotation nach oben. Bettina hatte mittlerweile auf die Bildschirme vor ihren Sitzplätzen mehrere Aufnahmen der Außenkameras ihrer Flugmaschine gelegt. George erkannte statt Wüsten in Nahost hier nun Wälder. Ob diese subtropisch wie in Afrika waren, wagte er zu bezweifeln.

Die Booster zündeten und trieben sie noch steiler, noch schneller. Man sah aus den Fenstern den Rand der Atmosphäre. Ihre Maschine richtete sich nun ganz steil auf. Die Booster klinkten sich aus und fielen hinab. Eine Heckkamera zauberte auf ihre Bildschirme eine langsam unter ihnen hinweg rollende Erde. Erst hier war sich George darüber bewusst, dass er seinen Heimatplaneten noch nie verlassen hatte. Die Kontinente zeichneten sich unter ihnen ab. George konnte nicht mehr erkennen, welcher Art das Grün über den Landmassen war, ob es Wälder, Dschungel, Taiga, Prärie oder Tundra war. Aber er sah, dass der Hindukusch, Zentralasien und die Sahara grünten.

"Bitte angeschnallt bleiben. Falls euch übel wird, in eurer jeweils rechten Brusttasche ist ein Getränk, dass euch die Übelkeit vertreibt. ... Bitte kotzt um eurer selbst Willen ja nicht in eure Skaphander!", sagte Bettina über Sprechfunk. Im nächsten Augenblick schaltete sie die Triebwerke des Raumgleiters ab und sie waren schwerelos. Sofort hatte

George das Gefühl, in alle Richtungen gleichzeitig zu fallen. Er fingerte sofort nach dem beruhigenden Getränk und nahm ein paar Schluck. Ihm war umgehend besser und er konnte wieder klar denken. "Was ist ...", schluckte er einen letzten kleinen Brechreiz weg, "... was ist mit der harten, kosmischen Strahlung und mit Mikrometeoriten?" "Da merkt man mal, dass dieser Mann mitdenkt.", sagte Bettina, drehte sich nun halb zu Alexandra um und raunte verschmitzt: "Halt dir den Kerl warm." Dann antwortete sie konzentriert und an George gerichtet: "Die Hülle des Cockpits, einschließlich des Laderaums und der durchsichtigen Kanzel sind nicht aus normalen Werkstoffen, wie du sie aus deiner Zeit kennst. Wir haben hier zum Beispiel transparentes Aluminium. Das kennst du sicher aus der Fernsehserie Star Trek[15]. Dann weitere Kunststoff und vor allem Keramikwerkstoffe, die nicht nur dem schnellen Wiedereintritt in die Erdatmosphäre bei der Landung stand halten, sondern gleichfalls der harten Strahlung der Sonne. Und intelligente Kunststoffe gibt es nicht nur in den Sitzen und Bettnestern, sondern auch zwischen den unterschiedlichen Lagen unserer Raumschiffhüllen."
"Ich dachte, hier wären verschiedene Metalle, wie Eisen, Kupfer oder so, eingearbeitet?", fragte George. "Nein, nein, das wäre ja elektrisch leitend und magnetisch und würde Eisenmeteoriten geradewegs anlocken. Hier haben wir nur unmagnetische Kunststoffe verwendet. Aus diesem Grunde gibt es auch keine magnetischen Haftschuhe bei Außeneinsätzen. Statt dessen funktioniert da die Haftung an den Außenhüllen durch ein Klettsystem. ... Das haben wir auch auf den Stationen im All und auf dem Mond.", erklärte Bettina. [16]

---

15 ... 4. Spielfilm
16 Auch das ist bereits Bestandteil eines vor rund zehn Jahren
    begonnenen und bisher leider noch nicht fertig gestellten
    Romans, der später in diese Reihe eingearbeitet wird.

George gab sich zufrieden und starrte ins All. Der Mond nahm an Größe zu, während die Erde immer kleiner wurde, wie George im Bildschirm sah, der eine Kameraposition nach hinten zeigte.

Er konnte es noch immer nicht fassen, mitten im All zu sein. Aber die Aussicht auf mehrere Stunden Gleichförmigkeit in einer Röhre, in der er sich nicht zu bewegen wusste, fesselte ihn nicht wirklich. Alexandra schien das zu merken. "Per Sprachbefehl kannst du unserem Bordcomputer Anweisung geben, dir eine Musikliste zusammen zu stellen. Darin findest du nicht nur Interpreten und Kompositionen aus unserer, sondern auch aus deiner Zeit. Keine Angst, wir hören nicht mit, ab dem Moment wo du den Computer mit seinem Namen ansprichst, schaltet er auf Kommunikation nur auf deinem Platz um. Willst du uns ansprechen oder wieder in die gemeinsame Gruppe, dann sag einfach unsere Namen. Wenn wir was von dir wollen, machen wir es genau so." George dankte und versuchte sein Glück. "Computer!", sagte er. Eine zauberhafte Damenstimme hauchte ein: "Hallo George Hungerlundt! Was kann ich für dich tun?" "Computer, ich möchte mich entspannen und dazu Musik hören." "Das ist kein Problem, George. Möchtest du, dass ich gewisse Interpreten, die auf dein Profil passen, verbal aufzähle oder darf ich welche in deinen lateinischen Buchstaben über den Bildschirm laufen lassen und du sagst Bescheid, wenn du etwas gefunden hast, was dir gefällt. Das rückwärtige Kamerabild würde ich dir nach Abschluss deiner Wahl wieder auf den Schirm legen." "Genau so ... mit Anzeige machen wir das.", sagte er.

Auf seinem Bildschirm liefen nun Namen und Musiktitel ab, von denen er noch nie etwas gehört hatte. Auch die Erscheinungsdaten standen dahinter. Er wusste nicht, was er nehmen sollte und sagte aus dem Bauch heraus "Halt". "Du hast dich für die kiribianische Oper >Schulum da bu< aus dem Jahr 12.743 Atlantischer Zeitrechnung entschieden.

Bitte lehne dich zurück." Er gehorchte und war sofort gefangen von sphärischen Klängen, Trommelwirbeln und einem vibrierenden Gesang zweier Frauen, wie er ihn noch nie gehört hatte. Ja, in diese Musik konnte er sich fallen lassen. Und so stocherte er während des Weiterflugs immer wieder im musikalischen Nebel herum, war aber jedes mal fasziniert. Der Mond vor ihnen wurde immer größer. George startete noch einen Versuch mit der Musik und fragte: "Computer, hast du auch Musik aus meiner Zeit, so Mitte 1970er Jahre?" "Musikfiles vorhanden." "Bitte anzeigen!" Mit John Lennons >Number 9 dream?< auf den Ohren schwebten sie in die Mondumlaufbahn ein.

"George, jetzt bist du auch gefragt. ... und kannst dir mal deine Beine vertreten, aber vergiss nicht, Dich mit einer Sicherheitsleine immer irgendwo einzuklinken. Wenn du das nicht machst, blockiert der Skaphander automatisch und du kannst dich gar nicht mehr bewegen. Also erst außen am Flieger einklinken, dann aussteigen, die nächste Leine auf der Plattform setzen, die alte Leine abnehmen und so immer weiter hangeln. Immer eine Leine muss mindestens sein. ... geht ganz einfach. ... Wenn du willst, kannst du uns helfen. Wir haben aber nur etwa zehn Minuten, bis wir wieder durchstarten", sagte Bettina.

Aus dem Dunkel des Alls sah George eine gewaltige Plattform, auf die sie zukommen. "Das ist unsere Raumstation, die den Mond umkreist. Sie fliegt regelmäßig über den Orbitallift auf der Rückseite des Mondes und lädt dort ab oder wird dort beladen." "Ich verstehe >Orbitallift< nicht.", sagte George. "Erklären wir dir, wenn er in Sicht kommt. Jetzt muss es schnell gehen, bei unserem be- und entladen, damit wir unser >Swing-by-Manöver< schaffen.", sagte Bettina.

Die Raumstation, wirklich kaum mehr, als eine Plattform mit nur wenigen Aufbauten, kam schnell näher. Bettina korrigierte ihren Kurs und ihre Geschwindigkeit mit den

Steuerdüsen etwas und glich ihren Kurs dem der Station an. Unglaublich, was sich in George mit dem zünden der Düsen bei den kleinen Kurskorrekturen abspielte. War er bisher nur ins Nichts gefallen, so gab es für ihn plötzlich und in unterschiedliche Richtungen, je nachdem, welche der Düsen zündete, mal dort, mal dort oben oder unten. Mal fiel er mit dem Bauch voran auf seinen Bildschirm, dann fiel er daran vorbei, das nächste mal fiel er mit dem Rücken zum Heck und so weiter. Aber da erreichten sie auch schon die Station und seine Aufmerksamkeit wurde von dieser gefesselt. Acht Personen standen auf der Plattform, während ihr Flieger von zwei großen Greifarmen empfangen und auf der Plattform verankert wurde.

Ihr Cockpit öffnete sich und George fand eine Sicherungsleine, hakte sich außen an der Maschine ein und wollte von dort nach unten auf die Plattform springen, aber irgendwer hatte seinen Anlauf bereits bemerkt und hielt ihn an seinen Füßen fest. "Antonia hier! George, wir haben hier keine Schwerkraft. Wenn du dich hier wo abstößt, landest du nie unten, sondern immer dort, wohin dich dein eigener, träger Körper treibt. Deshalb die Leinen zur Sicherung. Ich helf Dir und stell dich einfach ab.", sagte die Stimme im Sprechfunk. Sie zog ihn auf die Plattform herab, und als er das Gefühl hatte, dass seine Füße im Klettverschlusssysten einen Halt hatten, war er wieder beruhigt. Er schaute sich übermütig um und dankte ihr mit einem kräftigen Händedruck.

"Wie weit reicht meine Sicherungsleine? Wann muss ich eine neue setzen, Antonia?" Wenn er die Schatten ihres Gesichts, das er nur hinter dem Sonnenschutzfilter ihres Skaphanderhelms erahnen konnte, richtig deutete, schaute sie ihn schnippisch an. "Für die Plattform reicht es. ... Komm, wir gehen mal den anderen etwas aus dem Weg. Ich zeig dir unsere Einrichtungen hier." Sie koppelte eine zweite Leine an ihn und ging mit ihm ein paar Schritte. "Wir brauchen nur etwa 45 min für eine komplette Umrundung des Mondes. In den Aufbauten hier befindet sich unser Aufenthalts- und Schlafraum. Falls die Sonne zu große Aktivität zeigt, haben wir noch einen Strahlenschutzbunker gegen die harte Strahlung bei Sonnenstürmen. Der Rest sind wissenschaftlich Einrichtungen und Messgeräte, sowie das Lager. Komm, lass uns an den Rand unserer Weltrauminsel gehen, von dort kannst du die Mondoberfläche besser sehen." Die Plattform war umgrenzt durch etwas, das wie ein Wehrgang auf alten Burgen aussah, sehr hochgezogen mit Zinnen, zwischen denen er hinunter schaute.

"Wie weit sind wir von der Mondoberfläche entfernt? Ich sehe ja von hier aus sogar noch die Krümmung des Mondhorizontes?" "Das schwankt, weil wir hier eine leicht elliptische Bahn fliegen zwischen 25 bis 45 Kilometern." "Oh, ... doch so hoch ....", entfuhr es ihm. "Und was ist dieser komische >Orbitallift< von dem alle reden?" "Das ist nichts anderes, als eine senkrechte Magnetbahn, die von der Mondoberfläche bis ins All führt. Das ist sehr praktisch, denn dadurch spart man sich den chemischen Treibstoff für Raumgleiter bei den Starts und Landungen. Unser hier auf dem Mond ist 30 km hoch. Auf der Erde wäre er angebrachter. Dort müsste er jedoch etwa bis in eine Höhe von rund 35.786 km für eine Geostationäre Umlaufbahn seines Gegengewichts in der Äquatorregion gebaut werden.[17] Aber das ist ganz schön weit. Die Materialien dazu hätten wir bereits. ... Aber, wenn die Menschheit in deiner Zeit darauf stieße, könnte sie damit sicher nichts fangen.", kicherte Antonia. George schaute sich nach den anderen um. Sie schienen bereits fertig zu sein. Der

---

17 In der Folge Die Asteroiden (englisch Rise, Staffel 3, Episode 19, 1997) der TV-Serie Star Trek: Raumschiff Voyager trifft die Besatzung der Voyager auf einen Planeten, auf dem ein Weltraumlift existiert.

Schlauch für die Kraftstoffbetankung wurde bereits wieder abgeschraubt. "Musst gleich los.", bestätigte ihm Antonia seine Vermutung. "Ich helf dir noch in die Kabine."
Das Einsteigen ging sehr schnell und unkompliziert, wegen der fehlenden Schwerkraft und Antonia half ihm noch, die richtige Sitzposition zu finden und sich dort zu verankern. Bettina schloss die Kanzel, startete wieder die Triebwerke, die Zangen, die den Flieger während ihres Aufenthalts gehalten hatten, lösten sich und sie flogen davon. "Sind nochmal knapp zwölf Stunden bis zur Raumstation. Schlaft, wenn ihr wollt. Ich kann euch dafür etwas ins Getränk in eurer linken Brusttasche mischen lassen.", sagte Bettina. Mittlerweile waren sie auf der Rückseite des Mondes, die George damit zum ersten mal in seinem Leben mit eigenen Augen sah. Bettina beschleunigte weiter, was für George zu dem Eindruck führte, er liege auf dem Rücken. Auf der Erde hatten sie in diesen Tagen einen zunehmenden Vollmond gehabt. Das heißt, dass auch die Rückseite des Mondes jetzt zur Hälfte sonnenbeschienen war. [18] Plötzlich und schnell näher kommend, sah George den Orbitallift auf sie zurasen. Er gab seinem in seinem Computerterminal die Anweisung, den Lift mit einer Kamera im Blick zu behalten, damit er ihn sich genauer anschauen konnte. Das war wirklich eine interessante Erfindung, dachte er bei sich. Aber um so etwas in seiner Zeit bauen zu können, tja, das käme dem Bau einer Magnetbahn rund um den Äquator gleich. Dazu bräuchte man etwas, dass der Spinnenseide an Flexibilität und Leichtigkeit gleich käme.
Der Lift entschwand schnell aus dem Blick der Kamera und als George nur noch die unendlichen Weiten vor sich sah, die Erde wurde zwar immer kleiner, sonst jedoch änderte sich an den Sternen nichts, ... nein, keine am Raumschiff

---

18 Eselsbrücke für zu- oder abnehmender Mond > abnehmend: der vordere Teil des >a<, zunehmend das altdeutsche "z" das noch im "ß" steckt

vorbei rasenden Sterne und Galaxien, wie er es aus den Raumschiffen bei Star Trek, Star Wars, Kampfstern Galactica oder anderen Science-Fiction-Märchen kannte ... wurde es ihm langweilig und er ließ sich eine leichte Dosis des angebotenen Schlaftrunks verabreichen.

Er wurde geweckt, weil in wenigen Augenblicken die Raumstation in Sicht kommen sollte. Den antriebslosen, schwerelosen Flug dazwischen, hatte er genau so verpennt, wie das Einsetzen des Bremsdrucks ihrer Maschine, der ihm den Eindruck, er fiele direkt auf die Brust, vermittelte. George schüttelte die letzte Müdigkeit aus seinem Kopf. "Warum nennt ihr das Ding eigentlich Trojaner?", fragte er ins Ungewisse hinein. Alexandra meldete sich. "Das ist eine Flugbahn, die der der Erde gleicht. Ein Trojaner läuft der Erde, wie in unserem Falle, voraus oder wie im Falle von Asteroiden oft auch hinterher und wird durch die Gravitation von Erde und Sonne an diesem Punkt auf lange Zeit gehalten. Das interessante daran ist, dass man auf dieser Bahn fast antriebslos schwebt. Die Gravitation der Sonne gibt den Sonnensegeln der Station einen gewissen Vorwärtsschub, die Erdgravitation zieht die Station wieder zurück auf den richtigen Abstand. Der Trojaner läuft etwa sechzig Grad und in unserem Falle, es kommt immer auf die Grüße an, rund 380 Millionen Kilometer der Erde voraus. Die Erde hat derzeit noch vier Planetoiden, die ihr so folgen oder voraus laufen. Der Vorteil für uns besteht darin, dass durch den relativ gleichmäßigen Abstand unserer Raumstation zur Erde, sie für euch in eurer Zeit kaum oder gar nicht zu entdecken ist. Wir bleiben deshalb bis weit über deine theoretische Lebenszeit in deiner Nähe."

Sie kamen dem Trojaner näher. George sah bereits, wie sich dessen Konturen aus dem All heraus schälten. Es war eine runde Station mit einer Nabe in der Mitte und mit acht nach außen laufenden, dünnen Speichen. Es schien, als rollte ein gewaltiges Rad durch das Weltall. Die Speichen hatten eine Länge von je etwa 150 m, die Nabe eine Fläche von etwa 50 m im Durchmesser. Sie drehte sich nicht mit. Durch die Länge der Speichen kam man auf einen Innen-Radius der Gesamtkonstruktion von rund 350 m und einer Länge des Umfangs des Rades an den Speichen ... 350 x Π ... von gut einem Kilometer. Die Speichen schienen zart und hauch dünn mit ihren nur rund anderthalb Metern Durchmesser. Der Radreifen selbst, also das, was beim Fahrrad der Schlauch ist, war dagegen eine Ellipse. Diese hatte eine Höhe von etwa 4.50 m, aber eine Breite von etwa 10 m.

Das Kind in ihrem Cockpit erklärte: "Weißt du, George, durch die Eigenrotation wird dort im Radreifen durch die Fliehkraft so etwas ähnliches wie eine künstliche Schwerkraft erzeugt. Je schneller das Rad dreht, um so größer wird sie. Aus Energiespargründen sind wir bei etwa zwei Dritteln der Erdanziehungskraft. Das ist etwa so viel, wie an Gewicht auf der Marsoberfläche herrscht."

"Und woher bezieht ihr hier eure Energie?", wollte George wissen. Alexandra antwortete ihm: "Zum Schutz vor Sonnenstürmen und den Ausbrüchen harter Strahlung von dort, haben wir ein Solarkraftwerk, du siehst es in etwa 5 km Entfernung rechts, ..." George schaute sich um und sah jetzt die glitzernde Fläche. "... von ihm wird die dort eingefangene Energie per Laserstrahl auf eine Parabol-antenne auf der Nabe geschickt." "Deshalb müssen wir hinter dem Rad auf der Nabe landen, damit uns nicht der Energiestrahl versehentlich vor der Nabe trifft.", warf Bettina ein.

Mit dem Abbremsen und den Flugrichtungsänderungen schien gleichzeitig auch die Wirkung der Medikamente, die die Raumkrankheit, die verblüffend der Seekrankheit ähnelte, abgeschwächt. Und so war George, als sie auf der Nabe landeten nur noch verdammt übel und er hatte von dem eigentlichen Landemanöver so gut wie nichts mehr mitbekommen.

Wie beim Mond packten zangenartige Greifer im letzten Moment ihren Flieger, zogen ihn in die richtige Position und verankerten ihn am Ende auf dem Boden der Nabenscheibe. Weitere Flieger waren auf der Station abgestellt. Personen in Skaphandern kamen ihnen entgegen, halfen ihnen beim Aussteigen und beim befestigen der Sicherungsleinen. Andere entluden die Fracht der Maschine. Die Kiste, die auf dem hintersten Sitz ihres Cockpits angeschnallt war, wurde als erstes entladen. George sah jetzt zum ersten mal dessen Aufschrift: "sechs Embryonen – Fleisch-Zwerg-Mammuts". Freundliche Begrüßung durch die Mannschaft der Station. Alles ging hier wieder Hand in Hand und schien gut eingespielt. Er wurde mit den anderen zu einem Aufbau, der zentral, mittig der Nabe lag, gebracht.

Alexandra erläuterte: "Lager und Depotschuppen, vor allem aber die Schleuse. Wir haben jetzt mehrere Türen und Räume vor uns. Der erste Raum ist nur eine normale Schleuse. Wenn wir da drin sind, wird er Luft befüllt. Hier lass bitte noch deinen Helm geschlossen. Zur Sicherheit geht es von dort in eine weitere Schleuse. Für den Fall, dass die erste Schleuse durch irgend etwas undicht ist, zum Beispiel durch einen verkanteten Mikrometeoriten oder durch was anderes nicht ganz dicht ist, ist diese zweite Schleuse. Auch hier den Helm noch nicht absetzen. Es geht danach in einen weiteren Raum. Hier legen wir unsere Raumanzüge ab." "Ist schon klar. Ich vermute, weil es einfacher ist, die Skaphander besser in totaler Schwerelosigkeit, als unter der künstlichen Schwerkraft an- und abzulegen.", sagte George. "Genau. Und danach geht es in den Lift. Nur je eine Person passt da pro Kabine hinein. Ich weiß, dass das nichts für Menschen wie dich, die Klaustrophobie haben, ist. Die Fahrt dauert nur eine halbe Minute, aber du wirst sie genießen, glaube mir." "Ich nehme an, dass in den Speichen nicht nur die Transportkabinen sind." "Richtig! Auch alle möglichen Versorgungsleitungen."

Mittlerweile waren sie in der Schleuse angekommen. Das Laufen auf dem Klettteppich fand George unangenehm, weil sein Anzug selbst und die eingeschlossene Luft darin, das "zirrrp-zirrrp" beim abrollen der Füße auf dem Boden akustisch an seine Ohren übertrugen. ... Zirrrp-zirrrp, zirrrp-zirrrp, zirrrp-zirrrp ... Sie waren nur zu viert, also die Besatzung ihres Fliegers, in dieser ersten Schleuse, während die Mannschaft der Station noch draußen weiter arbeitete. Der Raum eignete sich aber durchaus für mindestens zwanzig Personen in ihren Skaphandern. Erst als George sich innerhalb dieser Schleuse angeleint hatte, ließ die Verriegelung seiner ersten Sicherungsleine, die noch am Flieger hing, automatisch los und rollte sich in einer Beintasche an einer seiner Waden von selbst ein. Als dies auch bei den anderen Dreien passiert war, schloss sich die Tür und George vernahm zunehmend ein Zischen. Der Bordcomputer in seinem Skaphander erläuterte: "Druckausgleich erreicht – bitte betreten sie den nächsten Raum." Mit einem Zisch öffnete sich nun diese. Weil die anderen es ebenfalls taten, hängte er sich mit einer Leine aus den Wadentaschen seines Skaphanders nun auch in diesem Raum ein, woraufhin sich die im ersten automatisch löste. Als sie vier nun in diesem Raum standen, schloss sich die Tür zum ersten.

Die Computerine in seinem Anzug meldete sich über Kopfhörer: "Druck stabil! Gehen sie nun in den nächsten Raum." Zisch, zisch, nächster Raum. Die Stimme seines Anzugs meldete: "In diesen Raum können sie ohne Sicherungsleine gehen. Bitte beachten sie beim ausziehen ihres Skaphanders, dass sie schwerelos sind. Es ist nicht wie im Wasser, wo dieses ihre Bewegungen wieder bremst oder sie sich darin durch Schwimmbewegungen zielgerichtet

vorwärts bewegen. Hier haben sie nur Luft, die kaum Widerstand leistet. Wir raten ihnen deshalb unverzüglich nach dem Verlassen ihres Raumanzugs spezielle Überschuhe, die eine Klettsohle haben, anzulegen. Sie finden die im Raum selbst. Und halten sie sich immer mit mindestens einer Hand an einem der vielen vorhandenen Griffe fest."
So folgte George den anderen, zisch-zisch, in diesen zentralen Raum. Als sie diesen betreten hatten, löste sich die Sicherungsleine zum zweiten Raum automatisch und er wurde nur noch durch die Klettschuhe am Boden festgehalten. Eine schmächtige, blonde Frau begrüßte sie. George verstand erst nicht, bis er begriff, was sie wollte. Sie nahm ihm den Helm ab und sagte: "Ich bin Lilian. Darf ich ihnen beim Umsteigen behilflich sein?" "Ja, klar, sehr gerne.", erwiderte George. Halb zog sie ihn, halb sank er hin[19], so könnte man das beschreiben, was jetzt geschah. Lilian wusste, wo welche Verschraubungen am Skaphander waren und wie man sie löste. Aus den Augenwinkeln sah George, wie Alexandra sich allein mühte, Bettina aber bereits ihrem Skaphander entstiegen war und schon dem Kind half. Lilian handhabte ihn wie ein Paket, das sie öffnete. Mit kühnem Schwung gab es hier einen Tritt, da einen Schub, dort ein zurück holen und im nächsten Moment hatte er bereits Überschuhe mit Klettverschluss über seinen normalen Schuhen und Lilian schob ihn in eine der hier senkrecht angebrachten Lifte, die Füße voran. Er sah sie unsicher an.
"Keine Angst. Unten wirst du von Kristin empfangen.", sprach Lilian und verriegelte die Kabine über ihm. Mit einem letzten Blick erhaschte er noch den Moment, in dem sich Bettina mit kühnem Schwung selbst in einen der Speichenlifte schwang. Seine Klaustrophobie wollte sich

---

19 Goethe

gerade einstellen, als die Kabinenhülle um ihn herum durchsichtig wurden. Was das schon wieder für eine interessante Technik war, wunderte er sich. Über ihm verriegelte sich die Kabine noch einmal. Zunächst fiel er aus den Bauch, also den Eindruck hatte er. Nach einem Fall von etwa zwanzig Metern, er schien jetzt genau in der Mitte der Nabe zu sein, sah er direkt unter seinen Füße die Speichen des Rades entlang gleiten. Nun eine Bewegung. Oben und unten nahmen andere Positionen ein. Nun fiel er auf eine Seite und die Speichen wurden langsamer. Das konnte nicht sein. Man würde doch wegen seines Lifts nicht die Rotation der ganzen Raumstation anhalten. Seine Sinne mussten ihn täuschen. Vermutlich passierte hier das selbe, wie in einem Colt, einem Trommelrevolver. Seine Kabine würde sich jetzt allmählich der Geschwindigkeit der Speichen anpassen und wenn er genau ein davon erwischt hatte, würde man ihn in der Speiche nach außen schießen. Ihm war durch das ständige hin und her fallen ganz übel. Deshalb versuchte er irgendeinen festen Punkt im All zu fixieren.

Das dort hinten, dieser wie ein Edelstein, wie ein Saphir, blau glitzernde Stern mit seinem gelben Begleiter, das musste die Erde sein. Ihm war bewusst, dass er zum ersten mal das Erde-Mond-Gespann allein für sich im unendlichen All schweben sah. Das fixierte er mit seinen Augen und hatte damit zumindest etwas, an dem er sich festhalten konnte. Es rumpelte jetzt erneut in seiner Kabine. Es drehte sich erneut alles für ihn. Seine Augen sagten ihm, dass er nach unten fiel, sein Gleichgewicht wollte ihm weiß machen, dass er nun auf dem Kopf stand. Als seine Kabine in ihrer Speiche hinab fuhr, wurde die Speiche für diesen Moment transparent und er konnte weiter hinaus schauen. Das ließ ihn seine Übelkeit im Zaum halten. Auf der Hälfte der Strecke kehrte sich jedoch alles um. Das Abbremsen der Kabine und die zunehmende Pseudogravitation ließen ihn für einen Moment das Gewicht der Erde spüren, das dann aber etwas nach ließ, als die Kabine stoppte. Endlich hatte er wieder das Gefühl, als sei dort, wo seine Beine waren, unten. Die Kabinentür öffnete sich. "Seien sie gegrüßt. Ich bin Kristin und werde sie und Alexandra heute durch unsere kleine Welt führen.", sagte eine schnucklige Blondine, die ihre hüftlangen Haare keck umher warf. George war inmitten einer Säule in einem Gang angekommen, der etwa zwei Meter breit war und sich gleichmäßig um diese Säule schwang. Er stieg in beide Richtungen an. Beidseitig des Ganges und auch über ihm schienen die Wände des Ganges durchsichtig. "Guten Tag und viele Dank für den Empfang.", sagte George und Kristin fragte: "Wollen wir Alexandra entgegen gehen?" "Das ist eine guten Idee.", sagte George. Sie schienen durch mehrere Terraräume zu gehen. Rechts und links des Ganges gab es die ganze Höhe einnehmende Terrarien, die oft über das Dach des Ganges mit dem auf der jeweils anderen Seite gelegenen verbunden waren.

Nach ein paar Minuten kam ihnen Alexandra von oben entgegen. Und obwohl er die ganze Zeit lang das Gefühl hatte, bergauf zu gehen, wenn er sich rückwärts umschaute, sah er dass er statt dessen bergab gegangen war. Aber auch hier spielten ihm wiederum seine Sinne einen Streich. Dadurch dass er sich in einem Rad befand, ging er niemals bergauf oder bergab, sondern nur gerade. Das Gefühl sagte das eine, der Verstand das andere. Er fand es höchst interessant. "Na, wie fühlst du dich? Geht es deinem Magen wieder besser?", begrüßte Alexandra ihn. "So schlank, wie jetzt, hab ich mich schon lang nicht mehr gefühlt.", witzelte er und schob nach: "Ich weiß, die geringe Pseudogravitation ..." Kristin stellte sich Alexandra vor und fragte, ob sie mit ihrem Rundgang beginnen könne. Zur Mittagszeit würden sie in einem der beiden Gemeinschaftsräume etwas Warmes essen und nach dem Abendbrot würden sie sich auf den Rückweg machen, schlug sie ihnen vor. Auf dem Rückflug

zur Erde, werde sie selbst ihr Pilot sein, erzählte sie
nebenbei und begann, während sie liefen, mit ihrem Vortrag:
"Wir haben sowohl hier, als auch auf dem Mond nur eine
Minimalbesatzung von rund zwanzig, eine
Maximalbesatzung von rund vierzig Personen. Es ist für uns
ein Ehrendienst am Volk der Atlantier, zu dem man
auserkoren wird. Es wird entweder auf dem Mond oder auf
dem Trojaner für jeweils ein halbes Jahr gedient, wobei
immer in einem Turnus von einem Vierteljahr die Hälfte der
Leute ausgetauscht wird. Im Durchschnitt sind hier etwa
dreißig Personen. Nur Fliegerinnen wie ich haben das zu
ihrem vollwertigen Beruf gemacht. Der Einsatz von
Männern als Piloten ist bisher leider immer gründlich schief
gegangen, weil Männer zu aggressiv fliegen. Wir Frauen
sind doch da gefühlvoller und vorausschauender." Sie
schaute Alexandra an, zwinkerte ihr kurz zu und fuhr dann
fort. "Ich werde eure Pilotin auf dem Rückweg sein."
George verneigte sich leicht vor ihr und sie erzählte weiter.
"Wir haben hier einen Habitatring in dieser Raumstation, in
der wir Eier, Samen, Pollen, DNA von allen, wirklich von
allen Lebewesen der Erde gesammelt und eingefroren
haben. Eine zweite Sammlung davon ist als Backup gerade
auf dem Weg zum Aldebaraan. Wobei wir aber ständig
weiter sammeln. Die Terraräume, die ihr hier rechts und
links seht, sind nur eine kleine Auswahl an Tieren, Pflanzen
und Pilzen, die wir besonders pflegen. Wir haben hier zum
Beispiel ein ganzes Habitat für den Baumhummer[20], der ja
in deiner Zeit, George, schon wieder fast ausgerottet ist.
Dann versuchen wir hier die Helgolandschabe nach zu
züchten." "Von der hab ich ja noch gar nichts gehört.", warf
George ein. "Sie wird es auch nicht mehr auf die Erde

---

20 Baumhummer leben nur noch auf einer winzige Felsnadel
   vor einer kleinen Insel, die südwestlich von Australien liegt.
   Man fand vor einigen Jahren nur noch zwanzig Exemplare
   davon, die in nur einem Busch auf diesem Inselchen lebten

schaffen. Aber wir können sie zumindest hier erhalten." Sie gingen weiter. Jetzt wechselten sich Räume rechts und links des Ganges mit Aquarien ab. "Ihr seht hier unsere Aufenthaltsräume. Deren Wände sind transparent. Die Wände zu den individuellen Wohnräumen sind aber undurchsichtig." Kristin lachte. "Man will ja auch mal privat sein." Und fuhr fort: "Die Aquarien nutzen wir nicht als Habitate, sondern für die Produktion von Sauerstoff und für die Verarbeitung und Aufbereitung von Flüssigkeiten. Vom Prinzip er werden hier Algen mit dem Kot und dem Urin der Tiere und Menschen gedüngt." "Bei dreißig Menschen, habt ihr ja sicher selbst einen ziemlichen Bedarf an Nahrung und Getränken.", sagte George nachdenklich.

"Wir sind ja gleich in der Nahrungsfabrik angekommen.", sagte Kristin. Alexandra schaltete sich ein: "Wie verbringt ihr eure Freizeit?" "Das zeige ich euch auch gleich.", sagte Kristin. Die Wand im Korridor zum Raum rechts war hier undurchsichtig. Durch eine Tür betraten sie einen langgestreckten Raum. George verschlug es fast den Atem, als er sah, wo sie gelandet waren. Während am vorderen und hinteren Ende des Raumes je eine Person vor dem Bildschirm eines Computers saß, sah man an einem Fließband mehrere 3-D-Drucker an verschiedenen Taktstraßen, hinter einander arbeiten. Kristin erklärte: "Auf einem Band werden Mammutsteaks für uns produziert. Grundstoff ist überall derselbe, und zwar die Algenstränge, die wir eben draußen noch gesehen haben. Das Band daneben stellt Pilze, Schnecken und Krabben her und die beiden letzten Bänder drucken verschiedene Obst- und Gemüse. Und das ganze nicht nur für uns als Besatzung, sondern auch für die Tiere in den Terraräumen. Die würden sonst nämlich ihre Umgebung kahl fressen."

George war verzückt, als er sich die Produktionsstraße für die Steaks ansah. Der eine Drucker schien nur das reine Fleisch herzustellen. Ein weiterer Drucker übernahm und

marmorierte es mit Fettstreifen. "Geschmack und Farbe sind rein künstlich und in der jeweiligen Druckmasse bereits enthalten. Frische Ananas soll schließlich nach Ananas schmecken, riechen und wie Ananas aussehen und nicht wie Pastinake." Auf dem weiteren Weg des Steaks sah George, wie alles gewissermaßen gebacken, in einem weiteren Drucker mehr oder weniger verklebt wurde. Ihn erinnerte das ganze an überdimensionale bzw. noch nicht ganz ausgereifte Nahrungsreplikatoren aus Raumschiff Enterprise. "Und was ist dieses fünfte Band dort, das jetzt nicht läuft?", fragte er. Alexandra meldete sich zu Wort: "Ich vermute, das ist ein Reservedrucker?" Kristin: "Ja, auch, für den Fall, dass wir mal bis zu vierzig Leute sind. Ansonsten werden dort, allerdings aus Kunststoffen, wie ihr sie heute von der Erde mitgebracht habt, Medikamente und alle möglichen Dinge des täglichen Bedarfs hergestellt. Von Bekleidung, über Schreibutensilien bis hin zu Werkzeugen, die dann natürlich aus Metallen, ist auf dieser Taktstraße alles möglich. Das erspart uns das Vorhalten dieser Dinge, weil sie erst dann hergestellt werden, wenn man sie bestellt.[21]" Sie verließen den Raum wieder.
George hatte noch eine Frage: "Ich könnte mir vorstellen, dass so eine Raumstation wie diese, die sich ja dreht, dass diese keine Unwucht zulässt. Die Räder von Dampflokomotiven waren in den jeweiligen Radreifen dort gegenüber den Befestigungen der Kubblungsstangen für den Antrieb mit Eisen ausgegossen, um eine Unwucht der Räder zu verringern oder besser gleich ganz zu vermeiden." Während Alexandra unverständlich schaute, hatte Kristin bereits begriffen. "Ja, ich weiß was du meinst. Unser Gewicht auf dieser Seite des Rades der Station wird uns gegenüber auf der anderen Seite dieses Rades durch eine Flüssigkeit ausgeglichen. In den Anfangsjahren nahmen wir

____

21 Siehe das System Books on Demand

dafür wegen seiner gut flüssigen Eigenschaften Quecksilber. Aber es ist metallisch und beeinträchtigt die Gesundheit, wenn es mal wo austritt. Deshalb haben wir ein Kunststoffgel entwickelt, das weit bessere Eigenschaften hat. In den Versorgungsschächten hier unter uns im Boden fließt es mit." Alexandra fragte: "Wie geht ihr mit der harten Strahlung hier um? Sonnenstürme sind doch nicht ganz ungefährlich!" "Die Außenhülle dieser Station ist nicht aus hauchzartem Stanniolpapier, wie zum Beispiel bei den Landern der Apollo-Missionen. Die Station ist aus einem Kunststoff hergestellt, der etwa so dick, wie ein Daumen lang ist. Dann liegen Versorgungs-, Kühl- und Heizschächte in der einer Zwischenhülle, dann dieses Ausgleichsgel und verschiedene Funktionspolymere, danach kommt eine weitere Hülle. So ist dieses ganze Oval aufgebaut."
Sie gingen langsam weiter. Am nächsten Raum schaltete Kristin die Wand um ins transparente, so dass sie von außen sehen konnten, was darin geschah. "Ihr wolltet doch wissen, was wir hier in unserer Freizeit veranstalten. Wir haben gleich zwei dieser Räume. Ihr seht, dass man hier zum einen Kraft- und Ausdauertraining machen kann. Aber das ist noch nicht alles. Seht Ihr die Menschen auf diesen kleinen Podesten mit den Absperrbändern drum herum. Wie ihr seht, tragen sie Datenbrillen und Kopfhörer. Man kann sich damit in andere Welten versetzen lassen, spielen, arbeiten, durch Museen flanieren oder virtuelle Zeitreisen unternehmen. Diese Art Freizeitbeschäftigung ist besonders gut für Langzeitraumflüge. Daneben seht ihr aber auch Computer-terminals, eine Sauna und man kann sich auch in den Dschungel zweier Terraräume begeben und dort innen Tiere beobachten und den Duft frischer Erde einatmen." Alexandra fragte: "Ein Schwimmbecken habt ihr hier nicht?" "Leider nein, das wäre zu aufwendig.", antwortete Kristin. George war noch immer ganz aufgeregt: "Kann man das mit der Datenbrille mal probieren?" "Warum nicht. Wir

haben ja noch etwas Zeit bis zum Rückflug.", sagte Kristin und betrat mit ihnen den Freizeitraum. Kristin stellte George auf so eine Plattform, setzte ihm einen Datenhelm mit Kopfhörern auf und ließ seine Hände in Handschuhe fahren, legte ihm noch Datenmatten an Arme, Beine und Oberkörper an und sagte dann zu George: "Du startest mit dem Wort >jetzt<, dann macht dir der Computer Vorschläge und du kannst selbst entscheiden, was du willst." George sagte: "Jetzt!" Und während der nun in andere Sphären abglitt, witzelte Kristin mit Alexandra: "Na den sind wir jetzt mal kurzzeitig los." Alexandra wirkte etwas verstört: "Ist es nicht riskant, ihm solche Dinge zu zeigen? Nicht das er mit diesem Wissen in seiner Gegenwart Unsinn anstellt?" "Ach, das was ich bisher aus seiner Zeit weiß, ist dass man dahin bereits auf dem Weg war. Da gibt es Sportspiele und Datenbrillen für den Computer. Ich zeige ihm ja nicht die Holodecks.[22]"
Mit dem "jetzt" war George in eine Welt eingetreten, von der er nicht mehr weg wollte. Zunächst ließ er sich in einen Fechtkampf auf einem Piratenschiff in der Karibik versetzen, danach schwamm er ein paar Augenblicke wie ein Fisch durch ein Korallenriff. George war nicht einmal verwundert, hier auf "Flotter[23]" zu treffen und er sang gemeinsam mit einem vierköpfigen Kastratenchor eine Atlantische Weise. Jemand zupfte an seinem Ärmel. Er nahm das zunächst nicht wahr, als ihn aber jemand mit Gewalt versuchte zu Boden zu drücken, wurde ihm bewusst, dass das nicht das Spiel war, in dem er sich gerade befand. Als er die Datenbrille deshalb absetzte, stoppte sofort das Programm. "Puh, das war ja toll.", stöhnte er. "Ja, wer das zum ersten mal macht, kann davon süchtig werden.", sagte Kristin. "Wollen wir noch etwas Essen, bevor wir

---

22 ... siehe Star Trek
23 ... siehe Star Trek – Naomi Wildman

zurückfliegen?", fragte Alexandra. George nickte. "Ich hatte ohnehin vor, mal euer künstliches Mammutsteak zu probieren.", grinste er.
Sie gingen in den Speiseraum und George ließ sich von den beiden Damen beraten, was er für Leckereien denn nun unbedingt probieren solle. Das künstliche Mammutsteak fand er würziger im Geschmack und angenehmer in der Konsistenz, als das natürliche, das er bisher von der Erde her kannte. Und natürlich wurde er, als Mensch aus der Zukunft, besonders beäugt und einige der Leute der Besatzung sprachen ihn auch kurz an.
Als sie mit dem Essen eigentlich bereits fertig waren, schlug Kristin ihnen vor, noch einen Entspannungsdrink zu sich zu nehmen, der ihre Raumkrankheit unterdrückte.

Der Rückflug zur Erde ist schnell erzählt. Neben ihnen beiden hatten sie noch ein weiteres Pärchen mit im Cockpit und auch dieses mal transportierten sie etwas Fracht. Sie machten wiederum einen Zwischenstopp am Orbitallift des Mondes, schwenkten dann in eine Erdumlaufbahn ein, in der sie immer engere Ellipsen um diese flogen, um ihren Raumgleiter abzubremsen und schließlich setzten sie zur Landung an. Der Gleiter musste in einem gewissen engen Winkel in die Atmosphäre eindringen. Ab hier wurde der Flug extrem unruhig. George sah, wie Plasma an der Außenhülle entlang flammte. Die Maschine rüttelte. Alles klapperte. Es wurde sehr hell im Innenraum und auch spürbar wärmer. Laut war es sowieso. Kristin brüllte: "Keine Angst!!! Das ist normal!!! Passiert immer beim Erdeintritt!!! Dauert auch noch ein wenig, bis wir landen, denn ich muss um die Geschwindigkeit noch weiter zu reduzieren, mehrere Schlaufen fliegen!!! Die Landung wird aber ganz weich!!!" George sah die Wolken auf sie drauf zu rasen. Er hatte noch immer das Gefühl, halb schwerelos zu sein. Das bereitete ihm indes weniger Kopfschmerzen, als vielmehr seine Höhenangst, die sich nun mit aller Kraft wieder bemerkbar machte. Er spürte, wie Kristin jetzt eine Schlafe nach der nächsten Flog. Er sah es auch an Hand der Kontinente, die unter ihnen dahin flogen. Da, jetzt, sie durchstießen die Wolken über dem Gebiet des Kongo, hatten aber noch immer eine affenartige Geschwindigkeit auf dem Kasten. Kristin drehte eine weitere Schlaufe. Kurz unter den wenigen Wolken ging es über den Atlantik. George erkannte das Delta des Amazonasgebiets. Immer langsamer flogen sie. Dann die ersten Gletscher über Patagonien, der Südpol und sein ewiges Eis. Noch langsamer wurden sie, als Kristin die Bremsschirme der Maschine nach hinten öffnete. Kristin vorne schien mit ihrem Flug zufrieden. "Nur noch ein Fünftel der Schallgeschwindigkeit! Wir werden sehr weich landen.", sprach sie durch den Bordfunk. Und so kam es auch. Sie sahen bereits die Startrampe im Eis. Kristin flog eine weitere Schlaufe. Ein Kunststoffseil schoss von der Rampe in ihre Richtung und verhakte sich durch intelligente Polymere gesteuert, im Fahrgestell ihres Flugzeugs. Kristin schaltete die Motoren aus und sie wurden von diesem Seil im richtigen Winkel auf die Start- und Landerampe gezogen, setzten, allerdings noch immer nicht wirklich langsam von ihrer Geschwindigkeit her, auf einem Magnetbahnwagen auf. Dieser bremste sie noch weiter ab und als sie im Hangar der Station ankamen, landeten sie weicher, als es ein Segelflieger je getan hätte. Sie stiegen aus, bedankten sich bei Kristin und wurden durch Personal in eine Unterkunft der Station gebracht.

Sie nahmen sich einen Tag als Auszeit nach ihrem Weltraumabenteuer und machten sich erst dann auf ihren eigentlichen Rückweg. Wieder ging es mit der Magnetbahn unter dem antarktischem Kontinent hindurch. Kurz bevor sie wieder an die Erdoberfläche gelangten, sammelten sie noch ihren Libellocopter ein und fanden sich schließlich auf der automatischen Außenstation wieder.

Alexandra war auf dem Weg hierher sehr schweigsam geworden. Als sie bereits in der Libelle waren, brach es aus ihr heraus: "Das waren einfach zu schöne Tage und Erlebnisse mit dir, George. Bevor wir komplett zu deinem Startplatz in Europa zurück kehren, wollte ich dich erstens fragen, ob wir noch einen kleinen Umweg über Australien nehmen wollen ..." "Na aber sehr gerne...", unterbrach er sie, bevor sie fortfuhr mit: "... und dann wollte ich dich fragen, ob wir deine nächsten Zeitreisen nicht gemeinsam unternehmen können. ... wobei es dabei aber ein technisches Problem gibt." "Was meinst du?" "Lass uns erstmal starten, dann erkläre ich es dir." "Welche Richtung und wie schnell?" "Du gehst bitte auf 5 km Höhe, denn da sind wir vor unerwarteten Eisspitzen am sichersten, dann fliegst du bitte mit der hohen Reisegeschwindigkeit so, dass wir das Eisschild rechts und das Meer links haben. Bis heute Abend müssten wir so Australien erreichen."

Sie starteten. George gab Höhe, fühlte sich aber gleichzeitig vom Eis rings um sie her geblendet. Er ging auf den angegebenen Kurs und ließ sie dahin schweben, während unter ihnen das Schelfeis, vom Meer angeknabbert, dahin schoss. Alexandra ergriff wieder das Wort: "Du hast ja nach wie vor dein Mobilfunktelefon um den Hals. Gut so, denn wir wüssten nicht, was mit dir geschehen würde, wenn es mal ausfiele oder du es verlieren würdest." "Ja, das hatte mir Tatjana ja bereits in Atlantis erzählt. Vermutlich würde ich dann in Kalk, Wasser und einige Aminosäuren zerfallen." "Genau! Du bist seit du in unserer Zeit bist, gewissermaßen in deiner eigenen Zeitblase." "Scheint logisch". "Also ich bringe dich gern nach Hause, nach Europa, aber falls du mich auf weiteren Reisen mitnehmen würdest wollen, gäbe es dabei das Problem deiner Zeitblase, aus der ich nicht hinaus gehen könnte, ohne dass nicht irgend etwas mit mir

geschehen würde." "Verstehe. Im geringsten Fall, würde eine Nachfahrin von dir vor mir stehen, aber vermutlich würdest du dann zu Staub und Asche, wenn du meine Zeitblase verlassen würdest." "Vollkommen richtig. Soweit wir es ausgemessen haben, hat deine Zeitblase einen Durchmesser von höchstens zwanzig Schritt. Wollte ich also bei einer deiner Ausflüge dann mal, ich sag es so banal, hinter den Busch gehen müssen, könnte das Lebensgefährlich für mich sein. Was schlägst du also vor?"
"Da gibt es jetzt zwei Varianten. Die erste, das ist die, die ich bevorzugen würde. Also wenn ich dich in Europa abgesetzt habe, ob wir dazu vorher noch dein Luftschiff geholt haben oder nicht, überlasse ich deiner Entscheidung, müsste ich mich mit der Libelle nach Atlantis zurück begeben. Du gibst mir das genaue Datum an, in dem du in deiner Gegenwart ankommen willst und dann treffen wir uns dort. Oder du sagst mir gleich, welches Datum deine nächste Zeitreise haben wird und ich lasse mich dann in diese Zeit versetzen. In jedem Falle sind wir dann beide in jeweils unserer eigenen Zeitblase und ich müsste dann immer vor deinem jeweils nächsten Zeitsprung erst nach Atlantis zurück." "Das hört sich als zwar umständlich, aber durchaus für praktikabel an. ... Und was wäre die andere Variante, wenn ich fragen darf?"
"Ja, na die könnte man auch so oder so machen. Ich erzähle dir mal beide. ... Sieh mal, unter uns, eine ganze Schule Blauwale. ..." "Ich dachte immer, das wären Einzelgänger." "In deiner Zeit vielleicht, George. Ihr habt ja die Wale auch fast ausgerottet." "Ach, sieh mal, ganz viele Kleine darunter. Ich geh mal bis auf wenige Meter über das Meer herunter und verlangsame unsere Geschwindigkeit." "Ja mach ruhig. So etwas sieht man wirklich nicht alle Tage." George flog nun langsamer und tiefer, glich ihr Tempo dem der Wale an und hielt sich dann direkt über ihnen. "Was ist das denn für eine andere Variante, die du vorschlägst, liebe Alex?" "Ach

so, ... ich war jetzt so abgelenkt von den Walen ... mein Gott, sind das riesige Tiere. ... selbst ihre Babys ... Na da gibt's zwei leicht von einander abweichende. Die eine wäre die, dass ich mich bei meiner Rückkehr nach Atlantis mit einem Virus infizieren lasse, der mich nur wenig altern lässt. Das System ist noch nicht ganz ausgereift und man weiß nicht, ob man so ein langes Leben geistig überhaupt verkraftet. Ich weiß auch nicht, ob ich dich nach so einem Leben auch noch erkennen würde." "Schon klar. Bei rund 25.000 Jahren Zeitunterschied, wären das bei rund sechs Generationen pro ein Jahrhundert, rund 1.500 Generationen. Das hieße, tausendfünfhundert unterschiedliche Leben, unterschiedliche Männer, ... mindestens. ... und ob du dich dann noch an den einen ..." "... ganz Besonderen erinnern werde. ... " " ... das weiß man dann nicht." "Vollkommen korrekt. ... Das würde ich schon deshalb nicht riskieren wollen. So viele gelebte Leben verändern einen doch." "Und was wäre da noch möglich? Du deutetest es an. ..." "Es gäbe noch die Möglichkeit der Kryostase." "Wenn mich meine Erinnerung an die Science-Fiction-Literatur meiner Zeit nicht täuscht, heißt das, du würdest dich für diese Zeit komplett einfrieren lassen. In beiden Varianten kämst du aber nicht mehr so ohne weitere Zeitreise in deine Zeit zurück, oder?" "Auch damit hast du recht." "Wie weit ist denn die Kryostasetechnik in deiner Zeit?" "Sehr weit fortgeschritten! In deiner Zeit wird sie es noch weiter sein. Da auch wir gezwungen sind, uns an die physikalischen Naturgesetze zu halten, können selbst wir nicht schneller als das Licht fliegen."

George scherzte: "Wurmlöcher oder Warp- besser noch Transwarpantrieb gibt es also nicht?" Alexandra lächelte: "Nein leider nicht. Auch wir können die rund fünfundsechzig Lichtjahre zu unserer neuen Heimat, dem Aldebaraan, nicht auf wenige Minuten kürzen. Wir fliegen dorthin nur mit kleinen Maschinen und nahe der

Lichtgeschwindigkeit, brauchen für die Distanz aber noch immer knapp siebzig Jahre, denn der Flug geht nur knapp unterhalb der Lichtgrenze. Nun möchte aber niemand sein ganzes Leben in einer kleinen Blechröhre verbringen. Darum sind diese Cockpits gleichzeitig Kryostasekammern. Unmittelbar nach passieren des Mondes wird man eingeschläfert und wird erst wieder kurz vor dem Ziel aufgeweckt. ... So erzählt man es zumindest."
"Ist dabei auch schon mal was schief gelaufen?" "Wir wissen es nicht, denn wir werden diese Technik erst dann seriell anwenden, wenn wir auf Grund der Warmzeit Atlantis verlassen müssen." "Die technischen Voraussetzungen habt ihr aber bereits." "Ja, das ist alles schon da. Sieh mal, all die Samen, Embryos und DNA, die wir bisher auf der Erde gesammelt haben und die wir uns auf dem Trojaner ja anschauen durften, sind alle in Kryostase versetzt worden. Ein Risiko wäre dabei, dass wir noch nie etwas über mehrere zehntausend Jahre eingefroren haben." "Das wäre das eine, die andere Frage wäre sicherlich, wie du dann vom Aldebaraan unbemerkt bis zu mir nach Berlin gelangen solltest." "Das ist neben der Zuverlässigkeit der Kryostasekammern ein weiterer Grund, dieser Variante nicht den Vorzug zu geben." "Da gehe ich mit dir. Dann lass uns das so machen, wie du vorgeschlagen hast. Wir beide je in einer eigenen Zeitblase." Sie nickte. "Hab ich mir schon so gedacht." "Aber sag, wohin fliegen wir eigentlich jetzt?" "Mittagessen während des Fluges und dafür werden wir den Abend am Uluru in Australien Riesenechsen bestaunen und dort übernachten. Und morgen werden wir das auf Neuseeland unter Moas tun." "Ein guter Plan!"

Er hob die Nase des Libellocopters etwas, während sie in den Autopiloten ihr Ziel eingab. Um bis zur eingegebenen Zeit ihr Ziel zu erreichen, beschleunigte die Libelle selbsttätig bis an den Rand ihrer möglichen Höchstgeschwindigkeit. Das Meer unter ihnen war voll prallstem Leben. Überall sah man den "Blas" von Walen. Gelegentlich waren Gruppen verschiedener Robben unterwegs. "Eigentlich müsste ich das ganze einmal filmen. Es glaubt mir in meiner Zeit niemand, wenn ich ihm davon erzähle, wie reichhaltig das Leben auf der Erde ohne den Einfluss des Menschen ist.", sagte er nachdenklich. Seevögel attackierten Fischschwärme, die zu dicht an der Wasseroberfläche durch ihr Element glitten. Kleine Inseln, die in Georges Zeit von Meer bedeckt waren, tauchten auf und verschwanden hinter ihnen wieder. Alexandra kramte aus ihrem Gepäck einen schon vorbereiteten Imbiss hervor.

Während sie aßen, hatte ihr Kurs sie weit aufs Meer hinaus geführt und das Schelfeis war schon längst hinter dem Horizont verschwunden. Sie sahen als bald den nahenden Kontinent auf sich zu rasen. Von oben, aus einigen hundert Metern Abstand, sah Australien so aus, wie George es aus dem Fernsehen kannte. Es war eine fast rote Halbwüste mit nur wenigen Bäumen und Sträuchern, dafür mit um so mehr hartem Gras. Alexandra verringerte ihre Höhe und Geschwindigkeit. Sie deutete nach unten. "Sieh, dort ist ein Procoptodon, das ist ein Riesenkänguru, ...warte, ich fliege eine leichte Kurve ... dort vorn siehst du jetzt das Kurzschnauzenkänguru ... und gejagt wird es, warte, da haben wir ihn, vom Riesenwaran, den du als Megalania kennst. Den Beutelwolf werden wir am Uluru sehen." "Ich hätte nicht gedacht, dass selbst hier in dieser trockenen Gegend, ohne den Menschen Flora und Fauna so gut gedeihen.", sagte er. Sie lachte. "Der Einfluss unserer Art ist im Norden dieses Kontinents bereits seit mehreren zehntausend Jahren zu spüren. Die wie ihr sie nennt Aborigines leben hier bereits mehr als doppelt so lang, wie die Entfernung zwischen deiner und meiner Zeit ist." "Das sind mehr als fünfzigtausend Jahre aus meiner Gegenwart entfernt.", stammelte George. "Gib besser noch einmal zehntausend Jahre dazu.", sagte sie. "Aber wie kommt es, dass sie im Gegensatz zu euch noch keine Zivilisation ausgebildet haben?" "Da könntest du auch fragen, warum die restliche Menschheit jetzt, hier, in meiner Zeit, noch auf der Steinzeitstufe ist." George hob müde die Schultern und nickte. Sie fuhr fort: "Da gibt's mehrere Faktoren. Für die Menschheit im allgemeinen gilt hier, dass sie bisher kein Haustier hat, das ihr nützlich ist. Wir haben das bereits in Form unserer Fleisch-Zwerg-Mammuts, die wir bereits seit mehr als zwanzigtausend Jahren züchten und der in Farmen gehaltenen Moas. Den Hund domestizieren einige Völker entlang Nordafrikas und in Vorderasien erst jetzt aus dem Wolf. Der Hund ist zwar nützlich, aber er ist eher ein Mitesser, als dass er gemästet wird. Und bis hierher, nach Australien, wird er erst gelangen, wenn ihr am Nil die Pyramiden baut." "Ja und, was hat das mit Zivilisation zu tun?" "Ach George, dein Menschenzweig ist ja noch nicht einmal sesshaft oder kennt den Ackerbau. Wir waren auf Grund der knappen Ressourcen auf unseren Inseln dazu gezwungen, das wandern aufzugeben und intensive Landwirtschaft zu betreiben. Wir Atlantier sind aus einem nomadisch lebenden Fischervolk entstanden, das es vor etwa zehntausend Jahren auf unsere Inseln verschlug. Die Kaltzeit ist unbarmherzig und lässt die Meerestiere oft innerhalb von Monaten andere Wanderrouten oder Laichgründe einnehmen. Die einzigen Tiere, die als sich lohnende Jagdbeute für uns auf unseren Inseln in Betracht kam, waren Mammuts, die auf Grund ihrer Inselabgeschiedenheit ihre Größe verloren hatten. Die Jagd auf Nager, Vögel und kleine Säugetiere, war nicht ergiebig genug. So domestizierten wir diese Zwergmammuts und erst seit etwa einhundert Jahren auch eine Moa-Art, die vor allem wegen ihrer Eier. Auch das reine einsammeln von

Früchten und Samen auf unseren Inseln reichte oft nicht aus und ist wegen der ständigen Klimakapriolen vom Ertrag her häufig unsicher. Deshalb begannen wir, einige Pflanzen zu domestizierten und Vorratshaltung einzuführen. Das machte unser Nahrungsangebot stabiler. Aber ein zuverlässiges Nahrungsangebot begünstigt natürlich auch die Ausbreitung und die Erhöhung einer Population. Und seien wir mal ehrlich, der Mensch ist schon eine sich höchst rasant vermehrende Spezies. Um nicht letztlich unsere eigenen Inseln kahl zu fressen, haben wir bereits vor Jahrtausenden mit Geburtenkontrolle begonnen. Der Saft einer Guavenart tötet einerseits die männlichen Spermien ab, gleichzeitig unterdrückt er bei Frauen den Eisprung. Dieser Saft, den wir wohl bemerkt alle freiwillig regelmäßig nehmen, sofern unser Kinderwunsch nicht zu groß ist, wirkt etwa so, wie eure Antibabypille oder die Pille für den Mann."

"Ja, aber was hat das mit Australien zu tun?" "Der Mensch muss erst sesshaft werden, um zu einer Hochkultur und einer Zivilisation aufzusteigen. Dafür benötigt er Haustiere und Feldwirtschaft. Beides hat er bisher, bis auf uns Atlantier, nicht. Und gerade hier in Australien wird es daran auch bis in deine Zeit hinein fehlen. Es fehlen die zuverlässigen Proteinlieferanten! Kängurus lassen sich schlicht nicht domestizieren und das Land ist ganz allgemein viel karg, für den regelmäßigen Anbau von Pflanzen. Um die wenigen Ressourcen zu nutzen, sind die Aborigines deshalb gezwungen, nomadisch zu leben."

"Aber in meiner Zeit gibt es doch Schafzucht hier."

"Ja, das haben wir auch schon mitbekommen. Aber die Schafe verdrängen nur die einheimischen Tiere. Kommt es auf die Faunamenge in einem Gebiet an, ersetzen deine Schafe nur alle anderen Arten, die dafür aber sterben. Und eure Nutzung fossiler Wasserreserven geht irgend wann auch einmal nach hinten los. Das haben wir bereits bei unseren Zeitreisen heraus gefunden. Um es nochmal zusammen zu fassen, dem Menschen fehlt es heute an Landwirtschaft und hier in Australien sind die Ressourcen dafür so knapp, dass sie sich nicht von allein entwickeln wird. Sie wird erst in deiner Zeit hierher getragen, löst dann aber ein gewaltiges Artensterben aus."

Alexandra erhöhte wieder ihre Geschwindigkeit und schon bald sahen sie den roten Uluru aus dem flachen Gelände des australischen Kontinents hervorragen. Sie landeten an einem kleinen, vom Grundwasser gespeisten, Weiher auf der Nordseite des Bergmassivs. "Hier gibt es sehr viele, sehr giftige Tiere. Und dann noch diesen Riesenwaran.", sagte sie beim aussteigen aus dem Libellocopter. "Ich scanne gerade noch das Gelände rings um uns und stelle dann Warnbojen für die Nacht auf, George." "Kann ich dir dabei irgendwie helfen?" "Eigentlich schon, aber wir wissen nicht, was mit deiner Zukunft passiert, wenn du hier irgend etwas machst. Schon das Umsetzen eines Tieres durch dich, kann deine Gegenwart verändern."
"Verstehe, ... der Schmetterlingsflug in China, der einen Hurrikan in der Karibik auslöst." "Du setzt Tier A von Punkt A nach Punkt B. Tier C, das gerade Tier A gejagt hat, frisst statt dessen Tier D. Spezies A überlebt durch dieses eine zusätzliche Individuum, Tierart D stirbt auf lange Sicht durch dieses eine fehlende Exemplar aus. Und der jagenden Art C schmecken Tiere der Art D nicht und sie vertilgt nun nur noch Tiere der Spezies E. Die Tiere der Art D waren aber für die Weiterverbreitung Pflanze F ganz wichtig, die sich nun durch die aussterbende Art D nicht mehr genug ausbreiten kann. Tiere der Spezies G, die nun aber auf die Pflanze F angewiesen waren, müssen sich, um zu überleben, auf die Pflanze H umstellen oder sie sterben auch aus."
"Ja, ja, ist schon klar. Und das über einen Zeitraum von sehr vielen tausend Jahren, da können die Veränderungen bis zu meiner Gegenwart hin beachtlich sein." Und so sah er nur

zu, bei dem was sie tat und erst als sie fertig war, verließ auch er ihr Fluggerät.

Es hatte bereits zu dämmern begonnen, als sie mit dem Aufstellen der Warnbojen fertig war und sie sich beide in bequeme, aufblasbare Sessel fallen ließen. Trotz der allgemeinen Trockenheit der Halbwüste rings um sie her, zirpte, schrabbelte, schnaufte und gekkerte es rings um sie her. Ihre vorbereitete Kaltverpflegung schmeckte hervorragend und so genossen sie beim gemeinsamen Abendmahl den glutroten Sonnenuntergang über der grundroten, nur mit grünen Tüpfeln versehenen Ebene.

Als es dunkel war, entzündeten sie Öllampen, die einen ziemlichen Rauch nach verbranntem Gras absonderten, um Warane und andere Räuber fern zu halten. Nichtsdestotrotz näherte sich ihnen dennoch, als sie sich bereits zur Ruhe begeben wollten, ein neugieriger Beutelwolf. Die Bojen gaben darauf hin einen durchdringenden Klingelton von sich und ließen elektrische Blitze mit einer niedrigen Stromspannung in Richtung des Eindringlings zucken, der darauf hin pfeilschnell verschwand. "Wie stark war der Strom?", frage George, der hier diese Sicherheitsbojen, die Alexandra in einem Rund mit je einem Abstand von etwa zwei Schritt zueinander um sie her aufgestellt hatte und deren Einsatz George heute zum ersten mal während ihrer Reise sah.

"In deine Zeit umgerechnet sind es nur zwölf Volt. Aber wir wollen ja auch nicht töten, sondern nur abschrecken. Ich würde dennoch vorschlagen, dass wir die Nacht zum Schutz vor kleineren und vor allem giftigen Tieren in der Kanzel der Libelle verbringen. Falls du es noch nicht bemerkt hast, die Sitze lassen sich hervorragend mit wenigen Handgriffen zu einfachen Nestern umlegen und die Bedienelemente zum Schutz dafür extra abdecken." "Dein Vorschlag gefällt mir.", sagte George.

Die Warnbojen schlugen in der Nacht nur noch einmal an,

als eine Gruppe Emus an ihrem Lager, auf der Flucht vor einem Riesenwaran, vorbei rannte.

Dadurch, dass sie an der Nordseite des Uluru gerastet hatten, konnten sie morgens auch den Sonnenaufgang über Australien bewundern. Gewaltige Schwärme von Wellensittichen und Zebrafinken umschwirrten sie auf ihrem Weg zu einem nahe gelegenen Wasserloch. Gemeinsam, einer den anderen mit Pfeil und Bogen vor angreifenden Raubtieren schützend, nutzten sie diese Wasseroase selbst, um ihre eigenen Trinkwasservorräte aufzufüllen und um sich etwas frisch zu machen. Wobei immer einer die Umgebung im Auge behielt, während der andere seiner Tätigkeit nachging. Nach einem Imbiss aus Pemmikan und einer Gemüsepaste starteten sie wieder. Alexandra ließ sie hier relativ tief und nur mit mäßiger Geschwindigkeit fliegen. Zum ersten mal sahen sie am späten Vormittag eine Gruppe Aborigines. Während ältere Frauen in einem Biwak mit der Verarbeitung von Gegenständen beschäftigt war, von oben ließ sich nur das abschaben von Häuten und das Kochen in einer Feuerstelle beobachten, sahen sie rund um das Lager jüngere Frauen und Kinder mittleren Alters bei der Suche nach essbaren Wurzeln, nach Feuerholz, Vogeleiern und Insekten, während mehrere hundert Meter vom Lager entfernt gerade ein Jagdtrupp aus drei Männern ein trächtiges Wallabyweibchen zu Tode hetzten. Ob und wie der Überflug ihrer Libelle einst die "Geschichten aus der Traumzeit" dieses Volkes beeinträchtigten würden, darüber machten sich Alexandra und George keine Gedanken. Zum Mittag legten sie an der Südküste des Kontinents einen Zwischenstopp ein und flogen anschließend wegen der großen Entfernung mit relativ hoher Geschwindigkeit nach Neuseeland.
Schön, einfach nur schön, empfand George es. Und der Umstand, dass sie vermutlich wirklich die ersten Menschen

waren, abgesehen vielleicht von einigen anderen atlantianischen Tagestouristen, wie sie es jetzt waren, die diese Inseln zum ersten mal betraten, flößte ihm Ehrfurcht ein. Sie landeten nach schnellem Flug am späten Nachmittag in einem Tal am Ufer einer Flussmündung. Es war auf der Nordhalbkugel mittlerweile Herbst, hier auf der Südhalbkugel dagegen beginnender Frühling, deshalb war es ja am Südpol bereits einige Stunden hell, als sie dort eingetroffen waren. Seit etwa vier Monaten war George nun in dieser Zeit unterwegs. Trotzdem ja seine Reisegeschwindigkeit doch relativ schnell war, bremsten ihn immer wieder Ausflüge, Besuche und Ruhetage aus. Wobei er die Ruhetage an sich überhaupt nicht gezählt hatte. Ihn bremste auch ein wenig das Aufladen des Akkus seines Handys, in dessen Griffweite er ja ständig bleiben musste.

Das Flussufer, an dem sie landeten, bestand vor allem aus Kies, durch das ein sauberer Quell mäanderte. Hier ergriff Alexandra keine Vorsichtsmaßnahmen und stellte keine Sicherheitsbojen um sie herum. Dann war dies wohl auch nicht nötig, vermutete George. Als sie Anstalten machte, mit Pfeil und Bogen und einer Art Umhängetasche in den Wald zu gehen, um schnell "etwas Frisches" zu sammeln, wollte er sie begleiten, aber sie wehrte mit Hinblick auf die Rückkehr in seine Gegenwart wieder einmal ab. So setzte er sich allein ins weiße Kiesbett des Ufers, den Libellocopter im Rücken und genoss die Natur rings um sich her. Alexandra blieb nicht lang fort.

Sie kehrte mit einer Tasche voller Beeren und einem geschossenen Vogel zurück, den sie noch ausbluten ließ, bevor sie mit heißem Wasser seine Federn abbrühte, um ihn dann zu rupfen und auszunehmen. George betrachtete sie dabei. "Wusste gar nicht, dass du so etwas kannst." "Das gehört mit zu unserer Ausbildung, dass wir uns im Notfall auch mal allein durch die Wildnis schlagen können.", antwortete sie. "Und was ist das für ein Vogel? Es sieht

nicht aus, wie ein Kiwi." "Das ist das Baby eines Moa." "Na so etwas hat garantiert noch niemand aus meiner Zeit gegessen." Sie schmunzelte. "Ist auch bei uns sonst nicht üblich. Aber mal als Ausnahme ..."
Schon bald schmurgelte das Vögelchen, das etwas größer, als ein normales Haushuhn war, aber viel mehr Fleisch an den Keulen, dafür um so weniger Brustfleisch hatte, in ihrem elektrischen Grill. "Warum machen wir eigentlich kein Lagerfeuer?", wollte George wissen und die immer sehr geduldige Alexandra erklärte ihm: "Ein Lagerfeuer würde zum einen die Moas, die wir ja noch sehen wollen, verschrecken, zum anderen, ... tja ... was würden die Archäologen deiner Zeit dazu sagen, wenn sie hier plötzlich Holzkohle fänden, die wesentlich älter, als es die eigentliche Besiedlung durch den Menschen ist." "Du hast recht. Die würden sich arg wundern und wildeste Theorien aufstellen." "Genau deshalb dürfen wir hier auch überhaupt keine Spuren hinterlassen. Deshalb hab ich die Federn und Innereien des Tieres hier auch aufgehoben, wie du bemerkt hast. Diese, die Knochen des Tieres und alle anderen Abfälle unserer Mahlzeiten hier werden wir morgen ins Meer schütten und den Haien überlassen."

Soweit südlich zog sich die Dämmerung dahin. Die Geräusche des sie umgebenden Waldes und das permanente Rauschen des Flusses vor ihnen ließ so manches sich ihnen nähernde Geräusch nicht zu ihnen durch. Im Aufglimmen ihrer Öllampen zeigten sich dann aber zweibeinige Gestalten mit langen Hälsen. Sie waren größer, sehr viel größer als Strauße, etwas mehr als doppelt so groß, wie ein ausgewachsener Mensch. ... Und sie näherten sich ihnen. George wusste zunächst nicht, was er tun sollte, aber Alexandra bedeutete ihm, er möge einfach in seinem Sessel sitzen bleiben. Die riesigen Vögel kamen immer näher. "Mach nichts. ... du wirst staunen.", raunte Alexandra ihm zu. Immer mehr Moas mit ihren Küken kamen aus dem Dickicht des Waldes an den Strand des Flusses. Sie kamen auch zu ihnen, Sie kamen mit ihren Köpfen sogar so nah, dass George ihren Atem riechen konnte, sie hätte berühren können, aber das traute er sich nicht. Statt dessen starrte er in ihre Augen zurück. Die Moas gurrten, zirpten, flöteten leise. Das wirkte auf George äußerst beruhigend. Ja, sagte er sich, die Moas sind einfach nur unglaublich neugierig. Wenn er sich etwas bewegte, wichen sie erschreckt einige Meter zurück, sie taten aber nichts. Immer neue Individuen kamen aus dem Wald, beäugten sie, untersuchten mit ihren Schnäbeln, ob ihr Haar oder ihrer beider Kleidung essbar sei und begaben sich dann direkt an den Fluss, um zu trinken, etwas am Schilf zu knabbern oder ein paar Samen aus dem Wasser zu picken und verschwanden dann wieder im Unterholz des Dschungels. Das ging so den ganzen Abend lang. Die Moas strahlten dabei eine wonnige Ruhe und Gelassenheit, aber auch ungezügelte Neugier aus, wie George sie bisher selten bei Tieren erlebt hatte.

Er und Alexandra blieben wach bis tief in die Nacht und erfreuten sich an den freundlichen Tieren rings um sich her.

Nach einem ausgiebigen Frühstück begannen sie ihre Reise nach Europa, wobei Alexandra ihn darum bat, einen weiteren Umweg, erst über Südostasien, dann über Nordamerika zu nehmen. Sie flogen mit mäßig hoher Geschwindigkeit und sahen aber zu, daß sie zur Mittagszeit immer irgendwo landeten und Nachts blieben sie ohnehin am Boden. Über Funk, übertragen durch Satelliten, gab Alexandra obendrein in Atlantis bescheid, man möge doch bitte bis in so und so viel Tagen Georges Luftschiff und einen Libellocopter in der Nähe von ihrem Zielort in Europa mit einem kleinen AAmazonenkommandofür sie bereit halten.

Auf der Reise sah George mit eigenen Augen, dass Pazifik und Indischer Ozean in dieser Periode der Eiszeit nicht direkt mit einander verbunden waren, sondern nur durch wenige, allerdings salzhaltige, Fließe von einander getrennt waren, bei denen man immer mit bloßem Auge die Palmen am jeweils anderen Ufer erkennen konnte. In einigen, fast unzugänglichen Bergtälern Neuguineas sahen sie, weil sie sehr tief flogen und Alexandra dafür extra die Tarnvorrichtung der Libelle aktiviert hatte, womit sie nicht zu sehen, sondern nur mit einem leichten Summen zu hören waren, die Dörfer von Hobbits. Weiter ging es, entlang der Küsten Ostasiens. Überall sah George andere, als die ihm bekannten Küstenlinien. Sie übernachteten auch einmal auf einer Insel im Mekongdelta. Dort blieben sie, trotz der vielen Moskitos, sogar einen ganzen Tag lang, weil sie die Möglichkeit hatten, eine Familiengruppe des Gigantopithecus zu beobachten. "Was würden deine Archäologen dazu sagen?", fragte sie ihn. "Tja, Alex, nach meinen Informationen müsste der jetzt schon seit rund 75.000 Jahren ausgestorben sein." "Hier im Mekongdelta gibt es nur noch eine winzige Restpopulation, die mit dem steigen Meeresspiegel am Ende dieser Eiszeit auch verschwinden wird."
Weiter führte sie ihre Reise. Alexandra legte jetzt einen Kurs in Richtung der Koreanischen Halbinsel ein. Dort sahen sie in den Gebirgen einen weiteren Hominiden. Sein Fell war im Gegensatz zum rötlich-braun des Gigantopithecus eher blond-gülden und er war wesentlich kleiner, von der Statur her aber ähnlich. Sein Haar war länger und er lebte nicht im Flachland, sondern in den verschneiten Hängen der Berge. Als sie diese Spezies sahen, fragte Alexandra George: "Was fällt dir zu diesem Wesen ein?" "Das ist gerade ein Phantom, das ich da sehe. Das kann es gar nicht geben." Er kicherte: "Das ist doch nicht etwa der Schneemensch, der Yeti?" "Genau er ist es. Zwei sogenannte Geisterpopulationen

schaffen es bis in die Zeit deiner ersten Raumflüge. Auf Aldebaraan wird er später in einem Habitat von uns überleben. Aber lass uns weiterreisen. In den nächsten Tagen wirst du noch mehr staunen."
Über Japan, das nur durch dünne Rinnsale vom chinesischen Festland getrennt war, ging es hinüber nach Kamtschatka, das bereits größtenteils vergletschert war. Aber die Ufer waren noch frei und an diesen tummelten sich nicht nur Robben und Seevögel, sondern auch Yetis, Eisbären und Mammuts. Weiter ging es nach Norden und immer an der Eisgrenze entlang. Die Beringstraße war offenbar ganz trocken gefallen. Die Pazifikküste der späteren Aleuten stellte offenbar den südlichen Abschluss dieser Landbrücke dar. Auch hier an der Küste das gleiche Bild mit Robben, Seevögeln, Eisbären, Rentieren, Mammuts und Yetis. Bei einem Zwischenstopp, um an dieser Küste die Nacht zu verbringen, fragte ihn Alexandra: "Was stellst du hier fest?" "Also du bist wie mein Mathelehrer, Herr Scheller, der mir auch immer diese Frage stellte und der mich dann immer erst auf Zahlendreher in meinen Berechnungen extra hinweisen musste, weil ich die nie sah. Ich weiß nicht, was du meinst." "Na, was für Tiere siehst du hier entlang der Küsten und welche nicht?" "Ja, ... na ... ich stelle erstaunt fest, dass wir hier noch Yetis sehen. Aber mehr fällt mir nicht auf." "Hier fehlen Menschen! Nach euren gängigen Theorien hat der Mensch Amerika über diese Landbrücke, hier und jetzt in dieser Zeit erreicht. Aber wie du siehst, siehst du hier nichts. Deshalb hab ich diesen Umweg mit Dir genommen." George überlegte kurz und verstand sie dann. Es gab hier keine Menschen!
In den nächsten Tagen ging es weiter, immer weiter, erst in Richtung Ost, dann an der nordamerikanischen Küste entlang nach Süd. Alexandra erläuterte immer mal, wo sie waren. Dort würde einst die Stadt Vancover stehen, dort Seatle, da Portland ...

Und immer weiter reichte das Eis. Erst als sie auf der Höhe des späteren San Francisco waren, hörte das Eis auf. Aber auch bis dorthin an der Küste, dasselbe Bild wie seit Korea, mit Robben, Rentier, Mammut, Eisbär und Yeti. Die Yetis hier hatten indes braunes Fell und Alexandra meinte, dies sei wiederum nur der verkleinerte Gigantopithecus, der aber dereinst nach der Durchtrennung der Landbrücke nach Asien eine weitere eigene Unterart bilden würde, die bis in Georges Jugend hinein noch existieren würde. Deren Geisterpopulationen würden sich von den Wäldern Alaskas bis an die Großen Seen erstrecken und unter dem Namen "Big Food" eine gewisse, wenngleich auch ihre Existenz angezweifelte Berühmtheit erreichen. Aber auch diese Art sei nicht gänzlich ausgestorben, sondern existiere später einmal auf Aldebaraan.

Das Eis des Kontinents und sein Schelfeis erstreckte sich sehr weit und fast bis in die Bucht von San Francisco. Warum das Kontinentaleis so weit nach Süd reichte, erklärte sich damit, dass hier ein wärmender Golfstrom, und war er in dieser Erdperiode auch noch so gering vom Volumen her, komplett fehlte. Sie folgten nun dem Inlandeis nach Ost. Alexandra wies George erneut auf die lokalen Besonderheiten hin. Hinter den vergletscherten Rocky Mountains schloss sich zunächst eine staubtrockene, kalte Wüste dem Eis an, keine Spur von einer Tundra, danach ein gewaltiger Salzsee, der sich aus dem Schmelzwasser der Gletscher gebildet hatte. Dem schlossen sich nicht etwa die Great Plains oder Prärien an, sondern im Gegensatz zu Europa waren auch hier weite, fast lebensfeindliche, wasserlose Wüsten. Erst als sie sich dem Flussbett des Mississippi näherten, der nur eine gewaltige glaziale Rinne darstellte, in dem Schmelzwasser der Gletscher in den Golf von Mexiko abfloss, ergrünte das Land zu einer gewaltigen Steppe, die sich rechts und links der Ufer des Stroms und bis zum Allegheny-Gebirge   zog. Auf ihr grasten Wollhaarmammuts, Riesenfaultiere und Bisons, die von Säbelzahnkatzen gejagt wurden. Alexandra erklärte, dass diese unüberschaubar großen Salzseen und die Wüsten die Menschen daran hinderten, sich in Richtung amerikanischer Westküste auszubreiten.

Sie flogen einen halben Tag den Mississippi nach Süd, um ihm dann wieder hinauf nach Nord zu folgen. Schließlich gabelte sich der Mississippi in einen rechten und einen linken Flussarm. Sie folgten dem rechten in Richtung Ost. In Höhe der späteren Stadt Cincinnati verlief dieser Fluss, der nur ein mäßiges Gefälle hatte, direkt am Inlandeis des Kontinents entlang und transportierte dessen Schmelzwasser. Für George war klar, dass sie hier dem Flusslauf des späteren Ohio-River folgten.[24]   Für ihre Querung des Alleghanny Gebirges mussten sie relativ weit in die Atmosphäre hinauf, schon wegen des auch hier kilometerdicken Eisschildes. Zur Überraschung Georges sahen sie erst jetzt, in dem breiten Tal zwischen diesem Gebirge und den Appalachen, ein Biwak von Menschen. Sie sahen es weniger selbst, als dass sie eine Rauchfahne bemerkten. Stellten die vergletscherten Alleghannys noch ein Hindernis zur Überquerung durch die ersten Indianer dar, so waren die etwas weiter östlich am Atlantik gelegenen Appalachen der Wärme eines Ostausläufers des Golfstroms ausgesetzt und damit für die frühen Menschen überquerbar. In George keimte ein Verdacht. War Nordamerika etwa nicht über die Beringstraße, sondern von Europäern über den

---

24 Der Ohio-River spielt im ersten Teil meiner
   Abenteuertrilogie "20 Fässer Sauerkraut" eine tragende
   Rolle, im zweiten Teil der Trilogie gibt es auf ihm sogar
   eine längere Flussreise von seiner Quelle bis hin zu seiner
   Mündung in den Mississippi und zwar zu einer Zeit, als in
   dieser Gegend noch keine Europäer siedelten, sondern nur
   der "Rote Mann", die nordamerikanischen "Natives"

Nordatlantik besiedelt worden? Schon jetzt? Sie folgten weiterhin der Eisgrenze. Das Tal zwischen den Alleghannys und den Appalachen war sogar dicht bewaldet! Aber, man merkte es dem Oktober an, die Tage wurden immer kürzer und die Kälte nahm stetig zu, so dass sie nur noch im wohltemperierten Libellocopter übernachteten. Das Kontinentaleis ging in einer Linie in etwa bis auf die Höhe des späteren New York. Wegen des Golfstroms blieb aber die Küstenregion selbst im beginnenden Winter frei von Gletschern oder einer dickeren Eisschicht. Es existierte nicht einmal Schelfeis. Im Uferbereich gab es riesige Schwärme von Pfeilschwanzkrebsen, Eisbären jagten Robben, die sich auf den Stränden in nicht zählbaren Mengen versammelten, Bisons und Mammuts grasten im Flachwasser die Spitzen von Kelpwäldern ab.

Immer wieder entlang der Küste sahen sie menschliche Ansiedlungen, die oft nicht aus viel mehr als zwei oder drei kugligen und mit Birkenrinde gedeckten Rundhütten bestanden und aus denen unablässig Rauchschwaden in die trockene, kalte Luft emporstiegen. George fragte sich immer wieder, was die Menschen hier verbrannten, er roch dann aber, dass es oft Speck, aber vor allem Knochen von Großsäugern und Tran von Walen war. Kleinere Wale und sogar Grauwale die in Georges Zeitalter im Atlantik bereits seit langem ausgerottet waren, das sahen sie, wurden hier von den Menschen in kleinen Birkenrindenkanues aktiv in Küstennähe gejagt, aber sie sahen auch, wie ein ans Ufer geschwemmter Kadaver eines Buckelwals von Menschen, Eisbären und Wölfen gleichermaßen zerlegt wurde.

Ab Höhe des Sankt-Lorenz-Golfs war die Kraft des Golfstroms hier beendet und Schelfeis erstreckte sich über hunderte von Kilometern bis zur äußersten Südspitze Grönlands. Die war Eisfrei und zu Georges Erstaunen entdeckten sie hier ein paar einsame Hütten und sahen in

Kanus jagende Menschen. Weiter ging es entlang des Schelfeises bis nach Island. Das kannte George ja schon, nur hatte er bei seiner Suche nach Atlantis nie die westliche Küste der Insel gesehen. Und genau dort sahen sie aus der Ferne erneut ein paar Hütten. Weiter ging es, entlang der Grenze zwischen Schelfeis und Meer. Und hier erinnerte sich George, er war mit seinem Luftschiff immer über dem Eis geblieben, das mehrere Kilometer dick war. Er war aber aus Sicherheitsgründen nie unten entlang über dem Meer geflogen, weil er Angst vor von oben herab stürzenden Eisblöcken hatte, die ja auf ihrem kilometerweiten Flug durchaus auch weiter segeln konnten. Deshalb hatte er nie die Menschen bemerkt, die auch hier in kleinen Rindenbooten der Jagd nach Narwalen nachgingen und die offenbar in der hoch aufragenden Eiswand direkt lebten. Nun war für George alles klar. Nordamerika wurde von europäischen Jägern und nicht über die Beringstraße besiedelt. Und dass es von diesen Menschen keine archäologischen Funde gab, hing schlicht damit zusammen, dass deren Steinklingen und andere Hinterlassenschaften tief im Schlamm im Meeresboden des Atlantik lagen. Ja, George schoss von all dem, was sie auf dieser Reise sahen, Unmengen an Bildern, er wusste aber auch, dass man ihm die niemals in seiner Zeit als Beweis für diese Besiedlung über den Atlantik abnehmen würde.

Sie kamen bald in England an und schließlich durchflogen sie das Berlin-Warschauer Urstromtal und George wurde es allmählich heimelig zu mute, obwohl er wusste, dass es noch einige tausend Jahre dauern würde, bis seine Heimat so aussah, wie er seine Heimat kannte, wenn überhaupt.
Über Satellit hatte Alexandra wenige Tage zuvor Kontakt aufgenommen zu der Gruppe von Kriegerinnen, die ihm sein Luftschiff hierher bringen sollte. Die Amazonen hatten am Rande eines Plateaus ein Biwak aufgeschlagen. In seiner

Zeit würde dort der Kaiser-Wilhelm-Platz in Berlin-Schöneberg sein, ahnte George. Wie auf einem Leitstrahl hatte man sie hierher gelotst. Von weitem war das provisorische Camp fast gar nicht zu sehen. Das hatte natürlich den Sinn, dass die nomadisch lebenden Menschen dieser Region erst gar nicht auf sie aufmerksam werden sollten. Und so entdeckte Alexandra das Biwak erst, als sie auf einen halben Kilometer heran geflogen waren. Als sie landeten, wurden sie sehr freundlich begrüßt. Es waren fünf Kriegerinnen, die mit zwei je viersitzigen Libellocoptern gekommen waren und die Georges Luftschiff ins Schlepp genommen hatten. Die Ministerin für Unterhaltung und Propaganda, Joyce, hatte persönlich die Leitung der Expedition übernommen. Joyce erzählte, dass sie bereits seit einigen Tagen hier seien, aber das sei eine reine Vorsichtsmaßnahme gewesen, weil man nicht wusste, wie schnell Alexandra und George hier ankämen und weil man sich nicht sicher war, welche Zugkräfte Georges Luftschiff beim Flug, eingekoppelt zwischen die beiden Libellocopter, aushielt.

Da es ohnehin bereits später Nachmittag war und die Dämmerung unmittelbar bevorstand, beschloss George, heute nicht mehr in seine Gegenwart zurück zu kehren, sondern den Abend und die Nacht gemeinsam mit den Antlatierinnen zu verbringen.

"Das haben wir auch gehofft!", kicherte Joyce und Andrea ergänzte verschmitzt: "Wir haben extra, gut tiefgefroren, Mammutsteaks aus Atlantis mitgebracht. So etwas wirst du wohl in deiner Zeit nicht mehr genießen können."

Ihr kleines Feldlager, einschließlich der Libellocopter und dem Luftschiff, hatten die Frauen ja schon vor Georges und Alexandras Ankunft mit Laub und Buschwerk gut getarnt und zum Abend hin umzogen es die Damen noch mit einer transparenten Wand, die sie zwar von innen nach außen schauen ließ, die aber von außen her blickdicht war.

Dadurch konnten sie innen ein gemütliches Lagerfeuer entzünden, sie konnten dabei aber sicher sein, dass es von anderen, von außen, nicht gesehen wurde. Auch stellten sie einen Ring von Warnbojen rund um ihr Lager auf.

Als das Gemüse für das Abendmahl in einem elektrischen Mikrowellenkontakttopf schmurgelte und die Steaks, in kleinen Stücken, aufgespießt auf lange Kunststoffnadeln, über dem offenen Feuer allmählich vor sich hin brutzelten, kamen sie allmählich zur Ruhe. Wie bei einem Abend mit Raclette, so speisten sie auch hier gemütlich unter Freunden. Wenn das Fleisch eines Bratspießes gar war, nahm ihn sich jemand und ein anderer hing einen neuen über das nur leicht vor sich hin flackernde Feuer mit seinem großen, heißen Glutkern.

"Wie hast du die Erde in diesem Zeitalter erlebt?", fragte Andrea, an George gerichtet. Und der antwortete: "Ich bin sehr glücklich und dankbar, dass ihr mir dieses Erlebnis gestattet habt. Ich hätte nicht gedacht, dass die Erde so wundervoll ist. Es ist Nachts wirklich dunkel, man hört keinen Großstadtlärm ... " Patricia unterbrach: "Großstadtlärm? Was ist das?" "Ich zeige dir morgen ein paar Videoaufnahmen aus Georges Zeitalter.", zischte Joyce und George für fort: "... vor allem aber sieht man hier so wenig Menschen. Die Natur ist noch vollständig intakt. Seht mal, in meiner Zeit gibt es nur noch Inseln der Wildnis in unseren Nationalparks. ... " "Erklär ich euch auch morgen.", zischte Joyce dazwischen. "... Vor allem aber war mir nie bewusst, wie dicht das Leben vor der menschlichen Überbevölkerung in meiner Zeit war. Die Meere sind voller Fische und Wale, man stolpert förmlich über das Wild im Wald und in der Tundra, das Wasser ist so sauber und die Luft so rein!" Andrea nickte. Joyce schien jetzt etwas Ernsthaftes auf der Seele zu haben, denn sie ergriff jetzt das Wort: "Du siehst, wir haben dir dein Luftschiff mitgebracht. Aber wir wollten dir anbieten, dass du die kleine Libelle mit in deine Zeit nimmst. Wie sie getarnt wird, weißt du ja. Ich würde dafür dein Luftschiff in einem unserer Museen ausstellen." "Das ist sehr großzügig von euch.", sagte George. "Nun ja, wir haben gehört ...", Patricia, die sprach, sah dabei in Richtung Alexandra, "... du hättest noch weitere Zeitreisen vor. ... in Begleitung ..." "Das habe ich durchaus.", hielt sich George wage. Pia aber löcherte: "Was willst du noch sehen?" George sah, wie alle sechs Frauen ihm gebannt an seinen Lippen hingen, als er sprach. "Na ich hab da mal bei uns was von einer Wasseraffentheorie gehört." Er redete sich jetzt in Fahrt!

"In meiner Zeit ist man der Auffassung, dass der Mensch erst dadurch zum echten Menschen wurde, weil sich sein Lebensraum im Großen Afrikanischen Grabenbruch so sehr änderte, dass er gezwungen war, in die Savanne zu gehen und dort aus Mangel an ausreichend Früchten auch Aas und damit tierisches Eiweiß zu essen begann, was seine Entwicklung, vor allem die seines Hirns, beschleunigte. Das ist die sogenannte >Savannen-Theorie<. Daneben gab es aber eine kaum beachtete >Wasseraffentheorie< die bei mir ab 1930 von dem britischen Meeresbiologen Alister Hardy, nach einer grundsätzlichen Idee von Max Westenhöfer von 1923, weiterentwickelt wurde. Diese Wasseraffentheorie erklärt den Tauchreflex von Neugeborenen, warum wir ein Unterhautfettgewebe wie Wale haben, dann den sogenannten Stimmritzenkrampf, wenn wir unter Wasser sind, warum sich unser Stoffwechsel, also Herzfrequenz usw. verlangsamt, sowie wir tauchen oder auch nur schon das Gesicht einfach ins Wasser tunken. Die Wasseraffentheorie erklärt auch auf einfache Weise, warum wir im Gegensatz zu allen anderen Affen haarlos wie die großen Meeressäuger sind und warum das was wir noch an Haaren haben, so angeordnet ist, dass wir beim Tauchen grundsätzlich sehr stromlinienförmig sind. Ja, unser

Haarstrich ist stromlinienförmig. Auch lässt sich so ganz einfach die Liebe unserer Spezies zu Wasser, zu Wassersport und zum Leben am Wasser erklären. Und genau so wie sich Atmung und Herzschlag von uns beruhigt, wenn wir durch einen Wald gehen, so beruhigen sie sich auch, wenn wir in Sichtweite von Wasser sind, durch Schilf streifen und so weiter. Hinzu kommt, dass man an die Proteine von Muscheln, Krabben und Fischen schneller und einfacher und auch mit einfacheren Werkzeugen, heran kommt, als an Aas, das man erst mühsam aufbrechen muss oder hinter dem noch der Jäger dieses Tieres lauert oder andere Aasfresser wie Hyänen eine weitere Gefahr sind. Klar dass man bei dem gestiegenen Meeresspiegel in meiner Zeit keine entsprechenden Fossilien findet, die die Wasseraffentheorie unterstützt, weil die Meeresküsten, an denen das einst geschehen sein soll, in meiner Zeit mehrere hundert Meter unter Wasser liegen. Ich will mir das einfach einmal anschauen und ich weiß auch schon wann und wo."
Joyce nickte. "Diesem Vorhaben stimmen wir voll und ganz zu, wenn du dabei unsere Biologin Pia hier mitnimmst. Was hast du noch vor?"
"In meiner Zeit geht man beim Aussterben der Dinosaurier immer von zwei zeitgleichen Ereignissen aus. Zum einen ist da die vermehrte vulkanische Aktivität auf der Erde in dieser Zeit, zum anderen gab es obendrauf noch einen Kometeneinschlag auf der Yukatánhalbinsel." "Da sind wir mit deinen Leuten dacor. Aber was ist deine Idee?", fragte Joyce nach.

"In meiner Zeit wird immer davon ausgegangen, dass die Zweibeinigkeit des Menschen ihm erlaubte, seine Hände für den Werkzeuggebrauch frei zu haben und er sich dadurch immer weiter und eine Zivilisation entwickelte. Viele Saurier waren gleichfalls Zweibeiner. Was, wenn es schon damals eine Zivilisation auf diesem Planeten hier gab? ...

eine Zivilisation der Dinos[25] ... die sich selbst durch einen Atomkrieg ausrottete." "Das ist ein interessanter Aspekt." sagte Joyce. "Lass uns sechs kurz darüber beratschlagen. Bist du so nett und kontrollierst mal während dessen kurz die Alarmbojen um das Camp? Wir holen dich dann." George tat, wie ihm geheißen, stand auf, verließ das Biwak und umrundete es innerhalb des Kreises der Bojen. Es drang wirklich kein Licht aus dem Biwak heraus. Gerüche schon und er hörte auch mal ein Geräusch oder ein kurzes Lachen, aber alles sehr gedämpft.

Es dauerte eine Weile, bis er durch Pia wieder hinein geholt wurde und Joyce ihm, als er sich wieder in die Runde gesetzt hatte, erklärte: "Wir haben über deine Idee geredet und finden sie so interessant, dass wir auch diese unterstützen. Im Fall der Saurier würden wir dich mit einem zweiten Team und mit einer zweiten Libelle begleiten." "Wow, das hatte ich nicht erwartet.", sagte George. Andrea schob ein: "Auch haben so etwas bereits selbst vermutet, sind es aber noch nicht angegangen." Pia stand auf, erhob ihren Kelch und sagte: "Auf weitere Zeitreisen mit George Hungerlundt." Sie prosteten sich in der Runde zu! Joyce schien nun nachdenklich, denn sie sagte: "Zwei Dinge wollen wir dir noch mitgeben, ein technisches und eines, deine eigene Zukunft betreffend." Pia übernahm: "Das technische ist, dass wir dir eine mobile Fritzbox mitgeben wollen. Dann brauchst du künftig nicht immer bis hierher nach Europa zurück zu reisen, wenn du in deine Zeit heim willst. Allerdings wirst du dann genau an dem Ort, an dem du gerade bist, in die jeweilige Zeit geschoben und das Ding verbraucht natürlich auch Strom, den du aber durch deine eigene Körperwärme erzeugen kannst. Das Ding sendet so

---

25 ... siehe Folge 23 der dritten Staffel Star Trek Voyager "Herkunft aus der Ferne", aber schon Jahre bevor ich diese Episode gesehen hatte, hatte ich bereits die Idee zu einer Dino-Zivilisation

wie deine stationäre Fritzbox jetzt Subraumsignale[26]. In deiner Zeit haben wir einen getarnten Satelliten in einer geostationären Umlaufbahn geparkt, über den du zur Not, auch über Subraum, sogar mit uns im Aldebaraan kommunizieren kannst." "Auf einen Aspekt deiner künftigen Reisen möchten wir dich auch noch drauf hinweisen.", sagte Joyce und fuhr fort: "Einige Berechnungen, die Rückkehr in deine Gegenwart betreffend, zeigen unterschiedliche Szenarien an, die oft nur durch Kleinigkeiten im Raum-Zeit-Kontinuum hervor gerufen werden. Mal landest du so, wie du ursprünglich begonnen hast, mit Berlin als Hauptstadt, mal mit Spandau als Hauptstadt, mal mit Berlin als Hauptstadt einer sowjetischen Republik, mal als Hauptstadt Germania in einem Nazireich und mal unmittelbar nach einem Atomkrieg. Und für genau solche Fälle bei deiner Rückkehr, Ausrottung der Menschheit nach einer Seuche, Atomkrieg, Meteoriteneinschlag, werden wir dir noch zusätzlich einen Schutzanzug in deine Libelle mitgeben, halten wir dir die Kommunikation zu uns offen und könnten dich sogar von der Erde abholen." "Woher wisst ihr das mit den alternativen Gegenwarten von mir?", fragte George.
Tatjana antwortete: "Wir haben ein >Portal< auf Aldebaraan, durch das wir uns nicht nur in verschiedene Realitäten anschauen, sondern auch dahin reisen können."[27] "Und wie ist das mit dem Strom, den ich selbst erzeuge?", fragte er nach. Tatjana stand auf, ging zu einer ihrer Libellen und holte ein paar Unterhemden heraus, die sie ihm in die Hand gab. "Schau sie dir genau an, George.", sagte sie. Zuerst fühlte er und erfühlte dabei ein seltsames Garn, das gar nicht einmal hart war, sondern einzelne Fäden, die kreuz und quer eingewebt waren, fühlten sich schlicht anders an. Erst bei genauerer Betrachtung erkannte er, dass sie ein

26 ... siehe Star Trek ...
27 "Das Portal" wird ein Nachfolgeteil dieses Abenteuers hier
    werden.

wenig glänzten. "Ich habe solche Herrenunterhemden bei euch bisher noch nicht gesehen.", sagte er und schaute vage in die Runde. Joyce kicherte: "Na da siehst du mal, was wir in deiner Vergangenheit für ein modisches Desaster angerichtet haben." Sie gluckste noch etwas, dann sprach sie weiter. "Nein, tatsächlich haben wir diese, wenn ich so sagen darf >Mode< aus deiner Zeit hierher mitgenommen." Tatjana erläuterte: "Im Stoff aber sind Fäden mit eingesponnen, die auf infrarotes Licht, also auf Wärmestrahlung, hauptsächlich von deinem eigenen Körper, ansprechen. Diese Strahlung wird in Elektrizität umgewandelt. Auch in den anderen Kleidungsstücken, die wir dir mitgeben, sind diese Fasern. ...." Alexandra schob ein: "... damit du die Wäsche auch mal reinigen kannst. ... ganz normales, handwarmes Wasser mit ein bisschen Schlämmkreide nehmen ..."
"... die Fritzbox, die wir dir mitgeben, muss immer Kontakt zu dieser Wäsche an deinem Körper haben." "Naja, also er darf auch nackt baden." "Richtig, Joyce, das kannst du natürlich auch, aber du solltest möglichst nicht länger als einen Tag diese Wäsche nicht tragen, George. ... Und um die Akkuleistung deines Smartphones zu erhalten, geben wir dir, ... Joyce, bist du so nett und holst es? ... Danke! ... eine spezielle Hülle für das Gerät mit, die auch immer an deiner Wäsche aufgeladen wird und die diese Spannung dann über Induktionsschlaufen an dein Smartphone weiterreicht." Joyce tauchte nun mit beiden Geräten auf und reichte sie George. Pia brachte aus einem anderen Libellocopter etwas anderes an und übergab es ihm gleichfalls. Tatjana erläuterte, während Joyce ihm die Dinge praktisch vorführte. "Der kleine, flache Kasten hier ist die Fritzbox. Sieh, diese kleinen Dioden müssen immer leuchten. ... Damit kannst du die Fritzbox per Kabel ... gib Joyce mal bitte das Kabel, George ... verbinden, für den Fall, dass du nicht versehentlich von wem abgehört werden willst. ... In

diese Hülle steckst du ... reich mir mal bitte dein Smartphone, ... das Smartphone. Es wird nur wenn es in dieser Hülle steckt, per Induktion aufgeladen. Das dauert bei den schwachen Strömen, die darin geladen sind, ... bei 50 % Akkuladung ... naja, ... gut vier Stunden. Aber von Vorteil ist, es ständig in der Hülle am Körper zu tragen. ..." "Ja, das tue ich ja auch jetzt schon, um es nicht zu verlieren und um dann nicht aus eurer Zeit hier heraus katapultiert zu werden.", schob George ein. Tatjana: "Das ist vollkommen korrekt. Du solltest es weiter so tragen. Aber wir haben gemerkt, dass es dir in einem Brustbeutel ständig um den Hals hängt. Da ist natürlich die Gefahr groß, dass du dich Nachts versehentlich damit strangulierst. ... Also nicht nur im Schlaf, sondern auch ...", sie zwinkerte Joyce zu, "... wenn du dich zufällig im Schlaf bewegst." Joyce übernahm: "Beide Geräte ... komm mal bitte zu mir her, George ... kannst du dir natürlich leicht unter deine Achseln ... genau so ... mit diesem Klettklebeband schnüren, und wie du sicher merkst, merkst du sie kaum. Wenn du nicht gerade deine Arme angehoben hast, ist so auch, von zwei Seiten, Arm und Brustkorb, die Stromversorgung der Geräte effektiver. Aber du kannst sie beide auch weiter um den Hals tragen. Für die Fritzbox haben wir dir deshalb extra noch eine flauschig-weiche Tasche aus Mammutleder von einem unserer Sklaven schneidern lassen."

Nach diesen technischen Einweisungen wurde das Gespräch in der Runde oberflächlicher, denn die wichtigen Dinge waren offenbar gesagt. Es wurde noch ein wenig am Fleisch genascht und schließlich verzog sich jeder in eine der Kojen im Camp. Wobei George davon aus ging, dass er ein Zelt für sich allein haben würde. Er lag schon in seinem Nest, bemüht, irgendwie seine Aufregung kurz vor der Rückkehr in seine Zeit morgen zu unterdrücken, um schlafen zu können, als sich jemand wortlos von hinten an ihn heran schlich. Er drehte sich nicht um, sondern spürte sie nur, spürte ihren heißen Atem in seinem Nacken, roch den nahen Duft ihrer Haare und erkannte am Spiel ihrer Finger rund um seine Lenden, dass Tatjana es war, die ihn sanft befriedigte und die danach so lang bei ihm blieb, bis er erschöpft eingeschlafen war. Sie redeten nicht, sie sahen sich nicht an, sie taten es nur. Sie mit ihm, er mit ihr.

Trotzdem das alles heimlich, still und leise vonstatten gegangen war, schienen es am nächsten Morgen alle zu wissen, denn Alexandra flüsterte ihm zu: "Du siehst heute sehr entspannt aus. Tatjana weiß schon, was sie wie und warum tut." Alle anderen Frauen zwinkerten ihm nur bei ihrer ersten morgendlichen Begegnung zu. Es gab ein schnelles Frühstück, dann verabschiedete er sich. "Wir sehen uns gleich in der Zukunft!", rief Alexandra und er umarmte alle noch einmal und bestieg seine Libelle. Noch während er die Kilometer bis zu seinem Funkfeuer aufstieg, sah er, wie sie unter ihm damit begannen, das Biwak zu räumen.

Es war kalt, als er auf dem Gipfel des Eisplateaus anlangte. Zu sehen war sein Peilsender zwar nicht, aber sein Fluggerät fand allein den Weg. Dort, da, das war seine Antenne. Das Eis stand, wie erwartet, jetzt im späten Herbst höher, als im Frühling. Jetzt war er da! Auf seinem Handy öffnete er die Zeitreiseapp und gab als Ziel seinen Starttag und als Uhrzeit etwa zwei Stunden nach seiner Abreise an. Die Welt drehte sich, ihm wurde schwindlig und als er wieder zu sich kam, war er hoch über Berlin. Obwohl noch etwas orientierungslos, ließ er die Libelle sofort auf nur noch rund fünfzig Meter über den Erdboden hinab sacken und vergaß dabei auch nicht, die Tarnvorrichtung einzuschalten. Was er aus der Höhe bereits beobachtet hatte, wurde immer klarer, als er sich seinem Wohnhaus näherte. Berlin schien wieder Hauptstadt. Sein Wohnhaus stand wie in seiner Jugend in einem Gründerzeitviertel des Prenzlauer Berg. Da, die Antenne, sie stand auf dem zweiten Innenhof des Geländes und irgendjemand rief aus einem offenen Fenster: "Kann mal jemand das komische Tier da abholen, das da hinten so ein Gequäke macht?" Gute Frau Müller, dachte er. Die hatte er wirklich vermisst. Entsetzt starrte George nach unten. Sein Eselchen stand auf dem hintersten Hof, angebunden an eine Teppichklopfstange und meldete sich mit lautem I-A. Oh je, wie sollte er ihn da wieder herunter bekommen. Da wo der Esel jetzt stand, musste er mit ihm zunächst durch den Keller des Hinterhauses. Aber gut, auch sein WLAN-Mast stand ja dort. Also musste er beides ja auch in irgend einer anderen Realität dort hin bekommen haben. George landete seinen Libellocopter inmitten von Bäumen auf einer großer Wiese zwischen diesen und dem Teich im Thälmannpark und hoffte inniglich, niemand würde ihn sehen, wenn er plötzlich aus dem Nichts erschien, in dem Moment, in dem er das Tarnschild der Libelle verließ. Er hoffte auch, dass das Tarnschild hielt und sich dabei dennoch auflöste.

Er hatte ein paar Schritte zu gehen, fast zwanzig Minuten, bis er endlich wieder vor seinem Haus stehen würde. Aber was würde jetzt passieren, fragte er sich. Als erstes schaltete er sein Handy aus, blieb aber noch in der Libelle sitzen. In ihr sah er alle Fluginstrumente, die Sitze, die Flügel, die Abmessungen. Er stieg aus. Und genau in dem Moment, in dem er allein auf der Wiese stand und keinen körperlichen Kontakt mehr zu der Libelle hatte, war sie unsichtbar. Er schaltete sein Smartphone ein, die Libelle war weiter nicht sichtbar. Er schaltete es wieder aus und versuchte nun, sie wie ein Blinder zu ertasten. Aber da war nichts. Nun schaltete er das Handy erneut ein, tastete nach der Libelle und siehe da, er konnte sie erfühlen und genau in dem Augenblick, als er Körperkontakt mit ihr hatte, waren ihre Umrisse für ihn wieder sichtbar. Er bestieg die Kanzel, startete die Libelle, flog einmal zwanzig Meter hoch, landete erneut. Außer, dass er ein wenig Laub und alte Blätter auf den umliegenden Wegen aufwirbelte, passierte nichts.

Als er wieder auf dem Boden war, merkte er sich ihre Position, verließ sie, schaltete sein Handy aus und als er sah, dass kein Mensch in seiner Umgebung war, ging er vorsichtig zum nächsten Weg.

Je irrsinniger dein Tun ist, um so größer wird die Gefahr, von jemand anderem dabei beobachtet zu werden. Das wusste er und so war ihm auch klar, dass irgendwer aus den umliegenden Hochhäusern ihn jetzt dabei beobachtete, wie er aus der Schildblase heraus trat. Also ging er als erstes zum nächstem Baum und tat dann so, als er von diesem weiter zum nächsten Weg ging, als hätte er im Busch einfach nur uriniert. Männer machen ja sowas öfter mal in der Öffentlichkeit. Vermutlich hatte ihn spätestens jetzt jemand gesehen. Nun lief er auf dem kürzesten Weg nach hause, nicht ohne sich noch im Bäcker an der Ecke ein paar frische Schrippen zu holen. Als er sein Haus betrat, hörte er vom hinteren Hof bereits wieder seinen Esel jammern. Was sollte er mit dem jetzt tun?

Als er in seine Wohnung kam, fand er einiges verändert. Seine Möbel waren so gerückt, wie sie vorher in der kleinen Hütte gestanden hatten. Aber es war alles da. Er legte nur schnell ab, begab sich dann aber sofort auf seinen Hof und kümmerte sich um seinen vierbeinigen Kumpel. Sein Handy ließ er in der Wohnung. Das Eselchen erkannte ihn. Das war doch schon mal was. Aber dort, wo in seiner anderen Realität der Unterstand mit dem Heu und dem Stroh war, gab es hier nur ein Gestell zum Teppiche klopfen, über deren unterster Stange eine Plastikfolie mehrere Bündel mit Heu und Stroh abdeckten. War sein Pedant etwa jetzt da oder hatte er mit einem Pedant aus einem anderen

Universum nur vorübergehend die Plätze getauscht? Während er nachdachte, striegelte er den Esel. Dann ging er nach oben in seine Wohnung und begann, seine persönlichen Dinge durchzuschauen. Fotoalben, DVDs, E-Mails, alles da. Erst in seiner Küche entdeckte er etwas Ungewöhnliches! Es war ein Glas Instantbrühe mit Chedrunpaste verfeinert. Was zum Teufel war "Chedrun"?
Da klingelte sein Handy. Alexandra meldete sich: "Du, du bist der George, der mit mir im Weltall war?", rief sie atemlos! "Ja, ja, der bin ich.", sagte er. "Irgendetwas ist anders, als gedacht.", schob er nach. "... und nicht nur das! Du bist hier auch zweimal! ... komm sofort mit deinem Handy, deinem mit unserer Unterwäsche gepackten Rucksack und deiner neuen Fritzbox in den Park, zu deiner Libelle!", schrie sie ihn fasst hysterisch durchs Telefon an.

Er raffte das zusammen, was er soeben abgelegt, eher in eine Ecke der Küche hatte fliegen lassen und verließ seine Wohnung. Aus einem Fenster im Hausflur sah er sich selbst gerade auf dem Innenhof sein Kleinkraftrad abstellen. Er flog die letzte halbe Etage deshalb fast hinunter und genau in dem Moment, als er die Haustür zur Straße öffnete, öffnete sein Pedant die Tür vom Hof zum Haus und betrat den Flur. Er sah im Halbdunkel der Tordurchfahrt sein eigenes, verdutztes Gesicht. Und schon war er auf der Straße. Er rannte zum Park. Dort, da sah er schon den Blondschopf von Alexandra. Das war sie doch, oder? Verdammt, er hatte seine Brillen in den Taschen seiner Jacken vergraben. Aber zum Glück hatte er die Wäsche für die Zeitreisen in seiner Libelle gelassen. Als er nah genug war, gab Alexandra ihm mit kleinen Handzeichen zu verstehen, dass er jetzt ruhiger und langsamer gehen sollte. Endlich erreichte er sie. "Jemand der rennt, macht sich verdächtig.", grinste sie. Sie nahm ihn bei der Hand und tat so, als wären sie ein frisch verliebtes Paar. Dabei sagte sie leise: "Lass uns zu der Bank dort drüben gehen. Ich muss dir etwas erklären. Bleib dabei ganz ruhig."

Als sie saßen, erzählte sie ihm folgendes: "Mein Guter, du bist zweimal hier. Irgend etwas ist bei deiner Zeitreise schief gegangen." "Ja, das habe ich auch gemerkt. Aber es sieht hier aus, wie zu dem Zeitpunkt, bevor ich mir das erste mal im Mittelalter die Stadt angesehen habe. Erst danach war alles anders und Spandau und nicht Berlin die deutsche Hauptstadt." "Ja, du bist zweimal, ohne es zu wollen, in alternativen Universen gelandet. Nur dir haben wir die Zeitreiseapp gegeben. Aber jedes mal, wenn du jetzt in eine andere Zeit und wieder hierher in diese zurück springst, ist das wie ein Zufallstreffer. Das hier sieht zwar aus, wie dein Universum, das ist es aber nicht." "Ach deshalb die Chedrun-Paste..." "Chedrun ... was ist das?" "Das wüsste ich auch sehr gern." "Na, jedenfalls, um nicht weiter sinnlos in den verschiedenen Realitäten zu landen, wäre es das Beste für uns, wir würden gemeinsam unverzüglich, nachdem wir noch etwas erledigt haben, zum Aldebaraan fliegen und dort >das Portal< nutzen. Denn von dem aus können wir zielgerichtet in dein Universum reisen." "Das sind gut fünfundsechzig Lichtjahre. Das geht? ... Heute?" Alexandra nickte. "Pia ist im Orbit. Sie hat mich mit einem getarnten Gleiter abgesetzt und wartet dort. Wir beide nehmen deinen Libellocopter und starten mit ihm vom Südpol ins All. Modifiziert wird er dort." "Unser Wiedersehen hier hatte ich mir doch irgendwie anders vorgestellt.", sagte er.

"Ja, aber wir müssen hier schnell verschwinden, George. Und vor allem müssen wir deinen Esel und vor allem deinen Mast für dein Funkfeuer verschwinden lassen, denn die haben beide in diesem Universum hier nichts zu suchen!" "Was meinst du mit >beseitigen<? Wird das nicht auffallen, wenn wir es entfernen?" "Ich habe dieses Problem bereits über Subraum Aldebaraan geschildert und darauf hin hat man dort >das Portal< nach Unregelmäßigkeiten durchsucht und nichts Auffälliges in nächster und fernerer Zukunft hier auf der Erde festgestellt. Das einzig auffällige ist dieser verdammte Mast und der Esel. Aber egal, in welch ein Universum man beide oder einzeln steckt, sie fallen nie auf, sie sind aber auch nie da. Das ist, als hätte beides nie existiert. Selbst Computersimulationen zeigen sie nicht an. Nur dass sie jetzt noch existieren und heute Abend schon nicht mehr. Wieder so ein eigenartiges Zeitparadoxon." "Du sagst es." "Vielleicht war es unser Fehler und wir hätten dir nie die Zeitreiseapp überspielen dürfen." "Aber warum ist es so gefährlich, wenn ich hier bleibe?" "Wie und wovon willst du denn hier leben?" "Na, so als mein eigener Doppelgänger ... ." " ... mit den gleichen Fingerabdrücken, mit dem gleichen Netzhautmuster. ... Was ist mit Arbeitslosenunterstützung und Wohngeld und anderen staatlichen Hilfen?"

"Ja, das hatte ich nicht bedacht. ... Aber sonst? Wenn ich mir begegne, explodiert dann mein Universum?" "Nein, das nicht. Du kannst zum Beispiel vom Portal aus richtig alternative Realitäten besuchen und darfst dir da sogar selbst begegnen. So lang wie du dich da nicht selbst erkennst, ist es für dich in diesem Universum, egal für welches >ich< unerheblich. Aber selbst wenn das geschieht, ist es gefahrlos. Du darfst dir sogar in anderen Realitäten in deiner Vergangenheit begegnen, so lange du dann nicht versuchst, sie zu verändern. Aber du musst, wenn du aus einer anderen Welt zurück willst, immer zuerst nach Aldebaraan. Das heißt, für knapp einhundert Jahre einfrieren. Aber das macht ja nichts. ... Und wenn du magst, begleite ich dich auch auf diesen Reisen dann sehr gern."

"Was mache ich mit meinem Kleinkraftrad und dem Esel?" "Dein Fahrzeug hängen wir auf deinem Innenhof gern an den Schwanz der Libelle. Den Esel können wir leider nicht mitnehmen. Er würde bereits den Flug zum Südpol nicht überstehen. Das Tier taucht komischer Weise auch in gar

keinem anderen Universum auf." "Also muss es weg?"
"Leider ja. ... Ich mach es kurz und schmerzlos."
"Na, wollen wir dann?", fragte er und erhob sich. Sie stand
gleichfalls von der Bank auf. Er wollte sie bei der Hand
nehmen, aber sie ging bereits voraus, geradewegs auf eine
Baumgruppe zu, in der sie verschwand. Dann verschwand
auch er.

Ein paar betrunkene Punks mit ihren Hunden, die sie bei
ihrem Verschwinden zufällig beobachtet hatten, stießen sich
vergnügt mit ihren Ellenbogen in die Seiten. "Kiek ma, die
Alten treiben es hier mitten im Park.", sagte der eine und der
anderen meinte. "Und uns vertreiben sie hier, nur weil wir
ganz öffentlich am Kinderspieler saufen und harmlos
kiffen." Ein dritter grinste: "Soll ich sie mal durch unsere
beiden Lauseköter stören lassen?"
Alle drei kicherten, dann ließ der, der zuletzt geredet hatte,
die Leinen der beiden hochbeinigen Promenaden-
mischungen los und befahl: "Nina! Gerti! Such die
Stinos[28]!" Die beiden Köter hetzten kläffend los, aber bereits
im nächsten Moment warf ein plötzlich aufgekommener
Fallwind die Punker von ihren Beinen und ein leises
Summen, wie von einem Schwarm hungriger Mücken, kam
schlagartig näher und verschwand im selben Augenblick.
Die drei Punker stierten sich, auf dem Boden liegend, an.
"Wat hast'n da für 'ne Bierkotze im A&P-Supermarkt[29]
jekofft. Det haut ja den frechsten Rentner vonne Beene!"
Die beiden Hunde kläfften auf der Wiese noch immer.

Keine zwei Minuten später erhob sich auf einem Innenhof
mitten im Gründerzeitviertel ein mächtiger Sturm, der so
kräftig war, dass er einen darauf stehenden Esel in tausend

---

28 Slang - Stinos – Stinknormalos
29 "A & P" war mal eine Eigenmarke von "Kaiser's", die die
   aus den USA mit nach Europa gebracht hatten.

Stück riss, das dort gelagerte Heu und Stroh in Brand setzte und ein Kleinkraftrad spurlos verschwinden ließ.

Alexandra hatte mit ihrem Laserstrahler gut gezielt und erst dem Tier den Gnadenschuss gegeben, man konnte ihn ja leider nicht mitnehmen und dann alles andere was an das Tier erinnerte gleich mit vernichtet. Derweil hatte George in der Zwischenzeit seinen Motorroller in die Ladeluke der Libelle geschoben. Das alles hatte von der Landung bis zum erneuten Start nur Sekunden gedauert. Bloß gut, dass der getarnte Libellocopter fast lautlos flog. "Du musst jetzt höher, denn ich kann deine Antenne nicht nur hier unten kappen, sondern muss sie von oben nach unten stückweise zerschießen, damit ihre Stücke nichts anderes hier in der Umgebung beschädigen und sich auch nicht ein Flugzeug auf dem Weg von oder nach deinem komischen Hauptstadtflughafen zufällig daran verfängt. Wie heißt der Flughafen in deiner Realität?" "BER Willy Brandt.", sagte er. Sie fuhr fort: "Na da siehste es mal. Hier heißt er BER Herbert Wehner und die haben hier nicht nur vierzehn Jahre dran gebaut, sondern gut fünfzehn."
Mittlerweile hatte er den Gipfel des Mastes erreicht. "Mein so mühsam hochgezogener WLAN-Mast. Mir blutet das Herz.", jammerte er. Sie überprüfte jetzt noch einmal die beiden Sicherungsleinen, die sie in der Kanzel des Libellocopters hielten und öffnete auf ihrer Seite die Tür des Fluggeräts. Dann schwang sie sich halb hinaus. blieb aber auf den Landeschwimmern der Libelle stehen, nur noch von den beiden Guten gehalten und zielte dann mit ihrer Strahlenwaffe auf auf den Mast. "Versuch bitte, nicht weiter als zehn Meter von deiner komischen Antenne entfernt zu bleiben und dabei langsam aber kontinuierlich zu sinken. Ich fackel das Ding derweil aus der Hüfte raus ab. Es gibt leider keine andere Möglichkeit, als von Hand. Anderenfalls müssten wir erst Plastiksprengstoff irgendwo erwerben und

den mühsam anbringen. Aber das Ding muss schnell weg.", sagte sie zu ihm, leicht nach hinten gebeugt. "Alexandra, ich verstehe, was du meinst und werde mein Bestes geben!", rief er. Ein immer näher kommendes Jaulen, ließ sie beide erschrecken. Ein Passagierjet von RyanTair flog in ihre Richtung und offenbar nur wenige Meter über sie hinweg. "Jetzt oder nie!", schrie Alexandra und legte den Laserstrahler an. Ein Blitz zuckte aus diesem heraus, gerade als der Jet über ihnen war. Wie eine auflodernde Fackel aus zu dürrem, zu trockenen Gras brannte Georges Mast von oben nach unten ab. Der hatte indes mit den Auswirkungen der Luftschleppen des Flugzeugs arg zu kämpfen und hoffte dabei inständig, Alexandra möge ihren Halt außen an der Libelle nicht verlieren. Aber sie waren dabei so schnell, dass man die kilometerhohe Feuersäule nur wenige Sekunden lang auflodern sah. Und schon war es erledigt. "Verschwinden wir hier!", rief sie und kletterte behände zurück in die Kabine. "Welcher Kurs liegt an?", fragte er. "Der, der besten Aktie.", grinste sie und schob nach: "Volle Geschwindigkeit zum Südpol. Wir fliegen auch die Nacht durch, denn ich will endlich mal nach Hause. Hab ja so einiges erlebt, ohne dich, mein Guter." "Ich hoffe, das magst du mir auf dem Flug erzählen." "Die Absicht hatte ich.", grinste sie.

Irgend wer hatte in solch einer großen Stadt wie Berlin immer etwas aufgenommen und so hatten auch einige mit ihren Handys zufällig den abfackelten Mast als Video festgehalten und die spielten diese Aufnahmen nun den Medien zu. Weil es sehr viele Aufnahmen davon gab, sah sich selbst die altehrwürdige Tagesschau gezwungen, einen kurzen Bericht darüber in ihrer Hauptnachrichtensendung zu bringen. Da man sich dieses Phänomen aber wissenschaftlich nicht anders erklären konnte, als einen "komischen Blitz, der aus einem Passagierflugzeug heraus die Atmosphäre zu Boden brennt", wurde zwar viel über die Ursache spekuliert und von einigen Fanatikern wurden alle möglichen Verschwörungstheorien bis hin zum kurz bevor stehenden Weltuntergang propagiert, aber wirklich erklären konnte sich das niemand. Auch die Punks im Park hatten das Spektakel beobachtet, schoben es aber eher ihrem vernebelten Geist und der neuen Partydroge LPD in die Schuhe, die sie heute zum ersten mal geschnieft hatten.

George Hungerlundt hatte beim Auspacken seiner Einkäufe aus dem Brutto-Markt in seiner Küche zunächst nur etwas Lärm auf seinem Hinterhof gehört, war deshalb zum Fenster gegangen, sah aber nur noch einen kurz aufleuchtenden Feuerball. "War das jetzt ein Kugelblitz?", fragte er sich laut im Selbstgespräch. Als er die Balkontür zur Straße hin öffnete, segelte etwas schwarz verkohltes, das die Größe seiner Fritzbox hatte, herab und landete auf dem Gehweg vor seiner Haustür. Er kochte sich Kaffee, ließ dabei seinen Computer warm laufen und setzte sich schließlich an ihn. Zu seiner Verwunderung zeigte ihm der PC ständig die Meldung "keine Verbindung zum Internet" an. Oh, so etwas war er von seinem Telekommunikationsanbieter "2&3" gar nicht gewöhnt. Er beugte sich unter seinen Arbeitstisch, um seine Fritzbox neu zu starten. Zu seiner höchsten Verwunderung war die aber nicht da und alle zu ihr führenden Kabel waren verkohlt, abgebrannt, wie von einem gewaltigen Blitzschlag zerschmort. Erst Tage später entdeckte er noch im Stapel seiner vielen Notizzetteln ein Bild, das ihn gemeinsam mit einer sportlichen, jungen Frau zeigte. Wer war sie? Er hatte sie noch nie gesehen!

Fortsetzung folgt.

Außerdem sind von mir bisher erschienen:

„Frische Schnecken – eine neue Sammlung jüngerer Texte", halb Kochbuch, Haushaltstipps, Radioskripte, Kurzgeschichten und Gedichte.

"Handmade – eigene Handschriften und Zeichnungen" ... nur was für die Fans!

"Radio-Anthologie – OKbeat zum Mitnehmen" – das Beste aus den Sendemanuskripten von 1975 bis September 2020

"Still gestanden! Die Augen links! - mein geheimes NVA-Tagebuch" - autobiografisch – in ein kleines A6-Heftlein hab ich während meines Grundwehrdienstes in der NVA 1985/86 Kurznotizen geschrieben, aus denen ich 2004/05 eine Radioserie machte, aus der ich 2019 ein Buch strickte

"Sommer – zwischen Backhaus und See – Kindheits-erinnerungen" - autobiografisch – es sind meine großen Ferien, die ich in der Kindheit in Mecklenburg verleben konnte.

"Kaufhallengeschichten   –   Hundegeschichten   – Radiogeschichten" – autobiografisch – Jahrzehnte lang war ich im Einzelhandel angestellt und wurde dort letztendlich hinaus gemobbt – weil das Ende so traurig war, hab ich die Geschichten über unseren Familienhund, so sie mir noch nach über dreißig Jahren eingefallen sind, mit dran gehängt, denn allein hätten sie nicht für ein Buch gereicht, aber auch diese endeten traurig, weshalb ich dann die Radiogeschichten mit anhängte, denn seit 1995 mache ich öffentliche Sendungen und dabei ist einiges Lustiges und Bemerkenswertes passiert. Gleichzeitig erzähle ich darin, wie es zu meinen Stadtführungen und zu meinen Lesungen kam und wie diese strukturell aufgebaut sind. ... letztendlich ist doch alles nur Radio ...

"Zwanzig Fässer Sauerkraut – Teil 1 – Aufbruch in Berlin 1750" und **„Zwanzig Fässer Sauerkraut – Teil 2 – zwischen den Fronten, zwischen den Indianern"** - in dieser Trilogie (der 3. Band ist in Arbeit) geht es um einen Krämerlehrling aus Berlin, den es nach Nordamerika verschlägt. Mit dabei hat er immer frisches Sauerkraut, das ihm als Handelsgut dient. Die einstige Magd seines ehemaligen Dienstherren folgt ihm. Sie treffen auf Leute wie Daniel Boone, leben erst in den Alleghanny's, fliehen dann aber vor dem Krieg zwischen Engländern und Franzosen nach Westen in die Prärie, während es einen ihrer Freunde in die Karibik verschlägt.

„Die weiße Hand im schwarzen Käse - From the Stage" Kurztexte und Gedichte von A – Z - Band 1 - die ersten 100 Texte von A – M"

"Piep-Piep-Piep – From the Stage" Kurztexte und Gedichte A – Z – Band 2 – Texte von N – Z und noch mehr"

In Arbeit: **"Zwanzig Fässer Sauerkraut – Band 3"**, ... außerdem sind in Arbeit die Zusammenstellungen meiner Zeitungstexte und wenn wieder genug davon vorhanden ist, weitere Kurztexte und Radioskripte

George Hungerlundts Zeitreisen
Teil 3 – Das Portal (in Arbeit)
Teil 4 – Aldebaraan (in Arbeit)
= der zweite Band

Teil 5 – die letzten Auswanderer (in Arbeit)
Teil 6 – Der Mann im Mond (in Arbeit).
= der dritte Band

Die entsprechenden Links dazu gibt es auf meiner Webseite
www.rolfgaensrich.wordpress.com

EVP in Papierform: 10,99 €